古典文獻研究輯刊

二一編

曾永義 主編

第2冊

思與詩
——中國古代詩學的思維方式與話語方式

趙 霞 著

國家圖書館出版品預行編目資料

思與詩——中國古代詩學的思維方式與話語方式／趙霞 著—
初版 — 新北市：花木蘭文化事業有限公司，2020〔民109〕
目 4+226 面；19×26 公分
（古典文學研究輯刊 二一編：第 2 冊）
ISBN 978-986-518-049-2（精裝）
1. 中國詩 2. 詩評
820.8   109000503

ISBN-978-986-518-049-2

9 789865 180492

古典文學研究輯刊
二一編　第二冊　　　　　　　　ISBN：978-986-518-049-2

思與詩
——中國古代詩學的思維方式與話語方式

作　者　趙霞
主　編　曾永義
總編輯　杜潔祥
副總編輯　楊嘉樂
編　輯　許郁翎、張雅淋　美術編輯　陳逸婷
出　版　花木蘭文化事業有限公司
發行人　高小娟
聯絡地址　235 新北市中和區中安街七二號十三樓
　　　　　電話：02-2923-1455／傳眞：02-2923-1452
網　址　http://www.huamulan.tw 信箱 hml810518@gmail.com
印　刷　普羅文化出版廣告事業
初　版　2020 年 3 月
全書字數　202024 字
定　價　二一編 16 冊（精裝）新台幣 35,000 元　　版權所有 · 請勿翻印

思與詩
——中國古代詩學的思維方式與話語方式

趙霞　著

作者簡介

趙霞，女，山東棗莊人，東北師範大學文藝學博士，現居於吉林長春。自幼喜愛文學，尤好中國古代詩歌，常常沉醉其中。進入大學後，對中國古代詩學產生了濃厚的興趣，常驚歎於中國古代詩學的運思方式之奇和話語方式之妙，遂以中國古代詩學的思維方式與話語方式作為自己的研究方向。把在此過程中的種種發現與感想付諸筆端，於是就有了眼前《思與詩——中國古代詩學的思維方式與話語方式》這本書。

提　　要

　　本書試圖從思維方式入手，探尋中國古代詩學話語形成的思維路徑，追溯中國古代詩學的運思方式和話語方式，從而揭示中國古代詩學內在的精神實質和民族特色，為中國古代詩學價值的重估與當代文論的建構提供一定的參照作用。

　　全書包括緒論、正文、結語三個部分。

　　緒論部分梳理了本論題的研究現狀，對所討論的三個核心範疇——中國古代詩學、中國古代詩學的思維方式、中國古代詩學的話語方式進行了詳細的闡述，並對要解決的問題、研究目標、思路及意義進行了簡要的說明。

　　正文部分由五章構成。第一章，論述語言對中國古代思維方式及詩學的影響。包括兩節內容。第二、三、四章是核心部分，分別論述了象思維、整體思維、關聯性思維對中國古代詩學話語方式的影響。第五章，對中國古代詩學的思維方式和話語方式進行反思。

　　結語部分，總括全書。簡要概括主要研究內容與結論、創新點與意義、研究過程中遇到的問題、研究存在的不足等。在筆者看來，中國古代詩學內容豐富而龐雜，要在豐富而龐雜的內容中探尋出像思維方式與話語方式這樣普遍性的東西絕非易事。探尋的過程是艱苦的，但結果卻是有價值和意義的。

目次

緒　論

一、本論題的研究現狀

　　中國古代詩學作為中國古代文化的一部分，其發展勢必會受到中國古代思維方式的影響。中國當代諸多學者看到了這一點，他們從思維方式出發來研究中國古代詩學。如叢滋杭的《中西方詩學的碰撞》（國防工業出版社，2008年）就以「中西思維異同」為起點研究中西方詩學的異同。白寅所著的《心靈化批評——中國古代文學批評的思維特徵》（中國社會科學出版社，2005年）、王樹人所著的《中國傳統智慧與藝魂》（武漢出版社，2006年）和《回歸原創之思：象思維視野下的中國智慧》、田子馥所著的《中國詩學思維》（人民出版社，2010年）以及靳義增的論文《妙悟：中國古代文學理論的思維方式之一》（《南都學壇》（人文社會科學學報），2007年第3期）、徐應佩的論文《古代文學鑒賞的思維模式》（《南通大學學報》（社會科學版），2008年第1期）、張沈安和高雲的論文《古代文學理論思維表述和概念範疇的特徵》（《遼寧經濟管理幹部學院學報》，2008年第2期）、丁蓀、李冬升的論文《中國古代思維方式對古代文論的影響》（《中國西部科技》，2008年第6期）、董希文等人的論文《傳統思維方式與文藝經驗批評方法的形成》（《牡丹江教育學院學報》，2008第6期）、楊星映的論文《中國古代思維方式與中國古代文學理論批評》（《南陽師範學院學報》（社會科學版），2008年第10期）等，還有暨南大學的博士研究生李健的論文《比興思維研究——對中國古代一種藝術思維方式的美學考察》（2002年5月）、鄭州大學的碩士研究生韓曉明的論文《中國傳統思維方式對古典文論的影響——兼與原型批評比較》（2003年10月）、山東師範大學的碩士研究生廁運偉的論文《象思維的詩學轉換——從〈周易〉

到〈文心雕龍〉》（2013 年 5 月），等等，都是從思維方式的角度來研究中國古代文論或詩學。它們或多或少、或直接或間接地揭示了中國古代思維方式對中國古代詩學的影響。但這些研究大多是針對詩學的話語內容而論，很少談及到詩學的話語方式，而且在研究過程中，涉及到象思維和整體思維的較多，而涉及到關聯性思維的少之又少。

值得一提的是，田子馥的《中國詩學思維》是一部專門研究中國古代詩學思維的專著。本書從思維學的角度，探討了中國古代詩學思維的特徵，認爲中國古代詩學思維以「象思維」爲本質，以生命思維爲內核，以文化思維爲肌理，以感悟思維爲元氣，力圖把象思維與生命美學聯繫起來，構建中國古代詩學的思維體系，對筆者具有重要的啓發意義。

同時，研究中國古代文論或詩學話語方式的文獻也不在少數。專著方面，比較系統的有翁禮明的《禮樂文化與詩學話語》（巴蜀書社，2007 年）、劉占祥的《〈老子〉與中國詩學話語》（巴蜀書社，2010 年）、李江梅的《中西方文論話語比較研究》（人民出版社，2011 年）、徐揚尙的《中國文論的意象話語譜系》（中國社會科學出版社，2012 年）等。《禮樂文化與詩學話語》探討了中國古代詩學話語與禮樂文化傳統之間的內在關聯，梳理了禮樂文化和古代詩學知識系統之間傳承、演進、變異的關係。《〈老子〉與中國詩學話語》從老子的思想體系出發，分析了《老子》的意義生成方式和言說方式，探究了這種意義生成方式和言說方式對中國古代詩學話語的影響。《中西方文論話語比較研究》從中西文論話語比較的視野對中國古代文論和西方文論的話語構型、話語構意、話語空間、話語思維模式、話語的文化規則、話語的文化語境、話語主體的精神、話語對權力的回應等進行了比較。《中國文論的意象話語譜系》對中國文論意象話語譜系的生成及嬗變做了系統的考察。這些著作從不同的方面給筆者以啓示。

論文方面，有李思屈的《中國詩學的話語言說方式》（《求是學刊》，1996 年第 4 期）、李凱的《中國古代詩學話語言說方式及意義生成》（《文學評論》，2002 年第 3 期）、趙國乾的《論中國古代文學批評的詩性言說方式及意義生成》（《南陽師範學院學報》（社會科學版），2004 年第 7 期）、張小元的《似：隱喻性話語——傳統漢語詩學的基本言說方式》（《文學評論》，2006 年第 3 期）、李建中的《文備眾體：中國古代文論的言說方式》（《文藝研究》，2006 年第 3 期）、董玲的《試析中國古代文論中的印象式批評——以劉勰和鍾嶸文論言說

方式之比較爲例》（《湖北教育學院學報》，2006 年第 5 期）、代迅的《中國古代文論：兩種言說方式及其現代命運》（《文學理論研究》，2005 年第 3 期）和《中國文論話語方式的危機與變革》（《文學評論》，2011 年第 6 期），以及四川大學的博士研究生嚴金東的論文《自得：中國古代文論話語個案研究》（2005 年 2 月），等等。但是這些研究大多都是就現象談現象，沒有去追索文論或詩學話語方式形成背後的思維方式，更沒有系統地去評價中國詩學話語方式的優點和侷限性。

　　也有少數學者把中國古代文論或詩學的思維方式與話語方式結合起來論述。吳中勝是其中的集大成者，其專著《原始思維與中國文論的詩性智慧》（中國社會科學出版社，2008 年）系統地研究了中國古代文論的原始思維特徵與其中蘊含的詩性智慧，涉及到中國古代文論中的具象思維、直覺思維、整體思維、象徵思維、聯想思維等問題。這部著作對本書有觸發意義。但本書無論在論題還是在研究目標方面都與之迥異。本書主要研究的是中國古代的思維方式對詩學話語方式的影響，側重點在中國古代詩學的話語方式。本書在肯定中國古代詩學詩性智慧的前提下，力求對中國古代詩學的話語方式進行深入的反思以及對中西詩學話語方式做簡單的比較。

　　綜上所述，中國古代詩學的思維方式及其對詩學話語方式的影響這一論題，很少引起學者們的關注。雖然有些論著涉及到這方面的內容，但一般就某一種思維方式或某一種話語方式而論，系統研究的少，沒有形成完整的體系。

二、本書要解決的問題

　　自上個世紀二十年代以來，中國古代詩學的現代研究至今已經走過了近百年的歷程，詩學的範疇和思想得到了深入的挖掘和研究。然而，在中國古代詩學研究中，還有一種領域的研究相對比較薄弱，那就是，中國古代詩學的思維方式及其對詩學話語方式的影響，即中國古代詩學何以發生，何以呈現出此種面貌，這些都有待於研究。

　　本書試圖從思維方式的角度來探討中國古代詩學的話語方式，從而揭示中國古代詩學的內在精神實質以及民族特色。在展開論題的討論之前，有必要梳理一下「中國古代詩學」、「中國古代詩學的思維方式」、「中國古代詩學的話語方式」這幾個核心範疇。

（一）中國古代詩學

「詩學」在中國和西方具有不同的內涵。在西方，狹義的詩學是關於史詩或敘事詩、抒情詩和戲劇詩以及其他一切韻文的學問和知識，廣義的詩學是文學理論。這一概念始於亞里斯多德，他的專著就以「詩學」命名，其研究對象爲包括史詩、戲劇等在內的廣義的文學。這使得詩學成爲與倫理學、哲學、政治學等具有同等地位的學問。中國現當代中的「詩學」一般來自於西方「詩學」的「文學理論」之意，有人據此認爲中國古代詩學是指 19 世紀以前的文學理論。

與西方相比，中國古代沒有形成發達的神話系統，而是形成了比較發達的感知系統，人們習慣於「近取諸身，遠取諸物」的觀物取象的考察事物的方式。中國古代戲劇、小說等文學樣式不甚發達，直到明清之後，才成爲一種引人注目的文學樣式。因此，它們在中國古代不被看作是文學的正宗。而詩歌因其短小精悍，便於抒情言志，成爲古人青睞的文學樣式，在中國古代不僅數量眾多，而且藝術成就也最高，被視爲中國古代文學的正宗。文學理論也一般以詩歌理論爲主，因而，人們習慣於用「詩學」來指稱中國古代的文學理論。

中國古代最早的文學理論就是以《詩經》爲對象的文學批評，後來研究對象擴展爲廣義的文章，但總的說來，以詩歌研究爲主。即使不是完全針對詩歌，也包含詩歌。從這個意義上講，中國古代詩學與文論是合二爲一的。正如當代學者蕭榮華所言：「但在中國古代傳統文學理論中，賦論中衰，詞論、戲曲論、小說論晚起，能夠貫穿這二千年始終的唯有文（散文）論與詩論，而傳統文論基本上是議論文、應用文的理論，並非純粹的文學理論，屬於純粹的文學理論而又能貫穿始終的唯有詩論而已，由之最便於考察中國傳統文學理論一脈相承芊延不絕的演化變遷。」〔註1〕因此，詩學是中國古代文論最主要的組成部分，也最能體現中國古代文論的民族特色。

中國古代就有許多以「詩學」命名的著作，如楊載的《詩學正源》、范亨的《詩學禁臠》、汪師韓的《詩學纂聞》和魯九皋的《詩學源流考》。這裡「詩學」的意思是「關於詩的學問與知識」，是包括詩論、詩評、詩話等在內的詩歌理論體系，是狹義的「詩學」，與西方和中國現當代的「詩學」概念不同。

〔註1〕 蕭華榮，中國詩學思想史〔M〕，上海：華東師範大學出版社，1996，1。

　　本書中的「中國古代詩學」是指中國古代以詩歌理論爲代表的文學理論。以「詩學」命名，有兩個原因：其一是，中國古代文學中最具有文學性的文學樣式是詩歌，詩歌研究的理論即能代表中國古代主流的文學理論。本書以詩歌理論爲主，來探究中國古代文學理論的一般規律。其二是，中國是一個詩的國度，中國古代文論彌漫著濃厚的詩性精神，以「詩學」來指稱「古代文論」可以突顯中國古代文論的詩性。

　　中國古代詩學植根於中國古代文化的土壤之中，在中國古代文化的影響之下，形成了一套與西方迥異的詩學話語。不瞭解中國古代文化就無法眞正瞭解中國古代詩學。因此，我們應把詩學放在中國古代文化背景中來考察。

　　中國古代文化有著悠久的歷史和顯著的民族特色。這種民族特色是由中華民族內在的心理結構和思維方式決定的。中國古代詩學作爲文學理論的一部分，是對文學及其本質和規律的一種反映，一方面會受到文學本身的影響，必然會隨著文學的發展變化而變化。也就是說，有什麼樣的文學就有什麼樣的詩學。另一方面，詩學作爲中國古代文化的一部分，是由民族文化心理和思維方式決定的。在這兩方面的共同作用下，中國古代詩學形成了獨特的風格。

（二）中國古代詩學的思維方式

　　思維方式是人類心理與文化的深層結構。它是人思考與認識世界及自身的慣常的方法或定式，是人在認識世界及自身的過程中形成的定型化的思維形式、思維方法和思維程序的綜合。

　　思維方式並不完全等同於思維模式、思維方法。思維模式、思維方法是比較具體的，帶有個性化的東西，而思維方式則是比較一般的，帶有集體性的東西。陳新夏等在《思維學引論》一書中提出，思維方式主要由知識、觀念、方法、智力、情感、意志、語言、習慣等八大要素組成。〔註2〕這八種要素相互作用、互相影響，共同形成一個動態、統一的系統，規定著思維方式的性質與特徵。一般說來，思維方式有以下幾個特點：

　　一是普遍性和廣泛性。思維方式可謂無孔不入，它滲透於人的頭腦中，表現在人的行動上，反映在社會生活的各個領域。平時生活中見到的很多現象，都體現著某種思維方式。

〔註2〕陳新夏，鄭維川，張保生，思維學引論〔M〕，長沙：湖南人民出版社，1988，
　　504。

　　二是穩定性。思維方式是一種思想建構的模式。一種思維方式一旦形成，就具有相對的穩定性，成爲一種思維慣性，影響著人們的世界觀、價值觀，甚至影響著人們的生活方式和行爲方式。

　　三是變化性。思維方式不是一蹴而就的，也不是一成不變的，而是不斷發展變化的。思維方式的穩定性是相對的，是相對於一定時期、一定民族而言的。

　　四是民族性。每個民族由於生存環境、文化背景、歷史等因素的不同而存在著差異，這對民族之間的相互交流和理解造成了一定的障礙，但差異的存在也使得世界發展呈多元化。某種思維方式之所以能被稱之爲一個民族的思維方式，所具備的基本條件就是，這種思維方式必須貫穿於這個民族文化歷史發展的各個階段，貫穿於這個民族各個歷史階段的哲學、文學藝術等諸多領域，能在文化中處處找到它的印跡。

　　思維方式是人們在一定的文化背景、知識結構和思維習慣的基礎上形成的觀察、認識、思考問題的程序和方法。它植根於文化之中，是一定歷史時期文化的產物；反過來，又對文化具有反作用，影響著文化發展的走向。如果我們把文化視爲一個結構的話，思維方式就是這個結構的最深層。瞭解了一個民族的思維方式也就很容易理解一個民族的文化。

　　文化與思維的發展具有一定的慣性。中國古代文化主要指秦統一到明清時期形成的文化，但要追根溯源，這種文化發展的趨勢是在兩周時期奠定的。一直以來，中國是典型的農業經濟社會，血緣家族觀念長期留存在先人的頭腦中，這使得中華民族在早期就形成了相對統一的文化。儒家和道家思想互爲補充，成爲中國古代思想的兩大理論基礎。二者基本確立了中國傳統文化的框架。特別是秦統一以後，長期的大一統社會，導致政治制度、思想文化一體化。雖然中間也有短期的分裂，其間還有佛學傳入，但都沒有動搖中國傳統文化的根本。甚至從某種程度上說，分裂反而強化了中國古代傳統文化，佛學傳入後也很快與儒家思想和道家思想相融合。到宋明時期，中國以封建文化爲主流的傳統文化進入成熟階段。宋明理學對傳統文化進行了全面的總結。清末鴉片戰爭以後，西方用槍炮摧毀了中國閉關鎖國的大門，同時也動搖了傳統文化的根基，中國傳統文化才開始向現代轉型。

　　中國古代的思維方式貫穿於中華民族文化發展的歷史長河之中，它就像這條河流的河道一樣，規定著文化的走向，同時文化中的一些有重量的東西積澱下來，又會或多或少地改變河道的面貌。中國古代的思維方式對中華民

族的文化產生了深遠的影響，傳統文化中的三大思想流派——儒家、道家、釋家，無不打上它的烙印。其表現爲三者都注重以直觀、感性、形象的方式把握世界，注重對事物的整體認識，都注重類比聯想，注重事物之間的聯繫。這就是中國古代的三大思維方式：象思維、整體思維和關聯性思維。

　　思維方式決定人的行爲選擇和行爲方式，東西方不同的思維方式決定了東西方文化的差異。美國著名的漢學家安樂哲和郝大維認爲，中西文化的思想基礎和思維方式不同，不能用統一的理念或標準來評判中西文化。要想理解中國文化，必須首先瞭解中國文化的思想基礎和思維方式。西方文化的源頭是以柏拉圖和亞里斯多德爲代表的古希臘文化。西方傳承了古希臘文化的理性主義傳統，無論是柏拉圖，還是亞里斯多德，都努力尋求能夠解釋和說明萬事萬物的世界的最高本質，以此作爲理論建構的起點。中國古代從語言到文化，從思維的方式到思維的內容都不尚分析，常常通過形象的意會或體悟來達到對事物的認識。這種認識方式，具有濃鬱的詩性和人文精神，不像西方文化體系那樣散發出濃鬱的理性精神和科學精神。

　　近代以來，很多先賢都從思維方式的比較出發，談中西文化的差異。王國維、嚴復、林語堂都做過這方面的嘗試。同理，我們研究中西詩學的差異，也要從思維方式出發。詩學的思維方式來自於民族的思維方式，是民族思維方式在詩學中的體現。它是詩學精神意蘊的源頭，也是中國古代詩學的靈魂所在。在中國古代，詩學的思維方式與民族的思維方式是同質的。詩學的思維方式即民族的思維方式中對詩學形成深遠影響的那些思維方式。

　　以何種形式思考決定了人以何種形式言說，中國古代詩學的話語方式與詩學的思維方式是息息相關的。不應該割裂詩學與思維方式的聯繫來孤立地看詩學的話語方式。我們要努力探尋中國古代詩學背後的思維方式和思維路徑。可以說，從思維方式的角度研究中國古代詩學就等於找到了一把打開中國古代詩學神秘之門的鑰匙。

　　正如人不可能兩次跨入同一條河流一樣，我們也不可能完全重新進入古人思想發生的語境之中，但這並不意味著我們在理解古人的思想方面無能爲力。我們能做的是儘量從源頭出發，順著古人走過的足跡，去體悟古人的思想，追索他們思想發生的路徑。這樣我們才能盡可能地接近古人的思想，去理解和還原我們民族的詩學。

（三）中國古代詩學的話語方式

所謂話語方式是指話語的外在表達形式。閱讀任何一部著作或文章，讀者最先感受到的就是其話語方式。只有把握了話語方式，才能進入作品內部，獲得更多的內容。研究中國古代詩學的話語方式，不僅可以揭示詩學話語產生的思維路徑和思維方法，而且還可以深化對話語本身的認識。

文學是語言的藝術，而詩堪稱是語言藝術中的藝術。詩學作為對詩歌創作、詩歌批評的理論總結，無疑會染上詩的色彩。因而，詩學的話語方式有別於其他理論形態的話語方式。中國古代詩學歷經數千年的時間形成了一套獨特的話語體系，具有獨特的術語和範疇、獨特的命題、獨特的審美旨趣，而且還具有獨特的話語方式。研究中國古代詩學術語、範疇、命題的著作汗牛充棟，而研究中國古代詩學話語方式的作品卻少之又少。

中國古代詩學話語方式的形成不是偶然的，它是由中國古代的思維方式和詩學本身的特點決定的。但話語方式也不是完全被動的，它反過來也會影響中國古代詩學的面貌。話語與思維之間的關係等同於語言同思維的關係。沒有思維，話語就無從產生；沒有話語，思維就沒有存在的家園。「一種思維模式只有在它已經形成一套自己獨特的話語系統後才會存在。」〔註3〕中國古代詩學根植於中國傳統文化的土壤之中，具有鮮明的民族特色。如前所述，中國傳統文化是中國古代思維方式的物化。因此，詩學話語體系及話語方式也是受中國古代的思維方式的影響而形成的。

結果往往是凝固了的東西，而方法和原因卻常常包含著過程，它們是動態的、流動的。對於中國古代詩學，我們不僅要知其然，更要知其所以然，不僅要瞭解話語內容，還要瞭解話語的生成機制，追溯中國古代詩學的運思方式、表述方式，即中國古代詩學的思維方式和話語方式。

對某一概念、範疇或命題的研究屬於微觀研究，而對整個詩學思維方式和話語方式的研究則屬於宏觀研究。人們往往熱衷於微觀研究，認為對概念、範疇或命題的研究越細緻越好。我們不能否認微觀研究的重要性，但只關注微觀研究就會限制住我們的視野，使我們無法跳出來以宏觀的視角去把握整個詩學的面貌。宏觀研究要建立在微觀研究的基點之上，但反過來，宏觀研究也有利於推動微觀研究向更有價值的方向發展。

〔註3〕〔加〕諾思洛普·弗萊，偉大的代碼：聖經與文學〔M〕，赫振益等譯，北京：北京大學出版社，1998，114。

　　我們在研究中國古代詩學時，常常把眼光放在「說了什麼」、「它的涵義是什麼」、「意義何在」等問題上，往往忽略了「它是怎麼說的」、「爲什麼會這樣說」。而在當代，由於時代和思想的變遷，「說了什麼」的大部分內容已失效，而「怎麼說」，也即中國古代詩學的話語方式卻依然保持著一定的生命力。

　　本書試從思維方式入手，尋找中國古代詩學話語方式形成的思維路徑，並以此爲基點去討論詩學話語方式的特徵、優點以及侷限性。全面而系統地探討中國古代的思維方式及其對詩學話語方式的影響，是一項涉及面非常廣、工作量巨大的工作。由於學識和精力有限，筆者從中國古代思維方式中選擇了跟中國古代詩學關係最密切、對中國古代詩學影響最大的三種思維方式——象思維、整體思維、關聯性思維進行論述。相信以這三種思維方式爲切入點研究中國古代詩學的運思方式和話語方式，定能折射出中國古代詩學最本質的特徵。

三、本書的研究目標、思路及意義

（一）研究目標

　　筆者選擇「中國古代詩學的思維方式與話語方式」作爲研究的課題，一來爲了在現代化的語境中尋找中國古代詩學研究新的生長點，透視出中國古代詩學發生的內在規律和源流根本，從而掌握中國古代詩學的總體面貌和內在結構，使其能夠在西方文化的衝擊浪潮中依然保持本色；二來是以客觀和理性的態度反思中國古代詩學，爲當代文論建設提供寶貴的歷史資源，使當代文論在世界化的語境中突顯自己的民族特色。希望本書能在這兩方面取得突破，爲中國古代詩學研究增添一抹新色。

（二）研究思路

　　語言與思維方式及詩學的話語方式之間有著不可割裂的聯繫。主要表現爲：語言是思維的產物，同時還是思維與詩學話語的媒介。因此，本書第一章論述了中國古代語言對思維方式及詩學話語方式的影響。包括兩節內容，分別討論了漢字和漢語對中國傳統思維方式及詩學話語方式的影響。

　　第二、三、四章是本書的主體部分，分別論述了象思維、整體思維、關聯性思維對中國古代詩學話語方式的影響。每章的主要內容包括：某種詩學思維方式的根源和特徵，這種思維方式對詩學話語方式的影響，這種思維方式影響下的詩學話語方式的優點和侷限性。

第五章，對中國古代詩學的思維方式和話語方式進行反思。包括三節，首先探討了中國古代詩學話語方式的詩性特徵；其次分析了中國古代詩學話語方式的侷限性；再次，論述了以詩學爲典型形態的中國古代文論對當代文論建設的意義與啓示。

（三）研究意義

第一，思維方式是文化的支撐和核心。從思維方式入手，尋找中國古代詩學話語形成的思維路徑，追溯中國古代詩學的運思方式、表述方式，有利於深入瞭解中國古代詩學的內涵，揭示中國古代詩學最本質的特徵。

第二，釐清中國古代詩學的話語方式，揭示詩學話語方式的特徵、優點以及侷限性，可以重新認識中國古代詩學的概念、範疇、命題，重估中國古代詩學的價值。

第三，研究中國古代詩學的思維方式與話語方式，對於構建當代文論的話語體系具有重要的參照意義。研究中國古代詩學的思維方式和話語方式，不是簡單地「複製」，對自己的文化孤芳自賞、盲目自大，同時也不是以研究文物的心態，僅限於揭示歷史眞相而已，而是把其科學性、合理性的因素繼承下來，並發揚光大，將其融入新的文化建設中來，讓其在當下甚至未來熠熠生輝，促進當代文論的本土化、民族化。這是本書最重要的意義所在。

第一章　語言之於思與詩──中國古代語言對思維方式及詩學的影響

　　語言是思維的產物，不同的思維方式造就了不同的語言系統。同時，語言還是思維的媒介，它記錄著人類思維的信息，是思維方式的凝固，一個民族的語言會影響或強化這個民族的思維方式。西方語言哲學家維特根斯坦認為，語言之外無思維，語言的邊界就是思維的邊界。「思維與語言是表現原始生活經驗的兩種方式。中國語言決定了中國思維，而中國思維又反過來決定中國語言；掌握了中國語言就意味著掌握了中國思維，反之亦然。」〔註1〕因此，可以從語言中去探求中國古代的思維方式。

　　另外，任何話語都必須借助語言來表達、展示，語言是話語表達的媒介。詩是語言的藝術，詩學的研究對象為詩。因此，詩學是研究語言藝術的學問，可以從中國語言中去探求中國古代詩學的某些內在本質。

　　語言包含文字、語義、句法以及話語交際等。本文把中國語言簡化為兩個層次：一是漢字，二是詞、片語、語句（漢語），分別從這兩個方面來探討語言對中國古代思維方式以及詩學的影響。

第一節　漢字對中國古代思維方式及詩學的影響

　　語言，尤其是文字的出現，是人類真正進入文明社會的標誌。中華民族的主要文字是漢字。漢字是中華民族創造的最重要的文化符號，是中華民族

〔註1〕張岱年，成中英等，中國思維偏向〔M〕，北京：中國社會科學出版社，1991，197～198。

文化的載體，它本身就具有豐富的文化信息。它的構造方式體現並影響了中國古代的思維方式，而且還對包括詩學在內的中國傳統文化產生了深遠的影響。

一、漢字的特徵

德國人類學家凱西爾把人定義爲「符號的動物」，因爲人能創造符號，用符號來創造文化。人與動物的區別就在於，人生活在符號的世界裏，用符號來思維，用符號來創造。文字就是人類創造的一種主要的符號。它是文化的一種表現形式，並承載著文化。同時，文字還是思維的工具，它不但受思維方式的影響，而且反作用於思維。漢字作爲中國古代的主要文字，無疑會受到中國古人思維方式的影響。但其一旦形成，同時又影響著中國古人思維的走向。通過漢字可以研究中華民族的集體心理和文化精神。

漢字迄今爲止已經有數千年的發展歷史，它最初是一種象形文字，「象」是其本質特徵。在原始社會，中國古人主客不分，憑藉著主觀去認識客觀世界。原始先民造字時從具體的物象出發，觀物取象，依照物象的整體或某一方面的突出特徵，通過心靈化和意象化，首先造出象形字。象形文字成爲中國古代文字的主流。

象形的事物畢竟是有限的，於是古人在象形字的基礎上創造了假借字，即用同音或近音的字來表示另一個字。漢字在此過程中，出現了轉化爲拼音文字的可能，但漢字卻依然沿著象形的方向發展。漢字的百分之九十以上爲形聲字，這代表了漢字的主流。在清末和「五四」運動前後，曾經出現過中文拼音化的思潮，但卻依然沒有改變漢字形象性的特點。

關於漢字的起源，主要有以下幾種說法：倉頡造字說、結繩說、八卦說。但無論何種說法，都承認漢字是從圖畫開始的。孔安國在《尚書・序》中記載了伏羲造字的過程：「古者，伏羲之王天下也，始畫八卦，造書契，以代結繩之政，由是文籍生焉。」〔註2〕中國古代書畫同源。中國古代的方塊字，雖然不是一種圖畫文字，但卻起源於圖畫文字，是對客觀事物的一種直接模擬。

在原始時代，中華大地上居住著諸多的氏族部落，每一個部落都有自己

〔註2〕尚書正義〔M〕，〔漢〕孔安國傳，〔唐〕孔穎達等正義，上海：上海古籍出版社，1990，5。

崇拜的圖騰。圖騰一般是動物。為了標識出這些圖騰，他們把這些東西的形象畫在自己居住的地方或者所有物上。這種圖形就是早期象形文字的雛形。為了便於畫或者雕刻，也為了統一，先民在保持事物基本形狀的基礎上，不斷簡化這種圖形，逐步就形成了文字。這種文字的基本特徵是象形，因物賦形，給人一種直觀生動之感，使人看到文字就想到實物。「羊角象其曲，鹿角象其歧，象象其長鼻，豸象其竭尾，犬象其修體，虎象其巨口，馬象其豐尾長顱，兔象其厥尾，蟲象其博首宛身，魚象其枝尾細鱗，燕象其籲口布翅，龜象其昂首被甲，且也或立或臥，或左或右，或正視或橫視，因物賦形，恍若圖畫無異。」〔註3〕

最初的象形字大多數是獨體字，但也有少量的合體字，比如「眉」字，即「目」上面條形的東西，「果」即「木」上面結出的東西。看中國初始的文字，就是一幅幅惟妙惟肖的圖畫。最初的漢字，基本上可以做到以形見義。

到目前為止，文字學家考證到，甲骨文是中國早期文字的主要表現形式。雖然甲骨文與後來中國古代一直沿用的漢字在字形上差別很大，但大多數甲骨文已被學者所認讀。究其原因，那是因為甲骨文是一種比較成熟的象形文字，學者完全可以根據這些文字所描繪的形象來推斷它們所對應的文字。古代漢字雖然經歷了幾次質的變化，比如由甲骨文演變成金文，由金文演變為籀文，由籀文演變為小篆，由小篆轉變為隸書，每一次變化都可謂質的飛躍。但在這些質的飛躍中，漢字的象形特徵卻被保留下來。只不過與最初的文字相比，後來文字的象形特徵不那麼明顯而已。

中國古代文字最初以象形文字為主，逐漸發展為象形與象意並存，最終形成象形、象意、形聲三足鼎立的局面。班固在《漢書‧藝文志》中提出造字法的「六書」，其中四種主要的構字法為「象形、象事、象意、象聲」（即象形、指事、會意、形聲），可見「象」是造字的核心法則。比如，會意字大多都兼有象形特徵：一頭大，一頭小為「尖」，「日」、「月」合在一起為「明」，人倚在樹旁為「休」，刀上點為「刃」，二木為「林」，三木成「森」，等等。正如張岱年等人所言：「中國文字是象形文字，『六書』就以象形或取象為主，當然也有象聲，都是對客觀自然現象的模仿。指事也以形象——符號顯示自然關係、類比自然關係。會意則是對事態的複雜關係的顯示，不是單純的象

〔註3〕刁生虎，隱喻思維與詩性文化——兼論《周易》對中國文化詩性特質的貢獻〔J〕，周易研究，2008（5）：83～84。

形。這基本上決定了中國文字的形象性。」〔註4〕

　　在文字最初形成的階段，中西方都是以象形爲根基，只不過在後來的符號化過程中，西方完全脫離了象形的軌跡，選擇了拼音文字，而漢字則在符號化的過程中保留了象形的基本特徵。究其原因，是因爲西方的史前與文明社會的文化之間往往有巨大的鴻溝，大多發生過斷裂或根本的轉變。而中國則不然，由於農業經濟社會的穩定性使得社會意識形態具有一種連續性。因此，中國的史前與文明社會的文化之間有一種延續性。中國史前時代的「象」思維被傳承下來，並且在漢字中有突出的表現。

　　漢字的形象性決定了其審美性，每一個漢字背後似乎都蘊藏著一段故事。許愼的《說文解字》如此解釋「美」字：「美，甘也。從羊，從大。羊在六畜主給膳也。美與善同意。」〔註5〕「美」字的起源讓我們彷彿看到這樣一個場景：一群人在跋涉，飢餓無比，突然一隻肥碩的羊出現了，於是他們一下子看到了希望，彷彿感受到了一種品嘗甘美食物的滿足感，這種感覺就稱之爲「美」。在閱讀漢字的過程中，既可以觀其象，又可以感其意。「象」與「意」的融洽無間體現了中華民族根本的思維特徵：以象表意。

　　但漢字的形象與意義之間不是一一對應的關係，因爲形象本身就具有多義性，因此漢字往往一字多義，這也是中國文字言簡意豐的原因之一。同時，象的多義性有利於發揮人的想像和聯想，使思維變得活躍。而且，象不是直接指向意的，它往往借助比喻和暗示指向意，這使得中國古代的思維具有象喻和隱喻等特徵。

　　現代漢語拼音系統中有 21 個聲母，39 個韻母，每個聲母與韻母組合起來，再配上漢語特有的四聲，總共有不到 1300 個音節。在漢語中，不同的字甚至詞同音的現象比比皆是，這種現象在英語中極爲少見。但漢語卻沒有因此而出現表達的障礙。這是因爲，漢字不是以音達意，而是以形達意，同音不同形並不妨礙意義的表達。由此可見，漢字集形象、意義和音調於一身，是一種音、形、意相結合的文字。

　　而英語則是一種表音文字，音、義之間的關係不是必然的，字形不具有形象性的特點，是一種一維文字。字形與字義之間的聯繫是隨機的，是靠約

〔註4〕　張岱年，成中英等，中國思維偏向〔M〕，北京：中國社會科學出版社，1991，
　　　　191～192。
〔註5〕　〔清〕段玉裁，說文解字注〔Z〕，上海：上海古籍出版社，1981，146。

定俗成而實現的。因此，西方現代語言學家索緒爾把語言符號分爲能指和所指兩部分，兩個部分之間沒有必然的聯繫。

中國最初的文字，都是對客觀物象的一種模擬。構成漢字的各個部分之間的組合不是線性的，往往是空間性或平面性的圖畫。而英語則靠字母在同一線條上的先後排列來標識讀音和意義。因此可以說，漢字是一種空間語言，而西方的文字則是一種時間語言。如果要用兩種藝術樣式來說明中西方語言的差別，漢語類似於美術，而西方語言則類似於音樂。美術借助圖像表達意義，而音樂借助聲音來表達意義。中西兩種語言的差別也類似於中國的關聯性思維與西方的因果性思維之間的差別。

二、漢字對中國古代思維方式的影響

中西方文字沿著不同的路徑發展，西方從象形文字發展爲字母文字，而中國則由象形文字發展爲象意文字。是什麼決定了這種演變路徑的不同？歸根結底，思維方式的差異決定了文字的差異。同時，漢字是思維形成和表達的媒介，是中國古代思維方式的一種物化形態。漢字一旦形成，無疑會體現中國古代的思維方式並對其產生深遠的影響。漢字對中國傳統思維方式的體現與影響集中表現在以下幾個方面：

第一，漢字的象形特徵體現並強化了中國古代的象思維。

一個民族的語言直接體現並影響了其思維方式。中國早期文字大多是象形字，每一個字都是一個形象，都代表一定的意義。只需觀察形象，通過感性直覺就可獲得意義。漢字的象形特徵充分體現了中國古人思想不與具象分離的思維特徵。我們把這種思維特徵稱之爲象思維。

後人用「鳥獸之文」來命名中國進入文明社會之前的文字，用來說明這種文字的象形特徵。漢字的象形特徵體現了中國古人「觀物取象」的思維特徵。古人依據具體的形象造字，以形寫意，具有重意而輕音的特徵。這也影響了古人的思維方式，使古人在認識事物的過程中，不去建立抽象的法則，而習慣於利用形象來認識事物。正如日本學者中村元所說：「中國人的文字是象形文字，是具象的，而在概念的表達方面，他們也喜歡作具象的表達。即使是理論性的說明，也依賴於知覺表象，喜歡作圖例式的說明。」〔註6〕而西

─────────────────────

〔註6〕〔日〕中村元，比較思想論〔M〕，吳震譯，杭州：浙江人民出版社，1987，169。

方則是拼音文字，字形與字義之間沒有必然的聯繫。字形本身就是由一個個抽象的符號構成，這就培養了西方人的抽象精神。

漢字來源於圖畫，圖畫和漢字意義之間關聯的紐帶是象徵。所謂象徵就是用一個相對形象的事物來表達抽象的思想或情感。它借助形象來認識事物，是象思維一種常見的表現形式。文字即用事物具體形象的特徵來指代一種相對抽象的意義（少數象形字除外，象形字是用具體的形象來指代具體的事物）。比如指事字中的「本」、「末」，從字形上看，分別指一棵樹的兩端，下端為本，上端為末，分別代表事物的根本和次要部分。從樹木這一形象事物的部分引申出一般事物的概念，這顯然是象徵在起作用。再如會意字「休」，從字形上來看，是一個人靠在樹邊，這是一個很形象、很常見的畫面，用來代指「休息」這個相對抽象的概念。

漢字所體現的這種象思維滲透於中國文化的各個領域。《易經》一書博大精深，但歸根結底是由「—」（陽爻）和「- -」（陰爻）兩個符號組成的符號系統。這兩個符號自下而上六個迭成一組，組合成六十四卦，每一卦都有卦爻辭。卦爻辭是對卦象的形象描述，古人從這種形象的描述中總結出一般意義。

第二，漢字的象形特徵體現並強化了中國古代的整體思維。

中國古人普遍持天人合一、物我合一的觀點，這種觀點折射出中國古人的整體思維。在他們看來，世界上萬事萬物之間都存在著普遍的聯繫，宇宙就是由種種聯繫聯結而成的有機整體。任何事物的外部形態都與事物的內在本質緊密相聯，只要能夠描繪出事物的外部形態，便能尋求到事物的內在本質，即可以通過「象」來尋「意」。對於漢字而言也是如此，漢字也是由兩個部分——外在的象和內在的意構成的有機整體。通過對「象」的觀照可以達到對「意」的把握。

漢字是一種象形文字，只能整體地把握，任何筆劃一旦脫離了文字本身就不具有獨立的功能與意義。漢字意義的確立不靠邏輯分析，而是通過對其所展示的形象進行意會，以形見意，以象達意。意義的獲得往往通過對形象的整體性、直觀性的把握，不需要借助任何理性分析。這也是中國古人長於對事物進行整體性、感性的把握，而不尚理性分析的原因所在。

漢字是方塊字，各個部分的組合方式是多樣的，不像拼音文字呈序列式排列。相關實驗表明，人對拼音文字的識別，一般走著從局部到整體的思維路徑，而對漢字的識別，則是整體在先，部分在後。在閱讀漢語讀物時，人

們並不是把每個漢字都看得那麼仔細，而是通過流覽字的大致輪廓來實現對意義的把握。在漢字書法中，有時候省略一些筆劃並不影響人們對它的識別。因此可以說，漢字具有較強的整體性。漢語的片語或句子的語序也體現了中國人對整體的重視。漢語裏無論是地名還是人名，甚至時間，都是從大到小排列，而英語正好相反。因此可以說，漢字充分體現並強化了中國古代的整體思維。

第三，漢字的象形特徵體現並強化了中國古代的關聯性思維。

漢字的象形性在一定程度上造成了漢字的多義性和意義的模糊性，一個漢字往往具有多重意義，其具體意義只能在與其他字或詞的組合中，或者在一定的語境中才能確立。這決定了漢字意義的確立過程其實是一個關係網的建立過程，這體現並強化了中國古代的關聯性思維。

中國古代的漢字最初以獨體字爲主，是典型的象形文字。後來，僅僅借助象形文字，人們交流受限，於是人們把文字兩兩組合，這時，由象形文字發展爲象意文字。象意文字從某種程度上揭示了事物之間的關聯。如「暮」字，其形狀爲太陽隱藏於草莽之中，讓人聯想到日落西山的情景；聯繫到人，則讓人聯想到人到晚年。同一個詞，便具有本義和引申義，本義一般是依形見義，而引申義往往是類比思維的結果。兩層意思各異，但在基本特徵上卻是相通的。

類比思維或類推思維是指以兩事物間的相同或相似之處爲基礎，根據一事物的狀態或特徵，推論出另一事物的狀態或特徵的一種思維方式。這種思維方式是一種典型的關聯性思維。形聲字更能體現古代類推思維的特點，形旁便是「類」。比如，部首爲「木」的字多與樹木有關，部首爲「言」的字多與言談有關，部首爲「貝」的字多與財貨有關，部首爲「心」的字多與心理活動有關。在識字過程中，常常通過對部首的分析可以達到舉一反三的效果。

三、漢字對中國古代詩學的影響

上個世紀 20 年代，以錢玄同、瞿秋白爲代表的很多學者提出用羅馬文字或拉丁文字來代替漢字。一個世紀過去了，漢字不但沒有被廢除，而且依然保持強勁的生命力，在西方掀起了一股股漢語熱。其主要原因是漢字作爲一種詩化文字，增強了包括詩學在內的中國古代文化的詩性。

（一）漢字的詩性特徵

漢字的詩性首先表現爲以象形爲基礎，以形表意。漢字的形、音、義三者是統一的，從總體上而言，是一種表意文字，字形即能昭示意義。漢代許愼的《說文解字》是中國第一部字典，與當代字典不同的是，它從音、形、意三個方面來研究漢字，並揭示漢字的造字規律。綜觀整部《說文解字》，我們能明顯地感受到許愼旨在建立一種漢字結構的表意性特徵理論。他在《說文解字・序》中綜述了六種造字法：

> 一曰指事。指事者，視而可識，察而見意，上下是也。二曰象形。象形者，畫成其物，隨體詰詘，日月是也。三曰形聲。形聲者，以事爲名，取譬相成，江河是也。四曰會意。會意者，比類合誼，以見指偽，武信是也。五曰轉注。轉注者，建類一首，同意相受，考老是也。六曰假借。假借者，本無其字，依聲託事，令長是也。〔註7〕

許愼在論述六種造字法時，重心在於說明字形與字義的關聯。

漢字是一種表意文字，通過字形來昭示意義，無論象形字、指事字，還是會意字、形聲字都具有一種表意性。漢字的表意不是一種直指，常常借助隱喻來實現字形與意義的聯結。漢字無論是造字還是認字都離不開聯想。起初的造字是一種畫的過程，畫者在畫的過程中並不是把事物原本地複製下來，而是抓住事物的特徵捨形取神。比如「鹿」字突出其樹杈形的犄角，使之與牛、羊相區別，「馬」字突出其鬃毛，「象」突出其長鼻。突出特徵即把一事物與另一事物區別開來，使認字的人一看便能猜出它所指代的事物。由此可見，造字不是對事物簡單的模仿，而是聯想事物的特徵，突出特徵，聯想是其中重要的思維活動。同時，聯想又是詩意文化所應具備的基本的美學特徵。

漢字是筆劃的多樣性組合，每一個漢字都是一種空間上的排列與組合，都具有一種獨特的個性，因此漢字的書法成爲一種審美性的追求。很多人把寫漢字比喻成疊羅漢，不僅要整齊，還要形態各異；也有不少人把寫漢字比喻成建房子，既要有美感，也要有力度。美國著名的意象派詩人龐德曾說：「用象形構成的中文永遠是詩的，情不自禁的是詩的」〔註8〕。

〔註7〕〔清〕段玉裁，說文解字注〔Z〕，上海：上海古籍出版社，1981，755～756。
〔註8〕魏善浩，中西文學及其文化背景的比較溯源〔J〕，理論與創作，1989（6）：62。

（二）漢字的詩性特徵對中國古代詩學的影響

漢字的詩性特徵賦予中國古代文化一種詩性特徵。詩學作為文化的構成部分，自然也因漢字的詩性特徵而增添了詩性。當代著名學者王岳川曾說：「『象性』闡釋是漢語詩學的根本特徵，是拼音文字所難以獲得的神韻。」〔註9〕

漢字是中國古代詩歌書寫的媒介，它的詩性增強了詩歌的詩性，直接影響了中國古代詩歌的整體面貌。「西方語言導向了邏輯化、抽象化、概念化，西方文化由此側重科學和理性的建構，漢語導向了形象化、直覺化、感悟化，漢語文化因此而側重詩性和情感的建構，這或許是西方詩歌主智，漢語詩歌主情、主感性的一個重要根源。」〔註10〕

漢語以字為本位，漢字是一種顯象文字。漢字裏的象分為事象和物象，也可分為客觀之「象」和主觀模擬之「象」。漢字通過「象」來示意，有時意與象的關聯不是直接的，一眼就能見出的，這使得漢字具有某種暗示性，這如同中國古代詩歌中的意象與所抒發情感的關係。可以說，漢字的以象顯意的特徵決定了中國古代以抒情性詩歌為最主流的文學樣式。詩歌就是借助意象來表達某種情感。相應地，中國古代詩學也常常借助精心構築的象來表達朦朧的意。

漢字以象示意的象形性特徵帶來漢字意義的模糊性，一個漢字往往具有多個不同的意義，其意義的確立依賴於其存在的語境。漢字的多義性和意義的模糊性，帶來了中國古代詩學的模糊性特徵，帶給讀者更多的想像空間。中國古代詩學範疇往往具有模糊性、非確定性和寬泛性的特徵。比如「詩言志」是中國古代詩學中一個重要的觀念，但何為「志」，卻沒有明確的界定。朱自清從詞源學出發，把其解釋為「懷抱」；荀子把其解釋為聖人之道；《毛詩序》把其解釋為情感、意志與禮三者合一。再如，對於「文以載道」的「道」字的理解，也是眾說紛紜，莫衷一是。儒家把其解釋為以仁義為核心的聖人之道；劉勰在《文心雕龍・原道》中把其解釋為儒家的文學、政治、經濟、道德等與現實人生的關係；道家認為，「道」是不可言說的，是一種只能意會的至高真理。

〔註9〕王岳川，文化話語與意義蹤跡〔M〕，成都：四川人民出版社，1997，481。
〔註10〕胡子，母語，人類對世界的原始命名——漢語詩性本質探微〔J〕，詩探索，1996（3）：53。

漢字一般由兩個或兩個以上部件組合而成，從而產生一種新的意義，這種組合體現了一種整體思維。這給了中國詩學一定的啓示，比如元代馬致遠著名的散曲《天淨沙・秋思》，整首曲子運用九個名詞，沒有動詞連綴，從語法上而言，構不成句子，只能是一個又一個片段。但九個事物組合在一起卻勾勒出一幅蒼涼蕭瑟、契合無間的圖畫，營造了一種整體性的意境。周德清在《中原音韻》中稱其爲「秋思之祖」，王國維在《人間詞話》中給了它「寥寥數語，深得唐人絕句妙境」〔註11〕的美譽。

漢字的多義性和整體性使得人們在閱讀漢字時往往捨形取神。漢字的這種捨形取神的思維特徵對中國古代的文學藝術產生了深刻的影響。比如中國畫的白描手法、空白的運用都是這種思維在藝術創作實踐中的具體運用。中國詩學的形神論、虛實論也是這種思維的表現形式。

此外，漢字的構字法，尤其是形聲字形旁的取類特徵，強化了古人的分類思想，使得古代詩學家在認識詩學範疇、思考詩學問題時重視類比方法的利用，從而深化了中國古代詩學的關聯性思維。

第二節　漢語對中國古代思維方式及詩學的影響

不同的語言具有不同的構詞法、句法。民族之間語言的差異主要是由思維方式的差異決定的。語言材料的選擇、組織，語言規範的形成等都要受到思維方式的制約。同時，語言作爲思維的工具，是思維方式的具體體現，其形成與發展也會促進思維的發展。此外，詩學也是以語言爲媒介形成和發展起來的。不同的語言方式決定了不同的詩學話語形式。本節以漢語的特徵爲切入點，來探討其對中國古代思維方式與詩學的話語方式的影響。

需要特別說明一點的是，中國古代的書面語言一般爲古文，與現代所普遍使用的白話文之間存在著一定的差異。但從構詞法和句法上看，基本上與現代漢語是一致的。因此，可以從現代漢語出發來探究古代漢語在構詞法及句法方面的基本特徵。

一、漢語的特徵

漢語與西方語言的不同之處，首先表現在其形式結構的非邏輯性。這具

〔註11〕王國維，人間詞話〔M〕，彭玉平評注，北京：中華書局，2014，167。

體表現在兩個方面：構詞法的靈活性和句法的自由性。

（一）漢語構詞法的主要特徵

第一，形象譬喻。

西方語言越來越概括、抽象、精確，遠離形象，而漢語卻在抽象化的同時依然保留了原始語言形象化的特徵。在英語中，詞的意義往往具有很強的概括性，比如「wear」，可以爲穿衣戴帽，也可以爲戴眼鏡、戴耳環，甚至爲塗胭脂、塗口紅、搽粉等，而漢語在動詞的運用上則有「穿」、「戴」、「塗」、「搽」等與之對應。漢語的這些動詞充滿了具體性、形象性。

漢語中有很多詞語都用形象譬喻，甚至很多抽象的詞彙都是由形象的事物發展而來的，比如，「道」本指道路，後引申爲宇宙的本原或普遍規律；「陰」本指背光的地方，「陽」本指向光的地方，「陰陽」組合起來引申爲事物相互對立的兩個方面；「能」本來是一種熊屬動物，據說這種動物不但強壯，而且靈巧，因此引申爲人有賢才，最終「能」的本意消失，其特徵流傳下來，形成一個詞。這三個表抽象意義的詞都是由具體可感的事物引申而來的。從以下幾種常見的比喻詞中也可窺見出漢語形象譬喻這一構詞特徵：

以人體作喻的詞：山頭、山口、山腰、山腳、山脈、年頭、年尾、針眼、針鼻、針腳、床頭、床腳、床腿、牆腳、注腳、韻腳、韻腹、刀背、刀口、路口、灶口、碗口、杯口、瓶口、瓶頸、版心、重心、軸心、心潮、口碑、桌面、匾額、梳齒、壺嘴、玉米鬚、手足、眉目、骨肉、心肝、心腸、心腹、耳目、肝膽、股肱，等等。

以水作喻的詞：水準、風水、壞水、禍水、苦水、止水、油水、薪水、主流、支流、逆流、流失、流產、流行、風波、餘波、潮流、思潮、回潮、高潮，等等。

以天作喻的詞：天子、天恩、天顏、天道、天才、天籟、天機、天倫、天資、天下、天職、變天、逆天、青天、歸天、通天，等等。

以臺作喻的詞：上臺、下臺、垮臺、坍臺、拆臺、出臺、內閣、閣老、組閣、搭班子，等等。

有些量詞本身就是比喻性或形象性的詞彙，從量詞的選擇上就能感受到事物的形狀，如一輪明月、一塊糖、一條小河、一線希望、一縷青煙，等等。

用比喻手法生成的熟語和成語也很多，如碰釘子、碰了一鼻子灰、倒胃口、穿小鞋、唇槍舌劍、唇亡齒寒、門可羅雀、車水馬龍、膽小如鼠、虎頭

蛇尾、引狼入室、聰明絕頂、添油加醋、咬文嚼字、囫圇吞棗、索然無味、津津有味、耐人尋味，等等。比喻即借助具體事物或具體事物的特徵來表達另一種相對抽象的事物或特徵。因此，比喻從本質上看就是一種形象思維的應用。運用比喻手法造出的詞具有一種天然的形象性，能夠使人們通過形象事物來把握抽象的事物或意義。

第二，偶對性。

漢語在構詞時常常追求一種勻稱感，很多詞往往成雙成對出現，多用對偶、排比和反覆，如吃喝玩樂、鍋碗瓢盆、張三李四、瓜田李下、家長里短，等等。

漢語中常見由相反的兩個詞構成的合成詞，如：

名詞：陰陽、本末、奇偶、君民、乾坤、天地、男女、寒暑、父子、日夜、夫婦、水火，等等。

形容詞：大小、剛柔、遠近、高低、貴賤、動靜、吉凶、尊卑、善惡、安危、治亂、存亡、難易，等等。

動詞：開合、顯藏、往來、進退、安危、貴賤、生死、始終、順逆、損益，等等。

構成偶對的複合詞的兩個詞意義或融合，或偏指，或變成一個新詞。前人很早就發現了漢語構詞的這一特點。章士釗對此論述道：「中國語言，往往包括相反兩面，如言『要害』。顏師古云：在我為要，在敵為害，是隱括敵我兩面也。推之，言利害，意害而不意非害；言緩急，意急而不意非急；言早晚，意早而不意晚。凡出語兩意兼收，令相剋而相成，諸如此類，不勝枚舉。」〔註12〕

第三，關聯性。

漢語注意事物之間的聯繫，往往通過與之相聯繫的事物來表達事物本身。借代是常常採用的方式，比如縉紳、布衣、梨園、巾幗、干戈、便衣、桑梓、鬚眉、紅顏、紅粉、娥眉、紈綺、頭腦、山河、春秋、汗青、管絃絲竹、丹青、孔方、晨曦、捧腹、噴飯等詞都是以與事物相關聯的事物來代替事物本身。

而且，漢語構詞時，往往打破各種感官的界限。因此，漢語中有許多通感性的詞，如聽見、冷眼、冷槍冷箭、冷遇、冷語、熱鬧、熱線、熱銷、暖

〔註12〕章士釗，邏輯指要〔M〕，上海：三聯書店，1961，18。

色、冷色、口重、言重、音色、響亮、洪亮、尖聲、眼尖，等等。這些詞都
在原本不同的感官之間建立了一種關聯。

第四，模糊性。

古人用模糊思維來創造語言，模糊性是漢語的一大特徵。與西方語言相
比，漢語名詞沒有單複數區別，動詞沒有人稱、時態變化，甚至在詞類的劃
分上都沒有明確的、嚴格的界限，詞類互用現象比比皆是。而且在漢語中，
同一個字具有不同的詞性和含義的情況也屢見不鮮，如差、強、看、易等。
比如「易」字，在古代常常有三層含義：一是「易經」之「易」（名詞），二
是「變易」之「易」（動詞），三是「不易」之「易」（形容詞）。

除詞性多變外，漢語詞彙中的名詞與西方詞彙中的名詞相比，具有概念
的模糊性。比如，「道」是一個很有張力的詞，它既指終極意義上的形而上的
本體，又指任何一種學說、方法、獨特技能、系統知識、經驗總結，等等，
還指一種具體的思路、規律、道理、道路等。《老子》開篇第一句話說：「道
可道，非常道。」〔註13〕（《老子》一章）在老子看來，「道」有「常道」和
「非常道」之分，可以言說的爲「常道」，不可言說的爲「非常道」。對於什
麼可以言說，什麼不可以言說，老子並沒有給予進一步的說明，二者的界限
是模糊的。

西方語言重視語言的實證性、確定性和邏輯性，而漢語則注重直覺性和
模糊性。在許多西方人看來，漢語中的很多詞或片語都不合邏輯，比如養病、
打車、打掃衛生、救火、曬太陽等，但中國人卻認爲這些詞不會產生任何誤
解。

（二）中西語言句法的主要區別——語法型與語義型

「我們可以說，不可論證性達到最高點的語言是比較著重於詞彙的，降
到最低的語言是比較著重語法的。……一方面是偏向於採用詞彙的工具，不
能論證的符號；另一方面是偏重於採用語法的工具，即結構的規則。例如，
我們可以看到，英語的不可論證性就比德語佔有重要得多的地位，但超等詞
彙的典型是漢語，而印歐語和梵語卻是超等語法的標本。」〔註14〕索緒爾將
語言分爲兩種：重於詞彙的和重於語法的。漢語以詞彙爲核心來構建話語符

〔註13〕老子〔M〕，饒尚寬譯注，北京：中華書局，2006，2。
〔註14〕〔瑞士〕索緒爾，普通語言學教程〔M〕，高名凱譯，北京：商務印書館，1980，
　　　　184～185。

號體系，而印歐語則以語法爲核心來構建語法符號體系。以詞彙爲核心表現對語義的重視，而以語法爲核心則表現對語法的重視，由此可見漢語和印歐語的區別也可以歸結爲語義型和語法型的區別。

在西方語言中，動詞隨時態、語態、語氣、人稱等的變化而變化，因此，從動詞的變化中我們可以判斷出句子的各種信息，句子的結構顯得嚴格而明晰。以英語爲例，英語中有十六種時態，動詞隨時態的不同呈現不同的表達形式。再加上語氣和人稱的變化，就更加複雜了。但這種複雜之中卻有嚴格的規則，因而顯得複雜卻不零亂，多樣卻不模糊。

在中國人看來，這種變化簡直是自找麻煩。在漢語中，語言的意義是中心，語法常常會讓步於語義，正如莊子所言：得魚忘筌，得意忘言。在中國古人看來，語言重在表達意義，只要把想要表達的意義表達明白了，形式無關緊要。漢語沒有明確的詞性標誌，很少有詞綴。意義的確立不是靠語法結構，而往往靠詞序和語義關係，靠語境和上下文。

也有人稱英語和漢語分別爲形合語言和意合語言。英語句子的形合特徵主要體現爲：句子的構成依靠語法規則來形成，注重結構形式的完整；每個句子都必須有主語和謂語；句子的各個構成部分都有其獨立的作用。漢語句子的意合特徵主要體現爲：句子的構成靠語境的存在和語義的貫通，詞序和詞義起決定作用；不重視句子結構形式的完整，只求達意；句子的各個構成部分不能完全分解開來。

雖然漢語和英語的句子從主幹上來看，大多都是由主、謂構成的，但構成謂語的成分卻迥異。英語的謂語都是由動詞來充當，而漢語的謂語可以是動詞，也可以是名詞或形容詞，甚至可以是介詞、短語或句子。總體來說，漢語句子的構成規則是意合，而英語句子的構成規則則是形合。

漢語句子的基本要求是達意，英語句子的基本要求則是形式的完整和邏輯的合理。因此，英語多用連詞、介詞、關繫詞，而漢語這些成分與英語相比則少很多。如「他病了，下午不來開會了。」雖然暗含因果關係卻可以不用關聯詞語。英語則不行，英語必須有「so」或「because」等連接詞。漢語主要靠實詞和語序來表達句子的意義，連接詞、關繫詞、介詞等常常可有可無，略去有時也不影響意義的表達。而英語則不然，缺少連接詞、關繫詞和介詞，常常無法構成句子。如漢語中的「種豆得豆，種瓜得瓜」，用英語表達完整的說法應該是「種豆才能得豆，種瓜才能得瓜」；「知己知彼，百戰不殆」

完整的說法應該是「只有知己又知彼，才能百戰不殆」；「見賢思齊」完整的說法應該是「見賢後思齊」；「玩物喪志」完整的說法應該是「因玩物而喪志」或「玩物則喪志」。在漢語中，除去一些連接詞，句子的意思並不受影響，而且更為簡潔明確，而對於英語而言，這些連接詞卻是不可或缺的。再如，漢語的介詞常常是可以省略的，而英語則不行。如，「地上有一本書。」用英語表達為「There is a book on the ground.」這裡的介詞「on」不可省略。

總之，漢語句子的構成遵循意合的原則，重意義而輕形式，重語序而輕結構，詞少有形態變化，用詞注重意義，句子不受嚴格的主謂結構的限制，少用連接詞。句子的構成往往很少受形式的束縛，常常拋開一切不必要的附屬的要素，只留下純粹的意義。語法和邏輯往往包藏在字裏行間，句式靈活多變，講求語義、語感的流暢，追求言近旨遠、意在言外的審美效果。有時候無所謂主謂，無所謂主句與從句，省略句、倒裝句、散句是常見的句式。句子與句子之間在語法上的連接比較鬆散，有時候可以隨意斷開，也可以連接在一起。語法規則往往靠約定俗成，理解往往靠領悟和體會，而不尚分析。

英語的句子，往往是一種樹形結構，無論有多少分叉，但其分叉都長在主幹之上，與主幹相連。雖然有時也會給人枝葉橫生、盤根錯節之感，但卻輪廓清晰，主干與分支界限分明。意義對語境的依賴要遠遠小於漢語。因而，著名的語言學家王力先生斷言：「中國語法是軟的，富於彈性。」「西洋語法是硬的，沒有彈性。」〔註15〕

由上述分析我們可以得出這樣的結論：漢語是一種直觀、形象的語言，缺少詞形變化，句式靈活多變，句子的意義靠詞義、詞序以及虛詞來實現；英語則是一種抽象的語言，有嚴格的詞形變化規則和句法，句子的意義除了靠詞義、詞序和虛詞外，還要借助詞形變化、時態、語態、語氣等來實現。

二、漢語對中國古代思維方式的影響

第一，漢語體現並強化了中國古代的象思維。

中國古人不尚抽象，在思維過程中往往離不開具體的事物。他們善於運用比喻，比喻甚至成為他們觀察世界、思考問題的方式。漢語中具有比喻因素的詞彙比比皆是，如：名詞：帶魚、馬尾松、鵝卵石、馬尾辮，等等；動詞：鞭策、魚肉、蠶食、薰陶、蜂擁，等等。

〔註15〕王力，中國語法理論〔M〕，濟南：山東教育出版社，1984，141。

　　詞的本義往往是具體的、形象的，而比喻義則相對比較抽象，這是中國古代形象思維的突出表現。另外，以借代的方法構詞在漢語中也屢見不鮮，如：干戈、鐵窗、便衣、縉紳、丹青、巾幗、布衣、鬚眉，等等。還有的詞是通過形象的相關性、相似點實現由本義到引申義的過渡。如幌子，本指店鋪的招牌，引申爲某種藉口。

　　以上幾種構詞法都是以象爲紐帶，實現詞的意義由具體到抽象的過渡。這種構詞法無疑會體現並強化中國古代的象思維。

　　第二，漢語體現並強化了中國古代的整體思維。

　　漢語是一種意合語言，句子的形式比較鬆散，多用短句。而英語注重句子形式的嚴密和結構的完整，在構句時，注重細節以及各語言要素之間的關係，常常借助主從複合句來表達複雜的意義。這種主從複合句往往是一個句子嵌套在另一個句子之中，體現出一定的遞進性，就像是一顆枝葉茂盛的大樹，有主幹，有分支，還有枝葉。例如這樣一個句子：

　　　　我認識一個女人，她有一個兒子。她兒媳婦賣蛋糕。蛋糕是她兒媳婦在家裏廚房中烘焙的。廚房裏有很多自動化設備，這些設備很貴重。

這六個短句可以合成這樣一個英文句子：

　　　　（1）I knew a woman（2）who had a son（3）whose wife sold cake（4）that she had baked in their kitchen（5）that was fully equipped with mordern appliances（6）that were very expensive.

整個句子是由六個分句構成，其中句子（1）是整個句子的主幹，而其餘的五個句子都層層嵌套於主句之上，顯示出明顯的層級關係。

　　由上述分析我們也能看出，要理解漢語句子的意義，必須從整體上進行把握。單看一個詞，或一句話，有時候無法準確判定它的含義，必須把它放在句子或句群裏才能判定。這就使得中國古人在潛意識裏形成了整體思維的習慣。

　　中國古代的思維方式是一種整體思維，注重各部分的關聯性。在分析事物時，不能把事物分解爲各個部分逐一進行分析，而是追求事物整體的和諧統一。西方常常把整個事物分解爲各個部分，然後對各個要素進行深入、細緻的分析，把握其特殊本質，爲把握事物的整體特徵與本質奠定基礎。中西語言的差異也體現了兩種思維方式的差異。

　　第三，漢語體現並強化了中國古代的關聯性思維。

　　漢語的關聯性在一定程度上強化了中國古人的關聯性思維。所謂關聯性思維，就是建立在事物相似、相關或相類基礎上的思維活動過程。

　　中國古代漢語句子主要不是靠語法連綴，而是依賴詞序和語義關係，很多句子都具有歧義，對句子的理解靠意會。古人在理解句子時注重語言成分之間意義上的聯繫。因此，中國古代漢語的意會性特徵強化了中國古代的關聯性思維。這種思維方式的主要特徵是從事物的相近性、相似性或相類性出發去聯想和類推。

　　西方的一些漢學家稱中國古代漢語為「關聯性語言」，又稱其為「過程性語言」：「關聯性語言就是過程語言，是唯一使我們接近『一切皆流』之直接感覺的語言。比喻和意象語言植根於關聯性之中。關聯性語言是對事物流變之感覺的結果、跡象和獎勵。這樣一種語言是去感覺事物流變的門票。」〔註16〕

三、漢語對中國古代詩學的影響

　　中國古代詩學一向不太重視語言研究，甚至把文字、音韻、訓詁方面的研究稱之為「小學」，無論做得再精確，也無法登大雅之堂，這是一種認識誤區。詩學的研究對象為詩歌，詩歌是語言的藝術，而且詩學思想以語言為媒介來表達，詩學無疑會受到語言本身特點的影響。語言的特點從某種程度上也決定了詩學的面貌。劉勰意識到這一點，他在《文心雕龍·序志》篇中說：「夫『文心者』，言為文之用心也。」〔註17〕在劉勰看來，語言是「文心」，研究中國古代詩學必須從研究詩學的語言入手。在漢語的影響之下，中國古代詩學富有詩性，主要體現在以下幾點：

（一）重具象而輕抽象

　　漢語的具象性已經同思維的具象性一樣成為中華民族精神的一種特質，已經深深地植根於中國古代文化之中，內化為中國古人的一種思維品格。中國人在說明事物時，不喜歡用抽象的概念，而習慣於「觀物取象」，使得意義生動可感。

　　受漢語具象性的影響，中國古人常常用形象的事物來表達抽象的意義或

〔註16〕〔美〕安樂哲，和而不同：中西哲學的會通〔M〕，北京：北京大學出版社，2009，219。
〔註17〕周振甫，文心雕龍今譯〔M〕，北京：中華書局，1986，451。

情感。賀鑄的《青玉案》結尾寫道：「試問閒愁都幾許？一川煙草，滿城風絮，梅子黃時雨。」愁緒是看不到、摸不著的，詞人巧妙地把它化為幾組具體的景物，讓人在對景物的觀照中感受到詞人濃濃的愁緒。蘇東坡《百步洪》連用七個比喻來描繪水波沖瀉的壯觀場景：「有如兔走鷹華落，駿馬下注千丈坡，斷弦離柱劍脫手，飛電過隙珠翻荷。」這樣的表述具有任何直接描摹都無法達到的藝術效果。

中國人在說明事物時，往往不去揭示事物的本質，而是描述事物的特徵，不重視事物是什麼，而重視事物「似」什麼。姚鼐在談「陽剛」這種詩學風格時說：

> 其得於陽剛之美者，則其文如霆，如電，如長風之出谷，如崇山峻崖，如決大川，如奔騏驥；其光也，如杲日，如火，如金鏐鐵；
> 其於人也，如憑高視遠，如君而朝萬眾，如鼓萬勇士而戰之。〔註18〕

姚鼐筆下的「陽剛」與西方美學中的「崇高」相似。與姚鼐的論述風格不同，康德這樣說「崇高」：「對於自然界裏的崇高的感覺就是對於自己本身的使命的崇敬，而經由某一種暗換賦予了一自然界的對象（把這對於主體裏的人類觀念的崇敬變換為對於客體），這樣就像是把我們的認識機能裏的理性使命對於感性裏最大機能的優越性形象化地表達出來了。」〔註19〕這種論述方式與姚鼐的感性、具象式的論述方式相比，顯得比較理性、抽象。

西方人擅長直接以言來表意，中國古人則以象表意，象成為言意之間的中介。象比單純的文字符號蘊含更為豐富、精妙。林語堂先生在《中國人》一書中以傳統詩學對寫作方法的命名為例說明中國人習慣於使用意象性名詞這一特徵：「不同的寫作方法被稱為『隔岸觀火』（一種超俗的格調），『蜻蜓點水』（輕描淡寫），『畫龍點睛』（提出作品的要點），『欲擒故縱』（起伏跌宕）」〔註20〕。

同時，漢語形象譬喻的特徵也影響了中國古代詩學的語言觀。如「猴頭」不是指猴子的腦袋，而是一種蘑菇，跟猴子的腦袋形狀相似，所以取名「猴頭」。再如「龍眼」不是龍的眼睛，而是類似於龍眼睛形狀和大小的一種葡萄。

〔註18〕〔清〕姚鼐，覆魯絜非書〔C〕，見：郭紹虞主編，中國歷代文論選：第三冊，上海：上海古籍出版社，1979，510。

〔註19〕〔德〕康德，判斷力批判〔M〕：上卷，宗白華譯，北京：商務印書館，1964，97。

〔註20〕林語堂，中國人〔M〕，上海：學林出版社，1994，94。

這些詞借用它物，或它物的特徵來比擬此物。它物只是通向此物的一個中介，一旦獲得了它物的意義，它物本身就變得不再重要。中國古代詩學的言意觀與之類似，得意忘言，一旦掌握了意義，意義是如何來的就變得並不重要了。

（二）重整體意會而輕分析

漢語輕語法重意會的特徵也深深地影響了中國古代詩學。中國古人認為天人合一，人與自然是統一的整體，因而注重整體的和諧性，習慣於整體地、綜合地把握事物，在句子的構成上不太注重嚴格的邏輯結構，句子的形式靈活多變。如馬致遠的散曲《天淨沙·秋思》：

> 枯藤老樹昏鴉，
>
> 小橋流水人家，
>
> 古道西風瘦馬。
>
> 夕陽西下，斷腸人在天涯。

前三個句子，每個句子都是由三個名詞構成，沒有動詞，沒有連詞，但意義卻完整而豐富：夕陽下，一個身在異鄉的遊子牽著一匹瘦馬走在一條古樸的小道上，道邊有行將枯萎的藤蔓和蒼老的樹，還有潺潺的流水和稀稀落落的人家，西風陣陣襲來，蒼涼、孤獨之感從心底而生，濃濃的鄉愁不言而喻。對於這首散曲的理解，我們不能把一個個意象從文中剝離開來，而是應該把它們放在整體的語境之中，從而獲得一種整體性的意義。再如，溫庭筠的詩句「雞聲茅店月，人跡板橋霜」和《天淨沙·秋思》一樣，都是由名詞構成，沒有動詞，沒有連詞，看似一盤散沙，卻聚合在一起，指向無限豐富的意蘊。

葉維廉先生論中國古代詩學的意會性特徵時說：「中國傳統的批評是屬於『點、悟』式的批評，以不破壞詩的『機心』為理想，在結構上，用『言簡而意繁』及『點到為止』去激起讀者意識中詩的活動，使詩的意境重現，是一種近乎詩的結構。」〔註21〕這揭示了中國古代詩學的一個重要特徵：重整體意會而輕細緻分析。

與之相反，西方語言靠語法連綴，要理解語言首先要分析各個構成要素的語法功能，這使得西方人在面對事物時，先把事物分解成各個部分，然後對各個部分進行分析。以亞里斯多德為例，他在研究詩的過程中，先對詩進行分類，然後探究詩的本質特徵、詩的起源、詩學基本理論。他的詩學理論

〔註21〕〔美〕葉維廉，中國詩學〔M〕，北京：三聯書店，2006，8。

非常注重概念界定和使用的準確性。比如在研究悲劇時,他先給悲劇下一個準確而完整的定義:「悲劇是對一個嚴肅、完整、有一定長度的行動的摹仿;它的媒介是語言,具有各種悅耳之音,分別在劇中各部分使用;摹仿的方式是借人物的動作來表達,而不是採用敘述法;藉以引起憐憫與恐懼來使這種情感得到陶冶。」〔註22〕細細分析,我們會發現,亞里斯多德關於「悲劇」的定義,跟他哲學研究中的「四因說」是不謀而合的。亞里斯多德認為,任何事物的成因都可以歸結為質料、形式、動力、目的等四種因素,他對「悲劇」的定義正好也是從這四個方面來界定的。

中國古人不善於用西方分析的方法來界定詩學概念,他們常常以意會的方式從整體上去描述概念。比如,司空圖在《詩品》中列出二十四種詩歌風格,分別為:雄渾、沖淡、纖穠、沉著、高亢、典雅、洗煉、勁健、綺麗、自然、含蓄、豪放、精神、縝密、疏野、清奇、委曲、實境、悲慨、形容、超詣、飄逸、曠達、流動。對於每一種風格的具體特徵,司空圖並沒有給出明確的界定,而是為每一種風格構築了一幅場景或畫面,讓讀者通過整體意會來獲得對這些詩歌風格的體悟。

(三)重關係而輕本質

中國古代漢語的句子主要不是靠語法連綴,而是依賴詞序和語義關係,很多句子都具有歧義,對句子的理解靠意會。因此,古人在理解句子時注重語言成分之間意義上的聯繫。中國古代漢語的意會性強化了漢民族的關聯性思維,同時也決定了中國古代詩學重關係而輕本質的特徵。

中國古人在考察詩學範疇時,往往不太注重對事物本質的追問,而常常在與其他事物的關係中來確立這一範疇的意義或特徵。中國古代詩學中的很多範疇或概念都是從別的領域或者事物中遷移而來的,我們需要從它與別的領域或事物的關係中來確立這一範疇或概念的意義。如「道」先從自然意義的道路被借用為哲學概念,指事物的本原或規律,後又被遷移到詩學之中。「道」本義為人所行走的具有一定方向的路,由此引申出人或物所遵循的方向——道理或規律。後來進一步引申為世界上最普遍的道理和最高的規律,即哲學中的「道」。引申到詩學中,為「文道」、「詩道」。我們要想瞭解「文道」或「詩道」的涵義,必須要考察它與哲學之「道」的關係。

〔註22〕〔古希臘〕亞里斯多德,〔古羅馬〕賀拉斯,詩學·詩藝〔M〕,羅念生譯,北京:人民文學出版社,1962,19。

氣、象、風、境等範疇也是由自然概念引申而來的，而骨、神、味等範疇則是由生命概念引申而來的。「骨」本意爲人體的框架構成部分，指人的體骨、骨幹，其功能有支撐身體、構架等，具有堅挺、硬朗、奇崛等特點，被借用到文學批評之中，如風骨、氣骨，一般指作品所蘊藉的一種力量。「神」本義爲「天神」，作爲君臨萬物的主宰，他是可以統轄一切形體的萬物的精髓，是萬物的內在精神本質，也是萬物的生氣所在，引申到詩學之中爲審美對象的本質或藝術家的精神特徵，如神采、神韻、風神等。因此要瞭解這些範疇，必須要考察它與生命及其他生命概念的關係。

（四）重神似而輕形似

漢語講求以意義來統攝語句，以神統形，而不像西方語言以邏輯和規則來構造句子。這使得中國古代詩學重神輕形，講求「氣韻生動」。中國古代詩學中有「文以氣爲主」之說，而不是「文以意爲主」。氣韻超越於意義之上，成爲中國古人的一大追求。

針對漢語的這個特點，王力先生曾說：「就句子的結構而論，西洋的語言是法治的，中國的語言是人治的。」〔註23〕這裡的「法治」指的是西方語言遵循著嚴格的邏輯規則，比如，西方語言中常常有數、格、時態等種種嚴格的規定，從詞的構成，到短語，到句法，西方語言都有著理性的規則。受這種語言方式的影響，西方人對「定義」情有獨鍾，希望通過「定義」的方式來說明概念。以「定義」爲中心，西方形成了邏輯清晰、規則鮮明的文化體系。與西方語言「法治」相比，漢語則是一種「人治」的語言。其主要表現爲，漢語重神似而輕形似，重語言的功能而輕語言的規則。漢語無論從詞法還是從句法上看，都具有很大的靈活性，語言構成的主觀性較強，邏輯結構相對鬆散。例如，在中國古代，盛行隱喻性言說，在意義的生成機制上，不像西方那樣嚴格按照詞的意思來追索句子的意思，即一個句子的意思往往是構成句子的詞語意義的連綴。而漢語句子的意思往往不是詞的意思的連綴，常常因語境的不同而旁生出很多詞本身不具備的意義。因此，在理解漢語時，重在體悟。

中國古代詩歌多用比擬、誇張、虛實結合等手法，其描寫常常是非理性和不合邏輯的。如宋朝張先的詞《一叢花》最後一句：「沉恨細思，不如桃杏，猶

〔註23〕王力，中國語法理論〔M〕，濟南：山東教育出版社，1984，35。

解嫁東風。」東風本是無形無生命之物，「嫁東風」看來是不合理性和不符合邏輯的，但正是這種無理之辭，卻惟妙惟肖、細膩深刻地寫出了怨婦的失望之情。

在中國古代詩學中，語言往往不追求一種嚴格的語法規則，而更注重氣韻生動，努力去營造感性形象，很少有嚴格意義上的定義，甚至詩學作品本身也往往以「詩話」、「詩品」等形式出現。詩學家們一般對詩的本質不感興趣，對詩的定義更是漠不關心，他們把興趣點放在探討詩歌的功能和描述詩歌的形態上。比如，談及古代詩學，談到詩的本質，人們自然會想到「詩言志」、「詩緣情」這樣的表述。假如把「言志」作為詩的本質的話，那麼有人不禁要問：詩只能言志嗎？或者：「志」一定要用詩的形式來言說嗎？對於「詩緣情」而言也是如此。與其把這些當成是對詩的定義，還不如把它們當作對詩歌創作的一種指導，即探討詩歌怎麼來寫。

（五）重模糊而輕明晰

漢語形式的模糊性特徵是構成中國古代詩學模糊性和多義性的一個重要的根源。在西方，一個概念往往由一個判斷來規定。概念的內涵和外延常常是確定的。而中國古代的很多概念都是多向的，甚至是模糊的、不確定的。西方語言對於詞語所屬詞性有確切的劃分，極個別的詞語兼有多種詞性。而在漢語中，詞性的劃分卻是一個難題。連現代漢語詞典詞條中都沒有標出詞性。比如古代詩學中的「神思」一詞，既可以被看作名詞，也可以被看作動詞。「風」、「味」等詞也是如此。《毛詩序》中這樣定義「風」：「風也，教也；風以動之，教以化之」，「上以風化下，下以風刺上。」〔註24〕在同一語境中，一個詞兼有多種詞性，這在西方語言中是不可能存在的。再如「美」既是名詞又是形容詞，有時候甚至可以活用為動詞。

名詞是任何語言體系中最重要的一類詞，因為它承擔著對世界萬事萬物命名的責任，對於西方語言而言更是如此。西方非常重視名詞的分類，關於名詞，有「能指」與「所指」的劃分，有冠詞與不定冠詞的區分，有數與格的嚴格規定。這些都表明，西方強調名詞的類別與概念性。而在漢語中，名詞的類別和概念性是無關緊要的，具有一種隨意性。在古人看來，「文本同而末異」，即文章在本質上是相同的，只是在枝節上有異。曹丕的《典論·論文》將文章分為四類八體，即奏議、書論、銘誄、詩賦；陸機的《文賦》將文章

〔註24〕〔漢〕毛詩序〔C〕，見：郭紹虞主編，中國歷代文論選：第一冊，上海：上海古籍出版社，1979，63。

分為十類：詩、賦、碑、誄、銘、箴、頌、論、奏、說；劉勰則把文章分為文、筆兩類。這些分類方法缺少嚴格的邏輯性，具有隨意性。

　　漢語中的名詞往往沒有嚴格的概念性，它們甚至常常是隱喻的，在意義上具有一種含蓄性、模糊性、流動性、不確定性。如劉勰的《文心雕龍》開篇寫道：

　　　　文之為德也大矣，與天地並生者何哉？夫玄黃色雜，方圓體
　　分，日月疊璧，以垂麗天之象；山川煥綺，以鋪理地之形。此蓋道
　　之文也。仰觀吐曜，俯察含章，高卑定位，故兩儀既生矣。唯人參
　　之，性靈所鍾，是謂三才，為五行之秀，實天地之心。心生而言立，
　　言立而文明，自然之道也。〔註25〕

這段話共出現了三次「文」，有自然之文、人文之文、文學之文，三種「文」的界限模糊，關係糾纏不清。在西方人看來，這種分法顯然缺乏邏輯性和體系性。

　　詩學範疇的模糊性和多義性使得含蓄成為中國古代詩學的一大追求。正如葉燮在《原詩・內篇》中所說：「詩之至處，妙在含蓄無垠，思致微妙，其寄託在可言不可言之間，其指歸在可解不可解之會，言在此而意在彼，泯端倪而離形象，絕議論而窮思維，引人於冥漠恍惚之境，所以為至也。」〔註26〕因此，明代謝榛有言「詩有可解，不可解，不必解。」〔註27〕

　　總之，語言是思維的媒介，是思維的外衣，它規約著思維的走向，選擇了某種語言，這種語言的思維方式也就決定了整個文化的思維方式。詩學作為文化的一部分，其話語方式必然會受到語言以及思維的影響。因此，研究語言、思維及詩學的關係具有非常重要的意義。法國著名的哲學家福柯在其著作《詞與物》中把中國稱之為「異質的城邦」，其理由為：「該國度中所使用的語言，它的句法，它對事物的稱謂和命名，甚至該語言中聯繫詞語的語法規律，都與我們已知的一切相左。」〔註28〕漢語的「異質性」使得用漢語表達的中國古代詩學與西方詩學相比也具有一種「異質性」。在後文我們將進一步論述這種「異質性」。

〔註25〕周振甫，文心雕龍今譯〔M〕，北京：中華書局，1986，9。
〔註26〕〔清〕葉燮，原詩〔C〕，見：郭紹虞主編，中國歷代文論選：第三冊，上海：
　　　　上海古籍出版社，1979，352。
〔註27〕〔明〕謝榛，四溟詩話〔C〕，見：丁福保輯，歷代詩話續編：下冊，北京：
　　　　中華書局，1983，1143。
〔註28〕盛寧，道與邏各斯的對話〔J〕，讀書，1993（11）：120。

第二章　中國古代的象思維及其對詩學話語方式的影響

　　象思維是中國古代最基本的思維方式，它在一定程度上構成和決定了中國古代文化的面貌，它是包括詩學在內的中國古代文化的核心和靈魂。

第一節　中國古代的象思維與哲學之象

　　「象思維」這一概念是在二十世紀八十年代由王樹人提出的。他提出，中國古代思維的基本特徵是象思維，並從宏觀的文化視角闡述了「象思維」的結構、特徵、意義和地位等，以象思維為基點，對中西思維方式進行了比較，揭示了中西文化的本質區別。象思維在中國古代有漫長的發展歷程，富有深厚而豐富的意蘊。

一、象思維及其發展歷程

（一）中國古代最主要的思維方式——象思維

　　象思維即以象的方式來觀察世界，以象的方式來反映世界，以象的方式來表達對世界的認識，以象的方式來把握世界。換句話說，象思維即是一種通過直觀、感性、形象的符號來把握世界抽象意義的一種思維方式，它不同於西方一些人類學家所說的原始思維或野性思維。原始思維或野性思維僅憑感性直觀來把握事物，最終只能反映事物的表層特徵或事物之間的表層聯繫。象思維借感性的方式來表現抽象的意義，不完全剔除理性。它又不同於西方的理性思維，用抽象的概念和邏輯推理去解釋世界的本質，把握事物之

間的聯繫，它以直觀、感性、形象的方式來解釋理性。這種思維方式在西方人看來是不具有認識能力和抽象能力的，但卻是中國傳統文化主導性的思維方式之一。它對中國古代的哲學、文學藝術等都產生了深遠的影響。

「象」作爲概念性的詞最早出現於《周易》之中，《繫辭上傳》言：「在天成象，在地成形，變化見矣。」〔註1〕這裡的「象」指的是天地萬物客觀之「象」，也就是可以感知到的事物的表象。「聖人設卦觀象」中的「象」也是這個意思。而「是故，吉凶者，失得之象也。悔吝者，憂虞之象也。變化者，進退之象也。剛柔者，晝夜之象也。」〔註2〕這裡的「象」即表徵之象，是聖人觀物之後而得設的卦象。無論是自然之「象」，還是卦爻之「象」，都是通過形象來表達一定的思想或觀點，都是虛實相融的產物。《周易》中的「象」具有審美意蘊，但不是典型的審美形象。

許愼《說文解字》這樣解釋「象」：「象，長鼻牙，南越大獸，三年一乳，象耳牙四足之形。」〔註3〕《韓非子‧解老》篇中也說：「人希見生象也，而得死象之骨，案其圖以想其生也，故諸人之所以意想者皆謂之『象』也。今道雖不可得聞見，聖人執其見功以處見其形，故曰：『無狀之狀，無物之象。』」〔註4〕人很難見到活象，得到了死象的骨頭，按照它的骨架想像它活著時候的樣子。因此，把人們想像的東西，稱之爲「象」。韓非的這段話，具有非同尋常的意義。它說明，「象」在先秦時期已經由具體的「象」轉化成一種普遍的想像之「象」，即「象」是主客觀統一的產物，這爲後來「意象」理論的形成奠定了重要的思想基礎。

象思維體現了主客渾然一體、心物相互交融，它往往從整體出發來考察事物之間的關係，通過整體直觀來把握事物，並在此過程中融感性與理性爲一體。這種方式在《周易》裏就是一種仰觀宇宙、俯察世界的觀物取象，在儒家那裡就是以自然比德的論說方式，在道家那裡就是借物來悟道、體道。

《周易》借物象來表義理。《周易》主要包括兩大部分：卦象和卦爻辭。卦象包括六十四卦，是由陰爻和陽爻構成的圖形，是對宇宙萬物的描摹，可視爲原始意象。而卦爻辭則是對六十四卦這種圖形形式的一種文字表達，把

〔註1〕周振甫，周易譯注〔M〕，北京：中華書局，2012，302。
〔註2〕周振甫，周易譯注〔M〕，北京：中華書局，2012，302。
〔註3〕〔漢〕許愼，說文解字〔Z〕，〔宋〕徐鉉校定，北京：中華書局，2013，196。
〔註4〕韓非子校注〔M〕，《韓非子》校注組校訂，南京：江蘇人民出版社，1982，201。

六十四卦設置在具體的場景之中，用來描繪這些卦象的意義。卦爻辭不是對卦象意義的一種直接揭示，而是通過對社會、自然等各種現象的描寫，來隱喻其象徵意義。如「乾」卦，下爻（初九）爻辭為「潛龍勿用」，描寫的是一條沉潛海底的蛟龍，意思是說，時機還未成熟，需養精蓄銳、等待時機。上爻（上九）爻辭「亢龍有悔」，描寫的是一條飛騰於高天、達到極點的龍，意思是說，事物發展到了極點，將要走下坡路。

再如「睽」卦最後一爻的爻辭：「睽孤見豕負塗，載鬼一車，先張之弧，後說之弧，匪寇，婚媾。」〔註5〕意思是說一個長期離家、漂泊在外的孤獨之人因過於思鄉而產生了幻覺：好像看到了渾身沾滿污泥的豬，又好像看到了一輛載著鬼的車。他連忙掏出弓箭，想要引弓射鬼，但定晴一看，又把弓放下了。原來，朝他走來的既不是野獸或鬼怪，也不是寇賊，而是一對正在舉行婚禮的青年男女。這裡用一個形象化的場景說明了卦象所表達的意思：事情異常怪異。

總之，象思維運用具體的、形象的事物去表達一般的、抽象的道理。象思維是中國古代最重要的思維方式，它是中國古代整體思維和關聯性思維的基礎。「中國傳統思維的框架與方法，都基於取『象』並在『象』的轉換和流動中完成思想的生產。中國傳統思維方式的其他特性都是由這個『象』的性質所決定的。」〔註6〕

（二）象思維形成探因

原始思維從根本上說就是一種具象思維，中西方文化的發展無一例外都是從原始思維開始的。只不過，西方很快脫離了具象的軌跡，走上了語言之路，而中國古代則沿著具象的道路越走越遠。中國古代為何走上象思維的道路？中國古代先民由原始社會進入奴隸社會，社會沒有經過根本性的裂變，先民雖然由原始社會邁進了文明社會，但其固有的觀念沒有受到徹底的清算與摒除。因而，原始先民固有的表象思維和類比聯想思維被保存並延續下來，與新的文明社會的觀念融合在一起，形成了既超越於原始思維又與西方理性思維迥異的一種獨特的思維方式。一方面，中國古代先民在很早就具有高度的抽象能力，另一方面，又保留了兒童般的天真，習慣於以表象思維來把握

〔註5〕周振甫，周易譯注〔M〕，北京：中華書局，2012，177。
〔註6〕王樹人，喻柏林，傳統智慧再發現〔M〕：下卷，北京：作家出版社，1996，189。

世界。只不過，中國古人很快就學會了如何調和這二者之間的矛盾，將其穩定下來，在歷史中積澱爲一種思維定勢。而西方則不然，古希臘由原始社會到奴隸社會經歷了梭倫變法，氏族制度得到清算，西方的原始社會與奴隸社會之間出現了大的裂變與鴻溝。因而，西方進入文明社會後，原始思維根除得相對比較徹底。

縱觀整個中國古代傳統文化，我們會發現中國傳統思維一直都具有一種連續性，它與原始思維之間的聯繫就像果實與種子的關係一般。中國傳統思維方式一直在中國大地上自由生長，這使得中國傳統思維一直保留了原始思維的一些樸素的觀念，中國古代文化中普遍存在的象徵、隱喻等表達方式從根本上說就來自於原始的隱喻思維。古人在認識事物時，始終不離開形象，用以己度物的方式表達自己對外在世界的感受與體悟。

意大利美學家克羅齊指出：「知識有兩種形式：不是直覺的，就是邏輯的；不是從想像得來的，就是從理智得來的；不是關於個體的，就是關於共相的；不是關於諸個別事物的，就是關於它們中間關係的；總之，知識所產生的不是意象，就是概念。」〔註7〕前者類似於中國古代的象思維，而後者則類似於西方的理性思維（邏輯思維或概念思維）。

列維‧布留爾認爲人類的思維有兩種：一是原始思維，二是邏輯思維。只不過，他把原始思維看作是一種比較低級的思維方式，而把以歐洲爲代表的邏輯思維看作是一種比較高級的思維方式，顯然帶有一種歐洲中心主義的文化偏見。列維‧斯特勞斯則認爲原始思維（也稱野性思維）和現代思維是人類兩種平行關係的思維方式，二者不存在著進化的關係，肯定了原始思維的地位和價值。維柯把其稱爲「詩性智慧」。無論是維柯所說的「詩性智慧」，還是列維‧布留爾和列維‧斯特勞斯所說的「原始思維」，都是與概念思維相對立的一種思維方式。它們基本上都是一種人類初級階段的思維方式，不能等同於象思維。

中國古代也不乏抽象的思想，但這些思想從來都不與具象割裂開來。在中國古代，古人在討論有與無、虛與實、本與末等看似抽象的問題時都離不開具體對象。中國漢字最初強調依形見意，而隨著人們認識水準的不斷深入和表達複雜問題的需要，文字量急劇增加，人們爲了更便捷地使用漢字，不斷簡化漢字的筆劃與結構，這使得漢字越來越遠離其原形，而且表達抽象意

〔註7〕〔意〕克羅齊，美學原理〔M〕，朱光潛譯，北京：外國文學出版社，1983，7。

義的文字越來越多，這種文字的象形性越來越弱，帶來了漢字形象與抽象意義之間的鴻溝。人們開始把視野轉向文字外部，提出「立象盡意」，借助文字所塑造的「象」來表達意義。中國古人認為，對事物的認識可以借助形象性的思維符號或概念，但更為重要的是借助對客觀事物的直接模擬。《周易・繫辭下傳》云：「象也，象也者，像也。」〔註 8〕這裡的「象」就是對客觀事物的一種把握方式，它與客觀事物構成「像」的關係，即具有某種相似性。

　　西方人則認為，概念是對事物屬性的直接、抽象的概括，是人對對象世界的最精確的表達。只要掌握了一個事物的概念，也就掌握了這個事物的意義。在他們看來，「象」是不可靠的，是不能反映事物本質的。柏拉圖的摹仿說不是對現實「象」的肯定，而是一種貶抑。他認為，詩人或畫家筆下的床，都是對現實床的一種摹仿。但這種床，卻跟「真實」隔了兩層。這是因為，只有床的理念才是最高的真實，而詩人或畫家所摹仿的那張現實的床只不過是一個幻象，是對床的理念的摹仿。從真實性的角度看，藝術成就再高的詩人或畫家都比不上木匠，而技藝再高超的木匠也比不上「理念」。柏拉圖認為，理念不能靠視覺或其他感官來把握，而只能靠理性來把握，崇尚理性而降低感性成為西方哲學的根基。此外，在《理想國》第七卷中，柏拉圖還借蘇格拉底之口，明確表達了對「可見事物」的貶抑。在文中，蘇格拉底談話的對象是天文學家格勞孔。格勞孔認為，天文學研究的對象是頭頂的星空，為此，他努力做到仰望星空，使心靈向上看。蘇格拉底不認同他的話，對他說：「真實者是僅能被理性和思考所把握，用眼睛是看不見的。」「我們就也應該像研究幾何學那樣來研究天文學，提出問題解決問題，而不去管天空中的那些可見的事物」。〔註 9〕

（三）象思維的發展歷程

　　中國古代的象思維經歷了兩次轉換過程：第一次是由巫術形態轉向哲學形態，第二次是從哲學形態轉向詩學形態（審美形態）。象思維三種形態在歷史發展進程中存在著時間的順承關係，但三種形態不是截然分開的，三者常常交融在一起。

　　《周易》是象思維由巫術形態到哲學形態轉換的產物。其《繫辭下傳》

〔註 8〕周振甫，周易譯注〔M〕，北京：中華書局，2012，338。
〔註 9〕〔古希臘〕柏拉圖，理想國〔M〕，郭斌和、張竹明譯，北京：商務印書館，2002，294～295。

云：「古者包犧氏之王天下也，仰則觀象於天，俯則觀法於地，觀鳥獸之文與地之宜。近取諸身，遠取諸物，於是始作八卦，以通神明之德，以類萬物之情。」〔註10〕這種「觀物取象」的方式給後世哲學、美學以及文學藝術帶來了深遠的影響，它決定了古人的思考和言說方式。可以說，「觀物取象」這種思維方式本身就具有詩意的成分，是一種藝術思維的濫觴。「遵循『觀物取象』思維形式，在爻辭中所創造的形象，已經不再停留在單純的、直感的象徵階段，卻已經向『詩意形象』發展，而『觀物取象』之所以可被視為藝術思維的『濫觴』則更加明白地顯示出來了。」〔註11〕

在先秦時代，文史哲不分，在此過程中，象思維開始由哲學形態向詩學形態轉換。直到魏晉南北朝時期，文學實現了自覺，象思維進入由哲學形態向詩學形態轉換的關鍵期。以《文心雕龍》為代表的一系列詩學著作的出現，標誌著象思維完成由哲學形態向詩學形態的轉換。

二、從哲學之象到審美之象

中國古代詩學中的審美之「象」的形成經歷了三個歷史時期：一是先秦時期，象的發軔期，此時的象還是一種哲學之象；二是漢魏到六朝，轉折期，由哲學之象到審美之象過渡；三是唐代，審美之象的形成期。

（一）言不盡意──哲學之象形成的發端

「言意關係」這個問題包含兩個層次的內容：一是語言是否能盡意；二是如果語言不能盡意的話，那如何盡意。

語言是思維的產物，同時又是表達思維的工具，思維和語言相互影響。思維方式的差異使中西方形成了不同的言意觀。從主流上來看，西方人認為語言是能盡意的。「西方文化的兩大源頭是希伯來文化和古希臘文化。從語言觀看，兩種文化具有殊途同歸的性質，即不約而同地突出了對語言的重視。」〔註12〕《聖經》的創世說中有關於語言及其作用的描述。它認為，在萬物產生之前，語言就形成了。這裡的語言專指上帝的話語。萬事萬物的產生都直

〔註10〕周振甫，周易譯注〔M〕，北京：中華書局，2012，335。
〔註11〕張善文，黃壽祺，「觀物取象」是藝術思維的濫觴──讀《周易》箚記〔J〕，福建師範大學學報（哲學社會科學版），1981（1）：92。
〔註12〕葉舒憲，言意之間──從語言觀看中西文化〔J〕，陝西師範大學學報，1992（3）：33。

接來自於上帝的語言，因而，語言成爲宇宙發生的本源與動力。在西方，語言一直被看作神聖崇高的東西。早在古希臘時期，西方就形成了以「邏各斯」（logos）爲核心的哲學體系，這裡的「邏各斯」最初指語言，後來才引申爲思維、理性等。縱觀西方思想史，語言與邏輯問題一直在其中佔據著中心位置，並統治西方上千年。西方非常重視語言的功能，認爲語言能指稱一切事物，語言和事物之間存在著一一對應關係，因而，西方一直追求語言的明晰性和精確性。

與西方人對語言的頂禮膜拜的態度相比，中國古人對語言的態度可以用「輕視」一詞來概括。在言意觀上，中國古代的主流觀點是「言不盡意」。我國關於言意關係的探討最早見於《周易·繫辭上傳》，其中有言：「子曰：『書不盡言，言不盡意。』」〔註13〕

孔子認爲言既可盡意又不盡意，子貢曰：「夫子之文章，可得而聞也；夫子之言性與天道，不可得而聞也。」〔註14〕（《論語·公冶長》）也就是說，孔子的文章中有可以直接從語言文字中領略到的意義，但也有通過語言文字無法領略的意義。孔子認爲世間的事物分屬於「名言之域」和「超名言之域」。屬於「名言之域」的事物是能借助語言說得清的，而「超名言之域」是借助語言無法說清的。

老子沒有直接提出對言意關係的見解，但通過他對「道」以及其他思想的闡述，我們能明確感受到他對語言的輕視。在老子看來，「道」是萬物的根源，「道生一，一生二，二生三，三生萬物。」〔註15〕（《老子》四十二章）但眞正的「道」卻是不可言說的：「道可道，非常道；名可名，非常名。」〔註16〕（《老子》一章）「知者不言，言者不知。」〔註17〕（《老子》五十六章）老子思想的後繼者莊子發展了老子的語言觀，明確提出意「不可以言傳」：「世之所貴道者，書也。書不過語，語有所貴。語之所貴者，意也。意有所隨；意之所隨者，不可以言傳也。」〔註18〕（《莊子·天道》）他認爲，意是語言所追求的重心所在，但至高的意（即「道」）卻是只能意會不能言傳的。

〔註13〕周振甫，周易譯注〔M〕，北京：中華書局，2012，326。
〔註14〕楊伯峻，論語譯注〔M〕，北京：中華書局，2012，65。
〔註15〕老子〔M〕，饒尚寬譯注，北京：中華書局，2006，105。
〔註16〕老子〔M〕，饒尚寬譯注，北京：中華書局，2006，2。
〔註17〕老子〔M〕，饒尚寬譯注，北京：中華書局，2006，136。
〔註18〕曹礎基，莊子淺注〔M〕，北京：中華書局，2014，240～241。

　　在老莊看來，語言的發展是人類發展過程中的一種失誤。人在語言發展的過程中因小失大，表面上瞭解了事物，但卻失去了對世界進行整體把握的能力。在他們看來，語言只能把握事物的表面和局部，卻無法把握事物的內在與本質，只有借助直覺才能進入事物的本質，在把握事物的過程中，使心靈獲得自由。《莊子‧秋水》中云：「可以言論者，物之粗也；可以意致者，物之精也；言之所不能論，意之所不能察致者，不期精粗焉。」〔註19〕莊子認爲，道蘊藏於萬事萬物之中，人們只能意會它，卻無法用語言把握它。莊子在《天道》中講述了輪扁斫輪的故事，這個故事進一步說明了「言不盡意」這一命題：

> 桓公讀書於堂上，輪扁斫輪於堂下，釋椎鑿而上，問桓公曰：「敢問，公之所讀者，何言邪？」公曰：「聖人之言也。」曰：「聖人在乎？」公曰：「已死矣。」曰：「然則君之所讀者，古人之糟魄已夫！」桓公曰：「寡人讀書，輪人安得議乎？有說則可，無說則死。」輪扁曰：「臣也以臣之事觀之。斫輪，徐則甘而不固，疾則苦而不入。不徐不疾，得之於手而應於心，口不能言，有數存焉於其間。臣不能以喻臣之子，臣之子亦不能受之於臣，是以行年七十而老斫輪。古之人與其不可傳也死矣，然則君之所讀者，古人之糟魄已夫！」
> 〔註20〕（《莊子‧天道》）

輪扁做輪時得心應手，技藝出神入化，但卻只能存於心中，無法把這種技藝用語言準確地表達出來，這生動地說明了語言在傳意方面的侷限性。

　　後世思想家在言意關係上大多持「言不盡意」的觀點，也有少數學者持相反的觀點。比如，晉代歐陽建著有《言盡意論》一文，明確提出「言盡意」的觀點。這篇文章只流傳下來如下片段：

> 有雷同君子問於違眾先生曰：世之論者，以爲言不盡意，由來尚矣，至乎通才達識，咸以爲然。若夫蔣公之論眸子，鍾傅之言才性，莫不引此爲談證。而先生以爲不然，何哉？先生曰：夫天不言，而四時行焉；聖人不言，而鑒識存焉。形不待名，而方圓已著；色不俟稱，而黑白以彰。然則名之於物無施者也，言之於理無爲者也。而古今務於正名，聖賢不能去言，其故何也？誠以理得於心，

〔註19〕曹礎基，莊子淺注〔M〕，北京：中華書局，2014，287。
〔註20〕曹礎基，莊子淺注〔M〕，北京：中華書局，2014，241～242。

非言不暢；物定於彼，非言不辯。言不暢志，則無以相接；名不辯
物，則鑒識不顯。鑒識顯而名品殊，言稱接而情志暢。原其所以，
本其所由，非物有自然之名，理有必定之稱也。欲辯其實，則殊其
名；欲宣其志，則立其稱。名逐物而遷，言因理而變，此猶聲發回
應，形存影附，不得相與爲二，苟其不二，則無不盡，吾故以爲盡
矣。〔註21〕

歐陽建認爲，天不能言說，但四時照常運行；聖人不言說，而人照常具備認
識能力。事物的形狀即使沒有名稱，依然顯現；顏色沒有稱謂，也能自我彰
顯。名字對於事物而言是沒有實際作用的，語言對於眞理而言，也是沒有作
用的。古今之人爲何還要汲汲以求爲事物正名，聖賢之人無法做到無言，這
是爲什麼呢？這是因爲，眞理存在於人的心中，不去言說就不通暢；物自己
存在於那裡，不去命名就無法辨認。如果不去言說，思想就無法交流；不去
命名，事物就無法分辨。只有通過語言，思想和情感才能得到溝通和暢達，
事物通過命名才能得到彰顯和區分。事物不是本來就有名稱，眞理也不是本
來就有稱謂。想要辨別其實質，就不能不靠名稱；要想彰顯思想，就不能
靠稱謂。名稱隨著事物的改變而改變，語言隨著眞理的變幻而變遷。這就好
比回聲根據聲音的改變而改變，影子隨著事物的改變而改變一樣。也就是說，
名稱與事物、稱謂與眞理是合二爲一的。由此可見，語言是能夠窮盡事物和
眞理的。據此，歐陽建提出「言盡意」論。

歐陽建僅僅從名與物的關係出發，認爲名與物是一致的，從而認爲言能
盡意。這裡的「意」只是從指稱的角度，而沒有擴大爲天地人存在的終極意
義。這裡的「意」顯然是對中國古代先賢之「意」的窄化和淺化。因而，在
中國古代詩學中，「言盡意」論沒有超越主流的「言不盡意」論，也無法對中
國古代詩學的傳統語言觀形成衝擊。

「言不盡意」爲何在中國古代成爲主流觀點，其原因如下：第一，在古
人看來，抽象的概括性的語言無法表達具體的形態各異的事物；第二，固定
化的靜止的概念化的語言無法表達事物日新月異的變化；第三，有限的概念
化的語言無法表達無限的宇宙間的各種物象及其發展變化。中國古代的「言
不盡意」論對詩學產生了巨大的影響。它開啓了魏晉以後古代詩學注重「言

〔註21〕〔唐〕歐陽詢，藝文類聚（上）〔M〕，汪紹楹校，上海：上海古籍出版社，
1982，348。

外之意」的傳統，奠定了意境說產生與發展的理論基礎，成為哲學之象形成的發端。

（二）「立象以盡意」──哲學之象形成的理論基礎

文字和語言都不能達到對道與意義的體悟，那人與道和意義之間就只能「隔江而望」，無法溝通了嗎？沒有道和意義，人何以實現超越和超脫？難道人要永遠活在絕望之中，而無法實現自我救贖了嗎？顯然不是，人是充滿智慧和靈性的動物，哪裏有阻礙和隔閡，哪裏就有突破和超越。

老子雖然宣稱「道可道，非常道，名可名，非常名」，「道」雖然是深奧、含混、不可言說的，但可以用象和物來表達：「道之為物，惟恍惟惚。惚兮恍兮，其中有象；恍兮惚兮，其中有物。」〔註22〕（《老子》二十一章）而且他還用比喻的方式對其進行了闡釋：「三十輻共一轂，當其無有，車之用也。埏埴以為器，當其無，有器之用也。鑿戶牖以為室，當其無，有室之用也。故有之以為利，無之以為用。」〔註23〕（《老子》十一章）老子擺脫理性言說，以「象」來論道。老子筆下的「象」介於可言說與不可言說之間，給人一種恍惚之感，留下了極其廣闊的闡釋空間。

其後，莊子更深入地談論了言意關係：

> 世之所貴道者，書也，書不過語，語有貴也。語之所貴者意也，意有所隨。意之所隨者，不可言傳也，而世因貴言傳書。世雖貴之，我猶不足貴也，為其貴非其貴也。故視而可見者，形與色也；聽而可聞者，名與聲也。悲夫，世人以形色名聲為足以得彼之情！夫形色名聲果不足以得彼之情，則知者不言，言者不知，而世豈識之哉！
> 〔註24〕（《莊子・天道》）

莊子提出了人對事物認識的幾種方式：書、語、意。這裏的「書」即用文字書寫的確定性的語言，「語」即用語言傳達的過程，「意」即言者內心的想法。同時莊子把世界萬物分成兩大類：可見、可聞的東西（形、色、名、聲）和不可見、不可聞的東西。他認為，用語言能夠傳達出的東西只是事物的表象，不可見、不可聞的東西才是事物的本質，它們是不可以用語言來傳達的，因此他認為「知者不言，言者不知」。在此，莊子明確提出「言不盡意」的觀點，

〔註22〕老子〔M〕，饒尚寬譯注，北京：中華書局，2006，53。
〔註23〕老子〔M〕，饒尚寬譯注，北京：中華書局，2006，27。
〔註24〕曹礎基，莊子淺注〔M〕，北京：中華書局，2014，240～241。

這裡就出現了一個問題：既然事物的本質是不可言說的，那我們如何去傳達它們？爲了解決這個問題，莊子提出「得意忘言」，他在《外物》篇中寫道：「筌者所以在魚，得魚而忘筌；蹄者所以在兔，得兔而忘蹄；言者所以在意，得意而忘言。」〔註 25〕莊子一方面否認語言在傳達意義方面的作用，另一方面提出傳達意義要借助語言，但同時要超越語言本身。

莊子雖然主張「得意忘言」，但同時他不得不承認，語言是得意的主要工具。只是語言無法直接言說一些思想、觀點或意念，要借助比喻、象徵、暗示等曲折的方式，來啓發人們去體悟和聯想，以獲得「言外之意」。「忘言」只是要衝破語言的束縛，進入到可以供思想自由馳騁的想像世界和體悟空間。在莊子看來，道是深奧幽微的，語言難以湊泊。因此，莊子在言說「道」時，很少用概念性、論證性的語言來直接說明和論證，而是借助具體形象或特徵鮮明的物象，來表達對抽象的道的認識。「寓言體」就是《莊子》廣泛採用的一種表達方式。莊子將自己對道的理解蘊含在具體的物象中，然後用寓言故事的形式來描述物象，讀者通過閱讀寓言故事，達到對道的心領神會。

孔子也常常借助自然物象或情境來表達自己的人生觀或政治觀。《論語·先進》載弟子子路、冉有、公西華、曾點侍坐，孔子讓他們各言其志。子路、冉有、公西華都直接闡述了自己的政治抱負，都可謂躊躇滿志。但孔子對他們的觀點不但沒有表達讚賞之意，反而嘲笑了他們，曾點的話卻深得孔子的讚賞。且看曾點的話：「莫春者，春服既成，冠者五六人，童子六七人，浴乎沂，風乎舞雩，詠而歸。」〔註 26〕孔子聽完他的話，彷彿遇到了知己，喟然歎曰：「吾與點也！」在春光下，與朋友們在水邊踏青賞春，豈不美哉？在這裡，孔子把人生境界與自然境界聯繫起來，進入天人合一的境界。

老子、莊子、孔子都以具體形象的自然物象來闡述其對世界或眞理的認識，即用形象來表達抽象的意義。《周易·繫辭上傳》明確提出表達意義的方式——立象。「子曰：『書不盡言，言不盡意。』然則，聖人之意，其不可見乎？子曰：『聖人立象以盡意，設卦以盡情僞，繫辭焉以盡其言。變而通之以盡利，鼓之舞之以盡神。』」〔註 27〕在《周易》看來，一般的言說難以說明幽微玄妙的天理，於是利用具有隱喻、象徵作用的卦象來暗示，「象」代替「言」

〔註 25〕曹礎基，莊子淺注〔M〕，北京：中華書局，2014，493。
〔註 26〕楊伯峻，論語譯注〔M〕，北京：中華書局，2012，65。
〔註 27〕周振甫，周易譯注〔M〕，北京：中華書局，2012，326。

成爲言說的手段。但《周易》沒有完全拋棄「言」，提出「繫辭焉以盡其言」，繫辭不僅是對卦象的說明，還是對卦象的補充和延伸。卦象和繫辭，即「象」和「言」互相滲透，最終達到了對深奧幽微的天意的揭示。因此，在《周易》裏，以「立象」爲基本手段，立象是爲了得言和達意。至此，言——象——意關係鏈條形成，「象」成了連接「言」和「意」的紐帶。這對中國古代詩學的意象論產生了深遠的影響。

卦象由陽爻和陰爻組合而成，它來源於客觀生活，是古人仰觀天文、俯察地理「遠取諸物，近取諸身」的結果。但卦象之「象」又不同於現實生活之「象」，它是對現實生活之象的一種抽象和概括。這裡的「象」是一種主客交融的抽象的「形象」，而非客觀物象本身。卦象與客觀物象所指雖然不同，但各自昭示的思維方式卻是相通的，即以象達意。「象」是古人找到的溝通言和意的橋樑與中介。

「立象以盡意」只能在某種程度上突破語言的侷限性，「立象」並非能完全盡意。「立象」更爲重要的價值在於，用「立象」的手段來「盡意」，「象」和「意」之間不是簡單的等號，不是一一對應的關係，由「象」到「意」需要主體的參與，只有人充分調動感官，才能經由「象」而探尋到「意」，而且因主體的不同而探尋到的「意」可能也不同。不是「象」立，意義就自然顯現。意義也不是掛在那裡，不管你看，還是不看，它都客觀地存在著。意義需要人去挖掘，經由主體的審美體驗而存在，而且意義也不是確定的存在，它是一個開放的系統。因此，借助立象，意義向主體敞開。這就昭示了「立象」的兩方面的意義：一是對主體能動性的弘揚，二是對意義開放性的肯定。

總之，在言象意的關係方面，儒家和道家都認同言不盡意、立象以盡意。只不過，儒家強調象對於意義表達的作用，道家強調象在表達意義方面對言的超越。可以說，象思維和象喻式言說方式是基於古人對語言侷限性認識的一種選擇，象喻是克服言說困境、走向表達坦途的理想之路。

（三）得意忘象——審美之象形成的理論基礎

古人所說的「言不盡意」，不是說語言不能傳達所有的意。如果是那樣的話，語言就沒有存在的必要了，只是某些微妙、複雜、隱晦的思想、情感的確很難用語言完全傳達出來。對於這些語言無法完全傳達的思想、情感，古人借助有形的「象」來傳達，因此，「立象以盡意」是古人尋求到的解決「言不盡意」的途徑。在「意」的傳達上，「象」有著「言」無法比擬的優長。

「立象以盡意」不是說通過形象就能窮盡所有的意義，而且還要借助於「象外」。關於如何通過言來傳達意，莊子還有一個與《周易》不同的回答：得意忘言。他多採用寓言的方式，讓人們通過故事得到意義，然後忘記具體的言語。《莊子・外物》篇中說：「荃者所以在魚，得魚而忘荃；蹄者所以在兔，得兔而忘蹄；言者所以在意，得意而忘言。」〔註28〕在這裡，「荃」和「蹄」是捕魚和兔的工具，要想捉到魚和兔，必須忘掉荃和蹄。「言」是傳達意義的工具，言可以用來傳達意，但言不等於意，要想得到「意」就必須忘掉言。這裡的忘掉，不是一種徹底的放棄，而是一種超越。只有對語言的超越，才能實現對言說背後真理的把握。因此，「忘」正是彌補語言侷限性的一種精妙的手段。

莊子提出「得意忘言」，魏晉時期的王弼向前推演了一步，提出不僅要「得意忘言」，還要「得意忘象」。與先秦時期對言意關係的探討不同的是，魏晉時期言意之辯的出發點是如何進入形而上的世界。因此，此時的思想家雖然承襲老莊「言不盡意」和《周易》的「立象以盡意」的觀點，但卻比他們走得更遠。而且，在《周易》裏，「象」專指卦象，而在魏晉南北朝時期，象擴大為自然物象甚至藝術形象。王弼在《周易略例・明象》中說：

> 故言者，所以明象，得象而忘言；象者，所以存意，得意而忘象。猶蹄者所以在兔，得兔而忘蹄；荃者所以在魚，得魚而忘荃也。然則，言者，象之蹄也；象者，意之荃也。是故存言者，非得象者也；存象者，非得意者也。象生於意，而存象焉，則所存者，乃非其象也。言生於象，而存言焉，則所存者，乃非其言也。然則，在象者，乃得意者也；在言者，乃得象者也。得意在忘象，得象在忘言。故立象以盡意，而象可忘也；重畫以盡情，而畫可忘也。〔註29〕

王弼對言、象、意關係的論述分為四層意思，而且逐層深入：第一層意思是「意以象盡，象以言著」，換句話說，就是意生於象，象生於言，這初步確立了「言―象―意」的基本框架。這跟《周易》的見解基本上一致，只是論述更為明晰。由意生於象、象生於言得出第二層意思：「尋言以觀象」、「尋象以觀意」，即通過言來觀象，通過象來觀意。有人可能會問，既然意生於象，象生於言，通過言可以觀象，通過象可以觀意，是否意味著只要觀言就一定能

〔註28〕 曹礎基，莊子淺注〔M〕，北京：中華書局，2014，493。

〔註29〕 〔魏晉〕王弼，周易略例・明象〔C〕，見：胡經之主編，中國古典文藝學叢編：（三），北京：北京大學出版社，2001，245～246。

得象，只要觀象就一定能得意？王弼對這個問題做出了明確的回答，這就是他言意觀的第三層意思：「存言者非得象」、「存象者非得意」，也就是說言和象只是手段，而非目的，不能把手段等同於目的本身。我們要依賴手段，但不能拘泥於手段。否則，只能與目的背道而馳，這種觀點顯然超越於《周易》之上。既然不能拘泥於手段，目的才是重點，因此在達到目的之後應該忘記手段，才能實現對目的的超越。王弼由此提出第四層意思：「得意在忘象，得象在忘言」，這顯然是對前面所述的「存言」、「存象」現象的一種反撥，也是對《莊子》的「得意而忘言」思想的一種繼承和創造性發展。其創造性主要體現在兩個方面：一是莊子提出「言者所以在意，得意而忘言」，而王弼在言和意之間加上一個中間環節——象，這就補足了「言－象－意」關係中的關鍵環節和鏈條。二是，王弼變莊子的「得意而忘言」為「得意在忘象，得象在忘言」，一個「在」變手段為前提條件。莊子的意思是言對於意而言只是一種手段，得到了意就可以放棄言；而王弼的意思則是只有忘了象才能得到意，只有忘了言才能得到象。在王弼那裡，莊子的「得意而忘言」自然演化為「忘言而得象，忘象而得意」。他把「言」和「象」引入「言外」和「象外」，為後世詩學的發展奠定了堅實的言意關係的基礎。

王弼在莊子「得意忘言」的基礎上提出言、象、意立體結構，上承老莊，下啓意象。學術界雖然對於意象和意境的理解還存在著分歧，但對於其中蘊含的語言觀的認識卻是基本一致的。

借言立象，立象以盡意，得意而忘言、忘象，在忘的同時還要存象，這是中國古代言象意系統的核心思想。這一思想直接孕育了意象理論並促進了意境理論的形成。

第二節　詩學之象

言意關係在象思維的詩學轉換過程中起到了關鍵性的作用。「言不盡意」的觀念沒有使中國古代文化進入表達的困境，而是把其引入到一個詩意化、審美化的美好境界。

一、象思維的詩學轉換

詩是語言的藝術，詩人要通過語言來表情達意，讀者要通過語言來體味

詩歌的情意與魅力。因此，詩歌如何通過語言來達意，即言意關係問題成為古往今來人們普遍關注的話題。語言不能窮盡某些微妙的、高深的意義，而對於一般的尋常意義，它可能也無法做到完全傳達。因為，語言是一種約定俗成的符號系統，之所以能成為普遍的交流工具，是因為它的「概稱」性，它無法對所有個別的事物以及個體的感受給予獨一無二的指稱，這就注定了它無法絕對地做到「盡意」。在使用語言進行交流時，即使是熟悉得不能再熟悉的人，也無法真正做到無障礙的溝通。

　　語言可以指稱事物，但它所指稱的是具有一般性的事物，而對於特殊的事物，它就顯得捉襟見肘。語言無法做到與所有事物之間形成一一對應的關係。在語言能表達的範圍之外的意義是存在的。因此，西方人推崇的「語言是存在的家」、「語言之外，別無他物」是值得商榷的。比如，茶的清香、鳥的鳴叫、風的輕柔、內心的躁動，語言能毫不失真地把它們傳達出來嗎？

　　在中國古代詩學中，「言盡意」和「言不盡意」兩個命題同時存在，只是對後一個命題的認識更為深入。而且後一個命題對中國古代詩學的影響是任何其他理論都無法取代甚至抗衡的。最早將言意關係引入詩學領域的是陸機。他在《文賦》開篇就表達了自己對「言不盡意」的擔憂：「夫其放言遣辭，良多變矣。妍蚩好惡，可得而言。每自屬文，尤見其情。恒患意不稱物，文不逮意，蓋非知之難，能之難也。」〔註30〕鍾嶸在《詩品序》中也說：「夫四言文約意廣，取效《風》《騷》，便可多得，每苦文繁而意少，故世罕習焉。」〔註31〕四言詩本來以「文約意廣」而受人推崇，發展到後來「文繁而意少」也就走到了盡頭，因此，終究要被五言詩取代。鍾嶸在探討言意問題時，還提出「文已盡而意有餘，興也」〔註32〕，把文外之意與「興」聯繫起來，是對中國古代言意觀的一個發展。

　　發展「象」理論，真正把「象」引入詩學領域的是南朝大文論家劉勰。他把「象」由哲學領域引入詩學領域，開啓了詩學中「意象說」的先聲。劉勰在《文心雕龍》中也表達了對「言不盡意」的憂慮：「至於思表纖旨，文外曲致，言所不追，筆固知止。至精而後闡其妙，至變而後通其數，伊摯不能

〔註30〕〔晉〕陸機，文賦〔C〕，見：郭紹虞主編，中國歷代文論選：第一冊，上海：上海古籍出版社，1979，170。
〔註31〕周振甫，詩品譯注〔M〕，北京：中華書局，1998，19。
〔註32〕周振甫，詩品譯注〔M〕，北京：中華書局，1998，19。

言鼎，輪扁不能語斤，其微矣乎！」〔註33〕（《文心雕龍・神思》）劉勰闡發了「思表纖旨，文外曲致」是語言所無法追及的，即使是伊摯和輪扁這樣技藝高深之人也無法言明他們所從事工作的精微之處。為什麼會有這種言說的困境？劉勰進一步解釋道：「方其搦翰，氣倍辭前，暨乎篇成，半折心始。何則？意翻空而易奇，言徵實而難巧也。是以意授於思，言授於意，密則無際，疏則千里。或理在方寸而求之域表，或義在咫尺而思隔山河。是以秉心養術，無務苦慮；含章司契，不必勞情也。」〔註34〕（《文心雕龍・神思》）劉勰認為，言不盡意的根本原因在於「意翻空而易奇，言徵實而難巧」。言是確定的、有限的，而意義卻常常是多變的、無限的，以確定和有限來表達多變和無限顯然是有障礙和侷限的。

「但言不盡意，聖人所難；識在瓶管，何能矩矱。茫茫往代，既沉餘聞，渺渺來世，倘塵彼觀也。」〔註35〕（《文心雕龍・序志》）劉勰進一步指出，即使是聖人也面臨「言不盡意」的瓶頸，更何況凡人呢？自己用語言來傳達「文道」也是不得已之中的一個無奈的選擇。劉勰的觀點進一步強化了陸機的「文不逮意」的觀點，使得言不盡意成為中國詩學中的一個顯學。劉勰的高明之處在於提出了解決「言不盡意」的途徑：「神用象通，情變所孕。物以貌求，心以理應。刻鏤聲律，萌芽比興。結慮司契，垂帷制勝。」〔註36〕（《文心雕龍・神思》）

中國古代強調感情與形象的統一，劉勰提出「神與物遊」就是強調作家的主體精神和審美情感與藝術形象的和諧統一。其中，「神」是根本，起著主導作用，沒有「神」，就不會有藝術想像和藝術創作。作家總是在一定「神」的支配下，去創造藝術形象，「神」滲透於藝術形象創造的各個環節。但「神」作為一種抽象的觀念與情感，僅靠它，藝術想像缺乏可以附著的實體，因而無法展開。換言之，「神」固然重要，但在藝術創造中，卻無法離開「物」，即藝術形象，而獨立存在。抽象的「神」借助實體的「物」，才能得以顯現與表達，這就是劉勰所說的「神用象通」。「神」與「象」實現融合會通，審美形象與藝術形象和諧統一，才能實現所謂的「神思」。中國古代詩學講求神思、

〔註33〕 周振甫，文心雕龍今譯〔M〕，北京：中華書局，1986，253。
〔註34〕 周振甫，文心雕龍今譯〔M〕，北京：中華書局，1986，250。
〔註35〕 周振甫，文心雕龍今譯〔M〕，北京：中華書局，1986，457。
〔註36〕 周振甫，文心雕龍今譯〔M〕，北京：中華書局，1986，253。

妙悟、靈感，但三者都不能離開「物」，三者都以「觀物」爲起點。中國古人很少認同抽象思辨和面壁玄想，大多認爲無論是藝術想像還是藝術靈感都必須圍繞實體性的藝術形象展開。

此外，劉勰還提出要想克服語言的侷限性，必須使文章具有「文外之重旨」，即要注重「隱」。他如此解釋「隱」：「夫隱之爲體，義生文外，秘響旁通，伏采潛發，譬爻象之變互體，川瀆之韞珠玉也。」〔註37〕（《文心雕龍・隱秀》）劉勰概括出詩文的兩種風格：隱與秀。他認爲「隱」的審美特徵是：文外蘊含著「重旨」，追求「複意」，「義生文外」。也就是在語言的背後蘊含著豐富的意義。「秀」的審美特徵是：「獨拔」、「卓絕」，也就是藝術形象鮮明、直觀。「隱秀」範疇的提出是劉勰對「言不盡意」語言觀的突破。如何破解言不盡意的難題，劉勰的答案是意在言外。

劉勰持「言不盡意」的觀點，但他沒有把此看作一種弊病，而是把其看作是文學的一個特色，把文學作爲對語言的一種超越，他看到了「文外重旨」的存在和「義生文外」的現象。在他的筆下，「言不盡意」不是語言的侷限，而是一種合理現象，文學通過克服語言的侷限，實現了對自身的超越。在劉勰看來，言能否盡意並不重要，重要的是它能否實現言外之意。劉勰通過命題的轉換，使「言不盡意」成就了文學追求言外之意，以少總多，言近旨遠的審美境界。

言意之間存在著鴻溝，但人們只能借助語言來達意，於是古人開始在兩個方面做出努力，來儘量塡補言意之間的鴻溝：一是作者充分發揮語言的作用，用語言來創造形象或意境等，使得語言富有象外之意，韻外之旨；二是讀者充分發揮自己的意會能力，去品味作者的言外之意、象外之旨。這兩點結合起來，就構成了中國古代意象理論的核心思想。意象理論的出現，標誌著中國古代象思維詩學轉換的完成。

二、中國古代的審美意象系統——從意象到意境

中華民族是一個充滿智慧和靈動的民族，意識到語言的侷限性之後，古人並沒有放棄或減少對語言的使用，而是化侷限性爲優勢，化「言不盡意」爲「意在言外」，化「言不盡象」爲「象在言外」，化「象不盡意」爲「象外之象」，講求意象的塑造和意境的營造，構築了精妙絕倫的審美意象系統。

〔註37〕周振甫，文心雕龍今譯〔M〕，北京：中華書局，1986，357。

（一）中國古代意象論的發生與發展

歐陽修在《六一詩話》中記錄了他與梅堯臣關於詩歌創作問題的對話：

> 余曰：「語之工者固如是。狀難寫之景，含不盡之意，何詩爲然？」聖俞曰：「作者得於心，覽者會以意，殆難指陳以言也。雖然，亦可略道其彷彿：若嚴維『柳塘春水漫，花塢夕陽遲』，則天容時態，融和駘蕩，豈不如在目前乎？又若溫庭筠『雞聲茅店月，人跡板橋霜』，賈島『怪禽啼曠野，落日恐行人』，則道路辛苦，羈愁旅思，豈不見於言外乎？」〔註38〕

對於歐陽修提出的如何「狀難寫之景，含不盡之意」，梅堯臣的回答是「作者得於心，覽者會以意」。從這個回答看，梅堯臣認爲，很難把作者想要表達的心意直接表達出來，讀者對此只能「會意」。但隨後，梅堯臣又通過一系列的例子來說明，難言之意可以通過恰當的意象或意境表現出來。由此可見，在梅堯臣看來，意象和意境是解決「言不盡意」這一難題的捷徑。這種觀點基本上代表了劉勰之後（包括劉勰）詩學家的主流觀點。這就使中國古代形成了系統的意象論。

中國古代意象論的發生發展分爲三個階段。第一個階段是「意」與「象」兩分的孕育期；第二個階段是意象論的萌芽期；第三個階段是意象論的發展與成熟期。

第一個階段是意象理論的孕育期，它是指王充首次提出「意象」這一概念之前的歷史時期。在這一時期，雖然「意」與「象」二者是分離的，但也有大量的關於二者關聯的論述。這些論述爲意象論的形成奠定了堅實的基礎。《周易·繫辭上傳》提出「立象以盡意」，首次把「意」與「象」聯繫起來，開創了中國古代藝術「立象以盡意」的審美傳統。中國古代藝術史就是一部「象」思維的發展史，尤其在中國古代詩學中，這種傳統表現得更爲突出。「立象以盡意」是中國古代詩學「意象說」和「意境說」的理論基礎。「意象」由「意」與「象」兩個詞構成，這裡「象」最初不一定指具體的形象，還是一種符號，一種象徵。《易經》中的「象」即是卦象。卦象不是某種具體的物象，而是由陰爻和陽爻兩種符號構成的符號的組合，只不過在《易經》中，象還附有「數」和「辭」。「數」即象數，而「辭」則是卦爻辭，二者可

〔註38〕〔宋〕歐陽修，六一詩話〔C〕，見：郭紹虞主編，中國歷代文論選：第二冊，上海：上海古籍出版社，1979，244。

以看作是對象的說明或闡釋。象與卦爻辭之間其實就構成了意與象的關係。

「意象」的萌芽期指的是從漢代王充首次明確提出「意象」這一概念，到劉勰在《文心雕龍》中把「意象」一詞明確引入詩學之中的這段歷史時期。王充在《論衡·亂龍》中首次提出「意象」這一概念：「夫畫布為熊麋之象，名布為候，禮貴意象，示義取名也。」〔註39〕古人狩獵，受階級地位的影響，天子可以射熊，諸侯可以射麋，卿大夫可以射虎豹，而士人則只能射鹿和豬了。因此把熊和麋畫在畫布上，就可以用來象徵王侯的尊貴地位。動物在這裡成了階級地位的象徵。由此推出，這裡的「意象」並不是一個詞，而是「意」與「象」兩個詞組合使用，其含義是具有象徵意義的形象。

魏晉王弼在釋《周易》的過程中，更加明確地提出了意象理論：「夫象者，出意者也；言者，明象者也。盡意莫若象，盡象莫若言。言生於象，故可尋言以觀象；象生於意，故可尋象以觀意。意以象盡，象以言著。故言者，所以明象，得象而忘言；象者，所以存意，得意而忘象。」〔註40〕這為審美意義上的意象理論的提出與發展提供了哲學基礎。

王充和王弼所說的「意象」是哲學意義上的，還不是審美意象，而第一次明確把「意象」引入詩學領域的則是劉勰。他在《文心雕龍·神思》中提出：「是以陶鈞文思，貴在虛靜，疏瀹五藏，澡雪精神。積學以儲寶，酌理以富才，研閱以窮照，馴致以懌辭，然後使元解之宰，尋聲律而定墨；獨照之匠，窺意象而運斤，此蓋馭文之首術，謀篇之大端。」〔註41〕在劉勰看來，意象是作家在藝術構思過程中創造的藝術形象，它是「神與物遊」即「神思」的結果，可以稱之為藝術意象或審美意象。劉勰提出的「意象」對後世的文學創作和文學理論產生了深遠的影響。可以說，「意象」作為一個文學批評概念形成於劉勰，同時也在劉勰筆下走向了成熟。

在劉勰之後，中國古代詩學中的「意象」理論進入發展期。歷代詩學家都對「意象」產生了濃厚的興趣，他們對意象理論進行了豐富、完善，並把它作為衡量和評價詩歌作品藝術性的標準。最系統地談論詩歌意象的是王昌齡，他在《詩格》中寫道：「久用精思，未契意象，力疲智竭，放安神思，心

〔註39〕〔漢〕王充，論衡〔M〕，上海：上海人民出版社，1974，248。
〔註40〕〔魏晉〕王弼，周易略例·明象〔C〕，見：胡經之主編，中國古典文藝學叢編：（三），北京：北京大學出版社，2001，245。
〔註41〕周振甫，文心雕龍今譯〔M〕，北京：中華書局，1986，249。

偶照鏡，率然而生。」〔註 42〕劉勰談「象」集中在《神思》篇中，從創作的角度談構象的過程，而王昌齡則是從詩歌結構和批評鑒賞的角度來談「象」，比劉勰進了一大步。而且他還分析了詩歌之「象」與一般物象的差別，提出詩歌之「象」可望不可及的特徵。

唐以後幾乎所有的詩學家都談及過意象，如司空圖在《詩品·縝密》中說：「意象欲出，造化已奇。」〔註 43〕明代胡應麟在《詩藪》中說：「古詩之妙，專求意象。」〔註44〕清代葉燮在《原詩·內篇》中說：「必有不可言之理，不可述之事，遇之於默會意象之表，而理與事無不燦然於前者也。」〔註 45〕

（二）中國古代意象的審美特徵

中國古代對意象的認識，無外乎以下四種：第一種觀點認為意象是意與象的結合，即作家的主觀情思與客觀物象之間的結合；第二種觀點認為意象是含意之象或重意之象，強調情、意、志等主觀因素；第三種觀點認為意象是意中之象，與作品中物化了的藝術形象相對而言，即作家在構思過程中形成的意識或意向中的形象；第四種觀點認為，意象是帶有一定象徵意義或隱喻意義的藝術形象。

這幾種認識都具有一定的合理性，但受到普遍認同的是第一種認識。意象由意與象兩個要素構成，兩個要素是一種互補、互動的關係。明代何景明在《與李空同論詩書》中曾說：「夫意象應曰合，意象乖曰離」〔註46〕。當代著名學者張少康先生指出：「我國古代用『意象』而不用別的概念來說明藝術形象，正是為了強調藝術形象中既有主觀的『意』，又有客觀的『象』，它既有主觀性又有客觀性，是兩者的結合。」〔註 47〕在中國古代文學作品中，只有意，沒有象的詩，無論其意表達得多麼深刻，都不能算作一首好詩。對於

〔註42〕 〔唐〕王昌齡，詩格〔C〕，見：郭紹虞主編，中國歷代文論選：第二冊，上海：上海古籍出版社，1979，89。

〔註43〕 〔唐〕司空圖，詩品〔C〕，見：郭紹虞主編，中國歷代文論選：第二冊，上海：上海古籍出版社，1979，205。

〔註44〕 〔明〕胡應麟，詩藪〔C〕，見：郭紹虞主編，中國歷代文論選：第三冊，上海：上海古籍出版社，1979，114。

〔註45〕 〔清〕葉燮，原詩·內篇〔C〕，見：郭紹虞主編，中國歷代文論選：第三冊，上海：上海古籍出版社，1979，352。

〔註46〕 〔明〕何景明，與李空同論詩書〔C〕，見：郭紹虞主編，中國歷代文論選：第三冊，上海：上海古籍出版社，1979，37。

〔註47〕 張少康，中國古代文學創作論〔M〕，北京：北京大學出版社，1983，63。

詩學而言基本上也是如此，很多深奧或經典的「意」都是通過象來呈現。

　　西方語境中的「象」多指對現實的再現或摹仿，而在中國古代詩學中，「象」常常被看作是表意的手段，因而「象」往往具有很強的寫意性。中國古代詩學中的「象」與西方傳入的「形象」有著本質的區別。兩者雖然都是藝術本體，但中國古代詩學的「象」一般指「意象」、「興象」或「象外之象」，它比形象的內涵要豐富。意象與形象的差別還主要體現在「意」與「形」的差別上。顧名思義，「意象」是「意之象」，「形象」則是「形之象」。前者注重抒情寫意，而後者注重外在形貌。換句話說，前者注重內在表現，而後者注重外在表現。因此，意象和形象雖然都是具體可感的，但「意象」之「象」更具「像」的特徵，即在相似、相像中富有表情達意的功能；而在「形象」中，「象」的意義更接近於「形」，「形象」更具「象形」特徵。可以用形神關係來說明意象與形象的關係，意象更注重神，而形象則注重形。顯然意象更符合中國古代詩學求神似而輕形似的特徵。

　　與形象相比，意象更能表現人的主體性，更體現了人的本質的對象化。同時意象與形象相比，更具含蓄性、模糊性，更富朦朧美、蘊藉美，在審美意蘊上更有張力，給人帶來更大的想像空間，因而更帶有審美特徵。王廷相在《與郭價夫學士論詩書》中對「意象」的論述充分表現了這一點：「夫詩貴意象透瑩，不喜事實黏著。古謂水中之月，鏡中之影，可以目睹，難以實求是也。……言徵實則寡餘味也，情直致而難動物也。故示以意象，使人思而咀之，感而契之，邈哉深矣，此詩之大致也。」〔註48〕王廷相認為，詩歌意象貴在「透瑩」，不應太拘泥於事實本身，就像古人所說「水中之月」、「鏡中之花」，可觀而不可求實。詩歌如果言辭過於求實，則缺少餘味；如果情感過於直白，則難以打動人心。因此要借助意象，給人留下咀嚼回味的餘地。就像《詩經》那樣，借比興來言志，或像《離騷》那樣，借比喻來傳情達意。

　　西方也曾出現過「意象」一詞，如英美的意象派和新批評派都使用了「意象」的概念。只不過西方語境下的「意象」與中國古代詩學語境下的「意象」意義迥異。對於新批評一派，「阿伯拉姆斯概括了『意象』一詞的三種通常的用法：1.『表示詩歌或其他文學作品裏通過直敘或暗示，或者借助於比擬使讀者感受到物體及其特性』；2.『在狹義上對可視客體與情景進行的描寫，尤其

〔註48〕〔明〕王廷相，與郭價夫學士論詩書〔C〕，見：陳良運主編，中國歷代詩學論著選，南昌：百花洲文藝出版社，1995，652～653。

是生動細緻的描寫』；3.『按照目前最普遍的用法是指比喻語，尤其是指隱喻和明喻的媒介。』」〔註49〕

　　美國意象派詩歌理論的奠基人龐德這樣界定「意象」：「一個意象是在瞬間裏呈現出的一個理智與情感的複合體。」〔註50〕由此可見，他所代表的意象派與新批評派在對「意象」的認識上存在著很大的差異。意象派是從創作和鑒賞的角度談「意象」，而英美新批評派則是從文本的角度來談「意象」。也就是說，前者是從主體的角度出發，而後者則從客體的角度出發。只有中國古代的「意象」才是主客不分、主客交融的產物。

　　中國古代的意象思維也不同於蘇俄的形象思維。蘇俄的形象思維理論是建立在主客二分的基礎之上，借助形象來表達抽象的思想，形象與思想是彼此可以獨立存在的。而中國古代的意象思維的理論基礎是天人合一、主客不分，象中含意，意中含象，情與景、意與象是相互交融的。

　　「意象」是「意」與「象」的結合體，但並不意味著，「意」與「象」的關聯是必然的。「象」是詩學話語的表層結構，而「意」則是詩學話語的深層結構，「意」蘊藏在「象」之下。「象」與「意」的關聯不是必然的，一種「象」可能能表達多種「意」，某種「意」也可以用多種「象」來表達。這就給人的理解提供了多種可能性，大大拓寬了理解的空間，需要讀者在閱讀詩學文本時，通過感覺、體驗等方式，深入「象」之中，去把握其背後隱秘的「意」。

（三）從意象到意境──中國古代象思維的審美超越

　　中國古代的象思維在詩學中的發展基本遵循了由具體到抽象，由實到虛，由有限到無限的過程，最終審美之「象」實現了對自身的超越，進入「境」的境界。

　　唐代美學家在六朝盛行的「象」的基礎上提出了「境」。「境」與「象」的區別是很多美學家都極力探尋的問題。簡單說來，「境」中含「象」，但它不僅包括「象」，還包括「象」外的「虛空」，用司空圖的話說就是「象外之象」。因此，與「象」相比，「境」具有更大的包容性、蘊藉性、主體性、精神性和延展性。

〔註49〕 王先霈，王又廷主編，文學批評術語詞典〔Z〕，上海：上海文藝出版社，1999，203。

〔註50〕 王先霈，王又廷主編，文學批評術語詞典〔Z〕，上海：上海文藝出版社，1999，203。

　　「境」這一範疇出現於中唐，來源於佛學，是中國古代重要的美學範疇
之一。在中唐之後它成爲包括文學在內的藝術創作的一種審美追求。在中國
古代詩學中，以「境」爲核心，形成了「境界」、「意境」等概念。佛教追求
對外在事物和感官的超越，強調體悟和想像，以進入一種超越性的法境，從
而實現精神的超脫，這直接啓發了詩學中的境界說。詩人在創作中，讀者在
批評中，都由實入虛，突破語言、物象以及感官的侷限，從而進入一種對朦
朧韻味的創造或體悟之中。唐宋以後，很多詩學家本身就是高僧，如皎然、
嚴羽等。

　　王昌齡最早把「境」引入詩歌批評之中，他在《詩格》中首次提出「意
境」這個審美概念，提出「詩有三境」：物境、情境和意境。王昌齡認爲，意
境是高於「物境」與「情境」的主客觀統一的境界。他還闡明了從意象到意
境的發展過程。他認爲，「意」與「境」結合的前提是進入一種虛空的境界，
心與物達到交融。他對此解釋道：「詩有三格。一曰生思，久用精思，未契意
象，力疲智竭，放安神思，心偶照境，率然而生。」〔註51〕

　　關於意境與意象的關係，劉禹錫在《董氏武陵集記》中寫道：「義得而言
喪，故微而難能；境生於象外，故精而寡和。千里之謬，不容秋毫。非有的
然之姿，可使戶曉；必俟知者，然後鼓行於時。」〔註52〕他提出意境產生於
意象之中又超越於意象之外，即「境生於象外」。意境是意象的衍生物，「境」
是對「象」的超越，沒有意象，意境也就無從談起。有人認爲如果把意象比
喻爲花朵，那麼意境則是春天。比如「春蠶到死絲方盡，蠟炬成灰淚始乾」、
「雞聲茅店月，人跡板橋霜」描繪對象是意象；而「採菊東籬下，悠然見南
山」、「大漠孤煙直，長河落日圓」描繪的對象則是意境。前者旨在描繪具體
的物象，而後者旨在營造某種氛圍。

　　很多學者從虛實關係的角度來論述意象與意境的區別，認爲兩者相比，
意象較實，意境較虛。意象是人欣賞的對象，而意境則讓人身在其中；意象
是藝術意蘊的載體，而意境則是藝術意蘊的空間。司空圖提出「象外之象」
命題，其實也是從虛實關係的角度來探討意象和意境的區別。這一命題的提

〔註51〕〔唐〕王昌齡，詩格〔C〕，見：郭紹虞主編，中國歷代文論選：第二冊，上
　　　　海：上海古籍出版社，1979，88～89。
〔註52〕〔唐〕劉禹錫，董氏武陵集記〔C〕，見：郭紹虞主編，中國歷代文論選：第
　　　　二冊，上海：上海古籍出版社，1979，90。

出是他對意象理論的總結，同時也是對意境理論的探討。「戴容州云：『詩家之景，如藍田日暖，良玉生煙，可望而不可置於眉睫之前也。』象外之象，景外之景，豈容易可談哉？」〔註53〕「象外之象」中的前一個「象」指的是客觀存在的物象或景象，後一個「象」是鎔鑄了詩人主觀情感或意志的物象或景象，即「意象」。這種意象是一種審美景象，它超越有限的客觀景象而進入令人回味無窮的無限遐思的興象之中，這種意象即是意境。司空圖對於意境爲「象外之象，景外之景」的認識得到後人的廣泛認同。

嚴羽的《滄浪詩話》在評論盛唐詩人的創作時所說的「故其妙處，透徹玲瓏，不可湊泊，如空中之音，相中之色，水中之月，境中之象，言有盡而意無窮」〔註54〕就是對意境特徵的一種生動的描繪。清末的王國維有時稱「意境」爲「境界」。他在《人間詞話》中說：「滄浪所謂興趣，阮亭所謂神韻，猶不過道其面目，不若鄙人拈出『境界』二字，爲探其本也。言氣質，言神韻，不如言境界，有境界。氣質、神韻，末也。有境界而二者隨之矣。」「詞以境界爲最上，有境界則自成高格，自有名句。」〔註55〕王國維還從物我關係入手，把意境分爲「有我之境」和「無我之境」。

當代著名美學家葉朗曾寫《再說意境》一文，如此界定「意境」：「從審美活動的角度看，所謂『意境』，就是超越具體的、有限的物象、事件、場景，進入無限的時間和空間，從而對整個人生、歷史、宇宙獲得一種哲理性的感受和領悟。這種帶有哲理性的人生感、歷史感、宇宙感，就是『意境』的意蘊。」〔註56〕這種界定跟古代對「意境」的主流認識是一致的。

由此可見，中國古人對意境的崇尚說明他們對情景交融、虛實結合、含蓄蘊藉審美境界的青睞。同時也說明，意境需要從人和景的整體聯繫中去把握，如果把事物拆解開來，一一翻譯，最後只能將意境弄得四分五裂，美感盡失，不知所云。比如，馬致遠的散曲《天淨沙‧秋思》，全曲幾乎都是由意象構成的，沒有連綴詞，沒有動詞，這一系列的意象羅列出來，卻營造了一個完整的、富有意味的意境，構成一種虛實結合、深邃動人的藝術境界，給

〔註53〕〔唐〕司空圖，與極浦談詩書〔C〕，見：郭紹虞主編，中國歷代文論選：第二冊，上海：上海古籍出版社，1979，201。

〔註54〕〔宋〕嚴羽，滄浪詩話〔M〕，普慧，孫尚勇，楊遇青評注，北京：中華書局，2014，23。

〔註55〕王國維，人間詞話〔M〕，彭玉平評注，北京：中華書局，2014，19。

〔註56〕葉朗，再說意境〔J〕，文藝研究，1999（3）：107。

人留下廣闊的想像空間。在閱讀這首散曲的時候，我們不能把一個個意象拆解開來進行分析，而是應把它們看作一個意象群，從整體意蘊出發來感受全文營造的情感氛圍。

中國古代詩歌中很少有純客觀的景物描寫，常常寫詩人對景物的主觀體驗或者借外物來寄託詩人的主觀感受。《詩格》中云：「詩有三境：一曰物境。欲爲山水詩，則張泉石雲峰之境，極麗絕秀者，神之於心，處身於境，視境於心，瑩然掌中，然後用思，了然境象，故得形似。二曰情境。娛樂愁怨，皆張於意而處於身，然後馳思，深得其情。三曰意境。已張於意而思之於心，則得其眞矣。」〔註57〕「物境」即是詩歌所描繪的客觀物象或景象，「情境」是詩人借物象或景象流露出來的主觀情感或意志，「意境」則是既彰顯情感與意志，又深入內心的一種境界。要達到「意境」這種境界，僅靠詩人的構思創作是不夠的，還要調動讀者的主觀聯想和文學素養。「得」就是指讀者的收穫，讀者在這裡與作者的心靈達到契合，甚至能夠得到作者沒有意識到的東西。也就是說，意境的創造不僅有賴於作者，還有賴於與讀者，是作者與讀者共同創造的。

西方文學也重視意象的塑造，但意境卻是中國詩學所獨有的。西方審美對象從「形象」演變成「典型」，而中國古代詩學則從「意象」演變爲「意境」，這充分反映了中國古代詩學所追求的藝術特徵與審美境界：含蓄蘊藉，意在言外，引人回味。同時，無論是意象還是意境，都離不開「象」，都是象思維的詩學形態。這正是中國古代之所以能創造出璀璨奪目、經久不衰的詩詞歌賦的原因所在。包括中國古代的戲劇、小說在內的文學樣式都沾染了這種靈動、詩意與韻味，令世界文學界嘖嘖稱奇。

第三節　象思維對中國古代詩學話語方式的影響

中國古人不善於用抽象來言說抽象，但卻善於對不可言說之物進行有效的言說。這裡的不可言說之物即無法用概念或命題來表述、來窮盡的心理的或精神的存在狀態。比如，一種難以言傳的感覺、情緒、情思，這些東西很難用準確的語言完全表達出來。但這在中國古代詩學中卻不足以成爲問題。象思維就是中國古代詩學突破「言不盡意」困境的一把鑰匙。比如「風骨」、

〔註57〕〔唐〕王昌齡，詩格〔C〕，見：郭紹虞主編，中國歷代文論選：第二冊，上海：上海古籍出版社，1979，88～89。

「意象」、「意境」、「神韻」、「滋味」等範疇，對於西方人而言是費解的，很難用理性分析的方法給它們下一個完整的定義，但是中國古人卻通過形象能夠使讀者感受到它們基本的所指和意蘊。

象思維是中國古代詩學中常見的一種融感性與理性、形象與抽象於一體的思維方式。它不同於原始思維中的僅憑感性的直觀去把握對象的思維方式。它通過具象或形象性的概念或符號去把握相對陌生的事物或抽象的意義，具有直觀性、類比性等特徵。具象中包含抽象，感性中兼具理性是其根本特徵。在象思維的影響之下，中國古代詩學形成了一整套意象性範疇體系和比較成熟的象喻批評方法。

一、意象性範疇體系

考察中國古代詩學史，我們會發現中國古代詩學形成了獨特的意象性範疇體系。中國古代詩學範疇從總體上看是意象性的，即意義與具象同在。很多範疇的名稱來自於自然物象，如「氣」、「風」、「境」、「氣象」等；還有很多範疇來自於心理或生理現象，如「神」、「性靈」、「興趣」、「悟」、「味」、「骨」等。古代詩學的大多數範疇或概念都不是一種理性化抽象或歸納的結果，而是一種形象化的象徵或聯想的結果。

比如「味」這一範疇，本是一個用來形容感官的詞，後來卻演變成一個詩學範疇。這個詞用於文藝批評，最早來自於《論語》：「子在齊聞《韶》，三月不知肉味。」〔註58〕在這裡，孔子以味覺來形容音樂的藝術魅力，顯然用了通感的思維方式。在其後，「味」被引入文學創作和欣賞活動中，用來形容藝術的審美特性。在中國古代詩學中，鍾嶸提出「滋味說」，把「滋味」當作品詩的標準。司空圖提出「味外之味」，用來形容作品「言已盡而意無窮」的審美韻味。袁枚提出，評詩以品味為先，只有品出詩味，才能論詩。原本用來描述人生理感覺的「味」被引入詩學後，卻成了判斷藝術作品藝術感染力的一個審美標準。在這裡，生理感覺得到昇華，變成了一種審美感覺，表達一種難以言傳、富有韻味的審美體驗。

再如，「風骨」這一詩學範疇，是自然物象和生命體組成部分的巧妙結合。「風」本來指大自然中空氣的流動，是一種常見的自然現象，引入詩學，具有多重意蘊，與「骨」結合，具有「感化、教化」等意。「骨」本來指生命體

〔註58〕楊伯峻，論語譯注〔M〕，北京：中華書局，2012，98。

中起支撐作用的構架，引入詩學之中，喻指作品內在的力量。劉勰提出「風骨」一詞，用來描繪作品在思想或情感方面所具有的一種清新和力量並存的表達效果。因此，劉勰有言：「結言端直，則文骨成焉；意氣駿爽，則文風清焉。」〔註59〕在這裡，「風」、「骨」兩個事物結合在一起，以比興為思維媒介，演變成一個意義豐富的審美範疇。

在中國古代詩學中，範疇的名稱不只是範疇的一種外在形式，而是詩學命題本身，甚至規約著詩學的方向。中國古代詩學因其獨特的意象性範疇和概念體系而形成了具有民族文化個性的詩學批評體系。

中國古代詩學不僅形成了獨特的意象性範疇體系，中國古代詩學家還常常用一些具體可感的意象來闡釋文論範疇或概念的意蘊或特徵，談及理論，卻「不涉理路」，用感性的方式來言說理論。結論往往與所闡述的對象是糾纏在一起的，離開具體的對象，結論變得無所依附。在中國古人看來，單純的說理是不可靠的，只有「象」才是真實可感的。「象」本身的意義具有一種不言自明的特點，無須多餘的證明。這使得中國古代詩學呈現出一種形象化、印象化的特徵，具有難以言盡的審美意蘊和味之無窮的審美魅力。

「象」是中國古代詩性思維的集中體現，中國古人對包括詩學範疇在內的世界萬物的言說都是圍繞著「象」進行的，起於象而止於象。如陸機在談藝術構思時說：

> 其始也，皆收視反聽，耽思傍訊，精騖八極，心遊萬仞。其致也，情曈曨而彌鮮，物昭晰而互進，傾群言之瀝液，漱六藝之芳潤，浮天淵以安流，濯下泉而潛浸。於是沉辭怫悅，若遊魚銜鉤，而出重淵之深，浮藻聯翩，翰鳥嬰繳，而墜曾雲之峻。收百世之闕文，採千載之遺韻，謝朝華於已披，啟夕秀於未振，觀古今於須臾，撫四海於一瞬。〔註60〕

作者用了「傾瀝液」、「漱芳潤」、「浮天淵」、「濯下泉」，以及「遊魚」、「翰鳥」、「朝華」、「夕秀」等一系列形象的事件或物象，令人目不暇接。

當代學者張伯偉首次提出「意象批評」這一概念，用來指稱中國古代文學批評中廣泛存在的借意象來表達對作品的感受或見解的形象化的批評方

〔註59〕周振甫，文心雕龍今譯〔M〕，北京：中華書局，1986，264。

〔註60〕〔晉〕陸機，文賦〔C〕，見：郭紹虞主編，中國歷代文論選：第一冊，上海：上海古籍出版社，1979，170～171。

式。「『意象批評』法，就是以具體的意象，表達抽象的理念，以揭示作者的風格所在。其思維方式上的特點是直觀，其外在表現上的特點則是意象。」〔註61〕總之，意象批評擺脫了理性批評對文學作品的生硬分解，在使文學批評具有審美性的同時，更好地再現了文學作品本身的審美意蘊。

二、象喻批評

西方詩學繼承了古希臘時代的傳統，善用細緻入微的分析和規範嚴密的邏輯推導，書寫了一部又一部體系化、邏輯化的理論論著。中國傳統詩學則繼承了《周易》等「觀物取象」與直覺思維的特徵，善於在對對象的觀照中獲得感受或見解。這些感受與見解的獲得，不依賴於理性分析與邏輯推導，大多採用類比的方式，得出一種象喻性的結論。如陸機的《文賦》、司空圖的《二十四詩品》、白居易關於詩歌創作「根情、苗言、華聲、實義」之喻、清人姚鼐的「陰陽剛柔」論，都是一種象喻性言說。

（一）中國古代的象喻文化

「象喻」思維是一種借助具體形象來喻說抽象思想或情感的思維方式，它是中國古人乃至中國古代文學重要的思維方式。用錢鍾書先生的話說，就是「窮理析義，須資象喻」〔註62〕。從整體上看，中國古代文化就是一種象喻文化，中國古代文學就是一種象喻文學。

莊子可以說是象喻文學的先祖，《莊子》裏廣泛採用的寓言其實就是一種象喻言說。寓言從本質上說就是借助虛構的形象化的故事來喻示抽象的道理。孔子常常採用譬喻的說理方式，通過間接的、形象的方式說出相對抽象的觀念或思想。如「子貢問曰：『賜也何如？』子曰：『女，器也。』曰『何器也？』曰：『瑚璉也。』」〔註63〕（《論語·公冶長》）孔子把自己的得意弟子子貢比喻成「瑚璉」，即祭祀時盛糧食用的器皿，來說明子貢的高雅氣度。孟子用一連串的比喻盛讚孔子：「麒麟之於走獸，鳳凰之於飛鳥，太山之於丘垤，河海之於行潦，類也。聖人之於民，亦類也。出於其類，拔乎其萃，自生民以來，未有盛於孔子也。」〔註64〕（《孟子·公孫丑上》）孟子用一系列

〔註61〕張伯偉，中國古代文學批評方法研究〔M〕，北京：中華書局，2002，198。
〔註62〕錢鍾書，管錐篇〔M〕：第一冊，北京：中華書局，1979，12。
〔註63〕楊伯峻，論語譯注〔M〕，北京：中華書局，2012，60。
〔註64〕孟子〔M〕，萬麗華，藍旭譯注，北京：中華書局，2006，59。

的事物——麒麟、鳳凰、太山、河海，來比喻孔子的高屋建瓴、出類拔萃。《戰國策》中常用生動的比喻和寓言故事來委婉巧妙地說理，使抽象的道理形象化、通俗化，而且有利於增強說服力。「狐假虎威」、「畫蛇添足」、「亡羊補牢」、「鷸蚌相爭」、「南轅北轍」等都是極富表現力的寓言故事，論者借助這些故事最終都達到了自己的政治目的。在《鄒忌諷齊王納諫》中，鄒忌以自己的家事為例來巧妙說理，聽來親切、生動，使齊王心甘情願地廣開言路。

中國古代詩歌創作中也常常使用以象譬喻的創作方法。以象喻作詩起源於《詩經》的比興傳統，後經《離騷》的發展，到建安、六朝時期已蔚為大觀。李白用「飛流直下三千尺，疑是銀河落九天」來寫瀑布；岑參用「忽如一夜春風來，千樹萬樹梨花開」來寫雪景；蘇軾「欲把西湖比西子，淡妝濃抹總相宜」。中國古代詩學批評的象喻傳統顯然是跟中國文化的象喻傳統和詩歌創作的以象譬喻是分不開的。

（二）中國古代詩學中的象喻批評

在中國古代詩學中，並沒有「象喻批評」這個概念，這是後人對中國古代詩學批評方法的一種總結與概括。羅根澤在研究《二十四詩品》時，把它稱之為「比喻的品題方法」〔註65〕，郭紹虞稱之為「象徵的批評」、「象徵的比喻」〔註66〕。象喻批評是一種用比喻的手法，以直觀的、形象的方式描述批評對象審美特徵的一種批評方法。這種批評方式與西方邏輯的、理性的批評方式迥然不同。象喻批評是中國古代詩學中常見的批評方式，批評家在品評詩歌或其他文學作品時，往往不直接說出自己的主觀感受，大多借助於一些生動具體的形象或營造一種含蓄雋永的意境來喻示作品的內涵、審美特徵或整體韻味。它以直觀體悟的方式對作品進行賞玩和把握，這種賞玩和把握常常就是一首詩或一部富有詩意的文學作品，它在藝術性、生動性和豐富性上往往超越於理性的解釋和評判。

中國古代詩學家常常用具體的物象來形容詩歌的某一特徵，如用「芙蓉出水」來形容清新自然的詩風，用「錯彩鏤金」形容重雕琢、重文采的詩風，用「高山流水」形容高格脫俗的詩風。有人統計，在短短兩千字的《文賦》中，明顯使用象喻批評的有70餘處。象喻批評中的「象」包含三種：一是物

〔註65〕羅根澤，中國文學批評史〔M〕，上海：上海書店出版社，2003，534。
〔註66〕郭紹虞，中國文學批評史〔M〕，天津：百花文藝出版社，2008，169。

象，二是事理，三是境。其中以物象喻詩是中國古代詩學中一種最常見的言說方式。

第一，以物象喻詩。

物象在自然和生活中隨處可見，因而以物象喻詩成為詩學家最常見的一種論詩方式。下面略舉幾例，來說明這種論詩方式。

《文心雕龍・定勢》這樣解釋「勢」：「勢者，乘利而為制也。如機發矢直，澗曲湍回，自然之趣也。圓者規體，其勢也自轉；方者矩形，其勢也自安；文章體勢，如斯而已。」〔註67〕用了一連串形象化的比喻。《文心雕龍・神思》在談創作構思及藝術想像時，也使用了一連串的比喻。

唐代白居易《與元九書》曰：「詩者，根情、苗言、華聲、實義。」〔註68〕用自然界中常見的植物的根來比喻詩歌的情感，用苗來比喻詩歌的語言，用花來比喻詩歌的聲韻，用果實來比喻詩歌的意義，直觀而又形象。

宋代嚴羽在《滄浪詩話》中云：「盛唐諸人惟在興趣，羚羊掛角，無跡可求。故其妙處，透徹玲瓏，不可湊泊，如空中之音，相中之色，水中之月，鏡中之象，言有盡而意無窮。」〔註69〕嚴羽以禪喻詩，連用四個貼切生動的比喻，來說明詩歌「言有盡而意無窮」的審美境界。這是對「言近意遠」的最經典，也是最美的概括。

蘇軾把自己的文章比喻成不擇地而出的萬斛泉水：「吾文如萬斛泉源，不擇地皆可出，在平地滔滔汨汨，雖一日千里無難。及其與山石曲折，隨物賦形，而不可知也。所可知者，常行於所當行，常止於不可不止，如是而已矣。」〔註70〕

明代朱權的《太和正音譜》中《古今群英樂府格勢》評論了元代 187 位著名元曲家的創作風格。在具體評價這些文人的創作時，多用自然物象來作比。如：

> 馬東籬之詞，如朝陽鳴鳳。其詞典雅清麗，可與靈光、景福而相頡頏，有振鬣長鳴、萬馬皆喑之意。又若神鳳飛鳴于九霄，豈可

〔註67〕周振甫，文心雕龍今譯〔M〕，北京：中華書局，1986，278。

〔註68〕〔唐〕白居易，與元九書〔C〕，見：郭紹虞主編，中國歷代文論選：第二冊，上海：上海古籍出版社，1979，96。

〔註69〕〔宋〕嚴羽，滄浪詩話〔M〕，普慧，孫尚勇，楊遇青評注，北京：中華書局，2014，23。

〔註70〕李之亮，蘇軾文集編年箋注：第9卷〔M〕，成都：巴蜀書社，2011，88。

與凡鳥共語哉？宜列群英之上。

　　白仁甫之詞，如鵬轉九霄。風骨磊落，詞源滂沛，若大鵬之起北溟，奮翼凌乎九霄，有一舉萬里之志。宜冠於首。

　　王實甫之詞，如光間美人。鋪敘委婉，深得騷人之趣。極有佳句，若玉環之出浴華清，綠珠之採蓮洛浦。

　　關漢卿之詞，如瓊筵醉客。觀其詞語，乃可上可下之才，蓋所以取者，初為雜劇之始，故卓以前列。

　　鄭德輝之詞，如九天珠玉。其詞出語不凡，若咳唾落乎九天，臨風而生珠玉，誠傑作也。〔註71〕

清代姚鼐談文章「陰柔」這種風格時，用了一系列的自然物象作喻：

　　其得於陰與柔之美者，則其文如升初日，如清風，如雲，如霞，如煙，如幽林曲澗，如淪，如漾，如珠玉之輝，如鴻鵠之鳴而入寥廓；其於人也，漻乎其如歎，邈乎其如有思，暖乎其如喜，愀乎其如悲。〔註72〕

　　象喻批評即用比喻的手法來評論詩歌，正如《文心雕龍‧比興》所云：「物雖胡越，合則肝膽。」〔註73〕構成比喻的兩個部分──本體和喻體看似互不相干，卻可以通過某種相似性或相關性相聯，構成一個全新的概念。因此，比喻的解讀需要借助聯想，詩學批評中象喻的普遍存在調動了讀者的想像力，使閱讀拓寬了詩學的張力。

　　第二，以事理喻詩。

　　任何事物的發生發展都有一定的規律可循，而且這些規律之間存在著某種程度的相通性。因此，以事理喻詩也是古代詩學家常常選擇的一種批評方式。比如韓愈提出發憤著書說時，用草木金石受到阻撓或打擊發出聲音來比喻發憤著書的過程。

　　鍾嶸在《詩品》中這樣評論陳思王曹植的創作：「陳思之於文章也，譬人倫之有周、孔，鱗羽之有龍鳳，音樂之有琴笙，女工之有黼黻。」〔註74〕他

〔註71〕祈志祥，中國美學通史〔M〕：第三卷，北京：人民出版社，2008，219。
〔註72〕〔清〕姚鼐，覆魯絜非書〔C〕，見：郭紹虞主編，中國歷代文論選：第三冊，上海：上海古籍出版社，1979，510。
〔註73〕周振甫，文心雕龍今譯〔M〕，北京：中華書局，1986，329。
〔註74〕周振甫，詩品譯注〔M〕，北京：中華書局，1998，37。

沒有直接評價曹植的創作地位,而是以周公、孔子對於人倫,鱗羽對於龍鳳,音樂對於琴笙,女工對於黼黻的意義來喻指曹植對於文學創作不可或缺的價值。

劉勰用生活常識來說明治學需廣博的道理,《文心雕龍·事類》言:「夫經典沉深,載籍浩瀚,實群言之奧區,而才思之神皋也。揚班以下,莫不取資,任力耕耨,縱意漁獵,操刀能割,必列膏腴,是以將贍才力,務在博見,狐腋非一皮能溫,雞跖必數千而飽矣。是以綜學在博,取事貴約,校練務精,捃理須核,眾美輻輳,表裏發揮。」〔註75〕

南宋楊萬里的《答徐賡書》以治兵來比喻作文:「作文如治兵,擇械不如擇卒,擇卒不如擇將。爾械鍛矣,授之羸卒則如無械;爾卒精矣,授之妄校尉則如無卒,千人之軍,其裨將二,大將一;萬人之軍,其大將一,其裨將十。善用兵者,以一令十,以十令萬,是故萬人一人也。」

黃昇在《詩人玉屑序》中把評詩比喻成醫生開藥方:「詩之有評,猶醫之有方也。評不精,何益於詩;方不靈,何益於醫!然惟善醫者能審其方之靈,善詩者能識其評之精,夫豈易言也哉!」〔註76〕

總之,以事理喻詩歌,給人以形象、親切之感,讓人在體味事理的過程中自然得到對詩歌的認識。

第三,以境喻詩。

到了唐代,象喻批評發展為以境喻詩,成就最大的當屬司空圖。他在《與極浦談詩書》中云:「戴容州云:『詩家之景,如藍田日暖,良玉生煙,可望而不可置於眉睫之前也。』象外之象,景外之景,豈容易可談哉?」〔註77〕營造了一種只可意會不可言傳的審美境界。《二十四詩品》更將以境喻詩這種言說方式發揮到極致。他以二十四首詩來寫二十四種詩歌風格,既是一部詩學理論之作,又是二十四首意境優美的詩歌。如對於「沉著」這種風格,他描繪為:

> 綠林野屋,落日氣清。脫巾獨步,時聞鳥聲。鴻雁不來,之子
> 遠行。所思不遠,若為平生。海風碧雲,夜渚月明。如有佳語,大

〔註75〕周振甫,文心雕龍今譯〔M〕,北京:中華書局,1986,342。
〔註76〕〔宋〕黃昇,詩人玉屑序〔C〕,見:〔宋〕魏慶之輯,詩人玉屑,上海:上海古籍出版社,1978,2。
〔註77〕〔唐〕司空圖,與極浦書〔C〕,見:郭紹虞主編,中國歷代文論選:第二冊,上海:上海古籍出版社,1979,201。

河前橫。〔註78〕

前兩句描繪了一幅山間黃昏圖：黃昏時分，翠綠的山間有一個小屋，鳥鳴氣清，野居之人獨自走在山林之中。第三、四句進一步深化了這種意境，並與「沉著」這種風格相合。郭紹虞對此解釋道：「鴻雁不來，則云山寥落，之子遠行，則情懷渺邈。然而，所思不遠，好似當前即是；若爲平生，又覺握手如昨。那麼千里如咫尺，似又未嘗相離也。『之子遠行』，所思已無可見之理；『若爲平生』，所思猶有得見之情。思之不見，愈思得見，一心凝聚，縈回往復，則獨念之深切又正是沉著的表現也。」〔註79〕五六兩句進入一種壯美的意境：天高雲碧、海闊月明、大河前橫，動靜結合，進一步揭示「沉著」這種風格的精神內蘊：清靜、優雅而又蘊含氣勢。短短48字，營造了一幅富有層次感的畫面，將對「沉著」這種風格的感受融於畫面之中，展露無餘，既不直白武斷，也不會給人一種摸不著頭腦之感。

再如「纖穠」一品，司空圖寫道：

采采流水，蓬蓬遠春。窈窕深谷，時見美人。碧桃滿樹，風日水濱。柳陰路曲，流鶯比鄰。乘之愈往，識之愈真。如將不盡，與古爲新。〔註80〕

在其中，司空圖描繪了兩幅意境優美的圖景：一是春日深谷麗人圖：生機勃勃的春天，潺潺的流水，幽妙的深谷，偶爾看到了美人出沒於山林之中；另一幅是生機盎然的濃濃春意圖：春光燦爛，桃花盛開，柳樹成蔭，草長鶯飛，清新、生機之感溢於畫面之外。司空圖這種論說方式跟他崇尚「味外之旨」、「韻外之致」的審美追求不謀而合。

宋代之後，以禪喻詩蔚爲大觀，成爲一種風尚，以佛經形象來喻示對某種詩風的體味，以禪境來喻詩境，使得象喻表現出虛化、飄逸的特徵。最著名的當屬嚴羽的「羚羊掛角，無跡可求」之喻，用「空中之音」、「相中之色」、「水中之月」、「鏡中之象」這四個佛教中的常用意象構築出一種禪境，來表現詩歌虛幻縹緲、變幻無常的審美特徵。

〔註78〕〔唐〕司空圖，詩品〔C〕，見：郭紹虞主編，中國歷代文論選：第二冊，上海：上海古籍出版社，1979，203。
〔註79〕〔唐〕司空圖，詩品〔C〕，見：郭紹虞主編，中國歷代文論選：第二冊，上海：上海古籍出版社，1979，209。
〔註80〕〔唐〕司空圖，詩品〔C〕，見：郭紹虞主編，中國歷代文論選：第二冊，上海：上海古籍出版社，1979，203。

　　況周頤在論述創作靈感這一現象時，沒有使用理性的、說明性的語言，而是用了描述性的語言，營造了寂靜幽妙的情境，雖然沒有點明「靈感」二字，卻讓人身臨其境般地體驗到靈感的產生過程：

> 　　人靜簾垂。燈昏香直。窗外芙蓉殘葉颯颯作秋聲，與徹蟲相和答。據梧冥坐，湛懷息機。每一念起，輒設理想排遣之。乃至萬緣俱寂，吾心忽然開朗如滿月，肌骨清涼，不知斯世何世也。斯時若有無端哀怨根觸於萬不得已；即而察之，一切境象全無，唯有小窗虛幌，筆床硯匣，一一在吾目前。此詞境也。三十年前，或月一至焉。今不可復得矣。〔註81〕

這種以境喻詩的評論方式並沒有直接指出詩歌的藝術風格，而是通過描繪出一幅幅形象、新奇而又富有情趣的畫面，使讀者在審美欣賞中體會其中的詩學意蘊。

　　如果說西方詩學話語以「是什麼」爲主，而中國古代詩學話語則以「似什麼」爲主，中國古代詩學少定義式的明確論斷，而多隱喻性描述。無論是以象喻詩、以事理說詩，還是以境繪詩，都直觀而不直白，簡潔而不單薄，使詩歌批評富有形象性，遠離抽象與枯燥。讀者在其中得到的不是抽象的概念，而是無限的想像。

　　總之，中國古代詩學中包含著大量的意象性範疇和象喻式批評，體現了中華民族善於從具體形象中把握抽象意義，這就是象思維的基本特徵。因此可以說，象思維使得中國古代詩學脫離了枯燥乏味的理性說理，而呈現出一種形象靈動和生動直觀的面貌。

第四節　對象思維影響下的中國古代詩學話語方式的反思

　　在象思維的影響之下，中國古代詩學創造了各種色彩斑駁的「象」，營造了一個個炫目、開放、朦朧的世界，它爲讀者敞開了廣闊的理解空間。以「象」爲媒介的詩學話語給人以形象簡明、含蓄蘊藉、富有詩性之感。物極必反，任何事物發展到極致，都會暴露出一定的短板和缺陷，象思維的高度發展也給中國古代詩歌創作和詩學理論的發展帶來了一定的侷限性，詩歌創作中的

〔註81〕〔清〕況周頤，蕙風詞話〔M〕，北京：人民文學出版社，1960，9。

意象因襲和詩學理論的模糊性、主觀性就是其中比較突出的問題。

一、象思維影響下的詩學話語方式的優點

朱良志認為，「象」對中國古代詩學的話語方式有三點重要啓發：「一是尚簡的原則」，「二是含蓄的原則」，「三是隨象運思的原則」〔註82〕。在象思維的影響之下，中國古代詩學話語呈現出以下三個主要詩性特徵：一是形象簡明，二是含蓄蘊藉，三是詩論合一。

（一）形象簡明

中國古代詩學家在闡述某一範疇的內涵和特徵時，往往以感性的語言來描述，而不是採用邏輯化的方式來界定或論證；不對範疇或概念進行理性抽象和歸納，而是以意象化的方式來體驗和感悟。其對概念和範疇的描述，不在於告訴人們一個既定的結論，而是引導人們去體悟和聯想。

以象譬喻這種言說方式通過「象」來傳情達意。正是這種對「象」的關注，使得中國古代詩學具有形象性的特徵。象喻批評把主觀的審美判斷融入形象或意境之中，從而借助形象和意境傳達主體複雜的思想或觀念，既有利於克服概念批評和邏輯批評的枯燥以及其與文學本身的疏離感，增強詩學批評的形象性、審美性，又容易激發讀者的想像與體驗，引導讀者進入批評者所營造的形象和意境之中，從而獲得真實、生動、深刻的審美感受。同時，批評家借助形象或意境為讀者提供了廣闊的想像和再造的空間。蘇軾在《祭柳子玉文》評價孟郊和賈島時用「郊寒島瘦」一詞，「寒」與「瘦」都是象喻性的詞彙，都是具體可感的。這兩個詞很容易把人引入對孟郊和賈島的藝術風格的體悟之中，讀者可能會聯想到孟郊詩歌所流露的窮途失意之「寒」，他的《苦寒吟》就是這種「寒」意最深刻的表達：「天色寒青蒼，北風叫枯桑。厚冰無裂文，短日有冷光。敲石不得火，壯陰正奪陽。調苦竟可言，凍吟成此章。」

有人說中國人不尚說理，這是對中國古人智慧的一種貶低。中國人不是不善於說理，而是不選擇以我們通常認為有效的說理方式來說理。即中國古人不以邏輯的、抽象的、分析的方式來說理，而選擇感性的、具象的方式來說理。嚴羽以下的這段話集中代表了中國古人所崇尚的說理方式：

〔註82〕朱良志，中國藝術的生命精神〔M〕，合肥：安徽教育出版社，1995，152。

　　夫詩有別材，非關書也；詩有別趣，非關理也。然非多讀書，
多窮理，則不能極其至，所謂不涉理路、不落言筌者，上也。詩者，
吟詠情性也。盛唐詩人惟在興趣，羚羊掛角，無跡可求。故其妙處，
瑩徹玲瓏，不可湊泊，如空中之音，相中之色，水中之月，鏡中之
象，言有盡而意無窮。近代諸公，作奇特解會，遂以文字爲詩，以
議論爲詩，以才學爲詩。夫豈不工？終非古人之詩也。蓋於一唱三
歎之音，有所歉焉。〔註83〕

這段話觀點明確，具有很強的說服力。只不過不是採用慣常的三段式的說理
方式（提出觀點、論證觀點、總結觀點），而是採用象喻的方式來說理。我們
不妨拿主題相似的華茲華斯的一段話來與之相比較：

　　一切好詩都是強烈情感的自然流露。雖然這是事實，但凡是與
價值沾邊的詩都從來不是根據諸多主題的任何變體來創作的，而是
由具有異乎尋常的感性並經過深思熟慮的詩人創作的。因爲我們持
續不斷的感情流溢要受到思想的修正和指引，這些思想才眞的是我
們過去的一切感情的表徵；而通過思考這些一般表徵的相互關係，
我們發現對於人們眞正重要的東西，因此，通過重複和繼續這個行
爲，我們的感情就會與重要的主題關聯起來，久而久之，如果我們
原本就具有許多感性，就會產生這些精神習慣，通過盲目地和機械
地遵守那些習慣的衝動，我們將描繪物體，表達情懷，這些物體和
情懷都具有這樣一種性質，並如此相互關聯，以至於必然在某種程
度上啓發讀者的理解力，並加強和純化他的感情。〔註84〕

嚴羽和華茲華斯的觀點相似，但論證過程卻迥然不同：華茲華斯是借助相對
明確的概念，如感情、主題、感性、思想等詞語來論說，而嚴羽則選擇情性、
興趣這些內涵和外延都比較模糊的詞來展開。而且，在說理過程中，嚴羽運
用了大量的比喻，讓人在直觀形象中去體會作者要言說的意旨，華茲華斯則
直接陳述道理。由此可見，嚴羽思考問題的方式屬於象思維，而華茲華斯思
考問題的方式則屬於邏輯思維。

〔註83〕〔宋〕嚴羽，滄浪詩話〔M〕，普慧，孫尚勇，楊遇青評注，北京：中華書局，
　　　　2014，23。
〔註84〕〔英〕威廉·華茲華斯，抒情歌謠集〔C〕，見：〔英〕拉曼·塞爾登編，文學
　　　　批評理論──從柏拉圖到現在，劉象愚，陳永國等譯，北京：北京大學出版
　　　　社，2000，183～184。

中國古代詩學家在論詩時，其重心往往不是揭示詩文的本質或詩文創作的規律，而是傳達一種個人化的審美體驗。這種體驗往往是主觀的、朦朧的，很難用明晰、準確的語言來概括。因此，中國古代詩學家多採用一種迂迴曲折的方式來言說，即不直接言明事物的本質或特徵，而是營造一種情境或氛圍，「呈於象，感於目，會於心」〔註85〕，引導讀者進入特定的狀態、心境之中。法國著名漢學家弗朗索瓦・于連在談及中國古代詩學這一話語方式時說：「就是通過迂迴保持言語『從容委曲』：以與所指對象保持隱喻的距離的方式」〔註86〕，這種言說方式有利於激發讀者的想像，實現讀者與作品及作家間的有效溝通。

以象的方式言說簡化了說理過程，使得古代詩學話語言簡義豐，精練生動。葉維廉教授在論述中國古代文學批評方法時引用了禪宗裏的一段對話：「問：如何是佛法大意？答：春來草自青。」〔註87〕如果西方學者面對同一個問題，可能會用長篇大論來回答，論文最起碼包括以下幾個部分：對佛法的界定、引論、推論、結論，而最終也未必能說明中國古人用一句話就能道明的問題。這就是劉禹錫所說的：「片言可以明百意。」〔註88〕

很多事物，尤其是複雜的情緒和情感是難以言明的，比如哀愁，但古人卻化愁思為物象、事理或意境，一語便能中的，達到千言萬語無法說盡的表達效果。正如劉勰在《文心雕龍・宗經》中說的「辭約而旨豐，事近而喻遠」〔註89〕。如：

「心之憂兮，如匪澣衣。」（《詩經・柏舟》）

「白髮三千丈，緣愁似個長。」（李白《秋浦歌》）

「問君能有幾多愁，恰似一江春水向東流。」（李煜《虞美人》）

「春去也，落紅萬點愁如海。」（秦觀《千秋歲》）

「只恐雙溪舴艋舟，載不動許多愁。」（李清照《武陵春》）

「試問閒愁都幾許？一川煙草，滿城風絮，梅子黃時雨。」（賀鑄《青玉案》）

〔註85〕　〔清〕葉燮，原詩〔C〕，見：郭紹虞主編，中國歷代文論選：第三冊・上海：上海古籍出版社，1979，352。

〔註86〕　〔法〕弗朗索瓦・于連，迂迴與進入〔M〕，杜小真譯，北京：三聯書店，1998，37。

〔註87〕　〔美〕葉維廉，中國詩學〔M〕，北京：三聯書店，2006，9。

〔註88〕　〔唐〕劉禹錫，董氏武陵集紀〔C〕，見：郭紹虞主編，中國歷代文論選：第二冊，上海：上海古籍出版社，1979，89。

〔註89〕　周振甫，文心雕龍今譯〔M〕，北京：中華書局，1986，29。

這些詩詞本體都是哀愁，喻體各異。愁緒是抓不住、看不著的，是內心的一種複雜的感受，是無法量化的，詩詞家卻把這種無形的、難以言傳的東西化為形象的事物（物象、事理或意境），汪洋恣肆般的愁緒一下子形象化地呈現在人眼前，達到「辭約而旨豐」的藝術效果。

（二）含蓄蘊藉

中國古代詩學思想認為文學是對意義和「道」的言說，文學表達的媒介是語言，但言不盡意。這就要求作家在創作時，要努力創造言外之意、象外之象、境外之境，能啟發讀者去想像和品味，從而使之能夠追索出作品的言外之意、象外之象、境外之境。因此，中國古代詩學強調語言與意義之間的張力。

中國人思考問題雖然以象為起點，但是並不停留於象本身，而更重視象背後隱藏的「道」或「意」，因而強調虛實相生，注重「不著一字，盡得風流」的空靈美和「象外之象」、「味外之旨」的深長意蘊。立「象」不是為了象本身，其旨歸是盡意。但從表達效果上來看，「象」所表達的「意」具有一種整體性、模糊性，不像一般說明性的文字那樣可以做到條理清晰。要把握其中所蘊含的意，只能靠讀者去體會和感悟。這就使得以象譬喻這種言說方式具有一種含蓄性和多義性。

中國古代詩學家把含蓄作為一種審美追求，比如鍾嶸在評論謝靈運的創作時說：「譬如青松之拔灌木，白玉之映塵沙，未足貶其高潔也。」〔註90〕鍾嶸沒有直接點明謝靈運詩歌的特徵，而是用「青松」和「白玉」作比，把其他大多數詩歌作品比作「灌木」和「塵沙」，用來突出謝靈運詩歌的超凡脫俗。評范雲、丘遲的詩歌時說：「范詩清便宛轉，如流風回雪；丘詩點綴映媚，如落花依草。」〔註91〕這種象喻式批評避免了理性的枯燥和破碎，增加了批評的藝術性和感染力，同時也含蓄蘊藉，使評論帶有一種朦朧的色彩。

中國古代詩學家擅長用有限的、具體可感的「象」來暗示無限的、難以言說的「意」。中國古人不求言說的明確性，而追求言說的暗示性，主張「少言」，用最少的語言來表現無限的意義，來體現無言之美。《周易·繫辭下傳》這樣評價「立象以盡意」式的話語方式：「其稱名也小，其取類也大。其旨遠，

〔註90〕周振甫，詩品譯注〔M〕，北京：中華書局，1998，49。
〔註91〕周振甫，詩品譯注〔M〕，北京：中華書局，1998，74。

其辭文，其言曲，其事肆而隱。」〔註92〕

　　含蓄也是劉勰的藝術追求。「風骨」可謂《文心雕龍》的核心詞彙之一，《文心雕龍》獨立設置一篇來論「風骨」，但劉勰始終沒有給「風骨」下一個確切的定義。且看他對「風骨」的論述：「是以惆悵述情，必始乎風，沉吟鋪辭，莫先於骨。」「辭之待骨，如體之樹骸，情之含風，猶形之包氣。」〔註93〕看後我們無法確切地指出何謂「風骨」，只能感受到「風」是針對文本內容而言的，而「骨」則是針對文本的言辭而言的。只指方向，不知細節，這為讀者的闡釋提供了多種可能。

　　劉勰在《隱秀》篇中提出「隱秀」說，也說明了他對含蓄蘊藉審美特徵的鍾愛。「隱也者，文外之重旨也。」「隱以複義為工。」「夫隱之為體，義生文外，秘響旁通，伏采潛發，譬爻象之變體，川瀆之韞珠玉也。」〔註94〕「隱」是詩文所應具有的一種含蓄蘊藉的審美特徵，要求作者在創造審美意象時，不能將自我的情緒與情感表露無遺、躍然紙上，而應該將其包藏在意象之中。這種表達方式給讀者留下廣闊的想像空間，讀者可以借助聯想等心理機能，去探尋意象背後隱秘微妙的思緒或情感。後世崇尚「含蓄」，追求「象外之象」、「味外之味」應該說都肇始於劉勰關於「隱」的觀點。

　　「秀也者，篇中之獨拔者也。」「秀以卓絕為巧。」〔註95〕「秀」不僅指篇中具有總結或警示作用的關鍵句，還指意象所具有的生動卓絕的審美特徵，它強調意象的鮮活生動，能彰顯作品的意蘊。「隱」與「秀」看似是一對矛盾對立的概念：「隱」強調含蓄蘊藉，意在象外；而「秀」則強調意的鮮活溢出。細細分析，二者卻是相通的，隱處即秀處。

　　劉勰的「隱秀說」得到了後人的繼承和發揮，很多詩學家都用此來說明「意象」這一範疇，認為「意」要「隱」，「象」要「秀」。現代美學家成復旺主編的《古典美學範疇辭典》在闡述「意象」這一範疇時說：「意是深藏於象中之意，象則是意的外在感性形式。象要顯，彰顯在目喚起人的強烈視覺印象，並引起人對其內在意念探究的興趣。意要隱，悠悠刺心，使象的存在獲得了內在的生命，使人們對象涵詠浸漬，追求其言外之意味。」〔註96〕「隱

〔註92〕周振甫，周易譯注〔M〕，北京：中華書局，2012，346～347。
〔註93〕周振甫，文心雕龍今譯〔M〕，北京：中華書局，1986，264。
〔註94〕周振甫，文心雕龍今譯〔M〕，北京：中華書局，1986，357。
〔註95〕周振甫，文心雕龍今譯〔M〕，北京：中華書局，1986，357。
〔註96〕成復旺，古典美學範疇辭典〔Z〕，北京：人民大學出版社，1995，398。

秀」這個範疇也體現了中國古代虛實相生的藝術觀，可以視為劉勰對意象理論的總結，並直接啟發唐代的意境說。

中國古代詩學在言說時雖然含蓄朦朧，但同樣有相對明確的所指。如《詩品》中引湯惠休的話：「謝詩如清水芙蓉，顏詩如錯彩鏤金」〔註97〕，雖然作者沒有明確說出謝詩與顏詩的藝術風格，而是用具象來代替特徵，但這種具象卻有大致明確的涵義。在中國古代語境下，「清水芙蓉」無疑是指自然清新的詩風，「錯彩鏤金」無疑是指追求藻飾的詩風，只不過作者沒有具體分析自然清新和錯彩鏤金的具體表現和具體特徵。這些有賴於讀者借助自己的審美經驗去想像與填充。

（三）文質優美

在象思維的影響之下，中國古代詩論家常常以感性描述的方式，將詩歌的意境、韻味等直接呈現給讀者，以詩論詩。即以詩的語言、詩的思維來把握詩、展示對詩的見解。司空圖在《二十四詩品》中將詩歌的風格歸納為二十四品，每品獨立看來，都是一首十二句的四言詩，而且每首詩都營造了形象、富有韻味的審美情境，營造出具有詩情畫意的意蘊空間，既寫出了詩歌風格的特徵，也寫出了其詩意和韻味。比如，他這樣描繪「沖淡」這種風格：「飲之太和，獨鶴與飛。猶之惠風，荏苒在衣。閱音修篁，美曰載歸。」〔註98〕在二十四字中，沒有「沖淡」二字，甚至連意義相近的詞語也沒有，但卻激起了讀者無限的遐想，讓人在優美的意境之中體悟到這種審美風格的藝術特徵。

藝術想像是中西方詩學都時常談到的問題，但在言說的方式上卻大相徑庭。藝術想像從字面上看就是一個玄虛、一言難盡的「奧妙之道」。柯勒律治在《文學天涯》中如此論述想像：

> 我把想像分為第一位的和第二位的兩種。我主張，第一位的想像是一切人類知覺的活力與原動力，是無限的「我的存在」中的永恆的創造活動在有限的心靈中的重演。第二位的想像，我認為是第一位想像的回聲，它與自覺的意志並存，然而它的功用在性質上還是與第一位的想像相同的，只有在程度上和發揮作用的方式上與它

〔註97〕周振甫，詩品譯注〔M〕，北京：中華書局，1998，67。

〔註98〕〔唐〕司空圖，詩品〔C〕，見：郭紹虞主編，中國歷代文論選：第二冊，上海：上海古籍出版社，1979，203。

有些不同。〔註99〕

在這段論述中，柯勒律治將想像分為兩類，並且對每一類進行嚴格的界定。這種論述方式類似於科學著作的話語方式，具有一種科學實證性和邏輯秩序性。

陸機在《文賦》中也談到藝術想像問題：

> 其始也，皆收視反聽，耽思傍訊。精騖八極，心遊萬仞。其致也，情瞳矓而彌鮮，物昭晰而互進。傾群言之瀝液、漱六藝之芳潤。浮天淵以安流，濯下泉而潛浸。於是沉辭怫悅，若遊魚銜鉤，而出重淵之深；浮藻聯翩，若翰鳥纓繳，而墜曾雲之峻。收百世之闕文，採千載之遺韻。謝朝華於已披，啟夕秀於未振。觀古今於須臾，撫四海於一瞬。〔註100〕

陸機與柯勒律治一樣都談到藝術想像問題，但論述風格顯然與之迥異。他在談藝術想像這樣如此抽象的問題時用了大量的物象作喻，語言生動、形象，富有美感。

西方詩學用邏輯的方式建構理論無疑會增強其科學性、精確性，但是正如一個硬幣都有正反兩面一樣，邏輯的思維方式對一些學科有效的同時，也會對另一些學科不甚適用。用邏輯的方式研究自然科學無疑有其優越性，但用它來研究人文科學則顯得有些捉襟見肘了。20世紀以後，西方一些學者認識到人文科學領域中的科學主義傾向，呼籲回歸感性，回歸詩性，他們甚至崇尚中國人那種具象的言說方式。

中國古代詩學缺乏抽象的理論概念和理性的邏輯推演，缺乏理論體系的嚴密性，但中國古代詩學卻有著生動形象的詩性特徵。陸機的《文賦》、鍾嶸的《詩品》、劉勰的《文心雕龍》、司空圖的《二十四詩品》等都是中國詩學的經典之作，它們不僅是詩學的理論之作，同時也是富有詩意的詩。中國古代詩學因其所固有的形象性而具有自由和靈動之美，富有情趣，讀後讓人如沐春風。

理論是灰色的，只有生命之樹常青。理論常常被看作晦澀枯燥的代名詞。中國古代詩學所具有的象思維特徵正好可以彌補一般理論言說的不足，使得

〔註99〕　〔英〕柯勒律治，文學天涯〔C〕，見：章安祺編，西方文藝理論史精讀文獻，北京：中國人民大學出版社，2003，375。

〔註100〕　〔晉〕陸機，文賦〔C〕，見：郭紹虞主編，中國歷代文論選：第一冊，上海：上海古籍出版社，1979，170。

理論不再是「灰色的」，而是色彩斑斕、絢麗多彩的，從而使理論之樹也變得「常青」。

二、象思維影響下的詩學話語方式的侷限性

象思維在為中國古代詩學帶來詩性的同時，也帶來了一定的侷限性和弊端。主要表現為詩詞創作和解讀中意象的因襲和詩學理論的模糊性、意會性。

（一）古代詩詞中意象的因襲

中國古代對「象」的極度崇尚和追求造成意象塑造和解讀的程式化傾向，象的意義被限定在狹窄的範圍之中，甚至逐步走向僵化。中國古代無論是詩還是畫的創作都形成了固定的程序。中國古代山水畫的題材無外乎雲海山林、流水溝壑、風花雪月等，其用筆方式無外乎勾皴點染。選題有定數，著墨方式形成了定式，意境營造方法有定格，甚至連一草一木、一山一石，都有相對固定的畫法。眾多的山水畫放在一起，很易讓人心生雷同之感。只有到了近代黃賓虹、張大千等大師手裏，國畫才有了大幅度的形式變化。

中國古代詩學尤其重視意象。劉勰在《文心雕龍・神思》中說：「使玄解之宰，尋聲律而定墨；獨照之匠，窺意象而運斤。此蓋馭文之首術，謀篇之大端。」〔註101〕在他看來，遵循聲律和構建意象是文學創作的基本法則，是謀篇布局的關鍵。劉勰把意象的構建提到了很高的地位，他的這種思想得到了後世文人的繼承與發展。明代胡應麟在《詩藪》中言：「古詩之妙，專求意象」〔註102〕，更是把意象構建的成功與否當作評價詩歌藝術性的標準。

意象是詩人審美情感的一種外化。意象創造之時應該是詩人受外物感發，情感不得不抒發之時。詩人在抒發情感時，需要一個客觀對應物做依託。這個客觀對應物便是意象。經由詩人情志的感染，客觀對應物染上了主觀的色彩，具有了「意」，是「意」與「象」的結合。由此可見，意象應該是詩人的一種獨創。但由於中國古代過分強調意象對感情抒發的作用，有些人為意象而意象，使得中國古代詩歌中普遍存在著意象因襲現象。許多意象代代承襲，頻繁地出現在詩歌之中。清代詩學家劉熙載把詩歌的審美意境概括為：花鳥纏綿，雲雷奮發，弦泉幽咽，雪月空明，並且認為「詩不出此四境」〔註103〕。

〔註101〕周振甫，文心雕龍今譯〔M〕，北京：中華書局，1986，249。
〔註102〕〔明〕胡應麟，詩藪〔C〕，見：郭紹虞主編，中國歷代文論選：第三冊，上海：上海古籍出版社，1979，114。
〔註103〕〔清〕劉熙載，藝概〔M〕，上海：上海古籍出版社，1978，84。

大自然豐富多彩，其中的事物種類繁多、千姿百態、千變萬化，給人的審美創造提供了無數種可能，其中的一山一水、一草一木都可能成為人審美欣賞和審美創造的對象。人類永遠走在認識自然的路上，永遠都無法窮盡對自然的認識。但意象的因襲卻把人對自然的認識簡單化、趨同化。下面以古詩詞中一些常見的意象為例說明中國古代詩詞創作中意象的因襲現象。

第一種，月意象。

與日相對，月為陰，再加上月有圓缺，與人的圓缺相似。因而，月在古詩中常常與思念連在一起：思念故土，思念親友。尤其是秋月，帶著一股清冷，更易引起人的思鄉、懷親的悲涼之感。所以月亮在古代詩詞中常常被看作是思鄉、思親的代名詞。例如：

「舉頭望明月，低頭思故鄉。」（李白《靜夜思》）

「露從今夜白，月是故鄉明。」（杜甫《月夜憶舍弟》）

「海上生明月，天涯共此時。」（張九齡《望月懷遠》）

「今夜月明人盡望，不知秋思落誰家。」（王建《十五夜望月寄杜郎中》）

「春風又綠江南岸，明月何時照我還。」（王安石《泊船瓜州》）

「料得年年腸斷處，明月夜，短松岡。」（蘇軾《江城子》）

月亮意象在中國古代詩詞中可能是重複率最高的意象，用這一意象來表達思念這一主題可以收到言簡旨遠的藝術效果，但過多的因襲，也使得這種意象在某些詩詞中顯得缺乏新意和活力。

第二種，青山意象。

孔子云：智者樂水，仁者樂山。山以它的雄渾沉穩、包容靜穆給人以強烈的吸引力，成為古代文人精神棲居的家園，常常被文人們視為第二故鄉。詩人們在失意之時，往往嚮往著回歸山林，在青山深處找到自己心靈的棲息地。例如：

「採菊東籬下，悠然見南山。」（陶淵明《飲酒》）

「問余何意棲碧山，笑而不答心自閒。」（李白《山中問答》）

「青山一道同雲雨，明月何曾是兩鄉。」（王昌齡《送柴侍御》）

「行人無限秋風思，隔水青山似故鄉。」（戴叔倫《題稚川山水》）

「英雄一去豪華盡，惟有青山似洛中。」（許渾《金陵懷古》）

第三種，杜鵑意象。

杜鵑又名子規、杜宇、蜀鳥。關於杜鵑，有一個著名的傳說。傳說望帝

杜宇被臣子篡位，被迫隱居山林，死後化爲杜鵑。暮春時節，杜鵑持續啼叫，聲音比較淒慘，甚至嘴中會流出鮮血。杜鵑的叫聲被當地的老百姓摹擬爲「不如歸去」。因此，杜鵑在古詩詞中常常被用來表達思念親人、思念家鄉的情感，有時也用來表達對環境淒涼的哀傷。

「楊花落盡子規啼，聞道龍標過五溪。」（李白《聞王昌齡左遷龍標遙有此寄》）

「湘江日暮聲淒切，愁殺行人歸去船。」（吳融《簡州歸降賀京兆公》）

「子規夜半猶啼血，不信東風喚不回。」（王令《送春》）

「又聞子規啼夜月，愁空山。」（李白《蜀道難》）

「蜀鳥吳花殘照裏，忍見荒村頹壁。」（文天祥《念奴嬌》）

第四種，船意象。

船是古人遠行常常借助的交通工具，船隨著波浪起伏，給人漂泊之感。因而，詩人常常用這種意象來表達依依惜別之情和顛沛流離之苦。舉兩首詩爲例，對這種意象做簡要分析。

宿桐廬江寄廣陵舊遊

孟浩然

山暝聽猿愁，滄江急夜流。

風鳴兩岸葉，月照一孤舟。

建德非吾土，維揚憶舊遊。

還將兩行淚，遙寄海西頭。

暮秋揚子江寄孟浩然

劉眘虛

木葉紛紛下，東南日煙霜。

林山相晚暮，天海空青蒼。

暝色況復久，秋聲亦何長。

孤舟兼微月，獨夜仍越鄉。

兩首詩無論在意象的選擇還是情感的表達方面都具有驚人的相似：詩人坐在通往異鄉的船上，形單影隻，暮色降臨，秋風吹拂著兩岸的樹葉，發出淒冷的聲音，抬頭望月，孤寂之情不禁湧上心頭，於是想到了昔日的朋友，寫詩來表達自己的思念之情。兩首詩共同的意象都是舟和月，二者融合在一起，更強化了漂泊之苦和思念之深。

　　第五種，梅花意象。

　　由於傲立於寒雪之中，給灰白的冬天平添了幾縷色彩，梅花因此受詩人青睞。古往今來的詠花詩，詠梅者居多。詩人常常讚揚梅的品格高雅、氣節高尚。如林逋的《山園小梅》、陸游的《卜運算元・詠梅》、《梅花絕句》都是詠梅的名篇。同時，與山清水秀的江南相比，北方唯一可以引以為豪的可能就是梅花了，因此，梅花往往成了流落異地的北方詩人思鄉之情的寄託。

　　「來日倚窗前，寒梅著花未。」（王維《雜詩三首（其二）》）

　　「借問梅花何處落，風吹一夜滿關山。」（高適《塞上聽吹笛》）

　　第六種，菊花意象。

　　菊花綻放在深秋，清新淡雅，花香襲人，它不與百花爭豔，獨自開在百花凋零之時。因此，菊花在詩中常常代表的是恬淡的情懷和與世無爭、高傲不屈的高尚品格。

　　「朝飲木蘭之墜露兮，夕餐秋菊之落英。」（屈原《離騷》）

　　「採菊東籬下，悠然見南山。」（陶淵明《飲酒》）

　　「秋叢繞舍似陶家，遍繞籬邊日漸斜。不是花中偏愛菊，此花開盡更無花。」（元稹《菊花》）

　　「寂寞東籬濕露華，依前金靨照泥沙。」（范成大《重陽後菊花二首》）

　　第七種，竹意象。

　　竹子挺拔、虛心而又堅固，常長在岩石之中，生命力旺盛，根深葉繁，四季常青，因而竹子也成為中國古代詩歌中常見的意象。詩人常常借寫竹表達一種堅忍不拔的精神和清新脫俗的氣節。

　　「千花百草凋零後，留向紛紛雪裏看。」（白居易《題李次雲窗竹》）

　　「始憐幽竹山窗下，不改清蔭待我歸。」（錢起《暮春歸故山草堂》）

　　「寧可食無肉，不可居無竹。無肉使人瘦，無竹使人俗。」（蘇軾《綠竹筠》）

　　「咬定青山不放鬆，立根原在破岩中。千磨萬擊還堅勁，任爾東西南北風。」（鄭板橋《題竹石》）

　　「新竹高於舊竹枝，全憑老竿來扶持。明年更有新生者，十丈龍孫繞鳳池。」（鄭板橋《新竹》）

　　第八種，草意象。

　　草意象在中國古代詩詞中的廣泛存在更能充分說明意象因襲現象，它最

初來自於《楚辭・招隱士》：「王孫遊兮不歸，春草生兮萋萋。……王孫兮歸來，山中兮不可久留。」這是一篇哀悼屈原的詩，用草的榮枯代指時間的流逝，而且萋萋的草地給人一種一眼望不到邊的空間感，時空的阻隔在人的心中形成了一種無法跨越的屏障，這就賦予草以綿綿不絕的離愁別緒。《楚辭》中的草意象被詩人多次因襲，以用典的形式出現在後代很多詩人的詩歌之中。唐代大詩人王維和白居易都曾化用過這一意象。

「春草年年綠，王孫歸不歸。」（王維《送別》）

「隨意春芳歇，王孫自可留。」（王維《山居秋暝》）

「離離原上草，一歲一枯榮。……又送王孫去，萋萋滿別情。」（白居易《賦得原上草送別》）

以上三首詩都有明顯的受《楚辭・招隱士》影響的痕跡，是典型的用典。這些算是意象化用的成功案例。唐代之後，尤其在五代和宋人的詞中，草作為喻指離愁別緒的審美意象常常被使用。

「門外草萋萋，送君聞馬嘶。」（溫庭筠《菩薩蠻》）

「畫樓音信斷，芳草江南岸。」（溫庭筠《菩薩蠻》）

「細雨濕流光，芳草年年與恨長。」（馮延巳《南鄉子》）

「離恨恰如春草，更行更遠還生。」（李煜《清平樂》）

「金谷年年，亂生春草誰為主？……王孫去，萋萋無數，南北東西路。」（林逋《點絳唇》）

「接長亭，迷遠道。堪怨王孫，不記歸期早。」（梅堯臣《蘇幕遮》）

「綠楊芳草長亭路，年少拋人容易去。」（晏殊《木蘭花》）

「玉梯凝望久，歎芳草，萋萋千里。」（姜夔《翠樓吟》）

這些詞中都有草意象，而且草意象具有共同的意義指向──離愁別緒。這一意象一旦被如此頻繁地使用，它已經失去了最初的原創性，而且已經不是典型意義的用典。因為，無論是創作者還是欣賞者都不再關注這一意象的出處。這時的草意象已經變成了一種公共意象，具有了相對明確的含義，成為離愁別緒的代名詞。

在中國古代，不但事物能演變成一種公共意象，而且某種動作或狀態也能演變成公共意象。比如登高、憑欄等意象常常喻指孤獨、思念、尋覓知遇之人等。

「明月照高樓，流光正徘徊。上有愁思婦，悲歎有餘哀。」（曹植《七哀

詩》）

「花近高樓傷客心，萬方多難此登臨。」（杜甫《登樓》）

「獨上高樓望帝京，鳥飛猶是半年程。」（李德裕《登崖州城作》）

「秋山春雨閒吟處，倚遍江南寺寺樓。」（杜牧《念昔遊》）

到了晚唐之後的詞中，登高、憑欄等意象的使用泛濫成災，成為一種套話。

「梳洗罷，獨倚望江樓。」（溫庭筠《夢江南》）

「夜夜相思更漏殘，傷心夜月憑欄干。」（韋莊《浣溪沙》）

「細雨夢回雞塞遠，小樓吹徹玉笙寒。多少淚珠何限恨，倚欄干。」（李璟《浣溪沙》）

「獨自莫憑欄，無限江山，別時容易見時難。」（李煜《浪淘沙》）

「明月樓高休獨倚，酒入愁腸，化作相思淚。」（范仲淹《蘇幕遮》）

「佇倚危樓風細細，望極春愁，黯黯生天際。草色煙光殘照裏，無言誰會憑欄意。」（柳永《蝶戀花》）

「休去倚危欄，斜陽正在，煙柳斷腸處。」（辛棄疾《摸魚兒》）

「困倚危樓，過盡飛鴻字字愁。」（秦觀《減字木蘭花》）

登高、憑欄等類似的意象比比皆是，人們看到類似的字眼已經可以不加思考就能說出它所指代的意義了。這種意象沒有了豐富的蘊藉和含蓄的韻味，已經不是典型意義上的意象了。在中國古代詩詞中，最終演化為公共意象的還有楊柳、飛絮、落紅、鴻雁、流水、孤舟、殘月、斜陽，等等。本來是極具詩意的意象，經過眾多的因襲之後，就變成了一種公共意象，成為一種符號或代碼。

歐陽修《六一詩話》記載：有一個名叫許洞的進士聚焦了當時鼎鼎有名的九大詩僧，給他們九個人分別出了題目讓他們作詩。但在作詩前，許洞「出一紙，約曰：『不得犯此一字。』其字乃山、水、風、雲、竹、石、花、草、雪、霜、星、月、禽、鳥之類，於是諸僧皆閣筆。」〔註104〕一旦離開了這些公共意象，詩情便無所依附，詩人也就無從下筆。元代貫雲石的《雙調·蟾宮曲·送春》更是將意象因襲運用到無以附加的程度：

問東君何處天涯？落日啼鵑，流水落花。淡淡遙山，萋萋芳草，

〔註104〕〔宋〕歐陽修，司馬光：六一詩話·溫公續詩話〔M〕，北京：中華書局，2014，3。

隱隱殘霞。隨柳絮吹歸那答，趁游絲惹在誰家？倦理瑟琶，人倚秋
韆，月照窗紗。

全曲充斥著公共意象，成爲一種不折不扣的意象拼盤，讀起來毫無新意。

並不是所有使用公共意象的詩詞都無新意，有些詩詞雖然運用了公共意
象，但作者卻賦予它們以新意。如李清照的《聲聲慢》：「雁過也，正傷心，
卻是舊時相識。」讀到「雁過」，自然讓人想到「鴻雁傳書」這一公共意象。
但在這首詞中，李清照卻賦予它以更多的含義。此時，李清照的故鄉已經淪
陷，她被迫南遷，心愛的丈夫也已經先她而去。此時身在異地，看到了從北
方而來的鴻雁，自然會有盼望收到愛人書信的幻想。在她的筆下，鴻雁這一
公共意象顯然被注入了新的內涵，這種做法就稱不上是意象的因襲了。

公共意象在中國古代詩詞中作爲一種現實的存在具有其合理性，但過於
頻繁的使用不利於詩歌的發展。從詩人方面說，詩人應該是個性最強、創造
力最強的人，他不應該滿足於因襲前人的創造，不應該滿足於表達一個民族
共有的原型意象，詩人的每一次創造都應該顯示自己獨立的個性和獨特的感
受。因此，詩人在因襲公共意象的同時，也應該不放棄「私人意象」的創造。
即使是繼承公共意象，也不要只是一味因襲，要爲公共意象注入新的因素，
推陳出新，這樣的意象使用才能充分體現詩人的創造力和才華。從詩歌本身
的發展來看，過多的因襲會阻礙豐富多樣的作品的產生，使詩歌陷入一個又
一個俗套，在「故紙堆」裏徘徊不前，這顯然不利於詩歌的繁榮。從讀者方
面看，過多的因襲會使閱讀的新鮮感消失。讀者無須費任何心思，就可以一
眼看破意象的意蘊，使其在詩歌欣賞中無法體驗到「本質力量對象化」帶來
的樂趣，閱讀降低爲一種文字轉換行爲，既貶低了意象創造活動的藝術性，
又剝奪了讀者審美體驗過程中的美感。

中國詩歌發展到了明清之後，意象的創造更是缺乏新意，這可能也是詩
詞創作衰落的原因所在。中國古代詩歌終於在近代走到了窮途末路。後人再
談起古詩時，也只能在唐詩宋詞中去尋找一種民族的自豪感了。

（二）詩學理論的模糊性、意會性

中國古代詩詞及詩學中有重意輕象的傾向，即意在筆先，得意忘象，因
此出現了爲了表達某種意，而牽強尋象的傾向。「尋象以盡意」，有時候象和
意強行黏合到一起，二者沒有本質的關聯；有時候象落入了俗套，缺少回味
的空間。朱熹的詩《觀書有感》云：「半畝方塘一鑒開，天光雲影共徘徊。問

渠那得清如許？爲有源頭活水來！」後兩句詩成爲膾炙人口的佳句，但前兩句卻很少有人提及。這是因爲，景與理之間的關聯過於牽強和生硬，二者相結合脫離了文學的軌道。

意境理論是中國古代詩學的精華，是中華民族對人類文化的偉大貢獻，但意境理論主要是針對抒情性詩歌而言的。是否可以從另一角度來反思意境理論：以意境爲標準來衡量詩歌的藝術性只是促進了中國古代抒情詩的發展，但對敘事詩的發展卻是一種限制與阻礙。這可能是中國古代敘事詩不發達的主要原因。

中國古代詩學往往以現象類比或對比的方式展開，古人常常用現象描述或者比擬的方式來描述範疇的特徵，以具象化的特徵來代替定義。因此，中國古代詩學範疇具有很強的具象性。這使得中國古代詩學在話語方式上更貼近文學的具象性特徵。同時也使得中國古代詩學範疇的含義寬泛、隨意，這不利於嚴密理論體系的建立。由於中國古代詩學中的很多概念都是一種比喻性、意象性的詞彙，缺少科學、確定的界定，使得這些概念意義含混模糊，在給讀者帶來更多的闡釋自由的同時，也容易引起各種誤解。牟世金在《文心雕龍研究》中曾說：「釋『風骨』之難，主要在於它是以物爲喻，涵義豐富而無明確界定，加以『風骨』二字在《文心雕龍》全書中往往隨事設喻，並無嚴格的統一命題。」〔註 105〕

中國古代詩學語言多是直觀性語言，缺乏客觀性與科學性。另一方面，語言的象喻性太強，過於含蓄，使人難以界定其內涵。如果把中國古代詩學著作看作是詩的話，那是令人信服的，而作爲理論著作來看，確實缺乏確定性和理性。正如錢鍾書所言：「窮理析義，須資象喻，然而愼思明辯者有戒心焉。遊詞足以埋理，綺文足以奪義，韓非所爲歎秦女之媵、楚珠之櫝也。」〔註 106〕過多地使用象喻，有買櫝還珠之嫌。

中國古代象思維的意會性與非精確性阻礙了思維的深入發展，主要妨礙了中國古代思維向高度的思辨思維發展。此外，中國古代詩學的意象性範疇體系和象喻性批評無論對作者還是對讀者都提出了較高的要求，要求作者和讀者具有相同的知識體系。因此，清代詩學家吳喬說：「人有不可已之情，而不可直陳於筆舌，又不能已於言，感物而動則爲興，託物而陳則爲比。是作

〔註 105〕牟世金，文心雕龍研究〔M〕，北京：人民文學出版社，1995，353。

〔註 106〕錢鍾書，管錐編〔M〕，北京：中華書局，1986，2。

者固已醞釀而成之者也。所以讀其詩者,亦如飲酒之後,憂者以樂,莊者以狂,不知其然而然。」〔註107〕

不瞭解中國古代的文化背景,就很難完全讀懂古代詩學中很多範疇的內涵。因為,在中國古代詩學作品中,常常把藝術境界與人生境界結合起來。比如,《二十四詩品》中的二十四種詩學風格其實就是二十四種人生境界,其中的很多意象,都具有獨特的文化背景。比如「典雅一品」:

> 玉壺買春,賞雨茅屋。坐中佳士,左右修竹。白雲初晴,幽鳥相逐。眠琴綠陰,上有飛瀑。落花無言,人淡如菊。書之歲華,其曰可讀。〔註108〕

修竹、菊花在中國古代詩詞中都具有相對確定的意義,不瞭解這些意義,也就無法體會「典雅」一品的真正內涵。

中國古代詩學對讀者提出了較高的要求,不僅要求讀者有深厚的古代文化功底,同時還要有「澄懷味象」的心境,既能理解古代詩學中大量存在的巧妙的譬喻,也能進入玄妙的意境之中。由此可見,中國古代詩學概念的象喻性,給理解和翻譯帶來了極大的困難,對讀者過高的要求使得其落入「精英文化」的窠臼,影響了中國詩學走向世界,與他者詩學進行對話,因而使其社會影響大大縮小。

〔註107〕〔清〕吳喬,圍爐詩話〔C〕,見:郭紹虞編選,清詩話續編:上冊,上海:上海古籍出版社,1983,479～480。

〔註108〕〔唐〕司空圖,詩品〔C〕,見:郭紹虞主編,中國歷代文論選:第二冊,上海:上海古籍出版社,1979,204。

第三章　中國古代的整體思維及其對
　　　　詩學話語方式的影響

　　在中國古人看來，世界類似於一個盤根錯節的整體之網，事物只有處在這個網中才有意義，一旦脫離了這個網，事物就無法獨立存在。整體思維是中華民族固有的一種思維方式，它影響了中國古代文化的面貌，《周易》、元氣說、五行說、儒家的仁學思想、道家關於道的思想都蘊含著一種溝通萬物的整體思維。同時，它也深深地影響了中國古代詩學的話語方式。

第一節　中國古代的整體思維
　　中國古代有「牽一髮而動全身」之說，認為整個世界是由萬事萬物構成的統一整體，每個事物都無法脫離整體而獨立存在，而且，每個事物本身也是一個不可完全分割的整體，其中的各個部分都不能脫離整體而獨立存在。這就是中國古代的整體思維。

一、整體思維與中國古代文化
　　中國古代文化最初是在相對封閉的黃河流域發展起來的，在形成的過程中，它很少受到外來文化的影響，因而具有一種原生性。這種文化以農業經濟為基礎，群居是人生存的狀態。在長期的群居過程中，人們形成了以家族為主的社會倫理結構。家族化社會尚人倫、重情感。而且中國古代是典型的農業社會，農業生產對環境、氣候等自然因素的依賴性較強。這使得原始先民養成研究地理、節氣，觀天象的習慣，因此，他們把人的生存與整個天文

地理聯繫起來，形成天人合一的觀念。

天人合一成了中國古代文化最普遍、最基本的觀念，這決定了整體思維在中國古代的統治地位。這種思維方式，不僅把自然界當作一個整體來把握，也把天和人組合起來，作為一個整體來把握，認為天道和人道是統一的，天道即人道，不注重探討天與人各自的本質。人們普遍認為人與自然、人與外物、人與人之間是和諧統一的，他們注重從這種和諧統一中對客觀世界進行整體的把握。

中國古人尊崇龍圖騰，龍的構成就是整體思維的一種體現。龍的形象由十四種事物的局部特徵構成，其中有動物蛇、恐龍、蜥蜴、牛、馬、河馬、豬、狗、魚等，也有自然現象如雲、星、閃電等。這些事物的局部特徵組合起來，構成一個完整統一的整體。

可以說，中國先民從自覺開始觀察世界時，看到的就是天地人合為一體的世界，是一個混沌的整體，天地人之間沒有截然相隔的界限，在世界的本質上持有機整體觀。在中國古代流行五行八卦之說，其主要觀點是認為世界是由五行、八卦構成的，而不是由任何單一的要素構成，而且各個要素之間，五行之間、八卦之間相互關聯，相生相剋。

《周易》奠定了中國古代整體思維的格局。它把人、自然、社會看作一個有機整體，並把一切自然現象與人事吉凶納入到由陰（--）陽（──）二爻組成的六十四卦的系統之中，提出了整體思維的圖示結構。《周易》還認為，萬物由氣而生，氣的流動構成了事物的運動變化過程。從這個角度看，世界就是一個不可截然分開的整體。六十四卦象反映的就是一個涵天蓋地的有機整體，整體中的每一部分都是相通的。「《易》有大極，是生兩儀。兩儀生四象。四象生八卦。」[註1] 把時空變幻與四時運行聯繫起來，是一種整體觀的體現。

《周易》的六十四卦是一個整體，卦與卦的組合集中反映了世界產生、發展及變化的過程。上經即前三十卦，以乾坤為首，以坎離為終。「乾」象徵天，「坤」象徵地，兩個組合起來，象徵天地，萬物始於天地。「有天地然後有萬物，有萬物然後有男女」[註2]。「坎」象徵著水、月，「離」象徵著火、日，二者組合，象徵著萬物活生生的呈現形式。前三十卦展示了世界經

〔註1〕 周振甫，周易譯注〔M〕，北京：中華書局，2012，324。
〔註2〕 周振甫，周易譯注〔M〕，北京：中華書局，2012，378。

過變化、發展，滋生出萬物的過程。下經即後三十四卦，以咸恒爲首。「咸」爲交感之意，指男女婚配交媾；「恒」爲恒久之意，指夫妻白頭偕老。二者結合起來，喻指天地萬物生成之後，人、家庭以及社會的形成和存在狀態——人、社會生生不息，不斷發展變化。不僅六十四卦是一個整體，每一卦也構成一個整體，常常是天地人三者的合一。「《易》之爲書也，廣大悉備。有天道焉，有人道焉，有地道焉。兼三才而兩之，故六。六者非它也，三才之道也。」〔註3〕

　　孔子在論說時體現了典型的整體思維的特徵。他常常從整體出發，對自己的觀點點到爲止，而不進行深入細緻的論證。如「仁」是孔子思想的核心，孔子認爲，人必須用「仁」來觀照自己的行爲，但在什麼是「仁」和如何「仁」這兩個問題上，孔子卻用寥寥幾句來表達自己的觀點：「里仁爲美。」〔註4〕「不仁者不可以久處約，不可以長處樂。仁者安仁，知者利仁。」〔註5〕「唯仁者能好人，能惡人。」〔註6〕「人之過也，各於其黨。觀過，斯知仁矣。」〔註7〕對於如此核心的觀點，孔子卻點到爲止，不去細緻地探討其中的細微之處。其關於「禮」的觀點，關於「中和」的觀點，關於「溫柔敦厚」的觀點也都具有鮮明的整體思維的特徵。

　　道家所崇尚的「道」、「混沌」也是一種整體。《老子》開篇提出：

　　　道可道，非常道；名可名，非常名。無，名天地之始，有，名萬物之母。故常無，欲以觀其妙；常有，欲以觀其徼。此兩者，同出而異名，同謂之玄。玄之又玄，眾妙之門。〔註8〕

《老子》四十二章又言：

　　　道生一，一生二，二生三，三生萬物。萬物負陰而抱陽，沖氣以爲和。〔註9〕

由此可見，老子筆下的「道」也是典型的整體思維的表現。

　　老子衣缽的繼承者莊子對道進行了深入的言說，但這種言說不是零散

〔註3〕周振甫，周易譯注〔M〕，北京：中華書局，2012，354。
〔註4〕楊伯峻，論語譯注〔M〕，北京：中華書局，2012，4。
〔註5〕楊伯峻，論語譯注〔M〕，北京：中華書局，2012，48。
〔註6〕楊伯峻，論語譯注〔M〕，北京：中華書局，2012，48。
〔註7〕楊伯峻，論語譯注〔M〕，北京：中華書局，2012，50。
〔註8〕老子〔M〕，饒尚寬譯注，北京：中華書局，2006，2。
〔註9〕老子〔M〕，饒尚寬譯注，北京：中華書局，2006，105。

的、支離破碎的，而是一種整體性的言說。《莊子》內篇一般被認爲是莊子本人所作，也是《莊子》的核心，其中《逍遙遊》、《人間世》、《德充符》、《大宗師》被視爲核心中的核心。這幾篇都是由五六個寓言組成。這五六個寓言故事不是並列的，或者隨意的羅列，而是構成一種遞進式排列，連綴起來從而實現對道的整體言說。

中國古代自然科學也常常從整體出發，對事物進行整體觀照。中醫把人看作一個由陰陽五行構成的有機整體，主張對疾病進行綜合診治，即採用望聞問切手法。中國古代醫學經典《黃帝內經》不僅把人體當作一個有機的整體，而且把人與整個世界看作一個整體，用金、木、水、火、土五行相生相剋的道理來解釋人體內臟之間的關係，認爲人只有保持五者之間的平衡，才能成爲一個健康的人。因此，中醫注重各個系統和器官的協調作用，注重全身的調理，注重養氣。這與西醫將人體劃分爲多個系統，用量化的方式來描述各個器官的功能，講求「頭疼醫頭、腳痛醫腳」，主張以解剖的方式去分析個體的方式形成鮮明的對比。

從中國古代語言的特徵上看，也體現了整體思維的特徵。漢字是一種表意文字，字音、字形分離，其拼音只能代表字音，與字義無關。而且在拼音的運用上，每一個讀音都由聲母、韻母和聲調組合而成，這就需要從整體上去把握音節。字形也是如此，每一筆一劃拆解開來，並沒有任何意義，只有把它們組合起來，從整體上把握，才具有意義。另外，漢語在句子構成上沒有明顯的時態標誌，沒有嚴格的語法約束，句子的時態、意義的把握要靠整體意會。

中國古代雖然也有一些思想家用分析、定義的方法來考察事物，但是與整體、直觀地考察事物相比，這種研究方法並不占主流。大多數古人在研究客觀事物時，很少把事物分解開來，對各個部分及其屬性進行細緻的研究，也很少把客體對象孤立開來，做純粹的研究。而是把客體作爲一個整體，把客體與主體相結合，從天人合一的觀念出發對事物做整體的、普遍聯繫的觀照。

二、整體思維的理論基礎──氣

在關於世界萬物的構成上，西方影響最大的是「原子論」，而中國古代影響最大的則是「元氣說」。前者認爲世界由一個個原子構成，而後者則認爲世

界不是由任何物質單元組成，而是由混沌的無形的「氣」演化而成。因此，西方在研究事物時，以個體性為基點，強調個體之間的間斷性，主張對事物進行個體的研究，然後將研究結果由個體推而廣之，論及萬事萬物；而中國古代則以整體性為基點，強調事物之間的連續性。

　　西方以個體出發研究事物，強調事物的內部構成，認為萬事萬物都是由個體組合而成。在研究事物的過程中，傾向於把事物分解成各個要素，逐個進行研究，研究中多採用邏輯分析的方法。中國古代從整體出發來研究事物，強調事物的整體功能以及事物間的相互聯繫。在研究事物的過程中，把事物作為有機整體，對事物進行整體的、綜合的、直覺的把握。

　　西方人認為天人兩分，在面對宇宙萬物的時候，往往以客觀、審視的眼光來看對象，並把對象視為客體。對象在西方人眼裏，是一個個實體。而中國古人認為天人合一，人和對象之間沒有必然的界限，無所謂主體，無所謂客體。中國古人在主體和客體之間尋找了一種貫穿二者的事物——氣。在他們看來，氣是萬物的本源，它灌注於萬物之間，萬物因此相聯。因而，面對一座房屋的時候，西方人可能比較關注結構和外觀等實體性的存在，而中國古人可能更關注虛空的門與窗。

　　「氣」是中國古代文化乃至詩學中應用最廣泛的一個術語。在中國古人看來，天地未分之前是一種稱之為元氣的混沌統一體，元氣是天地之始。元氣是流動的，在流動中，天地萬物相通。因此，元氣的存在使得宇宙成為一個生生不息、充滿變化的無限過程。這種變化具有一種連續性和整體性。這影響了中國古代的世界觀和思維方式，成為中國古代文化和哲學的基礎。

　　中國古人認為，氣分陰陽。陰陽二氣的運動變化形成了萬物的運動變化，而人體也受陰陽二氣的支配，陰陽二氣的運動形成了剛與柔的變化，剛柔構成了人的主體性情，決定著人的生存與變化。因此，天人同構，無論天還是人，氣都是其存在的根本。

　　《周易・易傳》《彖》解釋《咸》卦：「《咸》，感也。柔上而剛下，二氣感應以相與，止而說，男下女，是以亨，利貞，取女，吉也。天地感而萬物化生，聖人感人心而天下和平。觀其所感，而天地萬物之情可見矣。」〔註10〕剛柔二氣（即陰陽二氣）相互感應，男女相互感應人事吉祥，天氣之氣感應形成萬物，而聖人與人心的感應造就了天下的和平。

〔註10〕周振甫，周易譯注〔M〕，北京：中華書局，2012，145。

　　中國古人認爲，「氣」是萬物的本源，是構成萬物生命的根基。關於這種思想的論述，在先秦的著作中隨處可見。比如：

　　《老子》云：「萬物負陰而抱陽，充氣以爲和。」〔註11〕（《老子》四十二章）

　　莊子曰：「人之生，氣之聚也。聚則爲生，散則爲死。……故曰：通天下一氣耳。」〔註12〕（《莊子・知北遊》）

　　漢代發展出比較完善的元氣論。《淮南子》認爲，天地萬物都是由氣構成的，氣是聯結萬物的中介，氣的流動變化使萬物相互感應。「泰始生虛廓，虛廓生宇宙，宇宙生元氣，元氣有涯垠，清陽者薄靡而爲天，重濁者凝滯而爲地。」〔註13〕（《淮南子・天文訓》）王充《論衡・自然》云：「天地合氣，萬物自生。」〔註14〕

　　自漢代後，氣是宇宙的本源，天地萬物由氣而生，這種觀點已經成爲中國古代文人的共識。董仲舒云：「天地之氣，合而爲一，分爲陰陽，判爲四時，列爲五行。」〔註15〕（《春秋繁露・五行相生》）經由「氣」，萬物相通，天人合一，心物互動。以氣作爲世界的本原使得世界成爲一個貫通起來的整體，因此可以說，整體思維的理論基礎即是「氣」。

　　「氣」字本爲象形字，是古人在描摹雲氣之形的基礎上而造的。《說文・气部》云：「氣，雲氣也。」段玉裁注云：「气、氣古今字。」〔註16〕「氣」在中國古代一般有三層含義：

　　第一層是指宇宙的元氣，它是無形的和虛空的。正如莊子所言：「無聽之以耳而聽之以心；無聽之以心而聽之以氣……氣也者，虛而待物者也。」〔註17〕（《莊子・人間世》）

　　氣的第二層含義是宇宙的生命生成，它是生命的內在動態結構。老子把宇宙比喻成一個大風箱，氣從中源源不斷地流出。氣分陰陽，陰陽二氣的相互變化構成萬物。《淮南子・原道訓》也說：「夫形者，生之舍也；氣者，生

〔註11〕老子〔M〕，饒尚寬譯注，北京：中華書局，2006，105。
〔註12〕曹礎基，莊子淺注〔M〕，北京：中華書局，2014，383。
〔註13〕劉文典，淮南鴻烈集解〔M〕，馮逸，華僑點校，北京：中華書局，1989，79。
〔註14〕黃暉，論衡校釋〔M〕，北京：中華書局，1990，775。
〔註15〕〔清〕蘇輿，春秋繁露義證〔M〕，鍾哲點校，北京：中華書局，1992，362。
〔註16〕〔清〕段玉裁，說文解字注〔Z〕，上海：上海古籍出版社，1981，20。
〔註17〕曹礎基，莊子淺注〔M〕，北京：中華書局，2014，66。

之充也；神者，生之制也。」〔註 18〕形體是生命體的房子，是生命的寄居之地；氣是生命體的主要構成因素，它充盈於整個生命體之中，是溝通外在的「形」與內在的「神」的橋樑；神是生命體的內核，是生命力的自制力。

　　「氣」的第三層含義是一種生命精神、生命狀態。《孟子・公孫丑上》云：「吾善養吾浩然之氣……其爲氣也，至大至剛，以直養而無害，則塞於天地之間。」〔註 19〕這裡的「浩然之氣」的「氣」即爲一種人格精神，文學藝術中「氣」主要指這層含義。正如徐復觀所說：「一個人的觀念、感情、想像力，必須通過他的氣而始能表現於其作品上；同樣的觀念，因創作者氣的不同，則由表現所形成的作品的形相亦因之而異，支配氣的是觀念、感情、想像力。所以在藝術中所說的氣，實際上是已經裝載上了觀念、感情、想像力的氣，否則不可能有創造性的功能。因而，一個人的個性及由個性所形成的藝術性，都是由氣所決定的。」〔註 20〕

三、整體思維的主要表現形式——和思維

　　整體思維強調整體性、全面性、綜合性，強調構成整體的各個部分的和諧統一，它在中國古代主要表現爲「和」思維。「和」的基本含義包括兩個方面，一是差異的平衡，二是多樣性的統一。差異的平衡即構成對立關係的不同事物或事物的不同方面協調互補、和諧共存。多樣性的統一即各種不同事物的協調統一，和諧共存。和思維主要表現爲以下幾個方面：

（一）對立統一觀

　　古人一方面主張要「一分爲二」地看問題，但這種「分」不是絕對的，最終要實現「合二爲一」——構成對立的雙方事物達成和諧統一。《周易》的「陰陽和合」的思想、老子的相輔相成的思想都是這一思維方式的集中體現。

　　《周易》中的六十四卦，除了乾卦全部由陽爻構成，坤卦全部由陰爻構成外，其餘六十二卦都由陰爻和陽爻共同組合而成。在卦中，陰陽之間既對立又統一。而且在《周易》的卦名和爻辭中也常常出現對立而又統一的一組組概念，比如大與小、得與喪、乾與坤、吉與凶、福與禍、遠與近，等等。在《周易》看來，事物之間的對立不是絕對的、靜止不變的，而是統一的，

〔註 18〕何寧，淮南子集釋〔M〕：上冊，北京：中華書局，1998，82。
〔註 19〕孟子〔M〕，萬麗華、藍旭譯注，北京：中華書局，2006，59。
〔註 20〕徐復觀，中國藝術精神〔M〕，上海：華東師範大學出版社，2001，140。

甚至可以相互轉化的。無論哪一卦，只要更改其中一爻，整個卦名及卦象都會發生改變。

《周易》中的卦象普遍揭示了古人吉凶相生、福禍相依的觀點。在《周易》中，沒有絕對的吉卦，也沒有絕對的凶卦。常常吉卦中蘊含著凶的因素，凶卦中隱藏著吉的因素。例如，《屯》卦九五爻辭說：「屯其膏，小貞吉，大貞凶。」〔註 21〕其意思是說，在平常生活之中積累財富，可以備不時之需，這是好事，但如果把財富用於發動戰爭，便是壞事。

《乾》卦描述了龍由潛伏到出現，又到躍起，以至於飛天的發展過程。其中有一個卦爻辭爲「亢龍有悔」，喻指久在高位不堪重負，揭示了物極必反的事物發展規律。

中國古代有「否極泰來」之說，正說明事物發展到一個極端就會向相反的方向發展。如《既濟》一卦，本來象徵著事物功德圓滿，但由於過於圓滿，反而會向著相反的方向發展，因而出現了類似於渡河時溺水的滅頂之災，即「濡其首，厲」〔註22〕。

再如《否》卦，從卦象上看，天在上，地在下，這本來是一種正常的自然現象，但它卻屬於凶卦。其原因爲：象徵陰險勢力的陰爻雖然在下面，但它卻在積蓄力量，處於向上發展之勢；而象徵正義的陽爻雖然在上面，但它盛極而衰，正漸漸被陰爻所排擠、替代。

老子的觀點跟《周易》相似。他認爲，任何事物都是由兩個方面構成的。但構成事物的兩個方面不是對立的，而是相輔相成、和諧統一的：「天下皆知美之爲美，斯惡已；皆知善之爲善，斯不善已。有無相生，難易相成，長短相形，高下相傾，音聲相和，前後相隨。」〔註 23〕同時，他還認爲，在一定條件下，構成事物的對立雙方是可以相互轉化的：「曲則全，枉則直，窪則盈，敝則新，少則得，多則惑。」〔註24〕（《老子》二十二章）

道家另一個重要的代表人物莊子認爲，事物在對立的同時，也具有同一的一面，觀察事物不僅要看到其對立的一面，還要看到其同一的一面，看到其相通性：

〔註21〕周振甫，周易譯注〔M〕，北京：中華書局，2012，27。
〔註22〕周振甫，周易譯注〔M〕，北京：中華書局，2012，295。
〔註23〕老子〔M〕，饒尚寬譯注，北京：中華書局，2006，5。
〔註24〕老子〔M〕，饒尚寬譯注，北京：中華書局，2006，55。

　　以道觀之，物無貴賤；以物觀之，自貴而相賤；以俗觀之，貴
賤不在己。以差觀之，因其所大而大之，則萬物莫不大；因其所小而
小之，則萬物莫不小；知天地之爲稊米也，知毫末之爲丘山也，則差
數睹矣。以功觀之，因其所有而有之，則萬物莫不有；因其所無而無
之，則萬物莫不無；知東西之相反而不可以相無，則功分定矣。以趣
觀之，因其所然而然之，則萬物莫不然；因其所非而非之，則萬物莫
不非；知堯桀之自然而相非，則趣操睹矣。〔註25〕（《莊子·秋水》）

　　《周易》認爲，「陰」與「陽」是統一的，二者相互結合、相互作用，成
爲涵蓋萬事萬物的具有抽象意義的符號。道家則認爲，「有」與「無」是統一
的，二者的統一是一種有限與無限的統一，是混沌與差別的統一。二者開啓
的辯證法成爲中國古代文化藝術中許多範疇的原型模式，深深地烙印於中國
古代文化和藝術之中。太極圖就是這種思維模式的重要表現形式。

　　太極圖集中反映了陰陽相互依存與轉化的世界發展變化規律。其中大大
圓圈象徵宇宙萬物，黑色部分代表陰，白色部分代表陽，白黑同在一個大圓
圈之中，象徵著陰陽同根互補。二者之間不是截然分開的一條直線，而是「S」
形的曲線，而且黑色部分有一個魚眼似的白點，白色部分也有個魚眼似的黑
點，形成「你中有我，我中有你」的格局。兩個環形弧相交構成的圖形即爲
陰陽魚，兩條魚呈交遊狀，表示陰陽交替變化。整個太極圖勾畫了一幅宇宙
和諧、萬物一體、普遍聯繫的整體圖景。

　　在中國古人看來，世界萬物雖然形態各異，性質有別，但都可以統一到
陰陽之象之中。這種考察事物的方式忽略了事物的局部細節，具有整體性、
模糊性的特點。如中國古代兵法集大成者《孫子兵法》共十三篇，雖然每篇
探討的戰術方法不同，但在總體原則上卻是一致的，即不計較戰爭的具體細
節，而著眼於從整體上來審視戰爭，概括出戰爭取勝的總體方略。比如提出
「詭道致勝」方略，提出「兵貴勝，不貴久」、「致人而不致於人」等原則，
提出「上兵伐謀」、「不戰而屈人之兵」、「自保而全勝」等戰爭的理想態勢。
區區五千字卻提出系統的戰爭的總體原則，成爲「兵學聖典」。

　　中國古人認爲，對立統一是宇宙中的普遍法則——任何事物都是由對立
的兩個方面構成的，對立的雙方不僅是對立的，同時也是相輔相成的。這體
現了中國古代的辯證法思想。從某種程度上說，整體思維就是一種辯證思維。

〔註25〕曹礎基，莊子淺注〔M〕，北京：中華書局，2014，288。

對立統一觀提示人們看問題不能只看一面，還要看另一面，這有利於提高人們認識事物的全面性、綜合性，但同時也使人們常常陷入相對主義的泥潭，缺乏標準與規約。莊子就把這種相對主義思想演化到一個極端：

> 物無非彼，物無非是。自彼則不見，自是則知之。故曰：彼出
> 於是，是亦因彼，彼是方生之說也。雖然，方生方死，方死方生；
> 方可方不可，方不可方可；因是因非，因非因是。是以聖人不由而
> 照之於天，亦因是也。是亦彼也，彼亦是也。彼亦一是非，此亦一
> 是非，果且有彼是乎哉？果且無彼是乎哉？彼是莫得其偶，謂之道
> 樞。〔註26〕（《莊子・齊物論》）

這就抹煞了事物之間的界限，否定了事物之間的差異，對立不存在了，統一也就無從談起。

（二）中庸觀

中國古人注重事物內部及事物間的均衡性、適度性，這就產生了中庸的觀念。即任何事物或行動內部以及任何事物或行動之間都存在著相互對立或者對應的兩個方面，只有兩個方面達到平衡，事物或行動才是完善的。也就是說構成事物的兩個方面要不偏不倚，不可偏廢。

中庸即「中和」，這一概念最早見於《禮記》。《禮記》專門有《中庸》篇，其中有言：「喜怒哀樂之未發，謂之中；發而皆中節，謂之和。中也者，天下之大本也；和也者，天下之達道也。致中和，天地位焉，萬物育焉。」〔註27〕由此可見，中庸（中和）指的是一種不偏不倚的折中狀態，既無過又無不及。

儒家崇尚「中庸」，在他們看來，「中庸」既是一種做人處事的準則，同時也是一種思維方式。這種思維方式旨在消解矛盾與差異，強調事物的共生、共存，其最高境界是「和」。《論語・子路》云：「子曰：不得中行而與之，必也狂狷乎！狂者進取，狷者有所不為也。」〔註28〕狂是狂妄，是一種過激的狀態，而狷則是畏懼、保守。「中行」則是二者的中和。《論語・先進》記載，子貢問孔子：「師與商也孰賢？」孔子回答：「師也過，商也不及。」子貢說：「然則師愈與？」孔子說：「過猶不及。」〔註29〕

〔註26〕曹礎基，莊子淺注〔M〕，北京：中華書局，2014，27。
〔註27〕大學・中庸〔M〕，王國軒譯注，北京：中華書局，2006，46。
〔註28〕楊伯峻，論語譯注〔M〕，北京：中華書局，2012，195。
〔註29〕楊伯峻，論語譯注〔M〕，北京：中華書局，2012，161。

中庸思想常用的表述方式是「A 而不 B」。這裡的「A」常常是較淺的程度，而「B」則是較深的程度，偏離了事物的中間狀態。因此，人們在認同「A」的合理性的基礎上，常常為它設置一個限度，把它圈定其中，以防止滑向「B」的極端狀態，違背了中和的思想。《尚書・堯典》就是這種表述方式的典範：「直而溫，寬而栗，剛而無虐，簡而無傲。」〔註30〕正直而又溫和，寬厚而又謹慎，剛正卻不肆虐，簡約卻不傲慢。

孔子將《尚書・堯典》的這種中庸的表述方式發揮到極致，他直接提出「不得中行而與之，必也狂狷乎」〔註31〕（《論語・子路》）。也就是說，一個人如果不持中庸立場的話，他一定會陷入狂狷的境地。孔子的中庸思想主要體現在他常用的兩種句式裏：一種是「A 而 B」，也就是「既要……也要」，如「子溫而厲，威而不猛，恭而安」，他的「文質彬彬」從某種意義上看也屬於這種結構；另一種是「A 而不 B」，也就是「要……而不要……」，如「樂而不淫，哀而不傷」、「和而不同」、「泰而不驕」，這裡講的是適度原則，即「過猶不及」。孟子繼承了孔子的中庸思想，說：「君子引而不發，躍如也。中道而立，能者從之。」〔註32〕（《孟子・盡心上》）這裡的「引而不發」即是一種「A 而不 B」的表述方式。

荀子是孔子之後儒家中庸思想的集大成者，《論語・子罕》記載：「子曰：吾有知乎哉？無知也。有鄙夫問於我，空空如也。我扣其兩端而竭焉。」〔註33〕「叩其兩端」就是不偏不倚，從兩個方面來考察事物。荀子在孔子「扣其兩端」的基礎上提出「兼兩」思想。荀子說：「萬物為道一偏，一物為萬物一偏」〔註34〕（《荀子・天論》）。他認為，人們看到的事物只是萬物的一個方面，而所謂的萬物只是道的一個方面，因此人們的認識能力是非常有限的。荀子把這種只見其一，不知其二的認識方式稱為「蔽」。在他看來，事物的任何一面都是一種「蔽」：「欲為蔽，惡為蔽，始為蔽，終為蔽，遠為蔽，近為蔽，博為蔽，淺為蔽，古為蔽，今為蔽。」〔註35〕只有兩個方面結合起來才是完善

〔註30〕〔戰國〕尚書・堯典〔C〕，見：郭紹虞主編，中國歷代文論選：第一冊，上海：上海古籍出版社，1979，1。
〔註31〕楊伯峻，論語譯注〔M〕，北京：中華書局，2012，195。
〔註32〕孟子〔M〕，萬麗華，藍旭譯注，北京：中華書局，2006，313。
〔註33〕楊伯峻，論語譯注〔M〕，北京：中華書局，2012，126。
〔註34〕荀子〔M〕，安小蘭譯注，北京：中華書局，2007，123。
〔註35〕荀子〔M〕，安小蘭譯注，北京：中華書局，2007，213。

的。愚者知其一，不知其二，而智者也不能完全擺脫這種窠臼。從這種思想出發，荀子對先秦諸子思想的偏頗之處提出了批評：「慎子有見於後，無見於先；老子有見於拙，無見於信；墨子有見於齊，無見於畸；宋子有見於少，無見於多」。〔註36〕（《荀子・天論》）「墨子蔽於用而不知文，宋子蔽於欲而不知得，慎子蔽於法而不知賢，申子蔽於勢而不知知，惠子蔽於辭而不知實，莊子蔽於天而不知人。」〔註37〕（《荀子・解蔽》）荀子分析了這種只知其一，不知其二的危害：「有後而無先，則群眾無門；有詘而無信，則貴賤不分；有齊而無畸，則政令不施；有少而無多，則群眾不化。」〔註38〕（《荀子・天論》）荀子認為，要克服人思維中的只知其一，不知其二的不良傾向，必須從兩個方面來認識事物，能做到這種境界的人，只有聖人：「聖人知心術之患，見蔽塞之禍，故無欲，無惡，無始，無終，無近，無遠，無博，無淺，無古，無今⋯⋯」〔註39〕

莊子也崇尚中庸：

> 莊子行於山中，見大木，枝葉盛茂，伐木者止其旁而不取也。問其故，曰：「無所可用。」莊子曰：「此木以不材得終其天年！」夫子出於山，舍於故人之家。故人喜，命豎子殺雁而烹之。豎子請曰：「其一能鳴，其一不能鳴，請奚殺？」主人曰：「殺不能鳴者。」明日，弟子問於莊子曰：「昨日山中之木，以不材得終其天年；今主人之雁，以不材死；先生將何處？」莊子笑曰：「周將處乎材與不材之間⋯⋯」〔註40〕（《莊子・山木》）

莊子所說的「材與不材之間」即是一種中庸、不偏不倚的狀態。

中國古代美學強調美和善相統一，崇尚文質彬彬、情理並重都是中庸思想的表現。

（三）整體和諧觀

中國傳統的有機整體觀認為，構成事物的各個要素之間是不可割裂的，是有機統一、和諧共存的。關於個體與整體的關係，中國古代注重整體和諧

〔註36〕荀子〔M〕，安小蘭譯注，北京：中華書局，2007，123～124。
〔註37〕荀子〔M〕，安小蘭譯注，北京：中華書局，2007，218。
〔註38〕荀子〔M〕，安小蘭譯注，北京：中華書局，2007，124。
〔註39〕荀子〔M〕，安小蘭譯注，北京：中華書局，2007，218。
〔註40〕曹礎基，莊子淺注〔M〕，北京：中華書局，2014，343。

性，西方則重視個體差異性。首先體現在人與自然的關係上，中國古人秉持天人合一的觀念，強調天人感應、天人和諧，習慣於從整體上來把握事物，注重綜合地、全面地把握事物，而不注重對事物進行深入、細緻的分析。在人與人的關係方面，中國古人重視個體對國、對家的依附性、歸順性，強調個人存在於群體之中，受群體道德規範及社會規範的制約。群體凌駕與個體之上，個體在群體中的地位微乎其微，爲了群體的利益應犧牲自我，強調群體和個體之間的和諧。比如，儒家思想的核心「仁」實際上就是追求人與人、人與群體之間的和諧。要實現仁，必須首先遵從「禮」。「禮」其實就是一種社會等級秩序的一種體系，它確立了個體在群體之中的位置，是個體處理自身與群體關係的一種規範。

西方秉持天人兩分的觀念，強調事物之間的差異，主體與客體、現象與本質、運動與靜止都是對立的，即使可以統一起來也是對立前提下的統一。在人與自然的關係上，視自然爲外在於人的與人相對立的異己的力量。在人與人的關係上，強調每個人都是獨一無二的存在，彼此之間是獨立的、平等的，天賦人權，個人的權利神聖不可侵犯，契約精神成爲社會的普遍法則。在個體與群體的關係上，強調群體的存在以承認個體的存在爲前提。沒有個體的存在，集體是虛幻的，只有個體成長爲獨立存在的個體，群體才得以形成。

「和」在中國古代有多層涵義，主要包含天地萬物之「和」，國家社會之「和」，世事人生之「和」。無論儒家還是道家，都崇尚「和」的境界，只不過二者對「和」的認識有所差異。儒家強調人與人之間的和諧，而道家則強調人與自然的和諧。莊子認爲，「天地有大美而不言」，至高無上的「道」就存在於天地間，這「道」即是「大美」。人只有融入自然之中，與大自然渾然一體，才能「遊心於物之初」，進入一種完全自由的「遊」的境界。

古人主張「和」，並不等於一味地追求同一。相反，他們重視差異，主張「和而不同」，反對「同而不和」。孔子說：「君子和而不同，小人同而不和。」〔註41〕（《論語・子路》）在古人看來，「同」使得事物之間沒有差別，不能構成和諧的事物，更談不上美了。因此，晏嬰在談「和」與「同」的區別時提出「同之不可」的觀點：「若以水濟水，誰能食之？若琴瑟之專一，誰能聽之？同之不可也如是。」〔註42〕

〔註41〕楊伯峻，論語譯注〔M〕，北京：中華書局，2012，196。
〔註42〕盧守助，晏子春秋譯注〔M〕，上海：上海古籍出版社，2012，178。

　　「和」的概念最早見於《國語・鄭語》中記錄的史伯的一段話：「夫和實生物，同則不繼。以他平他謂之和，故能豐長而物歸之。若以同裨同，盡乃棄矣。故能豐長而物歸之；若以同裨同，盡乃棄矣。故先王以土與金木水火雜，以成百物。」〔註43〕史伯認為，「和」才能生萬物，而沒有對立的絕對的「同」卻不能生成新的事物。「和」即「以他平他」，也就是對立雙方既可以互相轉化，又均衡統一；「同」則與之相反，指的是沒有對立的絕對的同一。在史伯看來，萬物是互相對立而又和諧統一的，它們之間千差萬別，同時又變幻莫測，正因為如此，自然才豐富多彩。由此可見，「和」是多樣性的統一，以事物之間的差異為前提。中國古代有五行、五味、五色、五聲之說，認為多種不同因素互相協調，才能進入合理、適度的狀態。

　　由於對整體的認識不同，中西方在認知方法上有著巨大的差異。西方在考察事物時，注重對事物進行元素分析和邏輯推理，而中國古代則注重對事物進行整體、模糊的把握。對於至高無上的「道」，老子的解釋是：「有物混成，先天地生」，「道之為物，惟恍惟惚」〔註44〕。「有物混成」即道是一種模糊的、整體性的存在，「惟恍惟惚」進一步強調了「道」的飄忽不定。在中國古人看來，對「道」只能做整體性、直觀的、朦朧的把握，不可以用元素分析的方法進行分割式的、細緻的、具體的考察。

　　西方人在考察事物時，往往只見「樹木」不見「森林」，而中國古人則只見「森林」，而不見「樹木」。西方人即使見「森林」，這「森林」也是由一棵棵「樹木」推及而來的。因此，西方詩學青睞於元素分析法，重視詩的元素構成，強調各元素，如真、善、美，表現與再現，內容與形式等各要素的區別與對立，然後以邏輯推理的方法，由部分到整體。

　　中國古人的思維則走著相反的路徑，中國古人首先看到的是「森林」，然後由「森林」而推知「樹木」。中國古人認為，整體高於部分。在他們看來，有「樹木」未必有「森林」，而有「森林」一定有「樹木」。中國古代詩學中的很多範疇，如氣、神、韻、味、境等都具有整體性。中國古人往往以整體為美，以朦朧為美。正如宮哲兵先生所言：「追求均衡與和諧以及三層次系統的和諧是中國古代文化無論大傳統或小傳統所共通的價值核心所在。」〔註45〕

〔註43〕國語〔M〕，陳桐生譯注，北京：中華書局，2013，573。
〔註44〕老子〔M〕，饒尚寬譯注，北京：中華書局，2006，53。
〔註45〕宮哲兵，晚周辯證法史研究〔M〕，上海：上海古籍出版社，1988，17。

三層次即天、地、人，也可以說成自然、人、社會。中國古代整體思維源於人對於天地人三層次系統和諧的追求。同時，這種思維方式也影響到人對天地人三層次系統的認識，成爲中國古代固有的思維方式之一，爲包括詩學在內的中國古代文化帶來了深遠的影響。

第二節　整體思維對中國古代詩學話語方式的影響

整體思維是中國古代詩學的一個重要特徵。中國古代詩學家常常把詩歌作品視爲生氣灌注、不可分割的有機生命整體，要求構成作品的各個要素和諧統一、相互關聯、雜而不亂，追求一種圓融、圓轉、圓活、圓形之美。

一、以「氣」論文

整體思維體現在詩學之中，最突出地表現爲以「氣」論文。在古人看來「氣」是人的呼吸吐納之氣，是生命的根本，它充盈於生命之中，在生命體中沒有必然的界限，而且氣的流動也使得萬事萬物成爲一個不可分割的整體，使得萬事萬物之間沒有根本的區別。以「氣」論文表現了古人把文學視爲一個生氣灌注的有機生命整體。

曹丕首次把「氣」引入文學批評領域，他提出文氣說。後人繼承並發展了他的理論，在古代詩學領域出現了一系列以「氣」作爲詞根的範疇或術語，比如氣象、氣韻、氣脈、氣格、氣勢、生氣、神氣，等等。幾乎每個與「氣」有關的術語，都是對文學的一種整體觀照，都是從整體上來把握作品的審美意蘊。可以說，「氣」貫穿於整個古代詩學之中。

曹丕在《典論·論文》中提出「文氣說」，即「文以氣爲主」〔註46〕。這裡「氣」指作家的精神個性和生命活力。這種「氣」存在於作家的內在氣質和精神個性之中，但又表現在作家的作品之中，成爲作品的一種內在精神意蘊和生命意蘊。因此，「氣」在詩學之中常常具有兩層含義：對於作家而言，指的是作家全部精神、氣質的整體顯現；對於作品而言，指的是灌注於文學作品之中的生氣或生命力。「氣」反映了文學的連續性、整體性、生命性的內在特徵，以「氣」論文也是對人的生命力和創造力的一種弘揚與肯定。

〔註46〕〔三國〕曹丕，典論·論文〔C〕，見：郭紹虞主編，中國歷代文論選：第一冊，上海：上海古籍出版社，1979，158。

　　「氣」從字源學上說是一個象形字，象雲氣的外形。後演變爲一個重要的哲學範疇，具有三層基本含義：第一層是指宇宙的元氣，它是無形的、虛空的；第二層是宇宙的生命生成和生命的內在動態結構；第三層是一種生命精神、生命狀態。「氣」被引入詩學之中，首先引申爲作家的內在精神，包括氣質、秉性、性情等。劉勰《文心雕龍》所說的：「若夫八體屢遷，功以學成，才力居中，肇自血氣。氣以實志，志以定言，吐納英華，莫非情性」〔註47〕中的「氣」就是這個意思。

　　明代徐禎卿在《談藝錄》中以作家的出身來論作家的精神氣質和文學個性：

> 　　詩之詞氣，雖由政教，然支分條布，略有逕庭。良由人士品殊，藝隨遷易。故宗工鉅匠，詞淳氣平；豪賢碩俠，辭雄氣武；遷臣孽子，辭屬氣促；逸民遺老，辭玄氣沉；賢良文學，辭雅氣俊；輔臣弼士，辭尊氣嚴；閭童壼女，辭弱氣柔；媚夫幸士，辭靡氣蕩；荒才嬌麗，辭淫氣傷。〔註48〕

單純以出身來論作家的精神氣質、文學個性，把文品與人的出身完全等同起來，顯得過於絕對。但不可否認的是，一個人的出身確實會影響其精神氣質乃至文學個性。柳永是個多情的浪子，混跡於市井妓館之間，其作品難免有柔弱的粉脂氣。蘇軾曾位高權重，以兼濟天下爲志，所以他的作品充滿剛健的豪放之氣。

　　古人推崇「氣高而不怒」，反對「氣少力弱」，作家不能死氣沉沉，應該氣勢如虹。司空圖在《二十四詩品・雄渾》中提出，作家應「眞體內充」，「積健爲雄」。在《二十四詩品・勁健》中也有「行氣如虹」之說。同時，古人常常批判某些詩人身上的酸腐之氣、頹靡之氣、低沉之氣，比如宋代魏泰批評孟郊的「蹇澀窮僻」之氣。「氣」決定了作家的精神氣質和藝術個性，爲了使作家具有豐盈充沛的生氣，古人有養氣、練氣、守氣之說。早在先秦時期，孟子就有言：「善養浩然之氣」〔註49〕。劉勰《文心雕龍》專有《養氣》一篇，提出「玄神宜寶，素氣資養」〔註50〕。陸游在詩歌《次韻和楊伯子主簿見贈》

〔註47〕周振甫，文心雕龍今譯〔M〕，北京：中華書局，1986，259。
〔註48〕〔明〕徐禎卿，談藝錄〔C〕，見：〔清〕何文煥輯，歷代詩話：下冊，北京：中華書局，1981，768。
〔註49〕孟子〔M〕，萬麗華，藍旭譯注，北京：中華書局，2006，57。
〔註50〕周振甫，文心雕龍今譯〔M〕，北京：中華書局，1986，376。

中寫道：「文章最忌百家衣，火龍黼黻世不知。誰能養氣塞天地，吐出自足成虹霓。」

「氣」的第二層意思是灌注於文學作品之中的生氣或生命力，這裡的氣是對自然物的人化。中國傳統哲學認爲，氣爲生命之源，天地任何有生命的東西（動物和植物）都必須有氣，有氣則生，無氣則死，詩文亦然。詩文之中蘊含生氣則有生命力，能夠流傳下來。否則，詩文則如過眼雲煙，很快就會消失在歷史之中。鍾嶸《詩品》「齊諸暨令袁嘏」條引袁報語：「我詩有生氣，須人捉著，不爾，便飛去。」〔註51〕

古人認爲，文學同天地萬物一樣也是稟氣而生的，「氣」是文學生命的根基。中國古代藝術創作有一個傳統，叫「寫氣圖貌」，這裡的「寫」和「圖」同義，爲描摹、刻畫之意。「氣」指事物的精神或意蘊，「貌」指事物的形貌，形態。「寫氣圖貌」從根本上說，就是力圖呈現事物的生氣和內在生命精神。

「氣」是詩文的靈魂和魅力所在，它使得作品成爲一個有機整體，呈現出一種動感和內在力量。古代詩學中的「氣骨」、「氣韻」、「氣格」、「氣象」「氣勢」等概念中的「氣」都是此含義。葉燮《原詩》認爲「理」、「事」、「情」，「然具是三者，又有總而持之，條而貫之者，曰氣。事理情之所爲用，氣爲之用也。」〔註52〕「得是三者，而氣鼓行於其間，姻縕磅礴，隨其自然。所至即爲法，此天地萬象之至文也。」司空圖《二十四詩品》其中有一品「精神」，談氣在詩歌中的重要性：

> 欲返不盡，相期與來。明漪絕底，奇花初胎。青春鸚鵡，楊柳
> 樓臺。碧山人來，清酒深杯。生氣遠出，不著死灰。妙造自然，伊
> 誰與裁？〔註53〕

早春時節，清澈的流水，含苞未放的花朵，鸚鵡飛揚，楊柳依依，樓臺亭樹，有人來到山中，共同暢飲清酒一杯。整幅畫面充滿生命的活力，一派生氣躍然紙上，遠離死氣沉沉。

在中國古代，判斷文學與非文學的標準往往不是它是否完全脫離功利目的而以審美爲旨歸，而是它是否有生氣，是否有生命力和生命意蘊。只要是

〔註51〕周振甫，詩品譯注〔M〕，北京：中華書局，1998，98～99。
〔註52〕〔清〕葉燮，原詩〔C〕，見：郭紹虞主編，中國歷代文論選：第三冊，上海：上海古籍出版社，1979，344。
〔註53〕〔唐〕司空圖，詩品〔C〕，見：郭紹虞主編，中國歷代文論選：第二冊，上海：上海古籍出版社，1979，205。

灌注了生氣，有生命力和生命意蘊的東西都可視爲文學。比如，諸葛亮的《出師表》，本來是臣子寫給君主的類似於奏章一類的東西，其寫作目的是功利的，並不是以審美爲旨歸。用今天的眼光看，屬於典型的應用文。但由於寫得富有生氣和情感，蘊含著生命活力，歷來都被看作一篇優秀的文學作品。正如殷璠《河嶽英靈集》所說：「夫文有神來、氣來、情來。」〔註54〕由此可見，「氣」作爲作家和作品內在生命力和生命意蘊的一種表現，成爲評價文學藝術的一條最重要的標準。

同時，「氣」本身就是一個審美意味很濃的範疇。考察中國古代詩學史，我們能找到眾多由「氣」派生出來的概念術語，比如氣韻、神氣、氣象、氣勢、骨氣、氣格、逸氣等，甚至像「風骨」等範疇都來源於「氣」。這些概念術語都指向作品的審美意蘊，表現出對作品整體意蘊和審美特徵的關注。以「氣」論文也體現了古人對文學整體之美、流動之美的一種追求。中國古代的「圓」範疇、「和」範疇都是以「氣」爲基礎的。

二、有機生命整體論

中國古代詩學家認爲，文學同人體有類似的生命結構，文學的構成與運行同人體相似。他們共同的目標就是在作品中構建一個有血有肉、首尾完整的生命整體，即注重有機整體性，追求「首尾周密，表裏一體」〔註55〕。

嚴羽在《滄浪詩話·詩評》中評中國古代詩歌時說：「氣象混沌，難以句摘」〔註56〕。在中國古人看來，文學作品是一個有血有肉、有筋有骨的生命整體。因此，中國古代詩學家大多以整體的方式來審視詩歌，他們在觀照、欣賞、評價詩歌作品時，總是把作品看作不可分割的生命整體。

朱庭珍《筱園詩話》卷一中說，詩須「有骨有肉，有筆有書，文質得中，詞意恰稱，始無所偏重矣。有格有韻，有才有情，有氣有神，有聲有色，殺活在手，奇正從心⋯⋯如此始爲律詩成就之詣，蓋骨肉停勻，而色聲香味無不具足也。」〔註57〕這說明了作品是一個首尾貫通、融爲一體的生命整體。

〔註54〕〔唐〕殷璠，河嶽英靈集〔C〕，見：郭紹虞主編，中國歷代文論選：第二冊，上海：上海古籍出版社，1979，67。

〔註55〕周振甫，文心雕龍今譯〔M〕，北京：中華書局，1986，379。

〔註56〕〔宋〕嚴羽，滄浪詩話〔M〕，普慧，孫尚勇，楊遇青評注，北京：中華書局，2014，110。

〔註57〕朱庭珍，筱園詩話〔C〕，見：郭紹虞編選·清詩話續編：下冊，上海：上海古籍出版社，1983，2346。

歸莊在《玉山詩集序》中說：「余嘗論詩，氣、格、聲、華，四者缺一不可。譬之於人，氣猶人之氣，人所以賴生者也，一肢不貫，則成死肌，全體不貫，形神離矣；格如人五官四體，有定位，不可易，易位則非人矣；聲如人之音吐及珩璜琚瑀之節；華如人之感儀及衣裳冠履之飾。」〔註58〕在歸莊看來，詩歌猶如一個有機生命體，而氣、格、聲、華則是構成這個有機生命體的不可缺少的組成部分。每個部分都有自己特定的價值，任何一個部分的缺失都會對整體的功能造成不可彌補的損失。

胡應麟在《詩藪》中也說：「詩之筋骨，猶木之根幹也；肌肉，猶枝葉也；色澤神韻，猶花蕊也。筋骨立於中，肌肉榮於外，色澤神韻充溢其間，而後詩之美善備。猶木之根幹蒼然，枝葉蔚然，花蕊爛然，而後木之生意完。」〔註59〕胡應麟不僅提出詩歌這個有機生命整體的組成部分，而且對各個部分的功能進行了象喻性的描述。如果把詩歌比喻成一株枝繁葉茂的大樹的話，詩的筋骨就是樹根和樹幹，詩的肌肉就是樹的枝葉，詩的神韻就是點綴大樹的花朵，三者都是大樹不可缺少的組成部分。

中國古代詩學的有機生命整體論主要體現在對詩文結構的見解上。結構本指連接事物的構架，多用於建築學領域。後人把它引入文學藝術之中，指的是文學藝術各個構成部分的有機組織與布局。「結構」一詞意味著文學作品不是各個部分的機械結合，而是有機組成，最終要形成有機整體。對於詩文而言，結構指的是文學先寫什麼，後寫什麼，各個部分的詳略比例、筆墨分配等問題。

對於如何使詩文的結構成為有機整體，劉勰的認識頗為深刻。他在《文心雕龍·附會》篇中云：「何謂『附會』？謂總文理，統首尾，定與奪，合涯際，彌綸一篇，使雜而不越者也。若築室之須基構，裁衣之待縫緝矣。……是以附辭會義，務總綱領……首尾周密，表裏一體。」〔註60〕在這裡，劉勰提出構建有機整體結構的具體做法：「總文理，統首尾，定與奪，合涯際，彌綸一篇」，「附辭會義，務總綱領」，要像建房子一樣打好根基，像做衣服一樣縫好縫際，最終實現「首尾周密，表裏一體」。總之，劉勰認為，要視作品為有機整體，在結構上就要有首有尾，有血有肉，有皮有骨。

〔註58〕〔清〕歸莊，玉山詩集序〔C〕，見：郭紹虞主編，中國歷代文論選：第三冊，上海：上海古籍出版社，1979，291。

〔註59〕胡經之，中國古典美學叢編〔M〕，南京：鳳凰出版社，2009，81～82。

〔註60〕周振甫，文心雕龍今譯〔M〕，北京：中華書局，1986，379。

　　無論對於長篇巨製，還是短小精悍的絕句，古人都講究結構的有機完整性。絕句只有四句，有五言和七言兩種，即使是七言，正文也只有短短的二十八個字。但古人在作絕句時，依然追求結構的完整性。王世貞《藝苑卮言》云：「絕句固自難，五言尤甚。離首即尾，離尾即首，而腰腹亦自不可少，妙在愈小而大，愈促而緩。」〔註61〕五言絕句只有 20 個字，但也必須首尾完整，腰腹兼備。

　　作長篇巨製，更應當考慮好篇章各個部分的均衡，不能虎頭蛇尾，破壞作品的整體美。姜夔《白石道人詩說》云：「作大篇，尤當布置：首尾勻稱，腰腹肥滿。多見人前面有餘，後面不足；前面極工，後面草草。不可不知也。」〔註62〕一個健康的人，應該肢體勻稱，各個部分比例適當，對於人體，西方有黃金比例之說。文如人，一篇優秀的作品，也是一個有機生命整體，各個部分的比例也應該適當，用姜夔的話說即是「首尾勻稱，腰腹肥滿」，不能「前面有餘，後面不足」或「前面極工，後面草草」。

　　中國古代詩學的有機生命整體觀還體現爲，在詩歌結構上講究起承轉合，追求整體的血脈貫通。起承轉合思想不僅體現了古人對詩歌結構勻稱均衡的追求，而且還體現了其對流動變化的鍾愛。元代楊載的《詩法家數》首先提出律詩結構的「起承轉合」一說，提出破題「要突兀高遠，如狂風卷浪，勢欲滔天。」頷聯「要接破題，要如驪龍之珠，抱而不脫。」頸聯要「與前聯之意相應相避，要變化，如疾雷破山，觀者驚愕。」結句「必放一句作散場，如剡溪之棹，自去自回，言有盡而意有餘。」〔註63〕楊載談了律詩四聯的排布，他提出，首聯要寫出詩歌的氣勢，要奠定良好的基調；頷聯要承接首聯，同時要開啓頸聯，起到承上啓下的作用；頸聯是全詩的轉折之處，要富有變化；尾聯要收束全詩，呼應前文。這是對律詩的一般要求，當然並不是一種鐵的定律，不同內容的詩歌可以有不同的結構方式。只不過，這種結構的詩比較常見，比較普遍，容易被人接受。此類詩歌體現了律詩雖然體制短小，但卻首尾完整、富於變化，形成一個有生命感的有機整體。

〔註61〕　〔明〕王世貞，藝苑卮言〔C〕，見：〔清〕何文煥輯，歷代詩話：下冊，北京：中華書局，1981，962。

〔註62〕　〔宋〕歐陽修，姜夔，王若虛，六一詩話・白石詩說・瀯南詩話〔M〕，郭紹虞編，北京：人民文學出版社，1962，28。

〔註63〕　〔明〕楊載，詩法家數〔C〕，見：〔清〕何文煥輯，歷代詩話：下冊，北京：中華書局，1981，728～729。

　　楊載的「起承轉合」之說雖然是針對律詩創作提出的，但具有一定的普適性，因而被引入各種文體創作之中，成爲古代文學作品常見的結構方式。這在明清被推崇到了極端。明代盛行八股文，即以「起承轉合」作爲謀篇布局的唯一法寶，墮入了機械結構論。清初的大學者王夫之對一味地崇尙「起承轉合」進行了批判，他把這種方法稱爲「陋人之法」，只能「用教幕客作應酬」，並說：「起承轉收一法也，試取初盛唐律驗之，誰必株守此法者？法莫要於成章，立此四法，則不成章矣。」〔註64〕他認爲，「起承轉合」只是眾多結構之中的一種，我們不能固守這一種。針對這種結構方式帶來的弊端，王夫之提出有機結構觀，即「以情事爲起合。詩有眞脈理，眞局法，則此是也。」〔註65〕他認爲，作詩應該以「情」與「事」爲核心，構建「眞脈理」、「眞局法」，即圍繞著詩歌所要表達的內容和情感構建脈絡、謀篇布局。在王夫之看來，結構無定式，只有符合特定的表達內容和情感的結構，才是合理的結構。結構與內容的融洽無間，即是王夫之的有機結構論。因此王夫之提出：「所謂章法者，一章有一章之法也，千章一法，則不必名章法矣。」〔註66〕在王夫之看來，每篇作品都是一個獨特的有機生命體，結構要因文而異。

　　對結構的重視，是中國古代詩學整體思維的表現。優秀的作品不是靠構成作品的某個部分，更不是靠個別的字、詞、句，而是靠作品的有機整體，靠整體中各個部分的有機組合。

三、和思維

　　古代詩學家不僅視詩歌爲一個完整的有機生命形式，而且還要求構成作品的各個要素要和諧統一、相互關聯、雜而不亂，使作品成爲生氣灌注、血肉豐滿、筋骨相連的有機整體。這就是中國古代詩學的和思維。

　　任何理論，無論是自然科學，還是社會科學，都有自己的話語體系。詩學也是如此，有著與其他理論完全不同的話語體系。而且一個學科內部由於時代和地域的不同也呈現出不同的風貌。中西方詩學就具有兩套不同的話語，西方詩學中常見的範疇有史與詩、形式與內容、再現與表現、美與醜、主體與客體、素樸與感傷、語言與言語、隱喻與轉喻等一些二元的範疇；中

〔註64〕〔明〕謝榛，〔清〕王夫之，四溟詩話・薑齋詩話〔M〕，宛平，舒蕪校點，
　　　　北京：人民文學出版社，1961，151。
〔註65〕〔清〕王夫之，明詩評選〔M〕，北京：文化藝術出版社，1997，140。
〔註66〕〔清〕王夫之，明詩評選〔M〕，北京：文化藝術出版社，1997，213。

國古代詩學中則有剛與柔、意與象、形與神、風與骨、情與景、動與靜、虛與實、奇與正、哀與樂等二元範疇。同是二元範疇，在範疇內部，西方是對立關係，而中國古代則是互補關係。

中國古代詩學中有很多偶對性的範疇群，比如陰陽、文質、形神、清濁、繁簡、虛實、雅俗等。在對偶性的範疇之中，兩個方面互相對立，但更多的是相互包容、相互轉換、相反相成、和諧共存。比如，在「虛實」這對範疇中，強調「虛實相生」；在「陰陽」這對範疇中，強調陽剛之美和陰柔之美的融合，即「剛柔相濟」；在「雅俗」這對範疇中，強調「雅俗相和」；在「形神」這對範疇中，強調「神形兼備」。此外，文質論、意境論、情景論等都受這種思維方式的影響，都強調對立雙方因素的和諧共存、有機統一。另外，詩學中的「和」還表現為多種因素或多種風格的和諧協調，融洽無間。

比如，在內容與形式的關係方面，古人強調形式與內容的有機統一。首先，作品要具有充實、深刻的內容，否則再美的形式也沒有意義。其次，形式要為內容服務，形式要表達一定的內容，並適合於一定的內容，只有符合內容的形式才能稱之為美的形式。用孔子的話說，就是要做到「文質彬彬」。劉勰在《文心雕龍·議對》篇中云：「若不達政體，而舞筆弄文，支離構辭，穿鑿會巧，空騁其華，固為事實所擯；設得其理，亦為游辭所埋矣。」〔註67〕在這裡，劉勰對內容和形式關係的認識充分體現了「和」的觀念：「文不達題」也只能「空騁其華」，即沒有實質的內容，僅僅有浮華的形式最終也會被人所擯棄；同時，如果文章有了比較充實的內容，但如果沒有好的形式，好的內容也必然「為游辭所埋」。鍾嶸在《詩品序》中評價班固的《詠史》：「東京二百載中，惟有班固《詠史》，質木無文。」〔註68〕這裡的「質木無文」就是批評班固的詩內容有餘而文采不足。鍾嶸評曹植的詩：「骨氣奇高，詞采華茂，情兼雅怨，體被文質，粲溢古今，卓爾不群。」〔註69〕在鍾嶸看來，曹植的詩歌不僅「骨氣奇高」，而且「詞采華茂」，文質兼備，所以「粲溢古今，卓爾不群」，具有永恆的藝術價值。

再如，虛與實是中國古代詩學中最常見的一對範疇。「虛」的意思是「無」或者「空」，「實」的意思則是「有」或者「滿」。從各自獨立的意思來看，二

〔註67〕周振甫，文心雕龍今譯〔M〕，北京：中華書局，1986，224。

〔註68〕周振甫，詩品譯注〔M〕，北京：中華書局，1998，37。

〔註69〕周振甫，詩品譯注〔M〕，北京：中華書局，1998，16。

者之間應該是對立、矛盾的關係。但在中國古代詩學中，並沒有虛實對立這樣的論點，虛實相生應該是二者關係的主流。明代屠隆在《與友人論詩文》中談到杜甫和李白詩歌的虛實：

> 李、杜品格，誠有辨矣。顧詩有虛，有實，有虛虛，有實實，有虛而實，有實而虛，並行錯出，何可端倪。乃右實而左虛，而謂李、杜優劣在虛實之辨，何與？且杜若《秋興》諸篇，託意深遠；《畫馬行》諸作，神情橫逸；直將播弄三才，鼓鑄群品，安在其萬景皆實？而李如《古風》數十首，感時託物，慷慨沉著，安在其萬景皆虛。〔註70〕

以上論說包含著中國古代詩學中的一個常見觀點：虛與實不是矛盾對立的關係，而是互補的，即所謂的「虛實相生」。

此外，中國古代詩學中還有剛柔相濟、動靜相生、疏密相間、情景交融、奇正相生等對於本來對立範疇互補共生關係的表述。二元互補是中國古代詩學家的一種常見的思維方式與言說方式。

中國古代詩學中也不乏對多元關係的探討。但它們之間也大多數是互補的、互相聯繫的，而不是對立的。比如言、象、意三者的關係，《周易》提出三者之間的關係，後來《莊子》和王弼對其進行闡發，到了魏晉時代形成了著名的「言意之辯」，極大地影響了後世的詩歌創作和理論建構。關於三者關係的論述無論有多大差異，但沒有一種見解認為三者是對立的關係。

中國古代詩學中的「和」思維還表現在常出現「A 而非 B」的話語形式，而少有「非 A 即 B」的形式，比如「樂而不淫，哀而不傷」〔註71〕、「剛而無虐，簡而無傲」〔註72〕等，既肯定某種特徵，又防止它淪入一種極端。這種思維方式體現在詩歌評論中，最早見於《左傳》記載的吳公子季札觀樂時對《詩經》中各類詩歌的評語，如他對《頌》的評論：「至矣哉！直而不倨，曲而不屈，邇而不逼，遠而不攜，遷而不淫，復而不厭，哀而不愁，樂而不荒……五聲和，八風平，節有度，守有序，盛德之所同也。」〔註73〕無論是「直」，

〔註70〕〔明〕屠隆，與友人論詩文〔C〕，見：郭紹虞主編，中國歷代文論選：第三冊，上海：上海古籍出版社，1979，144。

〔註71〕楊伯峻，論語譯注〔M〕，北京：中華書局，2012，42。

〔註72〕〔戰國〕尚書·堯典〔C〕，見：郭紹虞主編，中國歷代文論選：第一冊，上海：上海古籍出版社，1979，1。

〔註73〕〔春秋〕左傳〔C〕，見：郭紹虞主編，中國歷代文論選：第一冊，上海：上海古籍出版社，1979，1。

還是「曲」,是「邇」還是「遠」,是「哀」還是「樂」,都不能陷入極端。又如司馬遷《史記・屈原賈生列傳》中談及《詩經》時云:「《國風》好色而不淫,《小雅》怨誹而不亂。」這種兩兩相對而不執一端的句式在《文心雕龍》中更爲常見,《文心雕龍》中幾乎每篇都有這樣的句式。如在《宗經篇》中,劉勰推崇雅正的藝術風格:「故文能宗經,體有六義:一則情深而不詭,二則風清而不雜,三則事信而不誕,四則義直而不回,五則體約而不蕪,六則文麗而不淫。」〔註74〕

在古人看來,任取一端而忽視與之相對的另一端,都是一種極端的做法,都容易形成事物兩個方面的僵硬對立,有失「中正平和」的審美法度。皎然對詩人創作提出的要求是:「氣高而不怒,怒則失於風流;力勁而不露,露則傷於斤斧;情多而不暗,暗則蹶於拙鈍;才贍而不疏,疏則損於筋脈。」〔註75〕最理想的境界就是取一端而又兼顧另一端,從而實現和諧生動的整體形式,達到「中正平和」的審美境界。

中國古代詩學中還常常出現「非A非B」或「既A而B」的話語形式,即不偏於任一端。這種表達方式不是對事物對立雙方的一種簡單的否定,而是在否定之後企圖達到消融雙方對立關係的超越性的統一。正如老子與莊子提倡的「無爲而爲」。「無爲」不是絕對地要放棄「爲」,「無爲」正是「爲」的形式,「爲」要通過「無爲」而實現。在這裡,「爲」與「無爲」二者之間的對立被消融,二者組合起來使各自都獲得全新的更爲豐富的內涵,從而完成一種審美的超越。蘇軾在評論韋應物、柳宗元的創作時說:「獨韋應物、柳宗元,發纖穠於簡古,寄至味於澹泊,非餘子所及也。」〔註76〕意思是說簡古之中蘊含著纖穠,澹泊之中蘊含著至味。這裡的「簡古」與「澹泊」已不是原來意義上的「簡古」與「澹泊」,而是一種「纖穠」與「至味」。當然這裡的「纖穠」與「至味」也不是原來意義上的「纖穠」與「至味」,而是一種「簡古」與「澹泊」。這種表達不是一種「既A且B」式的表達,而是一種「非A且非B」式的表達,A與B不但實現了統一,而且也具有了全新的意義。

〔註74〕周振甫,文心雕龍今譯〔M〕,北京:中華書局,1986,31。

〔註75〕〔唐〕皎然,詩式〔C〕,見:〔清〕何文煥輯,歷代詩話:上冊,北京:中華書局,1981,27。

〔註76〕〔宋〕蘇軾,答李天應書〔C〕,見:郭紹虞主編,中國歷代文論選:中冊,北京:中華書局,1962,192。

　　此外，中國古代詩學中的核心範疇無一不包含「和」的因素，如「氣」、「神」、「韻」、「味」、「意境」等。古代詩學中的「氣」，無論是「生氣」、「神氣」、「氣象」還是「氣勢」等，都是一種陰陽調和之氣。這氣中表現了天地相合，以及宇宙萬物和人生命的和諧運動。

　　中國古代詩學形式中的「和」思維，還突出地表現在其對音韻之美的追求上。漢語是由一個個獨立的方塊字組成，每個方塊字都有四聲，四聲有音高、音低之分。古人發現，文字音高、音低的組合，表現了一種音韻和諧之美。因此，不論是詩人還是詩學家都非常重視音韻的和諧之美。早在齊梁時期，沈約就提出了聲律說。《宋書‧謝靈運傳論》中也說：「夫五色相宜，八音協暢，由乎玄黃律呂，各適物宜，欲使宮羽相變，低昂互節，若前有浮聲，後須切響。一簡之內，音韻盡殊；兩句之中，輕重悉異。妙達此旨，始可言文。」〔註 77〕這裡的「浮聲」指的是平聲字，而「切響」指的是仄聲字。作者在創作時，應該注意各種音高不同的音韻之間的相互配合，使得音韻的高低錯落有致，協調和諧，這樣才能產生音韻美。

　　中國古代詩學對和諧的追求，不意味著各個部分是僵死的，按固定的規則排布，相反，它視詩歌如生命，它是靈動的，不斷變化的。古代詩詞歌賦無論在體制、語言，還是在節奏、韻律方面都體現了一定的靈動性。從體制上看，中國古代文學體裁種類繁多，僅就廣義的詩（韻文）而言，就有無數種。最早的當屬四言的《詩經》，然後到句式多變的楚辭，其後有氣勢磅礴、注重鋪陳的賦體，有五言古體詩，有體制靈活的樂府詩，再到成就豐富的格律詩，以及詩的變體詞。無論哪種藝術形式，在特定的歷史時期，都具有無窮的生機與活力。中國古代文學樣式的多樣性，也體現了中國古代詩學對多樣性的追求。

四、圓形思維

　　中國古代思維是一種圓形思維，中國古代哲學的基本精神用一個圖示表達就是太極圖。太極圖本身就是由一系列的圓和圓形曲線構成的，給人一種圓融、流動、渾和之感。在太極圖中，天人合一，陰陽、動靜相反相成，融合無間。我們彷彿看到兩條魚在自由流動，它們之間雖然界限分明，但卻可以流轉運動、互相轉化。太極圖體現了整個世界的流動呈現出「如環無端」的態勢。

〔註 77〕〔梁〕沈約，宋書‧謝靈運傳論〔C〕，見：郭紹虞主編，中國歷代文論選：第一冊，上海：上海古籍出版社，1979，216。

　　《周易》被譽爲「中國文化之根」，它所體現的就是一種萬物同氣相連、循環往復、生生不息的整體觀。六十四卦構成的象徵性符號系統，其實就是一個人與自然一體的有機整體。而且卦與卦之間相通，共同構成一個圓渾的生命整體。「日往則月來，月往則日來，日月相推而明生焉。寒往則暑來，暑往則寒來，寒暑相推而歲成焉。往者屈也，來者信也，屈信相感而利生焉。」〔註78〕（《周易・繫辭下傳》）日往月來，月往日來，寒來暑往，暑來寒往，一切在循環往復中進行，萬事萬物生生不息、循環變化，形成了一個又一個圓，體現了中國古代思維的渾圓整體性。

　　圓在中國古代語境中有圓滿、完美、和諧、周全、流動、無限之意。它已經滲透到中國文化的方方面面，成爲中華民族的一種思維方式。中國古代儒家和道家思想都體現出對圓的審美追求。《論語義疏》對「論語」的「論」字解釋道：「論者，輪也」，並這樣評價《論語》：「義旨周備，圓轉無窮，如車之輪」〔註79〕。《莊子・盜跖》有言：「若是若非，執而圓機，獨成而意，與道徘徊。」〔註80〕《莊子・齊物論》也說：「得其環中，以應無窮。」〔註81〕「環中」在這裡既指圓滿的思維結構，也指流轉運動的境界。

　　在中國古代文化的語境中，圓無所不包，融會貫通，和諧無間。成中英在《論中西哲學精神》一書中，把中國古代的圓形思維稱之爲「和諧化辯證法」，認爲這種思維的特徵是注重事物間的和諧相生。這種思維方式具有整體性、辯證性、和諧性的特點。

　　「圓」是中國古代詩學的一個重要的範疇。在古人看來，圓有完整、豐滿、周全之意。因此，王先霈先生把古人追求完整、豐滿、周全的文學批評稱之爲「圓形批評」。據他統計，在《文心雕龍》全書三萬多字中，「圓」字出現了 17 處，50 篇中有 15 篇涉及到這一範疇。圓在中國古代詩學中主要有以下四種用法：

　　一是就作品的整體性而言，指的是作品所呈現出的完備、圓融之美。

　　圓是獨立自足的，是完整、周全、封閉、不可分割的整體。圓體積小，卻容納多，給人以渾圓、豐滿之感。因此，「圓」在古代詩學中常常指言簡意

〔註78〕周振甫，周易譯注〔M〕，北京：中華書局，2012，339。
〔註79〕劉明今，中國古代文學理論體系：方法論〔M〕，上海：復旦大學出版社，2000，333。
〔註80〕曹礎基，莊子淺注〔M〕，北京：中華書局，2014，536。
〔註81〕曹礎基，莊子淺注〔M〕，北京：中華書局，2014，27。

豐的含蓄蘊藉、周全完整之美。「以少總多，情貌無遺」〔註82〕是「圓」，比興是「圓」：「詩人比興，觸物圓覽。」〔註83〕（《文心雕龍・比興》）（「圓覽」即全面廣泛地觀察萬物。）

　　謀篇布局立意周全、周到穩妥是「圓」。劉勰曾感歎，不花心思，是很難達到圓的境界：「隨性適分，鮮能通圓」〔註84〕（《文心雕龍・明詩》），「慮動難圓，鮮無瑕病」〔註85〕（《文心雕龍・指瑕》）。劉勰講求詩文構思的起承轉合，認爲詩文應該首尾相接，有伏筆，有照應，整篇看起來渾然一體，類似於圓形。

　　詩文自然天成、渾然一體是「圓」。「義貴圓通，辭忌枝碎」〔註86〕（《文心雕龍・論說》），「必使理圓事密」〔註87〕（《文心雕龍・麗辭》）。

　　古人不僅以「圓」論詩文創作，還以「圓」論詩文鑒賞批評。「圓」在鑒賞批評中指全面、完備地考察作品。劉勰在論詩文鑒賞時，提出「圓照」之法：「凡操千曲而後曉聲，觀千劍而後識器；故圓照之象，務先博觀。閱喬嶽以形培塿，酌滄波以喻畎澮，無私於輕重，不偏於憎愛，然後能平理若衡，照辭如鏡矣。」〔註88〕（《文心雕龍・知音》）認爲要想達到「圓照」的境界，必須「博觀」，廣泛地閱讀各種詩文著作，然後才能對作品做出全面、完備、客觀、公正的評價。

　　「圓」在中國古代詩學中第二種常見的用法是針對聲律而言，指的是詩文所具備的圓轉流暢的聲韻之美。

　　以「圓」來論聲律要求詩文平仄相間，聲調抑揚頓挫，韻腳和諧優美。中國古人很早就知道圓形的事物常常能產生較好的共鳴效果。因此，中國古代的很多樂器，比如笛子、簫、鐘、磬、塤等都是圓形的。即使樂器的外觀不是圓形的，其共鳴箱也大多是圓形的。劉勰在《原道》篇中以泉水擊打石頭、圓形的玉磬、銅鐘發出的聲音來比喻自然中的聲律之美：「泉石激韻，和若球鍠」，「左礙而尋右，末滯而討前，則聲轉於吻，玲玲如振玉；辭靡於耳，累累如貫珠矣。」〔註89〕聲音的美是無形的，難以言說的，劉勰以搖動玉器發出的悅耳之聲、圓

〔註82〕周振甫，文心雕龍今譯〔M〕，北京：中華書局，1986，415。
〔註83〕周振甫，文心雕龍今譯〔M〕，北京：中華書局，1986，329。
〔註84〕周振甫，文心雕龍今譯〔M〕，北京：中華書局，1986，62。
〔註85〕周振甫，文心雕龍今譯〔M〕，北京：中華書局，1986，364。
〔註86〕周振甫，文心雕龍今譯〔M〕，北京：中華書局，1986，170。
〔註87〕周振甫，文心雕龍今譯〔M〕，北京：中華書局，1986，321。
〔註88〕周振甫，文心雕龍今譯〔M〕，北京：中華書局，1986，438。
〔註89〕周振甫，文心雕龍今譯〔M〕，北京：中華書局，1986，10～11。

形珠玉相互碰撞發出的聲音來形容聲韻之美。「凡切韻之動,勢若轉圓」〔註90〕(《文心雕龍‧聲律》),直接以圓形之物的轉動來形容聲韻的圓轉之美。

白居易以「大珠小珠落玉盤」(《琵琶行》)來描繪琵琶女彈奏琵琶所發出的悅耳之音,用「清堅如敲玉,深圓似轉簧」(《題周家歌者詩》)來描述詩歌的朗朗上口。

「圓」在中國古代詩學中第三種常見的用法是指詩文作品的流動之美,即圓活。

圓形是易動的、最不穩定的,與同重量的事物相比,用較小的力量就可以使它轉動不停。因此,古人常常用「圓」來形容變化無窮的狀態。《莊子‧齊物論》中云:「樞始得其環中,以應無窮。」〔註91〕樞軸進入圓形的環中,便可轉動自如,以應無窮。白居易以「圓」來比喻時光的飛逝:「出爲白晝入爲夜,圓轉如珠住不得。」(《短歌行》)時光像圓形的珠子一般,誰也無法阻擋它前進的步伐。

「圓」被用於詩學之中,指的是詩文流動變化之美──圓美。《文心雕龍‧定勢》中云:「圓者規體,其勢也自轉;方者矩形,其勢也自安:文章體勢,如斯而已。」〔註92〕劉勰認爲,文章的體勢,有其穩定的一面,像方的矩形一般;同時,也應該有流動變化的一面,像流動的圓。只有方而無圓,文章將千篇一律,失去生機。司空圖的《二十四詩品》最後一品「流動」中也說:「若納水棺,如轉丸珠」〔註93〕,詩歌應該如轉動的圓形的珠玉一般,給人珠圓玉潤的流動之感。

中國古代的圓形思維在詩學中的第四種用法是,詩學家在分析各種詩學要素及其各要素之間的關係時,追求一種圓整、圓融、圓通的境界,力圖把各要素組合一起,構成一個首尾呼應、螺旋上升圓形的整體,對事物的認識往往最終形成一個環狀的圓圈。在具體分析中,注重對各個要素的整體把握。

清代學者劉熙載云:「古樂府中至語,本只是常語,一經道出,便成獨得。詞得此意,則極煉如不煉,出色而本色,人籟悉歸天籟矣。」〔註94〕「學書者

〔註90〕周振甫,文心雕龍今譯〔M〕,北京:中華書局,1986,305。
〔註91〕曹礎基,莊子淺注〔M〕,北京:中華書局,2014,27。
〔註92〕周振甫,文心雕龍今譯〔M〕,北京:中華書局,1986,224。
〔註93〕〔唐〕司空圖,詩品〔C〕,見:郭紹虞主編,中國歷代文論選:第二冊,上海:上海古籍出版社,1979,207。
〔註94〕〔清〕劉熙載,藝概〔M〕,上海:上海古籍出版社,1978,121。

始由不工求工，繼由工求不工。不工者，工之極也。」〔註95〕其觀點最後形成一個前後貫通、首尾相接的圓圈。即不煉——煉——不煉、本色——出色——本色、天籟——人籟——天籟、不工——工——不工。首尾看似一致，二者並不等同，尾是對首的昇華。人最初對某些事物不嫻熟，做事勢必出於本色，是一種天籟、不煉、不工的狀態，而經過對出色的追求，進入人籟、煉、工的狀態。但一旦這種人籟、煉、工進入成熟的狀態，就會進入一種自然而然的狀態，即本色、天籟、不煉、不工。這時的狀態雖然與起點時的狀態外在形貌看似相同，但在本質上卻存在著天壤之別，是對起初狀態的一種昇華。這一思維過程貌似環狀，但不是一個平面的圓，而是一個螺旋上升的圓。

　　錢鍾書先生非常重視中國古代詩學的圓形思維，他在《談藝錄》中，專闢《說圓》一節，認為「吾國先哲言道體道妙，亦以圓為貴」，而且對中國古代詩學中的「圓」範疇進行了深入的考證和研究。他提出，中國古代詩學中的圓形思維鮮明地體現於事理、結構和用詞當中，在三個領域中，其對應的詞分別是「圓通」、「圓形」和「圓活」。〔註96〕

第三節　對整體思維影響下的中國古代詩學話語方式的反思

一、整體思維影響下的詩學話語方式的優點

（一）整體思維具有意象性特徵

　　詩可以分為三個層面：言語、意象、整體的藝術世界。詩通過言語來營造意象，通過意象來創造整體的藝術世界。象思維從某種程度上而言，也是一種整體思維，它只關注事物的整體形象，對事物進行整體直觀。

　　整體思維不是對事物進行抽象的整體把握，它總是和象思維交織在一起，常常具有象思維的意象性特徵。《周易》中「觀物取象」之「象」是對現實世界的一種象徵化、符號化的類比，在此基礎上形成八卦圖像。八卦是對事物或事理的一種整體性的表徵。八卦的獲得不是對事物進行分析綜合的結果，而是以直觀或直覺的方式實現的。因此，觀物取象具有整體直覺的思維

〔註95〕〔清〕劉熙載，藝概〔M〕，上海：上海古籍出版社，1978，168。
〔註96〕錢鍾書，談藝錄〔M〕，北京：中華書局，1984，111～117。

特徵。比如，乾卦最主要的一種象是「龍象」。龍是中國原始先民最重要的圖騰，是中華民族傳統文化精神的象徵。龍不能用經驗性或理性的概念把握，而只能借助整體直觀才能去體悟其精神內涵。龍作為一種神物，既可以象徵天道，掌管四時變化；又可以象徵有仁義、有德行的君子；還可以指代或潛於深淵，或飛翔雲端的潛龍、亢龍。這裡的「龍」不能用細觀或微觀的方式來把握，只能以整體直觀的方式來領會。

正如朱良志先生所說：「象是一種交織著多種意念的模糊集合體，可以不必確指某種概念，可以表達語言無法表達的意思，可以面面觀照，以盡乘一總萬之妙，又可以橫出旁伸，餘味曲包，產生言有盡而意無窮的效果，唯有以象盡意，才能使接受者目擊道存，在迅捷直覺體驗中步入藝術的靈角。象是整體、模糊的反映，惟有如此他才會美，而語言只是局部的、清晰的驗證。」〔註97〕可以說，意象、意境都是中國古代詩學整體性在詩歌創作中的反映。象喻批評可以有效地避免審美經驗的支離破碎，體現審美經驗的完整性，本身也是整體思維的一種表現形式。

中國古代詩學講求審美經驗的整體性，反對用抽象的理性分析的方法去肢解審美經驗，這也說明了整體思維的意象性。劉勰在《文心雕龍・神思》篇論贊部分提出「神用象通，情變所孕」的思想。「神思」其實就是對事物的一種整體直觀，它不侷限於事物的形體，不被感官所累。「神思」在他的筆下不是脫離外物的一種純粹的精神性活動，而是「神用象通」、「神與物遊」。由此可見「神思」即一種象思維整體直觀運思的活動。

（二）整體思維具有直覺性特徵

中國傳統文化把對象世界看作一個有機的世界。對於這個有機世界的把握，不是靠邏輯，也不是靠抽象，而是以感性的、直觀的方式進行整體把握。

整體思維與直覺思維密切相聯，中國古代的整體思維決定了古人在考察事物時，不借助概念來分析，也不借助部分分解，而是對事物進行整體性的直覺把握。對事物的認識往往是在體悟中瞬間完成思維的飛躍與昇華。它不注重思維的連續性與邏輯性，而具有整體性、直覺性等特徵。

陶淵明的「採菊東籬下，悠然見南山。山氣日夕佳，飛鳥相與還。此中有真意，欲辨已忘言。」（《飲酒》（之五））就是一種整體思維與直覺思維的

〔註97〕朱良志，中國藝術的生命精神〔M〕，合肥：安徽教育出版社，1995，161。

表達。詩中營造了一種天人合一、物我兩忘的渾然、空靈的意境，其中的眞意，無法言傳，只能靠直覺體悟得到。

王維的詩歌更是集中體現了這種整體直覺的特點。王維直接受到禪宗文化的影響，其詩歌往往把對世界的一種整體性的體悟認識融於寧靜悠遠的如畫般的意境中，體現一種空靈的禪境，比如：「人閒桂花落，夜靜春山空。月出驚山鳥，時鳴春澗中。」(《鳥鳴澗》)「空山不見人，但聞人語響。返景入深林，復照青臺上。」(《鹿柴》)

直覺思維最重要的特點就是整體性。這是因爲，直覺往往是對事物的一種整體的把握。比如，中國古代文化中的「道」、「太極」、「氣」等範疇，都需要以直覺頓悟的方式進行整體把握。

直覺思維與整體思維的統一，在宋代嚴羽的《滄浪詩話》中表現得更爲明顯。嚴羽以禪喻詩，標榜「妙悟」、「興趣」，提倡創作中「不涉理路，不落言筌」，對詩歌意象的要求是「羚羊掛角，無跡可求」，「透徹玲瓏，不可湊泊」〔註98〕，這是典型的對直覺思維的崇尚。同時，嚴羽提倡的「妙悟說」和「興趣說」都是針對文學創作和文學批評整體而言的，是適用於整個文學活動的思維方式。

西方人站在觀察者的角度對藝術做理性的審視和細緻的分析，極力排斥主觀色彩，結果難免陷入刻板與瑣碎；而中國古人則以參與者的身份積極地以感性的、直觀的方式投入到審美體驗之中，最大程度上體現了人與詩之間的親和關係，力圖用最簡潔的語言表達對詩歌作品的整體性認識。

（三）注重整體美、和諧美，追求一種空靈幽遠的藝術境界

中國古代「天人合一」的觀念，影響了古人的審美情趣，使得中國古代詩學不求對詩的精確、細緻的分析，而是注重整體美、和諧美，追求詩歌的言外之意，文外之旨，注重營造一種空靈幽遠的藝術境界，追求詩歌神韻與宇宙萬物以及神靈之間的契合，希求普遍之中見眞意，細微之中見無限。

在中國古人看來，一花一草一世界。花與草本是自然界的微小之物，但卻都是一個生命貫通的完整世界。在觀照這些對象時，強調對它們進行整體的把握。如古人常常託物言志或借物詠懷，但在描寫物的時候，卻很少對物

〔註98〕〔宋〕嚴羽，滄浪詩話〔M〕，普慧，孫尚勇，楊遇青評注，北京：中華書局，2014，23。

進行分解式的細緻描摹，而是抓住物所具有的整體性神韻，來進行印象式的整體性把握。古代詩人常常青睞於山水詩，借山水表現自己的某種心志或情懷。其中山、水、草、木是常見的意象。在描寫中，詩人很少逐個描摹山的形貌神韻、水的流動清濁、草的色彩濃淡、樹的濃密疏淡，而是把這些東西組合成一個審美對象，進行整體性的把握，重在把握其整體的神韻。

中國古代詩學批評也重視文學的整體效果，重視文學給人的整體的審美感受，而不拘泥於字句枝節，氣、韻、神、味、境等範疇，都以整體流動性為美。在古人看來，詩中的任何一個詞，任何一個形象，任何一種情感都不能脫離它們所存在的整體性的語境，不能與語境剝離開來。一旦剝離開來，便變得支離破碎。因而古人在評論詩歌時，往往不注重對詩歌進行分解式的分析與闡釋，而是從整體上來把握詩歌的整體特徵。如鍾嶸的《詩品》對詩人創作風格的評論，以及司空圖《二十四詩品》對二十四種藝術風格的描述，都是對詩歌及其風格的整體把握。

詩性思維的整體性還體現為詩性主體的活動具有整體性，這種活動不僅僅包含著理智、想像，還包含意志、情感等，是多種思維活動的統一體。這種整體性來源於人的心靈的整體性。

（四）整體思維賦予詩學以生命力和活力

中國古人常常把自己當成自然萬物的一部分，同時也把自然萬物看作是一種有機生命整體，這深深地影響了中國古代的詩學思維。在心物關係上，中國古代詩學常常呈現出主客不分、物我兩忘的詩性特徵。中國古代詩學家常常視世界萬物為一個有機統一的生命整體。在他們看來，自然不是外在於人的客觀世界，而是人在其中、其在人視野之內的主客統一的世界。人和物都是由生生不息的「氣」演化而來的，人和自然的關係是親和的。

中國古代詩學的詩性不是詩學的一種外在於人的純客觀的特徵，而是人生命存在的體現。它存在於人的心靈世界之中，同時與客體相聯，使得客體也氤氳著充盈的生命力。中國古代詩學重視人的存在，把人的體驗、人的生命視作同詩是一體的。正如楊義先生所說：「中國詩學是『生命——文化——感悟』的多維詩學。它們的基本形態和基本特徵，是以生命為內核，以文化為肌理，由感悟加以元氣貫穿，形成一個完整、豐富、活躍的有機整體。」〔註99〕

〔註99〕楊義，中國詩學的文化特質和基本特徵〔J〕，東南學術，2003（1）：20。

　　「氣」是中國古代詩學的內在韻律和生命之本，是中國古代詩學整體思維的集中表現，它使得中國古代詩學充滿生命力和活力。以「氣」論文，視文學爲一個有機生命整體，表現了中國古代詩學重生命、重整體的特徵。在生命面前，任何抽象的概念都是枯燥的，任何理論都是灰色的，只有人的生命體驗，才能書寫文學的生命活力和魅力。

　　中國古代詩學的生命特徵還體現爲追求詩學境界與人生境界的融合，追求道德、哲學、詩學融爲一體的精神境界。中國古代詩學中處處閃現著人的影子，以主體的經驗來述說著對詩的認識，而不像西方詩學那樣「主體缺席」。人的感覺總是變動不居的，無法用語言清晰界定。例如，古代詩學中的雄渾、清新、飄逸、纖穠等風格都離不開主體的審美體驗。我們只能通過具體詩詞來體味，而無法用精確的概念來界定。這種體味本身就具有一種整體性、模糊性、流動性。司空圖的《二十四詩品》直接將人生境界與詩歌境界相類比，以人生境界彰顯詩歌境界。詩歌普遍的風格往往是深奧的、抽象的、難以言明的，而司空圖將之化爲生命圖景，化抽象爲形象，化無生命爲有生命，化難言爲明晰。

二、整體思維影響下的詩學話語方式的侷限性

　　整體思維一般建立在直觀和經驗的基礎之上，具有明顯的侷限性。整體直觀的方法針對一定的對象來說是有效的，但一旦超出經驗的範圍，它往往會陷入神秘主義和不可知論。這是因爲，整體思維本身就是對事物表象的一種直觀的把握。這種直觀的把握缺乏對概念進行確定的界定和對事物進行邏輯推演，形成的是對事物籠統的、模糊的認識。古代很多整體性的範疇，比如「道」、「氣」、「韻」等，往往只能體悟，而不能用理論話語進行準確界定和分析。概括整體思維的弊端，主要有以下三點：

　　第一，過分強調整體而忽視個體，阻礙了個性發展，從而阻礙了中國古代詩學向科學性、系統性方向發展。

　　費爾巴哈在評價東方人和西方人的思維差異時曾說：「東方人見到統一而忽略了差異；西方人則見到差異而遺忘了統一。前者把自己對永恆的一致性所抱的一視同仁的態度推進到白癡的麻痹狀態，後者則把自己對於差異性和多樣性的感受擴張到無邊幻想的狂熱地步。」〔註100〕由此可見，過分重視統

〔註100〕〔德〕費爾巴哈，費爾巴哈哲學著作選集〔M〕：上卷，北京：商務印書館，
　　　　1984，45。

一而忽略差異或者過分重視差異而忽視統一都是一種思維的誤區。而中國古代的整體思維就是典型的東方人的思維，即「見到統一而忽略了差異」，換句話說，只見整體而忽略了個體，或者「只見森林不見樹木」。

西方人習慣於從個體出發，力圖從紛繁多變的個體中抽象出某種元素或概念。他們把事物分割開來，然後分門別類地進行研究，這使得研究從宏觀走向微觀，這種思維方式推動了西方近代科學的發展。而中國古代則不然，中國古人認為，天、地、人、物是和諧統一的。因此，在認識事物時，往往從整體出發，強調事物之間的聯繫和事物的整體功能，而不太注重考察事物的內部結構。正如當代學者王宇根先生所說：「中國思維傳統不太重視對對象進行條分縷析的細細切割和區分，而要重視主體獨特的經驗，重視主客體之間的相互作用，重視從整體上直接把握對象，重視整體的渾成與圓融。中國思維之所以重整體直觀是因為認識到邏輯的細緻解析往往會破壞整體的和諧，因而妨礙對事物本質的把握。」〔註101〕

中國古代的整體思維，顯然阻礙了近代科學的發展。「當一種文化，一種文明，一種科學，一種思想，還依然停留在以天人不分的模糊性或模態性方式、以『天人不分』的綜括性的知識興趣與敘述體來認知宇宙、世界的時候，那它就沒有走出古典文明的時代，也即沒有走上近代的學術之路。」〔註102〕同樣，它也阻礙了中國詩學向科學性、系統性方向發展。

第二，過分強調和諧統一使得認識陷入折中主義和相對主義的泥潭。

中國古代以農業為主的經濟形態使人形成了不尚精確的一種模糊性思維，而整體思維又進一步強化了這種模糊性特點。最突出的一個表現是中國古代以「和」作為最高的審美境界，不僅強調物我、情景、情理等的和諧統一，甚至強調對立的事物之間，比如動靜、虛實、剛柔、陰陽、形神等之間的和諧統一。「同之與異，不屑古今，臂肌分理，唯務折衷。」〔註103〕（《文心雕龍·序志》）劉勰對風骨、隱秀、情感與辭采、繼承與革新、天才與勤奮等對立問題的論述，最後解決的方式都歸結為折中主義。

在中國古代詩學中，一個形容詞性的概念往往都有相反的概念存在，但

〔註101〕樂黛雲，陳躍紅，王宇根等，比較文學原理新編〔M〕，北京：北京大學出版社，1998，208。

〔註102〕林桂榛，近代「形而上」與「形而下」的分離〔J〕，周易研究，2005（2）：28。

〔註103〕周振甫，文心雕龍今譯〔M〕，北京：中華書局，1986，457。

是古人很少絕對地否定一個，肯定另一個。即使否定一個概念或觀點，其目的也不全在於否定，而是在否定的同時去探尋這個概念或觀點存在的合理性，使之獲得重新被肯定的可能，最終實現相反概念或觀點間的相反相成，互證互釋。這種思維方式就是中國古代廣泛存在的相對主義思維。比如中國古代詩學追求心物的渾然一體，而往往不去區分心與物的界限。心和物本來為兩種不同的、界限分明的事物，但在古人眼裏，心與物的界限卻是相對的、模糊的。這顯然不利於對事物本質的揭示。

第三，過分重視整體使得認識過於籠統模糊，不夠細緻、精確。

中國古人在考察事物時，不注重對事物進行精確、細緻的把握，而是對事物做綜合性、整體的把握，最終形成的往往是對事物模糊的認識。

縱觀整個中國古代詩學，處處體現著整體思維所帶來的模糊印跡。如《周禮》和《毛詩序》分別提出了「六詩」和「六義」，二者皆指風、雅、頌、賦、比、興。為什麼稱之為「六詩」和「六義」，這六種要素分別的意義是什麼，文中並沒有言明。又如，孔子提出「詩言志」，而「志」到底指什麼，也沒有談及。再如，中國古代一向強調「言有盡而意無窮」，追求「弦外之音」、「言外之意」、「文外之旨」、「韻外之致」，而對於「音」、「意」、「旨」、「致」到底是什麼，卻很少談及，使得它們的所指「只可意會不可言傳」。

中國古代詩學的模糊性更突出地體現在以「氣」論文上。「氣」是表現中國古人整體性思維模糊特徵最好的一個範疇。它變幻多端，混沌神秘，無所不在，卻又看不到、摸不著，本身就是模糊不清、不可量化和準確界定的。用它來論詩，其模糊性更是可想而知了。

此外，中國古代詩學常常從整體出發，把詩看成有機生命整體，採用直觀體悟的方式來實現對詩歌整體的把握。在批評中往往不破壞詩歌的整體生命，不對其進行分條縷析式的肢解分析，而是以「一言以蔽之」的方式，通過簡潔的語言來表達對詩或詩人整體性的認識。這種評述方式無疑會喚起讀者的想像力和創造力，引導讀者進入作品之中，去體悟和感受作者的思想與觀點。同時，這種批評方式也具有難以克服的侷限性。其一，詩學關涉到詩人、創作、詩歌、批評的方方面面，用「一言以蔽之」的方式很難全面概括其全貌，因而往往會出現以偏概全之弊端，把讀者引入認識的誤區。其二，整體綜合式的表述方式常常使得古代詩學中的很多術語、概念、範疇等缺乏準確明晰的界定，其內涵和外延往往模糊不定。術語、概念、範疇是構成詩

學思想的基礎，連事物是什麼都無法界定清楚，更談不上去認識事物的本質和特徵了。中國很多範疇和思想看起來意義豐富，但一旦面對具體的文學現象，好像什麼都解釋不了，什麼都難以解決。其三，過於簡約的論述方式，對讀者提出了很高的要求。比如嚴羽在《滄浪詩話》中提出「興趣」、「妙悟」二詞，並把它們作爲論詩的出發點。但何爲「興趣」，何爲「妙悟」，嚴羽並沒有展開論述，而是用佛學拈花微笑的方式給讀者以暗示：「故其妙處透徹玲瓏，不可湊泊，如空中之音，相中之色，水中之月，鏡中之象，言有盡而意無窮。」〔註104〕如果沒有任何佛學積澱，沒有深厚詩學修養的人讀這段話，可能是「丈二和尙摸不著頭腦」，眞正「無跡可求」了。

〔註104〕〔宋〕嚴羽，滄浪詩話〔M〕，普慧，孫尚勇，楊遇青評注，北京：中華書局，
　　　2014，23。

第四章　中國古代的關聯性思維及其 對詩學話語方式的影響

　　以安樂哲和郝大維爲代表的一些西方漢學家從思維方式出發來探尋中西文化的差異，爲我們研究中國古代文化提供了一個全新的視角。在他們看來，中國古代占主流的思維方式是關聯性思維，這種思維方式對應的宇宙秩序是一種美學的秩序。關聯性思維同象思維、整體思維一樣，都是中國古代主要的思維方式之一，都對中國古代詩學的話語方式形成了深遠的影響。

第一節　中國古代的關聯性思維

　　中國古人認爲，任何事物都不是孤立存在的，都與其他事物之間有著不可割裂的聯繫。整個世界就是一個以聯繫爲紐帶構成的網路，任何事物都是這個網路中的一個結點，都與其他事物之間存在著這樣或那樣的聯繫。一個事物一旦從這個聯繫網路中分離出來，它將失去原有的性質，變成了另一種事物，並與其他事物建立起另外一個聯繫的網路。也就是說，無論事物如何變化，它最終都無法完全脫離聯繫網路而孤立存在。因此，中國古人習慣於將天地萬物、人事，甚至人體、心理等都納入同一個思維框架之中，致力於建立事物之間的聯繫，尋求其共同規律。他們認爲，只有把個別事物放在與其他事物的聯繫之網中，事物的存在才顯得眞實、合理、完美。他們將事物之間的關聯看得比個別事物本身還重要。事物的關聯常常是事物的共同特徵或發展的共同規律。這就是中國古代的關聯性思維。

一、中國古代關聯性思維的提出

在探尋中西文化差異的過程中，安樂哲和郝大維提出，中西文化之所以存在著如此大的差異，是因爲它們遵循著兩種不同的思維模式，即第一問題框架思維和第二問題框架思維。在他們看來，第一問題框架思維是非宇宙論的，否認世界是一個單一秩序的世界，認爲變化或過程是永恆的，而且是高於靜止的，不存在著一個決定事物面目的最終原因。它以關聯性過程而不是以因果關係來考察事物的狀態。反之，第二問題框架思維是宇宙論的，假定世界是一個單一秩序的世界，宇宙沿因果關係而演化。這一問題框架思維認爲，靜止優於運動，斷定世界是由心靈或上帝等單一推動者爲發展的最終動因。他們把第一問題框架思維稱之爲「關聯性思維」（也稱「類比的思維」），把第二問題框架思維稱之爲「因果性思維」（也稱「理性的思維」或「邏輯的思維」）。他們斷言，「頭一種問題框架形式在西方隱而不顯，卻統御著古典中國文化；同樣，我們稱之爲第二問題框架，或者說因果性思維方式是西方文化的顯性因素，在古典中國文化中卻並不昭彰。」[註1]安樂哲和郝大維認爲，這兩種思維方式是並存的，沒有優劣之分，中西方思維方式的不同，決定了中西方文化發展的軌跡迥異。

安樂哲和郝大維指出，兩個問題框架的思維模式決定了其對宇宙秩序的理解不同。第一問題框架對應的是「美學的秩序」，而第二問題框架則對應的是「理性的秩序」（也稱「邏輯的秩序」）。從命名上看，我們能夠感受到安樂哲和郝大維對中國文化的青睞，他們一改西方漢學家「西方中心論」的視角，把中國文化置於與西方相對等的地位來考察。從他們的字裏行間，我們甚至能感受到他們認爲中國文化更具詩性和活力。

中西方爲何在思維方式上走著兩種不同的路徑？安樂哲和郝大維爲什麼把中國古代的關聯性思維稱之爲「美學的」思維？中國古代關聯性思維的「美學性」何在？要回答這些問題，首先應該考察中西方思維方式形成的社會歷史條件和文化背景。

二、關聯性思維形成的文化基礎——天人合一思想

古希臘文化是西方文化的源頭，而且是整個西方思想體系的基礎。古希

[註1] 〔美〕郝大維，安樂哲，期望中國〔M〕，施忠連等譯，上海：學林出版社，2005，7。

臘人生活在希臘半島上，島上山脈連綿不斷，農耕經濟始終沒有形成規模。島上海岸線很長，形成了多個港口，利於航海和海上貿易。以港口爲中心，形成了大量的城市。海洋開闊了人們的視野和眼界，發展了人的獨立探索精神。而城市則成爲社會政治、經濟、文化中心，人們在此自由爭論，活躍了思想，促進了文化的多樣發展。客觀的生活環境不僅影響了人們的生活方式，還影響了社會政治制度和思維方式。在社會政治制度方面，城市的繁榮促進了城邦制的形成。人們關注政治，熱衷於參與城邦的政治生活，在此過程中，對不合理的舊制度進行批判和反抗，要求改革。在思維方式方面，強調天人兩分，注重探究世界的本質，強調個體的自由、平等和獨立。

中國古人則不同。中華民族兩大發源地——黃河流域和長江流域都是以大河爲中心的平原地帶，人們擁有遼闊而肥沃的土地，可以在其中安居樂業。因此，中國古代以農耕經濟爲主，人們安土重遷。在生活方式方面，人們相互獨立、自給自足而又群居生活。這就使得人和人之間既封閉又互相依賴。人們比較依賴自然，個人的力量常常被淹沒。同時，生活的相對固定和地域的相對封閉使得人們關注自己與周圍事物和人的關係。自給自足的小農經濟封閉了人們的思維和視野，但同時卻拉近了人與自然的關係。農業經濟使人們認識到人類的生存離不開自然，只有大自然提供適宜的氣候和肥沃的土壤，人類才能安居樂業。因此在中國人的頭腦中很早就形成了「天人合一」的意識。人不用認識自然，只要順應就夠了。或者說，自然與人類本來就是一體的，認識了人自身也就認識了自然。

綜觀整個中國古代文化，我們會發現，無論文人之間在思想認識上有多大的差異，但基本上都贊同「天人合一」的觀點。在中國古代的語境中，「天」的含義主要有三層：一是指神，二是指自然（包括自然界中的萬物），三是指天意（社會倫理道德）。在「天」這個看似抽象的概念中，除了涵蓋具有超驗的「神」之外，還蘊含著自然、人這些相對具體有形的意蘊。從這一點也能證明中國天人合一、物我一體的宇宙觀。被稱爲「六經之首」的《周易》將天、地、人並稱爲「三才」，並把它們視作卦象成立的根本：「昔者聖人之作《易》也，將以順性命之理，是以立天之道曰陰與陽，立地之道曰柔與剛，立人之道曰仁與義。兼三才而兩之，故《易》六畫而成卦。分陰分陽，迭用柔剛，故《易》六位而成章。」〔註2〕（《周易·說卦》）由此我們能窺見出《周

〔註2〕周振甫，周易譯注〔M〕，北京：中華書局，2012，363。

易》的基本思想與莊子的「天地與我並生，而萬物與我爲一」〔註3〕（《莊子‧齊物論》）不謀而合。

中國古代影響最大的兩個思想流派——儒家和道家，雖然在思想體系上存在著巨大的差異，但都認同「天人合一」的觀念。只不過，儒家強調人和自然之間應建立和諧的關係，人應該順應自然；道家認爲人本來就是自然的組成部分，人應該回歸自然，物我爲一。

在孔子看來，天命即人倫，自然界的萬事萬物與人世具有一種天然的對應關係。他提出「比德說」，認爲自然物身上的某些特徵與人的品德相契合，自然之美中彰顯著君子的美德。「歲寒，然後知松柏之後凋也」〔註4〕（《論語‧子罕》）和「知者樂水，仁者樂山」〔註5〕（《論語‧雍也》）集中體現了這種觀點。《荀子‧宥坐》中記載，子貢問孔子，爲什麼君子喜歡水，孔子說：「夫水，大徧與諸生，而無爲也，似德；其流也，埤下裾拘，必循其禮，似義；其洸洸乎不淈盡，似道；若有決行之，其應佚若聲響，其處百仞之谷不懼，似勇；主量必平，似法；盈不求概，似正；淖約微達，似察；以出以入，以就鮮絜，化善化；其萬折也必東，似志。是故君子見大水必觀焉。」〔註6〕在孔子看來，水可以「比德」：「似德」、「似義」、「似道」、「似勇」、「似察」、「似善化」、「似志」，水似乎成了人世的一種最天然的代言者。對自然的體察和賦予自然以人性是孔子最突出的自然觀，他認爲人的最高境界就是與自然合二爲一。

漢代大儒生董仲舒進一步發展了孔子的思想，他認爲大自然的季節交替、陰陽冷暖等變化，也是人的情性的一種表達：「人生有喜怒哀樂之答，春秋冬夏之類也。喜，春之答也；怒，秋之答也；樂，夏之答也；哀，冬之答也。天之副在乎人，人之性情有由天者矣。」〔註7〕因此，他明確提出人「類於天」：「人有三百六十節，偶天之數也。形體骨肉，偶地之厚也。上有耳目聰明，日月之象也。體有空竅理脈，川谷之象也。心有哀樂喜怒，神氣之類也。觀人之體，一何高物之甚，而類於天也。」〔註8〕其後，宋朝張載首次明

〔註3〕曹礎基，莊子淺注〔M〕，北京：中華書局，2014，36。
〔註4〕楊伯峻，論語譯注〔M〕，北京：中華書局，2012，134。
〔註5〕楊伯峻，論語譯注〔M〕，北京：中華書局，2012，87。
〔註6〕荀子〔M〕，安小蘭譯注，北京：中華書局，2007，87。
〔註7〕董仲舒，春秋繁露〔M〕，濟南：山東友誼出版社，2000，457。
〔註8〕董仲舒，春秋繁露〔M〕，濟南：山東友誼出版社，2000，493。

確提出「天人合一」的觀點:「儒者則因明致誠,因誠致明,故天人合一,致學可以成聖,得天而未始遺人。」〔註9〕

在道家看來,人與萬物道通爲一。道是萬事萬物的起源,而道則集中體現了天人合一、物我一體的觀念。用老子的話說:「人法地,地法天,天法道,道法自然。」〔註10〕(《老子》二十五章)「道」成爲連接人與自然之間的紐帶。莊子則明確提出:「天地與我並生,而萬物與我爲一。」〔註11〕(《莊子‧齊物論》)他認爲,聖人即是認識和通達萬物之理之人,聖人通過觀天地而知萬物。《莊子‧秋水》中記載了這樣一則後世聞名的小故事:「莊子與惠子游於濠梁之上。莊子曰:『鯈魚出遊從容,是魚之樂也。』惠子曰:『子非魚,安知魚之樂?』莊子曰:『子非我,安知我不知魚之樂?』」〔註12〕(《莊子‧秋水》)後世之人常用這個典故來說明詭辯的藝術。但其實這則故事更深層的意思是體現了莊子物我一體、物我同一的世界觀。這種思想在「莊周夢蝶」這個故事中體現得更爲充分。人和蝶之間無所謂主體,無所謂客體,人可能是「夢蝶之人」,但也可能是「蝶夢中之人」,天人合一,人和物之間是平等的。

天人合一思想體現了中國古代富有美學意味的自然觀,宗白華對此評論說:「中國人由農業進於文化,對於大自然是『不隔』的,是父子親和的關係,沒有奴役自然的態度。中國人對他的用具(石器、銅器),不只是用來控制自然,以圖生存,他更希望能在每件用品裏面,表現出對自然的敬愛,把大自然裏啓示著的和諧,秩序,它內部的音樂,詩,表現在具體而微的器皿中,一個鼎要能表象天地人。」〔註13〕鑒於此,當代著名學者徐復觀斷言:「在世界古代各文化系統中,沒有任何系統的文化,人與自然,曾發生過像中國古代這樣的親和關係。」〔註14〕

與此相對,西方人一直持天人兩分的觀點。在這一觀點之下,他們強調人類的主體性和創造性,認爲自然是被動的,而人是主動的,人能認識、利用並征服自然。早在古希臘時期,智者學派的代表人物之一普羅太格拉就提

〔註9〕　〔宋〕張載,張載集〔M〕,北京:中華書局,1978,65。
〔註10〕　老子〔M〕,饒尚寬譯注,北京:中華書局,2006,63。
〔註11〕　曹礎基,莊子淺注〔M〕,北京:中華書局,2014,36。
〔註12〕　曹礎基,莊子淺注〔M〕,北京:中華書局,2014,304。
〔註13〕　宗白華,宗白華全集〔M〕:第二卷,合肥:安徽教育出版社,1995,415。
〔註14〕　徐復觀,中國藝術精神〔M〕,上海:華東師範大學出版社,2001,134。

出了「人是萬物的尺度」這一命題，認爲事物的存在和狀態是由人決定的。文藝復興時期，人的主體性得到進一步彰顯，「人是自然的主人」成爲關於人與自然關係的主流思想。弗蘭西斯·培根甚至提出天人對立的自然觀，認爲人具有強大的認識能力，人借助科學和技術能夠戰勝自然，並統治自然。因此，西方人崇尚人的主體性和理性。朱立元先生對此評論說：「西方從主客二分出發，人與自然處於相互外在、對立的狀態，人對自然的態度是認識、征服、改造、開拓，缺乏親和關係；反映在藝術和審美文化方面，則是對自然美的發現很晚，評價也較低。可以說，自然之美質在相當長時間裏爲這種文化所遮蔽。」〔註15〕

從中西天人關係的對比中我們能明顯感受到，在處理人與自然乃至萬事萬物的關係上，中國古人的態度更具有一種「美學的」意味──不是冷冰冰的對立，而是彼此親密無間；不是一方優於另一方，而是平等和諧的共存。

三、關聯性思維形成的方法論基礎──類比

安樂哲和郝大維提出，關聯性思維與因果思維相比，主要有以下六大特徵：（1）非邏輯性、審美性；（2）不重實體而重過程；（3）不重因果聯繫而重類比聯繫；（4）對分析不感興趣；（5）不重抽象、思辨，而同形象、隱喻、具體事物緊密相連；（6）不具有單一、清晰、嚴密性，而具有多義性、模糊性、鬆散性。其中，類比方法是關聯性思維形成的思想方法基礎。因此，安樂哲和郝大維有時把關聯性思維稱之爲類比思維。可以說，類是事物之間關聯性的最顯性的紐帶。

關聯性思維即以事物的相似性或相關性爲紐帶，由此及彼，溝通不同事物，以實現由已知到未知，由形象到抽象的目的。它常常以關聯爲基礎對事物或者現象進行分類，以類比的形式對事物或現象進行考察。分類和類比是關聯性思維最突出的方法論特徵。

中國人習慣於以分類的方式來認識世界。從漢語中就可以看出古人思維的這一特徵。漢語中有諸多類別性的概念，比如菜、酒、球、豆、茶等，以這些指稱類別性的詞做詞根，組合成不同的菜、酒、球、豆、茶等。比如，菜有白菜、菠菜、薺菜、空心菜、蕨菜等；酒有紅酒、白酒、啤酒、黃酒、米酒、雞尾酒等；球有足球、籃球、排球、乒乓球、橄欖球等；豆有紅豆、

〔註15〕朱立元，美的感悟〔M〕，上海：華東師範大學出版社，2005，309。

綠豆、黃豆、黑豆、豌豆、青豆等；茶有紅茶、綠茶、白茶、普洱茶、毛尖茶等。這些詞都以表類別的詞為詞根。而西方的每種菜、每種酒、每種球、每種豆、每種茶等都用不同的詞來指代，這些詞從詞形上看沒有任何關聯，看不出類的痕跡。

在中國古代，類比是一種常見的推理方法。早在原始社會，人們從自身出發，類推出「萬物有靈」的觀念。《周易》中所說的：「觀乎天文以察時變，觀乎人文以化成天下。」〔註16〕也是一種類比推理的結果。另外，《周易‧繫辭下傳》指出：「於是始作八卦，以通神明之德，以類萬物之情。」〔註17〕八卦即是運用各種抽象符號來表達自然與人事中各種發展變化規律。它通過事物之間的相似性或關聯性以類比推理的方式來達到由此物認識彼物的目的。這種「類萬物之情」的類比推理模式，也是關聯性思維一種常見的表現形式。

觀物取象也是中國古代關聯性思維的一種表現形式。「古者包棲氏之王天下也，仰則觀象於天，俯則觀法於地，觀鳥獸之文與地之宜，近取諸身，遠取諸物，於是始作八卦」〔註18〕（《周易‧繫辭下傳》）。觀物取象總是受主體的侷限，所獲取的意象往往具有個別性或片面性，古人用類比推衍來彌補這種不足。類比推衍使「觀物取象」中的「象」具有更為普遍的意義，從而實現對「象」本身的超越，從有限逐步過渡到無限。《周易》中的爻卦辭往往借助人們熟悉的事物或形象來引起人們的聯想，使人們自覺運用類比推衍的方法，來獲取對世界的認識。

八卦其實是古人思維中的八種原型事物，即：天、地、雷、風、水、火、山、澤，它們是世界萬物的本原。它們相互聯繫，發展變動，而生成萬物。伴隨著人們生產生活水準及認知水準的提高，人們觀物取象的範圍不斷擴大。人們在觀察萬物的過程中，根據它們與八卦中的八種基本物象之間在形態、聲音、顏色、質地等的相似點，把萬事萬物歸為八大類，如把馬、首、金等歸於「天」類，把布、釜、大輿等歸於「地」類，等等。這種分類方式儘管用現代人的眼光看，顯得極為淺顯，缺乏科學性，但是對古人來說卻是思維的極大突破，這標誌著他們對事物的認識由朦朧、混沌向有序、明晰過

〔註16〕周振甫，周易譯注〔M〕，北京：中華書局，2012，107。
〔註17〕周振甫，周易譯注〔M〕，北京：中華書局，2012，335。
〔註18〕周振甫，周易譯注〔M〕，北京：中華書局，2012，335。

渡。更多的事物進入人們的視野，一些抽象的事理也得到了人們的關注。人們把八卦——乾、坤、震、巽、坎、離、艮、兌所象徵的八種物象——天、地、雷、風、水、火、山、澤，賦予八種性質——健、順、動、入、陷、麗、止、悅。這八種性質與人倫對應，則爲父、母、長男、長女、中男、中女、少男、少女。

　　最初對類比思維進行邏輯學領域的理論概括的是墨子和荀子。尤其是墨子，對類比思維進行了深入的探索。墨子重視類比的方法，他認爲，無論何種推理方法，比如歸納法、演繹法都應該遵循類比的原則，要「以類行之」，並且明確提出「異類不比」的原則，強調事物之間的比以同類作爲前提。

　　《墨子・小取篇》開篇云：「夫辯者，將以明是非之分，審治亂之紀，明同異之處，察明實之理，處利害，決嫌疑焉。摹略萬物之然，論求群言之比。以名舉實，以辭抒意，以說出故。以類取，以類予。有諸己，不非諸人；無諸己，不求諸人。」〔註19〕這裡指出，辯論的根本原則即「以類取，以類予」。這裡的「取」，就是在已知中來抽取事理，「予」就是由已知而推導出未知。「取」和「予」所採用的方法都是類比、類推。墨子還論述了七種主要的推理方法：或、假、效、辟、侔、援、推。其中後四種都屬於類比，都是從事物相類出發，由已知推出未知，由特殊推出一般：「辟」即譬喻，以已知之物來喻未知之物，其根本前提是已知之物與未知之物相類；「侔」即以公認之辭來證明未獲得公認之辭，其根本前提是公認之辭與未公認之辭意義相類；「援」即援引事例說明，援引的事例是正確的，要說的事與援引的事類似，因此要說的事也即正確的；「推」即類推，先判定已知事物與未知事物相類，然後從已知事物的性質、特徵推知未知事物的性質、特徵。

　　荀子明確推類方法，他把辯論的基本原則歸結爲「辨異而不過，推類而不悖」〔註20〕。他還對「推類」進行了闡釋，在他看來，推類就是「以類度類」，比如「欲觀千歲則數今日，欲知億萬則審一二」〔註21〕，因此，借助推類這種方法，可以「以近知遠，以一知萬」〔註22〕。

　　類比方法在中國古代文化中無處不見。儒家和道家雖然世界觀不同，但

〔註19〕 譚戒甫，墨辯發微〔M〕，北京：中華書局，1964，421。
〔註20〕 荀子〔M〕，安小蘭譯注，北京：中華書局，2007，251。
〔註21〕 荀子〔M〕，安小蘭譯注，北京：中華書局，2007，43。
〔註22〕 荀子〔M〕，安小蘭譯注，北京：中華書局，2007，43。

其認識世界的基本方法卻是相同的，那就是類比方法，即孔子所說的「取譬」：「能近取譬，可謂仁之方也。」〔註23〕（《論語‧雍也》）孔子認為，從自身或者周圍的人或事物出發，利用類比的方法，可以推導出宇宙人生之道。例如，孔子主張「己欲立而立人，己欲達而達人。」〔註24〕（《論語‧雍也》）「己所不欲，勿施於人。」〔註25〕（《論語‧衛靈公》）在這兩個命題中，包含著孔子對人和人關係的認識。自己是人，別人也是人，自己有「立」、「達」的願望，那麼別人也會有「立」、「達」的願望；自己有「不欲」之事，別人同樣也會「不欲」。孔子認為，「仁」即推己及人，自己想要的，也要成全別人實現；自己不喜歡的，不要強加於人。在這裡，孔子要求人們把自己看成是別人的同類，由己推人，由親及疏，由近及遠，這是實現「仁」的最基本的方法。此外，在認識方法上，孔子總結出「聞一以知十」〔註26〕（《論語‧公冶長》）的原則，提出「舉一隅不以三隅反，則不復也」〔註27〕（《論語‧述而》），這些都充分體現了孔子的類比思想。

孟子明確提出「類」的觀念。從類比思想出發，他推出「有不忍人之心，斯有不忍人之政矣」〔註29〕（《孟子‧公孫丑上》），由「不忍之心」推出「不忍之政」。

道家雖然與儒家在思想體系上迥異，但同樣重視類比的方法。老子說：「聖人抱一為天下式。」〔註29〕（《老子》二十二章）這裡的「一」即「道」，「式」有「模式」、「公式」之意。在老子看來，聖人所領悟的道是天下的「公式」。也就是說，由聖人之道能推論出萬物之道，知「一」就能推知萬物。他還提出：「以身觀身，以家觀家，以鄉觀鄉，以國觀國，以天下觀天下。」〔註30〕（《老子》五十四章）這是對「抱一而為天下式」觀念的具體運用。此身與彼身，此家與彼家，此鄉與彼鄉，此國與彼國，此天下與彼天下都是相似的，都是可以由此及彼的。另外，這段話也可以理解為，從「以身觀身」出發，可以層層深入，推導出「以家觀家」、「以鄉觀鄉」、「以國觀國」、「以天下觀天下」。無論

〔註23〕楊伯峻，論語譯注〔M〕，北京：中華書局，2012，91。
〔註24〕楊伯峻，論語譯注〔M〕，北京：中華書局，2012，91。
〔註25〕楊伯峻，論語譯注〔M〕，北京：中華書局，2012，233。
〔註26〕楊伯峻，論語譯注〔M〕，北京：中華書局，2012，63。
〔註27〕楊伯峻，論語譯注〔M〕，北京：中華書局，2012，95。
〔註28〕孟子〔M〕，萬麗華，藍旭譯注，北京：中華書局，2006，69。
〔註29〕老子〔M〕，饒尚寬譯注，北京：中華書局，2006，55。
〔註30〕老子〔M〕，饒尚寬譯注，北京：中華書局，2006，130。

何種理解，老子論說的基本方法都是類比方法。類比方法在老子的思維方法中佔據絕對的統治地位，在他看來，運用類比，可以達到「不出戶，知天下；不窺牖，見天道」〔註31〕（《老子》四十七章）「坐觀天下」的境界。

綜上所述，無論是儒家，還是道家，都推崇類比的方法，其根本宗旨在於通過對個別的認識來實現對整體的把握，在於把握事物之間的普遍聯繫以及對宇宙的整體性認識。

構成類比的心理基礎是聯想。這裡的「類」不是依照事物的自然屬性而建立的「類」，而是以聯想爲中介而形成的「類」。這裡的類，可以跨越事物的自然屬性，在看似毫無關聯的物象之間建立聯繫。只要兩個物象之間具有相似性或相關性，而不論這種相似性或相關性是否具有永久性，思維的紐帶都可以在二者之間形成。

西方注重以演繹推理的方式來認識事物，而中國古代則注重以類比的方式來認識事物。西方哲學中也運用類比，但這種類比是獲得一般的途徑，一旦獲得了一般，一般便成爲思考的起點。中國古代也有演繹推理，但這種演繹推理卻不同於西方抽象的、思辨的、邏輯的推理方式，它始終離不開類比，以類比推理爲基礎。

四、關聯性思維的「美學性」

用關聯性思維來概括中國古代占主流的思維方式並不是從安樂哲和郝大維開始的，最早系統闡述中國關聯性思維的是漢學家葛瑞漢。而把關聯性思維所對應的第一問題框架思維的宇宙秩序稱之爲「美學的秩序」則是安樂哲和郝大維的獨創。他們認爲，與西方理性的、邏輯的思維相比，中國古代的關聯性思維更具有「美學的」意味。爲什麼把中國古代文化所代表的關聯性思維稱之爲「美學的」思維？關聯性思維的「美學性」何在？安樂哲和郝大維沒有直接給出答案，而是通過對關聯性思維特徵的描述以及通過它與因果性思維的對比分析來引導讀者自己去體會。

（一）「詩性智慧」或「詩性思維」

「詩性智慧」或「詩性思維」是意大利哲學家維柯在《新科學》中提出的一個概念，專指原始人類在思維方式、生命意識和藝術精神等方面所具有

〔註31〕老子〔M〕，饒尚寬譯注，北京：中華書局，2006，115。

的特性。他考察了原始人的認知方式，總結出他們以想像力爲動力的「以己度物」的思維方式，並把其稱之爲「詩性智慧」或「詩性思維」。他認爲，人類思想發展史上經歷了兩次思維的變革，一次是感性的詩性思維的形成，一次是理性的邏輯思維的形成。這兩種思維方式是人類發展史上兩種重要的思維形式。從總體上看，兩種思維方式在時間上呈先後關係，詩性思維在先，邏輯思維在後。

「詩性智慧」的特徵主要表現在三個方面：一是以己度物的詩性隱喻認知方式，二是想像性類概念所表現的詩性邏輯，三是以象見義、象形會義的詩性文字。維柯解釋了用「詩性」一詞的原因是，詩歌是人類創造的，而不是自然生成的，人們在創造詩歌時，傾注了想像力。因此，「詩性思維」即是用想像創造的、想像力極其發達的一種思維方式。與此相對，邏輯思維則是理性的邏輯推理和分析極其發達的一種思維方式。

「詩性思維」的第一層涵義是「以己度物」的詩性隱喻認知方式。

原始人的認識能力有限，他們在認識事物時，往往從自我出發，把自己當作萬物的尺度，來想像與推測事物，認識與掌握世界。「詩的最崇高的工作就是賦予感覺和情慾於本無感覺的事物。兒童的特點就在把無生命的事物拿到手裏，戲和它們交談，彷彿它們就是些有生命的人。」〔註32〕「在一切語種裏大部分涉及無生命的事物的表達方式都是用人體及其各部分以及用人的感覺和情慾的隱喻來形成的。例如用『首』（頭）來表達頂或開始，用『額』或『肩』來表達一座山的部位，針和土豆都可以有『眼』，杯或壺都可以有『嘴』，耙，鋸或梳都可以有『齒』，任何空隙或洞都可以叫做『口』，麥穗有『須』，鞋的『舌』，河的『咽喉』，地的『頸』，海的『手臂』，鐘的『指針』叫做『手』……」〔註33〕在詩性思維裏，人與物的界線不甚分明，人常常把自己當作物，又把物當作人自身。在此過程中，自然物具有了人的色彩，被「人化」了。這類似於中國古代詩學所說的借景抒情，景具有了人格化的情。

人在「以己度物」的過程中不僅把物「擬人化」了，同時，人在此過程中，又從外在的自然物中發現和認識了自己。「人類心靈自然而然地傾向於憑各種感官去在外界事物中看到心靈本身」〔註34〕，這類似於黑格爾在解釋「人

〔註32〕　〔意〕維柯，新科學〔M〕，朱光潛譯，北京：人民文學出版社，1986，98。
〔註33〕　〔意〕維柯，新科學〔M〕，朱光潛譯，北京：人民文學出版社，1986，180。
〔註34〕　〔意〕維柯，新科學〔M〕，朱光潛譯，北京：人民文學出版社，1986，108。

的本質的對象化」時所舉的那個著名的例子：一個孩子把石頭扔進水裏，他看著水中激起的一圈圈的水波，感到又驚奇，又振奮。他覺得，水波是他通過自己的勞動創造的成果。人從物中看到了自身，這是「以己度物」的另一層涵義。

詩性思維的第二層涵義是通過想像、比喻、象徵等形成了大量的思維意象，並在此基礎上逐步形成「想像的類概念」和「可理解的類概念」的思維方式。

早期人類運用感性事物，通過類比、比喻和象徵等來表情達意。在此過程中，形成了大量的「意象」，這些意象經過分類、排列之後，形成了「想像的類概念」。比如，早期的原始人沒有時間的概念，對時間中的「年」更是一無所知，於是用草又青了，樹又綠了等來表達「年」的概念。再如，原始人沒有冷、熱這種抽象名詞的概念，他們分別用「像冰一樣」，「像火一樣」來表達。草與樹、冰、火就是年、冷、熱的「類概念」。這些事物都是具體可感的，是很容易被人接受和理解的，因此，它們又被稱之爲「可理解的類概念」。原始先民積累了大量的可以表達「類概念」的事物，並對這些事物進行歸類，然後從這些事物的共相中抽象出抽象的概念。此時，思維也就由詩性思維走向了理性思維。

詩性思維的第三層涵義是以象見義、象形會義的詩性文字。詩性文字的特徵與漢字的特徵不謀而合，在第一章中我們已經對此進行了深入的探討，在此就不再贅述。

維柯稱之爲「詩性智慧」或「詩性思維」的這種思維方式被布留爾稱之爲原始思維，被斯特勞斯稱之爲野性思維，是指早期先民蒙昧時期或者未開化民族的思維方式，是人類各種制度、文化甚至技藝的起源。只不過在進入文明時代之後，西方在思想文化體系中漸漸摒除了這種思維方式的影響，而中國卻把這種思維方式保留下來，凝結於民族的深層心理結構之中，貫穿於整個中國古代思想文化之中。

維柯在談論中國古代思維所具有的原始特徵時，並沒有貶抑的態度，而是爲其起了一個讚美性的名字──「詩性智慧」（「詩性思維」），並用誇讚之語指出，中國人直到今天還用「詩性方式去思考和表達自己」〔註35〕。

中國古代文化，無論從思維方式上，還是從話語體系上，都體現著詩性

〔註35〕 〔意〕維柯，新科學〔M〕，朱光潛譯，北京：人民文學出版社，1986，209。

智慧的特徵，以類比爲基本認知方法的關聯性思維更是詩性智慧的典型形態。可以說，關聯性思維即是一種詩性思維。下面以漢代的五行理論爲例簡要地說明一下關聯性思維與詩性智慧（詩性思維）的同一性。

中國漢代出現了比較成熟的以關聯性爲基點的宇宙運行模式。這種運行模式在劉安編撰的《淮南子》和董仲舒的《春秋繁露》中表現得最爲典型。這兩個著作的共同點是將事物、行動、屬性、時間、空間等分爲五類，與五行相對應。通過五行，將各種事物聯繫起來。當然，將事物聯繫起來要以符合相互關聯的條件爲前提。五行在整個思維框架的構築中起中心作用。五行包括金、木、水、火、土五種材質，它與五數（生數：一、二、三、四、五，成數：六、七、八、九、十），五位（東、西、南、北、中）相對應，五行之間相生相剋。以五行爲中心，構建起一個立體的、多層面的交叉網路。下面是《淮南子・時則訓》所構築的以五行爲中心的事物的分類圖：

五行	金	木	水	火	土
時	春	夏	仲夏	秋	冬
位	東方	南方	中央	西方	北方
日	甲乙	丙丁	戊巳	庚辛	壬癸
蟲	鱗	羽	蠃	毛	介
數	八	七	五	九	六
音	角	徵	宮	商	羽
味	酸	苦	甘	辛	鹹
臭	膻	焦	香	腥	腐
祀	戶	灶	中霤	門	井
祭先	脾	肺	心	肝	腎
天子食	麥、羊	菽、雞	稷、牛	麻、犬	黍、彘
色	青	赤	黃	白	黑
樂	琴瑟	竽笙		鐘	磬石
兵	矛	戟	劍	戈	鎩
畜	羊	雞	牛	狗	彘
帝	太皞	炎帝	黃帝	少皞	顓
神	句芒	祝融	后土	蓐收	玄冥

從上表可以看出，不同種類的事物經由五行而納入一個統一的系統之中，從而關聯起來：同類事物之間相求，不同事物之間相生相剋。大自然的萬千事物都可以歸於五行之中或歸於五行之意。歸類的前提就是把握五行的特徵，五行的特徵就是每一類事物共同的特徵，這個共同的特徵也是聯繫同一類事物的紐帶。這裡的「類」不是嚴格的邏輯學意義上的「類」，而是以相似性、相近性或相關性為依據而形成的集合，這類似於維柯所提出「想像的類概念」。因此可以說，關聯性思維其實質就是一種詩性智慧或詩性思維。

（二）關聯性思維的整體性和意象性

中國古人認為，宇宙是一個有機聯繫的整體，天人合一，人和自然都包含在這個整體之中。因此，中國人看問題特別講求和諧，注重綜合概括，反對離開整體去孤立地研究個體，重視事物之間以及事物內部各部分的聯繫。由此可見關聯性思維具有整體性特徵。從某種意義上講，關聯性思維就是一種整體思維。

在考察事物時，中國古人習慣於從整體出發，把重點放在探尋不同事物之間的關聯上，常常把事物放在一個系統中來觀照，從而形成對事物完整的認識。在思考過程中，常常走著從整體到局部的思維路線。西方人則相反，他們認為天人兩分，注重個體的獨立作用以及個體之間的因果關係。他們在考察具體對象時，強調形式結構，注重細節分析，追求精確。在整體和個體的關係上，他們強調由小到大，由一到多，由部分到整體。西方學者用分析的方法觀察事物，其目的是尋找事物間的差別和分歧；中國學者則相反，他們往往從整體出發，用直覺的方法去尋找事物的共同點和聯繫。

中國的關聯性思維同時也是一種綜合性思維。無論是儒家還是道家，都把整個宇宙看作一個有機聯繫的整體，都強調普遍聯繫的觀點，認為萬事萬物間存在著普遍的聯繫，不能把一個事物與其他的事物割裂開來，進行孤立地考察和把握。「古代中國人的假設是：個人的、社會的以及政治的秩序，連同『萬物』的秩序，都是相互關聯、相互作用的。例如，有這樣一個假設：在人事範圍內的異常活動會對四時之節律造成不利的影響，並且最終會導致自然氣候的無序。」〔註36〕

季羨林在談到中西文化的差別時說，中西文化體系迥異的原因關鍵在於

〔註36〕〔美〕郝大維，安樂哲，期望中國〔M〕，施忠連等譯，上海：學林出版社，2005，288。

思維方式：「東西兩大體系，有相同之處也有相異之處，相異者更為突出。據我個人的看法，關鍵在於思維方式：東方綜合，西方分析。所謂『綜合』就是把事物的各個部分連成一氣，使之變成一個統一的整體，強調事物的普遍聯繫，既見樹木，又見森林。」〔註37〕

從關聯性出發，注重對事物進行整體的把握，必然會導致思維的直覺性。直覺性思維不注重對事物進行細緻的分析和深入的把握，而是從整體上對事物進行總體把握，靜觀、體驗、頓悟等是其所採用的主要方式。如，關於美是什麼這個問題，柏拉圖的答案是「美是理念」，黑格爾的答案是「美是理念的感性顯現」。二者都是通過下定義來尋求事物的本質。而中國哲人卻不去追求事物背後那個永恆不變的本質，他們用具體的事物的特徵來代替事物，或者在與其他事物的聯繫中，甚至在和與之相對立的事物的比較中來確立事物的本質。面對「美是什麼」這個問題，古人從詞源學上解釋為：羊大為美，老子則說：「美之為美，斯惡已。」〔註38〕（《老子》二章）另一方面，中國古人習慣於從整體上，以普遍聯繫的視角來把握事物，致使中國古代各個學科之間的界線模糊，有時候哲學、美學、文學渾然一體，使得一些概念在不同的語境中有不同的含義，也使得一些看似互相獨立的概念之中卻有著一些無法割斷的關聯。如「史」和「詩」在古代就常常是交叉的概念。這些無疑會使中國古代文化具有濃厚的「美學」意味。

中國古代關聯性思維的整體性和直覺性又必然帶來思維的意象性特點。這是因為，思維的整體性與直覺性總是通過對具體可感的事物進行把握來實現。關聯性思維注重事物之間的關聯，這種關聯不是一種抽象的概念，而是通過實際的形象來表現。因此，觀物取象、取象類比是中國古人常常採用的把握事物的方式。《周易》就是在意象性思維的基礎上發展形成的。它對一些形象化的事物、事件或場景進行抽象，把宇宙人生的圖景用六十四卦、三百八十四爻來展示，使之成為一種可觀之象，來指導人們趨吉避凶，從而形成系統的符號理論。對於《周易》觀物取象的思維方式，黑格爾做出如下評述：「這些規定誠然也是具體的，但是這種具體沒有概念化，沒有被思辨地思考，而只是從通常的觀念中取來，按照直觀的形式和通常感覺的形式表現出來的。」〔註39〕在《周易》的基礎上，漢代經學又把宇宙人生的圖景發展為太

〔註37〕季羨林，季羨林文集〔M〕：第6卷，南昌：江西教育出版社，1996，430。
〔註38〕老子〔M〕，饒尚寬譯注，北京：中華書局，2006，5。
〔註39〕〔德〕黑格爾，哲學史講演錄〔M〕：第一卷，北京：三聯書店，1956，120。

極、兩儀、三才、五行、天干等，進一步完善了中國先秦時代開始形成的意象性思維的符號理論體系。意象性思維是中國古人最重要的認知方式，它對中國古代文化產生了深遠的影響，賦予中國古代文化一種詩性，使其具有濃厚的美學意味。

中國古人在思考問題時常常不離開具體的形象，往往從一個具象走向另一個具象。中國古人不注重去探求事物的本質，而是去尋找物物之間、人與物之間、人與人之間的聯繫，由此及彼，去認識事物。安樂哲在論述關聯性思維的特徵時說：「與習慣於因果思維的人相反，進行關聯思維的人所探討的是：在美學和神話創造意義上聯繫起來的種種直接、具體的感覺、意識和想像。關聯性思維主要是『平面的』，因為它將各具體的、可經歷的事物聯繫起來考察而不訴諸某種超世間維度。關聯性思維模式不假定現象與實在的分離，因為它認為對一個有著單一秩序的世界的經驗不能確立一種本體論標準。」〔註40〕

即使在思考抽象道理的時候，中國古人也往往以對感性事物的把握作為起點。中國傳統文化中常見的比興、象徵、寓言等都是以形象為中介表達古人對外在世界和自身的一種體驗和感悟。正如張岱年等人所言：

> 中國傳統思維方式中的類比、比喻、象徵等思維形式，從本質上看，是同一形態的東西。比喻是類比的表現形式，象徵即是隱喻，是一種特殊的比喻。三者都建立在經驗的、具象的基礎上，都是主體借助一定的物象或原理，以闡明特定的情感意志的一種方法。它們的基本功能在於通過由此及彼的類別聯繫和意象涵攝，溝通人與人、人與物、人與社會，達到協同效應。它們都是通過具體的形而下的器，闡釋主體對形而上的「道」的嚮往。〔註41〕

連道家哲學的基本概念，玄之又玄的「道」也離不開具體的形象：「道之為物，惟恍惟惚。惚兮恍兮，其中有象；恍兮惚兮，其中有物。」〔註42〕（《老子》二十一章）憑直覺觀察事物，以形象作為觀點的依據，從而領悟到一種語言無法表達的概念、思想或情感。

〔註40〕〔美〕安樂哲，自我的圓成：中西互鏡下的古典儒學與道家〔M〕，彭國翔編譯，石家莊：河北人民出版社，2006，175。

〔註41〕張岱年，成中英等，中國思維偏向〔M〕，北京：中國社會科學出版社，1991，100。

〔註42〕老子〔M〕，饒尚寬譯注，北京：中華書局，2006，53。

安樂哲和郝大維在評價關聯性思維的特徵時說：「相對而言，關聯思維對於邏輯分析不感興趣，這意味著能夠同形象和隱喻相聯繫的多義性、模糊性和不連貫性，擴展到更具形式的思想成分中了。與重視單義性的理性思維模式適成對照，關聯思維將諸成分之間的聯繫包容於一組形象之中，這保證了這些組成部分的含義模糊而豐富。」〔註43〕由此我們可以看出，安樂哲與郝大維之所以把中國古代占主流的關聯性思維稱之為「美學的」思維，其主要原因是這種思維方式本身具有一種美學的意味：「更接近形象的創造和關聯的活動，而非那種為理性和感性的證據提供說明的活動。」〔註44〕

運用關聯性思維來考察中國傳統美學，就是具體、形象、整體地把握審美活動的內涵。中國美學家從具體的感性材料出發，由此獲得大量的審美感受。這種審美感受是對形象的提煉和概括，這和西方用主客二分的理性的角度來把握審美活動迥然不同。

近年來，許多學者開始關注中西方思維方式上的差異，嘗試從思維方式出發來研究中西方文化的差異，這種研究思路是有價值的。因為，一個民族的文化是由其思維方式決定的，是其思維方式的外化，可以說，一個民族的思維方式決定了其文化的風貌。關聯性思維作為中國古人最根本的思維方式之一，是理解中國古代思想文化的一把鑰匙。我們必須撇開西方中心論或現代中心論的立場，借助在關聯性思維影響之下形成的美學秩序來解釋中國文化。以安樂哲和郝大維為代表的西方的一些有識之士已經認識到這一點，他們努力將中國文化還原到它所產生的歷史語境中，試圖構造原汁原味的中國文化。作為炎黃子孫，我們在這條路上應該比他們做得更多，走得更遠。這不僅有助於我們認識歷史，更有利於我們創造面向未來的新文化。

第二節　關聯性思維對中國古代詩學話語方式的影響

關聯性思維在中國古代文化中具有突出的表現。中國古代詩學作為中國古代文化的一部分，無疑會深受關聯性思維的影響。劉勰的《文心雕龍》由天文、地文，推及人文，姚鼐由自然的陰陽變化類推出文章的陽剛和陰柔之

〔註43〕〔美〕郝大維，安樂哲，期望中國〔M〕，施忠連等譯，上海：學林出版社，2005，149～150。

〔註44〕〔美〕郝大維，安樂哲，期望中國〔M〕，施忠連等譯，上海：學林出版社，2005，33。

美，以及中國古代詩學中普遍存在的比興、對偶、物感論、生命化批評、通感批評等，都是這種思維方式的體現。從關聯性思維的角度研究中國古代詩學可以從根本上揭示中國古代詩學民族特徵的深層原因及內涵，給予中國古代詩學民族特徵以合理而深刻的闡釋。

關聯性思維有兩大基本點：一是類比方法，一是普遍聯繫觀點。這兩大基本點都影響了中國古代詩學的話語方式。這兩大基本點往往交織在一起，爲行文方便，筆者將它們分開闡述。

一、類比方法對詩學話語方式的影響

關聯性思維就是以普遍聯繫的觀點來看待一切事物，它將各種事物聯繫起來，類比常常是聯繫的紐帶。

類比是中國古代常見的一種思維方法，它首先對事物進行分類，在此基礎上借助熟悉的具體事物來表達對同類的不熟悉事物的認識。有人稱這種思維方法爲「取象比類思維」：「古人常常把形象相似、情境相關的事物，通過比喻、象徵、聯想、推類等辦法，使之成爲可以理喻的東西。我們稱這種方法叫取象比類的思維方法。」〔註45〕

我們今天看先秦的「賦詩言志」或漢代的「以詩附史」，會明顯感覺到古人的行爲缺乏邏輯性，具有明顯的牽強附會的傾向。但古人卻對此推崇有加，絲毫不會對其合理性產生任何懷疑。究其原因，就在於在思維方式上今人與古人之間存在著巨大的鴻溝。

中國古代還具有明顯的原始思維的痕跡，其突出的特徵是以己度物或以物度物：以自身出發推及外物，或者由此物出發推及彼物。只要兩個事物同時或先後出現，不論它們是否具有內在的必然聯繫，原始先民都會賦予其關聯。從這種思維方式出發，先秦的「賦詩言志」和漢代的「以詩附史」也就不難理解了。古人在「志」與「詩」、「史」與「詩」之間強加了類比關聯。

興是一種類比的思維方式，其關聯點是事物之間的相似性或相近性。比如《詩經》中《關雎》一詩，關雎求偶與君子求窈窕淑女，二者都是求偶，因而構成類比。古代的類比推理不是一種邏輯化的行爲，帶有很強主觀附會性。比如，後人在讀《關雎》時，不把其當作愛情詩，而是看作對「后妃之德」的頌揚。這種類比推理的結果顯然是牽強附會的。古人之所以能有此類

〔註45〕姜廣輝，理學與中國文化〔M〕，上海：上海人民出版社，1994，397～398。

比，是因爲，他們在此物和彼物之間找到了一種關聯。比如，關雎求偶和君子求淑女二者之間有一種相似性，即「求」；文王與君子、后妃與淑女，他們之間也具有一種相似性，即「德」。因此，後世某些解詩者把《關雎》解讀成歌頌后妃之德的作品也就不足爲怪了。

類比是古人常用的思維方法和說理方式，他們常常以相似性爲紐帶，把一系列的事物或事件連綴起來，來證明自己的觀點。比如韓非子在《難言》篇中列舉了眾多「難言」的事例來說明「以至智說至聖未必至而見受」的「難言」之苦。司馬遷在《史記・太史公自序》中也列舉了一系列受挫折而著書的事理來證明自己的「發憤著書說」。他們所列舉的事例與他們要證明的觀點之間不一定有內在的必然的聯繫，有時看起來甚至顯得牽強附會。但這種思維方式在古人看來卻是合情合理的，因爲他們所遵循的思維原則不是理性邏輯，而是類比聯想。因此，在古人的詩文歌賦中，常常出現一群群的排偶句，由此也可以看出類比思維對中國古代詩學的影響。

再如，「風骨」這一範疇也是經由類比而來的。它不能用西方詩學來解讀，而且在翻譯上就存在著很大的問題，難道要翻譯成「風和骨」？風是自然界的一種現象，而骨則是一種生命結構，二者本來與詩風馬牛不相及，而中國古人卻把二者跟詩學現象很自然地聯繫在一起。這在西方人看來是不可思議的。

類比在詩歌和詩學作品中還表現爲大量的意象群的存在。一個又一個意象以類比爲紐帶凝聚在同一個文本之中，共同營造一種意蘊生動、蘊藉豐富的意境或意義。如詩句「大漠孤煙直，長河落日圓」（王維《使至塞上》）「細雨魚兒出，微風燕子斜」（杜甫《水檻遣心二首・其一》）「落日照大旗，馬鳴風蕭蕭」（杜甫《後出塞五首・其二》）「雞聲茅店月，人跡板橋霜」（溫庭筠《商山早行》）等都是由多個意象構成。再如，司空圖的《二十四詩品》用二十四種意境描繪了二十四種藝術風格，幾乎每一品中都含有兩種以上的意象。

類比的使用使「象」的意義生成由此及彼，達到「其稱名也小，其取類也大」，「聯類不窮」，「以少總多」的目的。類比方法在中國古代詩學中常見的表現形式主要有以下三種：

（一）比興

比興是中國古代藝術思維的主要形式之一，也是貫穿於中國古代詩學中的一道亮麗的風景線。

　　古人對比興的理解沒有停留在修辭手法的層面，而是把它視爲一種思維方式。鄭玄對此解釋爲：「比，見今之失，不敢斥言，取比類以言之；興，見今之美，嫌於媚諂，取善事以比喻勸之。」〔註46〕由此可見，比興就是一種類比，是借助其他事物或受其他事物的啓發，綜合運用聯想、想像、隱喻、象徵等手法表現事物的一種思維方式。葉舒憲在談「興」時，明確指出：「『興』的思維方式既然是以『引譬連類』爲特質的，它的淵源顯然在於神話思維的類比聯想。」〔註47〕「一旦引譬連類的聯想方式從詩歌創作本身擴展開來，形成某種非邏輯性的認知推理方式，『興』就不僅僅是一種詩歌技巧，同時也成了一種時髦的論說和證明方式了。」〔註48〕

　　在中國古代先哲的思想中，我們能看到比興思維影響的痕跡。

　　孔子論說時善於運用比興的手法，常常以物喻人或以物起情。孔子對儒家人格追求的論述，如仁、義、禮、智、信等，很少用下定義或者理性說理的方式，而大多用比興的方式來進行詩性言說。在談到一個觀點時，一般要選取一定的事物爲象徵，比如談到品德的完善，必定要以一個善人（如堯、舜、禹）或者一個自然物（比如松柏、山、水等）來作爲這種善的象徵。也就是說，任何一個概念必須有一個具體的對象做支撐，然後把概念黏附在這個事物上，從而避免了抽象說理。如《孟子・離婁上》記載：「有孺子曰：『滄浪之水清兮，可以濯我纓；滄浪之水濁兮，可以濯我足！』孔子曰：『小子聽之，清斯濯纓，濁斯濯足矣。自取之也。』」〔註49〕孔子由水的清濁來類比人道德的善惡。

　　孔子非常重視「興」，他在談及《詩經》的價值時兩次提到「興」：《論語・泰伯》云：「興於《詩》，立於禮，成於樂。」〔註50〕《論語・陽貨》又云：「詩，可以興，可以觀，可以群，可以怨。」〔註51〕後世往往把這裡的「興」注解爲感發興起、引譬連類。「興於《詩》」即受《詩》的感發興起，由《詩》的引譬連類功能，聯想到自身，激發自身情感。

〔註46〕夏傳才，中國古代文學理論名篇今譯〔M〕：第一冊，天津：南開大學出版社，1985，796。
〔註47〕葉舒憲，詩經的文化闡釋〔M〕，武漢：湖北人民出版社，1997，409。
〔註48〕葉舒憲，詩經的文化闡釋〔M〕，武漢：湖北人民出版社，1997，410。
〔註49〕孟子〔M〕，萬麗華，藍旭譯注，北京：中華書局，2006，153。
〔註50〕楊伯峻，論語譯注〔M〕，北京：中華書局，2012，114。
〔註51〕楊伯峻，論語譯注〔M〕，北京：中華書局，2012，258。

　　《論語》中記載了孔子或弟子論《詩》的片段，在論說方式上都用「興」，
體現了「興於《詩》」的眞意：

　　　　子貢曰：「貧而無諂，富而無驕，何如？」子曰：「可也；未若
　　　　貧而樂，富而好禮者也。」子貢曰：「《詩》云：『如切如磋，如琢如
　　　　磨』，其斯之謂與？」子曰：「賜也，始可與言《詩》已矣，告諸往
　　　　而知來者。」〔註52〕（《論語・學而》）

這裡用骨、角、象牙、玉石經過磨礪而脫胎換骨的過程，來類比君子的品德
修養艱苦磨練的過程。「貧而樂，富而好禮」是君子品德修養的一種較高的境
界。要達到這一境界，也要經過艱苦的過程。子貢在這裡用了「興」的引譬
連類的作用，深刻領會了孔子所謂的「興於《詩》」的思想精髓，因此，深得
孔子讚賞。

　　《論語・八佾》中孔子和子夏的對話更深刻地體現了「興於《詩》」的精
神實質：

　　　　子夏問曰：「『巧笑倩兮，美目盼兮，素以爲絢兮。』何謂也？」
　　　　子曰：「繪事後素」。曰：「禮後乎？」子曰：「起予者商也，始可與
　　　　言《詩》已矣。」〔註53〕

「繪事後素」是一種絕妙的隱喻。孔子以繪畫來類比做人：繪畫應先表現事
物的素色，然後再濃墨重彩加以修飾。藉此引導子夏領會：做人應該以「仁」
爲底色，然後再施以禮儀。這充分體現了「興於《詩》」的感發、啓發人們思
想情感的神奇效果。

　　比興是中國古代詩歌最基本的寫作手法，同時也是《周易》常用的表現
手法。周易的卦爻辭一般都用「比」的方式來表達。如「豐其蔀，日中見斗，
往得疑疾」〔註54〕（《豐・六二》），「豐其沛，日中見沫，折其右肱」〔註55〕
（《豐・九三》），前者指太陽正午被簾子遮擋，可以看到北斗七星，後者指太
陽正午被大幡遮擋，可以看到星星。用這兩種反常現象比喻君主昏庸，混淆
黑白，使得社會黑暗，天地逆行，其比喻形象貼切。

　　再如《大壯・上六》：「羝羊觸藩，不能退，不能遂」〔註56〕，公羊的角

〔註52〕楊伯峻，論語譯注〔M〕，北京：中華書局，2012，13。
〔註53〕楊伯峻，論語譯注〔M〕，北京：中華書局，2012，35。
〔註54〕周振甫，周易譯注〔M〕，北京：中華書局，2012，258。
〔註55〕周振甫，周易譯注〔M〕，北京：中華書局，2012，258。
〔註56〕周振甫，周易譯注〔M〕，北京：中華書局，2012，159。

觸到藩籬之中，羊角被纏住，既不能後退，也無法穿越藩籬，處於進退兩難的境地。用來比喻做事之前不加考慮，一味冒進，最終自食惡果。

《睽·上九》：「睽孤見豕負塗，載鬼一車，先張之弧，後說之弧，匪寇，婚媾。往遇雨，則吉。」〔註57〕有人多疑，看周圍的人像陷在泥潭裏的豬，被污泥所染，心中的猜疑加深。像看到一輛滿載鬼怪的車向自己走來，於是拉開弓，但遲疑不定，將弓放下。這才發現，既非鬼也非寇，而是有人結婚。猜疑得到澄清，這就像泥豬遇到大雨，被大雨沖刷之後，真相自然大白。一連串的比喻營造了一幅幅生動有趣的畫面，淋漓盡致地寫出了多疑者的心態以及釋疑後的快感。

「興」也是《周易》常用的手法。起興一般用在卦爻辭的開頭，以自然引起下文，避免給人突兀之感，從而顯得委婉而易於接受。如「枯楊生稊，老夫得其女妻」〔註58〕（《大過·九二》），「枯物生華，老婦得其士夫」〔註59〕（《大過·九五》）用枯楊發芽作起興，引出了年老的男子娶了一位年輕的女子為妻；以枯楊開花作起興，引出了年老的女子嫁給了一個年輕的男子。

「比」與「興」是中國詩學中比較重要，也是最為常見的一對概念。這對概念最早出現在《詩經》的「大序」中：「故詩有六義焉，一曰風，二曰賦，三曰比，四曰興，五曰雅，六曰頌。」〔註60〕作為詩的六義，「比」與「興」常常被看作詩歌創作的手法。二者有密切的關聯，常常交織在一起，「興」中有「比」，「比」中有「興」。後世，人們往往把二者並列，構成一個詞「比興」。早在南北朝時期，劉勰在《文心雕龍》中就專闢《比興》一篇，將「比」「興」並列而論。

詩歌中的比興即是一種類比，它們都借助熟悉的具體事物來表達對不熟悉事物的認識。只不過，類比是建立在事物同類的基礎之上，比興除了建立在事物同類的基礎之上，還常常建立在事物相近、相似或相關的基礎之上。它們溝通了人與物、人與人、人與社會之間的聯繫，都是通過形而下的「器」而達到對形而上的「道」的把握。「比」以事物之間的相似點為基礎，而「興」則是觸景生情，託物寄興。

〔註57〕周振甫，周易譯注〔M〕，北京：中華書局，2012，177。
〔註58〕周振甫，周易譯注〔M〕，北京：中華書局，2012，133。
〔註59〕周振甫，周易譯注〔M〕，北京：中華書局，2012，133。
〔註60〕〔漢〕毛詩序〔C〕，見：郭紹虞主編，中國歷代文論選：第一冊，上海：上海古籍出版社，1979，63。

後世很多學者也都從類比的角度來談比興。劉勰在《文心雕龍·比興》中說：「故『比』者，附也；『興』者，起也。附理者切類以指事，起情者依微以擬議。」〔註61〕「觀夫興之託喻，婉而成章，稱名也小，取類也大。」〔註62〕

唐皎然在《詩式》中說：「今且於六義之中，略論比興。取象曰比，取義曰興，義即象下之意。凡禽魚、草木、人物、名數，萬象之中義類同者，盡入比興。」〔註63〕

清代魏源提出比興的原則是：「同類相感，同氣相求」，即「善鳥、香草以配忠貞，惡禽、臭物以比讒佞，靈修、美人以媲君王，宓妃、佚女以譬賢臣，虯龍、鸞鳳以託君子，飄風、雷電以為小人，以珍寶為仁義，以水深雪雰為讒構。」〔註64〕

由上述論述可見，比興其實就是一種類比。相似性是聯結構成比興的兩部分內容——本體和喻體、「他物」與「所詠之詞」的紐帶。

「比」建立在歸納的基礎之上，是「類」這一概念的源頭。正因為事物之間找到了相似性，才具有了建立在相似性基礎上的「類」。

「興」強調自然現象與社會之間的對應關係。古人常常認為很多自然現象都與社會現象構成一種類比關係。「興」是《詩經》開頭常用的寫作手法。《詩經》一般的寫作思路是，先描繪周圍映入眼簾的自然景物，這些自然景物激發了詩人的某種情緒，從而激起詩人的靈感，使詩人進入他所要表達的情緒和觀點之中。這些自然景物一般都與詩中場景或者要表達的情緒或觀點之間，比如關雎的求偶與男子求窈窕淑女（《周南·關雎》）、仲春時節野外掛著露珠的蔓草與到了婚娶年齡的男子（《鄭風·野有蔓草》）之間，有一種類比關係。正如朱熹所言：「言彼關關然之雎鳩，則相與和鳴於河洲之上矣，此窈窕之淑女，則豈非君子之善匹乎？言其相與和樂而恭敬，亦若雎鳩之情摯而有別也。後凡言興者，其文意皆仿此云。」〔註65〕

〔註61〕周振甫，文心雕龍今譯〔M〕，北京：中華書局，1986，324。
〔註62〕周振甫，文心雕龍今譯〔M〕，北京：中華書局，1986，326。
〔註63〕〔唐〕皎然，詩式〔C〕，見：〔清〕何文煥輯，歷代詩話：上冊，北京：中華書局，1997，30。
〔註64〕〔清〕魏源，詩比興箋序〔C〕，見：郭紹虞主編，中國歷代文論選：第一冊，上海：上海古籍出版社，1979，76。
〔註65〕〔宋〕朱熹，四書章句集注〔M〕，上海：上海古籍出版社，2002，402。

　　比興是中國古代詩學最具原創性的核心範疇之一。它作爲一種思維方式，是中國古人的一種深層心理結構。比擬、起興、象徵等都是它在詩學中的表現形式。比興思維注重事物之間以及事物對人的啓發、引領作用，使得表達更爲含蓄委婉，意蘊更爲豐富，因而具有濃厚的詩性品格。

　　從修辭學的角度看，比興、象徵、寓言、類比等是有著明顯的差異的，但是作爲一種思維方式，它們大同小異。它們都屬於同一種思維方式——關聯性思維。即以一個事物來說明另一個事物，一個事物與另一事物之間的關聯是同一性，或相似性，或其他形式的內在關聯。用來說明另一個事物的事物一般爲具體的物象或行爲，而被說明的事物往往爲抽象的思想或情感。文學中的比興、情景交融、託物言志等都是這種思維方式的表現形式。

（二）生命化色彩

　　維柯在談到「詩性智慧」中的「隱喻」時說：「最初的詩人們就用這種隱喻，讓一些物體成爲具有生命實質的真事真物，並用以己度物的方式，使它們也具有感覺和情慾。」〔註66〕「以己度物」的認知方式普遍存在於中國古代文化中。人有男女之分，萬物有陰陽；男女相交能生子，陰陽相交則能生萬物；人有「氣」、「骨」、「神」，詩也亦然。魏晉時期，品評人物有「神韻」、「骨氣」、「風骨」、「神采」等，因此詩歌評論中也有此類詞語。「骨」本來是人體的構架，同時也指人剛勁有力之美，這個詞被轉用到詩學批評中，有「風骨」、「骨氣」、「骨力」、「骨格」等一系列以「骨」爲中心詞的範疇。「品」本來是人對食物味道的分辨，轉用到詩歌批評中，則有「品味」、「品嘗」、「品第」等詞。

　　中國人在思考問題時，往往持普遍聯繫的觀點，以「以己度人」的類比方法來認識事物。馮友蘭先生在談及中國古人的這一思維特點時說：「以個人生命之來源爲根據，類推萬物之來源。以『男女構精，萬物化生』之事實，類推而定爲『天地絪縕，萬物化醇』之原理。」〔註67〕中國古人認爲，萬物有靈，天人合一，天地與萬物爲一體，萬物與人同源相生。這種萬物與人相通相生的類推式思維對中國古代詩學的話語方式產生了深遠的影響。這種方法體現在詩學之中，就是古人所普遍認同的文如其人、文如自然、文如生命、詩與人及生命是一體的等觀點。就詩學批評而言，主要體現在兩點：以身體

〔註66〕〔意〕維柯，新科學〔M〕，朱光潛譯，北京：人民文學出版社，1986，180。
〔註67〕馮友蘭，中國哲學史〔M〕，上海：華東師範大學出版社，2000，283。

部位或人的精神狀態來喻詩或者以身體感官來喻詩，前者我們稱之爲生命化批評，後者我們稱之爲通感批評。

1. 生命化批評

以人喻詩是中國古代詩學批評常見的手法，中國詩學中有很多範疇都具有生命化、人格化的特徵。錢鍾書先生把這種傾向稱之爲「人化批評」，他在《中國固有的文學批評的一個特點》中說：

> 這個特點就是：把文章通盤的人化或生命化（Animism）。《易·繫辭》云：「近取諸身……以通神明之德，以類萬物之情」，可以移作解釋：我們把文章看作我們自己同類的活人。《文心雕龍·風骨篇》云：「辭之待骨，如體之樹骸，情之含風，猶形之包氣……瘠義肥詞」；又《附會篇》云：「以情志爲神明，事義爲骨髓，辭采爲肌膚，宮商爲聲氣……義脈不流，偏枯文體」；《顏氏家訓·文章篇》云：「文章常以理致爲心腎，氣調爲筋骨，事義爲皮膚」；宋濂《文原·下篇》云：「四瑕賊文之形，八冥傷文之膏髓，九蠹死文之心」；魏文帝《典論》云：「孔融體氣高妙」；鍾嶸《詩品》云：「陳思骨氣奇高，體被文質」——這種例子那裡舉得盡呢？我們自己喜歡亂談詩文的人，做到批評，還會用什麼「氣」，「骨」，「力」，「魄」，「神」，「脈」，「髓」，「文心」，「句眼」等名詞。翁方綱精思卓識，正式拈出「肌理」，爲我們的文評，更添上一個新穎的生命化名詞。古人只知道文章有皮膚，翁方綱偏體驗出皮膚上還有文章。〔註68〕

以生命體喻詩的生命化批評又分爲兩種情況：一是模擬人的生理形體而形成的概念，直接以生命體的各個部分設喻，如詩眼、點晴之筆、首聯、頷聯、頸聯、尾聯、體、風骨、氣骨、血肉、體脈、體性、肌理、肌體、脈絡、筋骨、肥、瘦、健、弱等；二是類比人的心理狀態或精神狀態，以生命體的精神氣質來設喻，如氣、文心、詩心、神似、入神、神韻、神氣、魂等。

一是直接以生命體的構成部分來喻詩。如：

顏之推說：「文章當以理致爲心腎，氣調爲筋骨，事義爲皮膚，華麗爲冠冕。」〔註69〕

〔註68〕錢鍾書，錢鍾書散文〔M〕，杭州：浙江文藝出版社，1997，302。
〔註69〕〔北齊〕顏之推，顏氏家訓〔M〕，趙曦明注，盧文弨補注，北京：中華書局，1985，91。

劉勰在《文心雕龍·附會》篇中說：「必以情志爲神明，事義爲骨髓，辭采爲肌膚，宮商爲聲氣」〔註70〕。

王正德在《餘師錄》說：「文章之無體，譬之無耳目口鼻，不能成人；文章之無志，譬之雖有耳目口鼻，而不知視聽臭味之所能，若工木偶人，形質皆具，而無所用之；文章之無氣，雖知視聽臭味，而血氣不充於內，手足不衛於外，若奄奄病人，支離憔悴，生意消削；文章之無韻，譬之壯夫，其軀幹枵然，骨強氣盛，而神色昏瞀，言動凡濁，則庸俗鄙人而已。」〔註71〕

胡應麟說：「詩之筋骨，猶木之根幹也；肌肉，猶枝葉也；色澤神韻，猶花蕊也。筋骨立於中，肌肉榮於外，色澤神韻充溢其間，而後詩之美善備。猶木之根幹蒼然，枝葉蔚然，花蕊爛然，而後木之生意完。」〔註72〕

以生命體的生理特徵來論詩，也屬於此類批評方法。比如，詩文品評中常用「肥」、「瘦」來說詩的風格。如「郊寒島瘦」，又如，姜夔在《白石詩說》中云：「作大篇尤當布置：首尾勻停，腰腹肥滿。」〔註73〕

以生命體論詩將詩與生命體完美結合，既形象生動，又富有美感。而且與純概念性的範疇相比，生命化範疇具有獨特的價值，它使得詩學富有生命的靈動的同時，也使得範疇形象易懂而又不失概括性，是詩性與概括性的統一。

二是以生命體的精神氣質來喻詩。如：

敖陶孫在《臞翁詩評》中說：「魏武帝如幽燕老將，氣韻沉雄。曹子建如三河少年，風流自賞。」〔註74〕

謝榛在《四溟詩話》中說：「詩無神氣，猶繪日月而無光彩。學李杜者，勿執於句字之間，當率意熟讀，久而得之。」〔註75〕

施閏章在《蠖齋詩話》中說：「詩如其人，不可不慎。浮華者浪子；叫囂者粗人；窘瘠者淺；癡肥者俗。」〔註76〕

〔註70〕 周振甫，文心雕龍今譯〔M〕，北京：中華書局，1986，378。

〔註71〕 〔宋〕王正德，餘師錄〔M〕，北京：中華書局，1985，55～56。

〔註72〕 〔明〕胡應麟，詩藪〔M〕，上海：上海古籍出版社，1979，206。

〔註73〕 〔宋〕姜夔，白石詩說〔M〕，鄭文校點，北京：人民文學出版社，1983，28。

〔註74〕 〔宋〕敖陶孫，臞翁詩評〔C〕，見：魏慶之輯，詩人玉屑，上海：上海古籍出版社，1978，18。

〔註75〕 〔明〕謝榛，四溟詩話〔C〕，見：丁福保輯，歷代詩話續編：下冊，北京：中華書局，1983，1164。

〔註76〕 〔清〕施閏章，蠖齋詩話〔C〕，見丁福保輯：清詩話：上編，上海：上海古籍出版社，1978，378。

　　以生命體的精神氣質來喻詩還集中體現在對「神」這一範疇的重視上。「神」是相對於「形」而言的，指事物的內在本質，也指詩歌中所流露出來的一種風格、氣度、情趣或精神意蘊。但在中國古代詩學中，「神」比「形」更重要。比如：

　　嚴羽說：「詩之極致有一，曰入神。詩而入神，至矣，盡矣，蔑以加矣！」〔註 77〕

　　蘇軾賦詩云：「論畫以形似，見於兒童鄰。賦詩必此詩，定非知詩人。詩畫本一律，天工與清新。」（《書鄢陵王主簿所畫折枝二首》）

　　王夫之也說：「含情而能達，會景而生心，體物而得神，則自有靈通之句，參化工之妙。」〔註 78〕

　　這些都體現了古人對「神」的重視。中國古代詩學中以「神」爲核心的範疇比比皆是，如「神韻」、「神似」、「入神」、「神遇」、「得神」、「神靈」、「神采」、「神情」、「風神」等。

　　以上兩種生命化批評方式並不是截然分開、非此即彼的，有時候二者交織在一起，既用外在形體，又用內在精神來喻詩，其生命氣息盎然爲一。比如，歸莊說：「余嘗論詩，氣、格、聲、華，四者缺一不可。譬之於人，氣猶人之氣，人所賴以生者也，一肢不貫，則成死肌，全體不貫，形神離矣；格如人五官四體，有定位，不可易，易位則非人矣；聲如人之音吐及珩璜琚瑀之節；華如人之威儀及衣裳冠履之飾。」〔註 79〕這是二者結合的典範。詩歌既要與生命體外形相合，又要有生命體內在的神韻，這正是中國古代詩學家所追求的詩境。

　　從這些生命化批評中，我們能感受到中國古代詩學所具有的與人一樣的鮮活的生命。中國古代詩學爲我們展示了一幅幅富有鮮活生命的畫卷，不僅讓人覺得親切，更讓人感到，中國古代詩學這些術語不僅爲了探討詩學問題，更重要的是爲了探討人自身。因此可以說，生命化批評爲詩學注入生命，用人的體態、氣韻、精神來喻指詩，實現了詩學與生命、詩學與宇宙的有機統一。

〔註 77〕　〔宋〕嚴羽，滄浪詩話〔M〕，普慧，孫尚勇，楊遇青評注，北京：中華書局，2014，8。
〔註 78〕　〔明〕謝榛，〔清〕王夫之，四溟詩話・薑齋詩話〔M〕，宛平，舒蕪校點，北京：人民文學出版社，1961：155。
〔註 79〕　〔清〕歸莊，玉山詩集序〔C〕，見：郭紹虞主編，中國歷代文論選：第三冊，上海：上海古籍出版社，1979，291。

2. 通感批評

關聯性思維體現在文學批評之中，還有一個重要的表現形式——「通感批評」。在品評中，各種感官相通，將閱讀體驗轉變成可以用感官感知的味覺、聽覺、視覺、觸覺等。

西方人認為只有眼睛和耳朵才是審美感覺器官，味覺和嗅覺是人的動物性功能，其帶來的只能是動物性的生理快感，而不是美感，因此，生理性感官被排斥在審美經驗之外。古希臘時代的哲人柏拉圖曾借蘇格拉底之口說：「我們如果說味和香不僅愉快，而且美，人人都會拿我們做笑柄。」〔註80〕黑格爾也曾說過：「藝術的感性事物只涉及視聽兩個認識性的感覺，至於嗅覺，味覺和觸覺則完全與藝術欣賞無關。」〔註81〕

但在中國的情況卻並非如此。中國古人認為，人的審美意識起源於生理快感，從「美」字的起源上就可以證明這一點。許慎《說文解字》云：「美，甘也，從羊大，羊在六畜主給膳也。」〔註82〕，段玉裁注曰：「羊大則肥美。」也就是說，美最初源於味覺，肥羊是味道最好的，肥羊的味道堪稱「美」。在中國古代，「美」、「肥」常常混用。

孟子明確提出人的各種感覺是相通的：「口之於味也，有同耆焉；耳之於聲也，有同聽焉；目之於色也，有同美焉。」〔註83〕孟子認為，人的口對於味的感覺，耳對於聲音的感覺，眼睛對於色的感覺，都是同樣的美。這一論點奠定了中國古代詩學通感論的生理基礎。

既然認為審美意識起源於生理快感，而且人的各種感覺又是相通的，那麼生理快感和審美意識是相通的也就是情理之中的事了。因此，中國古代詩學中向來有通感的傳統。對此，錢鍾書先生在《七綴集》中曾經做過詳細論述：

> 宋祁《玉樓春》有句名句：「紅杏枝頭春意鬧。」……「鬧」字是把事物無聲的姿態說成好像有聲的波動，彷彿在視覺裏獲得了聽覺的感受。……在日常經驗裏，視覺、聽覺、觸覺、嗅覺、味覺往往可以彼此打通或交通，眼、耳、舌、鼻、身各個官能的領域可

〔註80〕〔古希臘〕柏拉圖，文藝對話集〔M〕，朱光潛譯，北京：人民文學出版社，1980，200。

〔註81〕〔德〕黑格爾，美學〔M〕：第一卷，朱光潛譯，北京：商務印書館，1979，48。

〔註82〕〔清〕段玉裁，說文解字注〔Z〕，上海：上海古籍出版社，1981，146。

〔註83〕孟子〔M〕，萬麗華，藍旭譯注，北京：中華書局，2006，247。

以不分界限。顏色似乎會有溫度，聲音似乎會有形象，冷暖似乎會有重量，氣味似乎會有體質。諸如此類，在普通語言裏經常出現。譬如我們說「光亮」，也說「響亮」，把形容光輝的「亮」字轉移到聲響上去，……又譬如「熱鬧」和「冷靜」那兩個成語也表示「熱」和「鬧」、「冷」和「靜」在感覺上有通同一氣之處，結成配偶，因此范成大可以離間說：「已覺笙歌無暖熱」（《石湖詩集》卷二九《親鄰招集，強往即歸》）。……我們的《禮記·樂記》有一節美妙的文章，把聽覺和視覺通連。「故歌者，上如抗，下如墜，曲如折，止如搞木，倨中矩，句中鉤，累累乎端如貫珠」。〔註84〕

中國古代詩學中的很多概念、術語都是感官體驗的一種比喻式的表達，以五官的日常體驗來表達人的審美體驗，形成了很多直覺性的概念與術語。這些概念和術語都是通感思維的一種表現形式。袁中道在《宋元詩序》論盛唐詩人的詩時稱其「覽之有色，扣之有聲，而嗅之若有香，相去千年之久，常如發硎之刃，新披之萼。」〔註85〕在袁中道看來，文學如美景一樣有色彩，如樂器一樣能發出美好的聲樂，如美味一般散發出芳香。也就是文學帶給人的審美體驗與感官相通，是一種形象、具體的美。這種說法用來形容中國古代詩學也是恰切的。比如古代詩學中常見的「清」、「麗」、「深」等本是表達視覺的詞彙，「幽」、「靜」本是表達聽覺的詞彙，「品」、「味」、「淡」本是表達味覺的詞彙，「溫」、「剛」、「柔」本是表達觸覺的詞彙，等等。可以說，中國古代詩學充分調動了視覺、聽覺、味覺、嗅覺、觸覺五種生理感覺，處處充滿了通感思維的影子。

（1）中國古代詩學中視覺的運用

《周易·繫辭上傳》說：「仰以觀於天文，俯以察於地理，是故知幽明之故。」〔註86〕中國古代以俯仰天地的觀物方式來獲取對宇宙的認識。古人把觀物取象這種認識世界的方式遷移到文學活動之中。在文學鑒賞活動中，古人常常用形色、疏密、肥瘦等表達視覺體驗的詞彙來說明自己的審美感受。

從「文學」的「文」字的起源上我們也能看出古人在文學鑒賞中對視覺

〔註84〕周振甫，中國修辭史〔M〕，北京：商務印書館，1991，6。
〔註85〕〔明〕袁中道，宋元詩序〔C〕，見：於民主編，中國美學史資料選編，上海：復旦大學出版社，2008，493。
〔註86〕周振甫，周易譯注〔M〕，北京：中華書局，2012，307。

體驗的重視。許慎《說文解字》這樣解釋「文」：「文，錯畫也，象交文，凡文屬皆從文。」〔註87〕「文」在古代具有「文飾」之意。在古人看來，文學就是對語言的一種文飾，因此文學能在視覺上給人以美感。

曹丕的《典論·論文》在以「氣」論文時說：「氣之清濁有體」〔註88〕。鍾嶸《詩品》也曾有言：「輕欲辨彰清濁，掎摭利病，凡百二十人。」〔註89〕「清濁」本是表現水的透明度的詞，屬於視覺範疇，在此卻用來論文氣和詩品。再如，鍾嶸在評謝瞻等的創作時用「才力苦弱，故務其清淺」〔註90〕，論曹植創作時用「骨氣奇高，詞采華茂」〔註91〕。《文心雕龍·麗辭》論謀篇布局時說：「必使理圓事密，聯璧其章」〔註92〕。蘇軾《祭柳子玉文》用「瘦」字來評價賈島的創作。「清淺」、「高矮」、「華麗」、「疏密」、「肥瘦」等本是視覺範疇的詞彙，卻用來形容文學帶給人的審美感受，顯然是用了通感的手法。

司空圖的《二十四詩品》更集中體現了古代詩學這一特點。通過二十四種可觀可感的畫面來描繪二十四種藝術風格，是以視覺體驗來描繪審美體驗的典型之作。

（2）中國古代詩學中聽覺的運用

視覺和聽覺是人日常生活中常用的兩種感覺，在中國古代詩學中也不例外，中國古人常常用這兩種感覺來形容審美體驗。視覺、聽覺與審美體驗常常交織在一起，也源於中國古代早期詩歌、音樂、舞蹈不分。而且中國的古詩也是聲律、音韻和文辭的結合體，即付諸於聽覺的聲音和付諸於視覺的文字的結合體。

中國古代向來把音樂與文學相提並論，認為文學和音樂是相通的。比如《文心雕龍·風骨》篇有言：「捶字堅而難移，結響凝而不滯」〔註93〕。嚴羽在《滄浪詩話·詩評》中讚揚孟浩然的詩「諷詠之久，有金石宮商之聲」〔註94〕，批

〔註87〕 〔清〕段玉裁，說文解字注〔Z〕，上海：上海古籍出版社，1981，425。
〔註88〕 〔三國〕曹丕，典論·論文〔C〕，見：郭紹虞主編，中國歷代文論選：第一冊·上海：上海古籍出版社，1979，158。
〔註89〕 周振甫，詩品譯注〔M〕，北京：中華書局，1998，26。
〔註90〕 周振甫，詩品譯注〔M〕，北京：中華書局，1998，68。
〔註91〕 周振甫，詩品譯注〔M〕，北京：中華書局，1998，37。
〔註92〕 周振甫，文心雕龍今譯〔M〕，北京：中華書局，1986，321。
〔註93〕 周振甫，文心雕龍今譯〔M〕，北京：中華書局，1986，265。
〔註94〕 〔宋〕嚴羽，滄浪詩話〔M〕，普慧，孫尚勇，楊遇青評注，北京：中華書局，2014，131。

評孟郊賈島的詩歌「直蟲吟草間耳」〔註95〕。

　　而且，中國古代詩學一向重視聲韻，聲韻就是聽覺性的範疇。劉勰《文心雕龍・聲律》篇中有「同聲相應謂之韻」〔註96〕之說。楊萬里在《誠齋詩話》中以聲韻論詩：「五言長韻古詩，如白樂天《遊悟眞寺一百韻》眞絕唱也。五言古詩，句雅淡而味深長者，陶淵明柳子厚也。如少陵《羌村》、後山《送內》，皆是一唱三歎之聲。」〔註97〕

（3）中國古代詩學中味覺的運用

　　「味」是中國古代詩學常見的範疇之一，對中國古代詩學產生了深遠的影響。中國古代形成了眾多的以「味」爲核心的詞彙，比如滋味、眞味、至味、遺味、餘味、風味、意味、韻味、興味、妙味、氣味、神味、奇味、正味、淡味、寡味、趣味、味外味、品味、回味、玩味、體味、辨味等，這些「味」加起來不少於生活中的百味。

　　「味」在古代詩學中主要有兩層含義：一是審美主體對客體的一種審美觀照或審美體驗，如體味、玩味、尋味等，既指審美觀照的過程，也指審美觀照的結果，即獲得怎樣的心理體驗；二是客體（即文學作品）所具有的一種審美特徵，如滋味、餘味、韻味、趣味、至味等，一般指文學作品所具有的深刻意蘊。古人往往將這兩層含義結合起來運用。

　　最早把「味」用在文學批評中的是陸機，他在《文賦》中批評了當時文學創作中所存在的五種弊病，其中最後一種即爲缺少眞味：「或清虛以婉約，每除煩而去濫，闕大羹之遺味，同朱雀之清氾。雖一唱而三歎，固既雅而不絕。」〔註98〕「大羹」是古代祭祀用的一種原味的肉湯，「遺味」即餘味。陸機認爲文學作品不應一味追求質樸、簡明，應有「味」。

　　劉勰在《文心雕龍》中以「味」論文：「若統緒失宗，辭味必亂；義脈不流，則偏枯文體。」〔註99〕（《文心雕龍・附會》）「道味相附，懸緒自接。如

〔註95〕〔宋〕嚴羽，滄浪詩話〔M〕，普慧，孫尚勇，楊遇青評注，北京：中華書局，2014，121。

〔註96〕周振甫，文心雕龍今譯〔M〕，北京：中華書局，1986，302。

〔註97〕〔宋〕楊萬里，誠齋詩話〔C〕，見：丁福保輯，歷代詩話續編：上冊，北京：中華書局，1983，142。

〔註98〕〔晉〕陸機，文賦〔C〕，見：郭紹虞主編，中國歷代文論選：第一冊，上海：上海古籍出版社，1979，174。

〔註99〕周振甫，文心雕龍今譯〔M〕，北京：中華書局，1986，379。

樂之和，心聲克協。」〔註100〕（《附會》）「物色雖繁，而析辭尚簡：使味飄飄而輕舉，情曄曄而更新。」〔註101〕（《文心雕龍·物色》）「使玩之者無窮，味之者不厭矣」〔註102〕，「深文隱蔚，餘味曲包」〔註103〕（《文心雕龍·隱秀》）。在劉勰筆下，「味」既可以用來概括象的意蘊，又可以用來形容審美體驗。更為有價值的是，劉勰提出「餘味」這個概念，開啓了後世對象外之味、文外之味的論述。

劉勰之後，鍾嶸提出「滋味說」，把「味」作為品評詩歌的標準。他的《詩品》代表以「味」論詩的最高成就。從題目「詩品」的「品」字就能看出作者的意圖——以品評、品味的方式來論詩。他在《詩品序》中說：「五言居文詞之要，是眾作之有滋味者也。」他認為「有滋味」的詩可以使「味之者無極，聞之者動心」〔註104〕，即優秀的詩歌應該有藝術感染力，耐人尋味，如同甘美的食物一般，讓人回味無窮。

司空圖以味喻詩，認為好的詩歌要有味，但這種味跟食物的具體的鹹酸之味不同，它雖然離不開具體的鹹酸之味，但要超越於具體的鹹酸之味之上。在司空圖看來，文學作品塑造了很多具體生動的景象，文學作品的韻味來自於這些具體生動的景象，但又超越於這些具體的景象之外。這就是他所說的「味外之味」。司空圖認為，優秀的詩歌不僅應該有「象外之象」、「景外之景」，還要有「味外之味」。

以「味」論詩在後世成為一種風氣。這種風氣在詩話中表現得更為顯著。詩話作為一種詩歌評論的體裁最早始於歐陽修，他為自己的詩歌批評集取名為《六一詩話》。他在《水谷夜行寄子美聖俞》一詩中寫道：「近詩尤古硬，咀嚼苦難嗝。初如食橄欖，真味久愈在。」歐陽修不僅推崇以味論詩，而且提出真正的「滋味」應該是「真味」，即自然之味。在他看來，橄欖之味就是一種「真味」，源於自然，清新淳樸，以此來形容梅堯臣詩歌的清新自然、餘味悠長的特點。

蘇軾也極其推崇以「味」論詩，他評論陶淵明、柳宗元的詩「外枯而中膏，似澹而實美」，「如人食蜜，中邊皆甜」，蘇軾把讀陶淵明、柳宗元詩的感

〔註100〕周振甫，文心雕龍今譯〔M〕，北京：中華書局，1986，382。
〔註101〕周振甫，文心雕龍今譯〔M〕，北京：中華書局，1986，417。
〔註102〕周振甫，文心雕龍今譯〔M〕，北京：中華書局，1986，357。
〔註103〕周振甫，文心雕龍今譯〔M〕，北京：中華書局，1986，361。
〔註104〕周振甫，詩品譯注〔M〕，北京：中華書局，1998，19。

受形容為「如人食蜜，中邊節甜」。這種感覺很美，形象生動卻難以用語言來形容。在此，蘇軾對讀者提出了較高的要求，因為在他看來「人食五味，知其甘苦者皆是，能分別其中邊者，百無一二也。」〔註105〕

當代著名學者周振甫繼承了古人以「味」論詩的傳統，他在《文論雜說》中寫道：「從形說，江瑤柱（乾貝）不似荔子，杜甫詩不似《史記》，從味說，杜甫詩似《史記》。大概海味中乾貝味的美，可以同果品中荔子的美相比。詩中杜甫詩的美，可以同史書中《史記》味的美相比，就內容的豐富、思想的卓越、情意的深沉，或就沉鬱頓挫說都可以相比。一說《史記》是無韻的《離騷》，也說明《史記》的情味跟《離騷》相似。從味看，即從情思跟風格看相似。」〔註106〕

欣賞詩歌的審美感受很難用語言來描述，即使描述出來，別人也未必能讀懂。但以「味」論詩則不同。因為味覺人人有之，人與人之間的味覺是相通的。因此，以「味」論詩增加了詩歌品評的可感性。同時，這是典型的以具體來表現抽象，增加了詩歌品評的形象性。

中國古人在詩歌鑑賞或批評時，有時不只是運用一種感官，而是調動各種感官，這就是我們通常所說的「通感」，心理學中稱之為「聯覺」。鍾嶸的《詩品》評古詩時說：「文溫以麗，意悲而遠」〔註107〕，「溫」屬於觸覺範疇，而「麗」則屬於視覺範疇。蘇軾在評柳宗元的詩歌時也用了「溫麗」一詞：「退之豪放奇險則過之，而溫麗靖深不及也」〔註108〕。

這兩例都屬於視覺和觸覺聯用。

以生理感覺論詩，並不意味著古人生理感官和審美經驗不分，也不意味著中國古人的認識水準還停留在低級階段。古人只是借助生理感官來形象、生動地描繪無法言傳的審美感覺，這不僅不是中國古代詩學的落後之處，反而是中國古代詩學的魅力所在——總能很輕鬆地將無法言傳的審美感覺用人們易於接受的方式傳達出來。

二、普遍聯繫觀對詩學話語方式的影響

在中國古人看來，大自然的日月星辰、山川河流、一草一木，與人之間

〔註105〕李之亮，蘇軾文集編年箋注：第九卷〔M〕，成都：巴蜀書社，2011，237。
〔註106〕周振甫，古代文論二十三講〔M〕，重慶：重慶大學出版社，2010，276。
〔註107〕周振甫，詩品譯注〔M〕，北京：中華書局，1998，32。
〔註108〕李之亮，蘇軾文集編年箋注：第九卷〔M〕，成都：巴蜀書社，2011，237。

都具有一種天然的聯繫和親和的關係。中國古代文論也受這種泛聯繫思維的影響。「中國傳統文學批評的世界觀基礎是一種泛聯繫思維方式，它認為世上萬物都有其『同構性』」〔註109〕，體現在詩學之中，主要表現為文學與政治、文學與自然、文學與生命之間存在著密切而深刻的聯繫。

　　《文心雕龍》「體大慮周」，全書體系嚴密。魯迅先生認為，它在中國的地位相當於亞里斯多德的《詩學》之於西方。它也具有很強的泛聯繫思維的特徵。文章開篇，劉勰就提出了自己行文的理論基礎──萬物同構：

　　　　文之為德也大矣，與天地並生者何哉？夫玄黃色雜，方圓體分：日月疊璧，以垂麗天之象；山川煥綺，以鋪理地之形：此蓋道之文也。仰觀吐曜，俯察含章，高卑定位，故兩儀既生矣。惟人參之，性靈所鍾，是謂三才。為五行之秀，實天地之心。心生而言立，言立而文明，自然之道也。〔註110〕

在劉勰看來，文章與天地並生，來源於自然之道。綜觀《文心雕龍》，劉勰認為，文學不僅來源於自然之道，還與社會生活息息相關。他專闢《時序》篇，論述文學發展與社會生活的關係，開篇劉勰就擺出觀點：「時運交移，質之代變，古今情理，如可言乎！」〔註111〕將文學的發展與時代的發展聯繫起來。劉勰考察了從先秦到南朝宋齊年間十個朝代的文學變遷，提出「十代九變」觀點，認為十個朝代經歷了九次變遷，文學也隨之變了九次，最後得出結論：「文變染乎世情，興廢繫乎時序。」〔註112〕

　　中國古代詩學的物感論集中體現了中國古代的「泛聯繫思維」（關聯性思維）。在中國古人看來，外在的自然世界與人的內心世界之間存在著一種異質同構的關係，二者是相通的、相互感應的。當外在世界與內在世界相通，達到一種物我為一的境界，人就進入了審美的體驗。這就是中國古代的物感論。

　　最早提出物感理論的是先秦美學思想的總結之作──《禮記·樂記》。《樂記》云：

　　　　凡音之起，由人心生也。人心之動，物使之然也。感於物而動，故形於聲。聲相應，故生變，變成方，謂之音。比音而樂之，及干

〔註109〕楊雨，白寅，中國傳統文學批評中的體悟型思維〔J〕，學術界，2006（3）：73。
〔註110〕周振甫，文心雕龍今譯〔M〕，北京：中華書局，1986，10。
〔註111〕周振甫，文心雕龍今譯〔M〕，北京：中華書局，1986，396。
〔註112〕周振甫，文心雕龍今譯〔M〕，北京：中華書局，1986，408。

　　戚羽旄，謂之樂。〔註113〕

在這裡，作者最早提出了物感論：外物感動人心，然後體現在聲音之中，形成了音樂。

　　中國古代詩學繼承了《樂記》所提出的物感論，強調詩人與所描繪對象、評論主體與評論對象之間的心物感應和交融。最著名的例證就是，無論是陸機還是劉勰、鍾嶸，在論及文學的產生時，都從描繪四時景物變化開始，認為文學是感物生情的產物。

　　陸機的《文賦》把物感論引入詩學領域，並把它推向成熟的高度。他首先承認情感是受自然的感發而形成的：「遵四時以歎逝，瞻萬物而思紛；悲落葉于勁秋，喜柔條於芳春。心懍懍以懷霜，志眇眇而臨雲……慨投篇而援筆，聊宣之乎斯文。」〔註114〕人情緒和心志的變化是由外物的感發而引起的。人面對自然景物的變化，情緒也隨之發生變化，秋天看到落葉就產生悲傷的情緒，春天看到萬物復蘇心情就喜悅起來。心志隨情緒的變化而變，悲傷時未免會心灰意冷，而喜悅時自然又會壯志凌雲。

　　陸機認為，感興不僅對情感和文思的產生起觸發作用，而且能夠深化情感與文思。他在《感時賦》中寫道：「……恒睹物而增酸，歷四時以迭感，悲此歲之已寒，撫傷懷以嗚咽，望永路而汍瀾。」他在《思歸賦》中也寫道：「歲靡靡而薄暮，心悠悠而增楚，風霏霏而入室，響泠泠而愁予。既遨遊乎川趾，亦改駕乎山林。伊我思之沉鬱，愴然感物而增深。」

　　其後，劉勰在《文心雕龍》中直接提出「感物」一詞：「人稟七情，應物斯感，感物吟志，莫非自然。」〔註115〕（《文心雕龍・明詩》）並在《物色》篇中詳細闡述了他的「感物」思想：

　　　　春秋代序，陰陽慘舒，物色之動，心亦搖焉。蓋陽氣萌而玄駒步，陰律凝而丹鳥羞，微蟲猶或入感，四時之動物深矣。若夫珪璋挺其惠心，英華秀其清氣，物色相召，人誰獲安？是以獻歲發春，悅豫之情暢；滔滔孟夏，鬱陶之心凝；天高氣清，陰沉之志遠；霰雪無垠，矜肅之慮深。歲有其物，物有其容；情以物遷，辭以情發。

〔註113〕孫希旦，禮記集解〔M〕，沈嘯寰、王星賢點校，北京：中華書局，1989，976。
〔註114〕〔晉〕陸機，文賦〔C〕，見：郭紹虞主編，中國歷代文論選：第一冊，上海：上海古籍出版社，1979，170。
〔註115〕周振甫，文心雕龍今譯〔M〕，北京：中華書局，1986，56。

　　　　一葉且或迎意，蟲聲有足引心，況清風與明月同夜，白日與春林共
　　　　朝哉！是以詩人感物，聯類不窮；流連萬象之際，沉吟視聽之區。
　　　　寫氣圖貌，既隨物以宛轉；屬采附聲，亦與心而徘徊。〔註116〕

劉勰認爲大自然四季的變化是陰陽運動變化的結果，同時四季的變化引起自
然界物色的變化，而人心也會隨物色的變化而變化，即所謂「情以物遷」。詩
人情感的變化無疑會體現在他的文辭之中。因此，可以說詩文是受外物感發
而產生的，這幾乎與陸機的觀點一致。但劉勰沒有停留於此，他比前人往前
邁了一大步，那就是他在看到「情以物遷，辭以情發」的同時也看到了物「與
心徘徊」。即「物」在感發人心的同時，也受人心的薰染，染上了人的色彩。
不僅如此，劉勰在上面這段話中，還探討了感物的特徵和心理機制，即「連
類不窮」、「流連萬象」、「沉吟視聽」，也就是說詩人由眼前之物，聯想到諸如
此類的其他事物，然後將思緒串聯起來，用心體會之後，把情緒付諸筆端，
使得情感與文辭「隨物以宛轉」。在連綴文章，給文章賦彩和找聲韻的過程中，
外物也具有更多的人心的色彩。

　　劉勰在《物色》篇結尾的論贊中說：「山沓水匝，樹雜雲合。目既往還，
心亦吐納。春日遲遲，秋風颯颯。情往似贈，興來如答。」〔註117〕這裡用了
詩意化的語言與情境，表現了心物相互感應的美妙境界。一「往」一「還」
體現了感知雙方的雙向流動。「往」即面對自然中的美景──重山連綿，河水
環繞，綠樹叢生，雲蒸霞蔚。在自然之物的感召之下，詩人把視野投向自然，
用詩人的眼光、詩人的情感回應自然之物的召喚，內心的情感升騰，並賦予
自然以人格化的色彩。「還」即詩人和自然在經歷了相互感應之後，彼此都回
歸自我。但經過這一「往」一「還」，詩人之心已不是原來的詩人之心，而是
在與物相互感應之中獲得了新的詩意與情緒；自然事物也不是原來的自然事
物，而是染上了詩人的情感與意緒，即所謂「情往似贈，興來如答」。情感得
到了充實，似乎是獲得了饋贈；自然之物也以自己方式的回應了詩人。這照
應了他在開篇所說的：「是以詩人感物，聯類不窮。流連萬象之際，沉吟視聽
之區；寫氣圖貌，既隨物以宛轉；屬采附聲，亦與心而徘徊。」

　　其後，鍾嶸在《詩品序》中更明確地提出了物感論的觀點：

　　　　氣之動物，物之感人，故搖盪性情，形諸舞詠。……若乃春風

〔註116〕周振甫，文心雕龍今譯〔M〕，北京：中華書局，1986，414～415。
〔註117〕周振甫，文心雕龍今譯〔M〕，北京：中華書局，1986，418。

春鳥，秋月秋蟬，夏雲暑雨，冬月祁寒，斯四候之感諸詩者也。嘉
會寄詩以親，離群託詩以怨。至於楚臣去境，漢妾辭宮，或骨橫朔
野，魂逐飛蓬；或負戈外戍，殺氣雄邊；塞客衣單，孀閨淚盡；又
士有解佩出朝，一去忘返；女有揚娥入寵，再盼傾國：凡斯種種，
感蕩心靈，非陳詩何以展其義，非長歌何以騁其情？〔註118〕

鍾嶸對物感論的理解更爲全面和深刻。他筆下的「物」不僅包含自然現象與
自然景物，還包括社會人事，它們都對人的性情起巨大的感發作用。由此，
鍾嶸將物感論由自然層面擴展到社會領域之中，使得其內涵更爲寬廣。

鍾嶸非常重視心物關係，他從心物關係的角度對賦、比、興進行了詮釋：
「故詩有三義焉：一曰興，二曰比，三曰賦。文已盡而意有餘，興也；因物
喻志，比也；直書其事，寓言寫物，賦也。宏斯三義，酌而用之，干之以風
力，潤之以丹彩，使味之者無極，聞之者動心，是詩之至也。」〔註119〕在鍾
嶸看來，賦比興都是用來規定心物關係的，連賦都是「寓言寫物」。

仔細考究陸機、劉勰和鍾嶸的觀點，除了他們對物感論的認識有逐步深化
的趨勢外，他們三者對「物感」中「物」的認識也有明顯的差異。陸機所論之
「物」，主要指四時景物；劉勰所論之「物」，是包括四時景物在內的一切客觀
的自然事物；而鍾嶸所論之「物」，不僅包括客觀的自然事物，還包括人的喜怒
哀樂、悲歡離合，也就是說不僅包括自然物，還包括各種社會現象。人世的喜
怒沉浮、社會的悲歡離合，同樣能觸發詩人的情感，具有強大的感召力，從而
引發詩人的創作動機。在這一點上，鍾嶸顯然比陸機和劉勰走得更遠。

此後的詩學家在論及物感論時，常常把物感論與「興」聯繫起來，其中
成就最大的當屬王昌齡。他在《詩格》中提出詩歌創作的十七種模式，即「十
七勢」，其中第九勢爲「感興勢」：

感興勢者，人心至感，必有應説，物色萬象，爽然有如感會。
亦有其例。如常建詩云：「泠泠七絃遍，萬木澄幽音。能使江月白，
又令江水深。」〔註120〕

王昌齡對此做了進一步分析：

自古文章，起於無作，興於自然，感激而成，都無飾練，發言

〔註118〕周振甫，詩品譯注〔M〕，北京：中華書局，1998，15～20。
〔註119〕周振甫，詩品譯注〔M〕，北京：中華書局，1998，19。
〔註120〕張伯偉，全唐五代詩格匯考〔M〕，南京：江蘇古籍出版社，2002，156。

以當，應物便是。〔註121〕

在王昌齡看來，物感不是自然發生的，而是經過「安神淨慮」，「心通其物」的結果：

> 春夏秋冬氣色，隨時生意。取用之意，用之時，必須安神淨慮。
> 目睹其物，即入於心。心通其物，物通即言。言其狀，須似其景。
> 語須天海之內，皆納於方寸。至清曉，所覽遠近景物及幽所奇勝，
> 概皆須任意自起。意欲作文，乘興便作。若似煩即止，無令心倦。
> 常如此運之，即興無休歇，神終不疲。〔註122〕

其後，把物感論與「興」結合起來的詩學家頗多，略舉幾例做簡單說明：

賈島《二南密旨》云：「興者，情也，謂外感於物，內動於情，情不可遏，故曰興。」〔註123〕賈島認為，「興」的核心是「情」，它是「外感於物」的結果。興是受外物感發而產生濃烈情感的過程，在此過程中，情達到「不可遏」的程度。

唐代孟棨《本事詩序》云：

> 詩者，情動於中而形於言。故怨思悲愁，常多感慨。抒懷佳作，
> 諷刺雅言，雖著於群書，盈廚溢閣，其間觸事興詠，尤所鍾情，不
> 有發揮，孰明厥義？因採為《本事詩》，凡七題，猶四始也。情感、
> 事感、高逸、怨憤、徵異、徵咎、嘲戲，各以其類聚之。〔註124〕

在這段話中，孟棨交代了《本事詩》的編輯情況。在這個詩集中，他將所收集的詩歌按照內容分為七類，其中有「情感」和「事感」兩類。這兩類詩歸根結底都是物感詩，都是受到外在事物的感發而作。

王士禛《師友詩傳錄》云：

> 古之名篇，如出水芙蓉，天然豔麗，不假雕飾，皆偶然得之，
> 猶書家所謂偶然欲書者也。當其觸物興懷，情來神會，機括躍如，
> 如兔鶻落，稍縱即逝矣。有先一刻後一刻不能之妙，況他人乎？故
> 《十九首》擬者千百家，終不能追蹤者，由於著力也。一著力便失

〔註121〕張伯偉，全唐五代詩格匯考〔M〕，南京：江蘇古籍出版社，2002，160。
〔註122〕張伯偉，全唐五代詩格匯考〔M〕，南京：江蘇古籍出版社，2002，170。
〔註123〕張伯偉，全唐五代詩格匯考〔M〕，南京：江蘇古籍出版社，2002，372。
〔註124〕〔唐〕孟棨，本事詩序〔C〕，見：陳伯海主編，歷代唐詩論評選，保定：河
　　　　北大學出版社，2002，180。

自然，此詩之不可強作也。〔註125〕

在王士禛看來，《古詩十九首》之所以取得如此高的藝術成就，就在於它們都是詩人「觸物興懷」的結果，因爲「偶然得之」、「不假雕飾」，所以才能「如出水芙蓉，天然豔麗」。同時，他還指出「觸物興懷」的特徵：不可預期，稍縱即逝。後人中很多人都摹仿《古詩十九首》作詩，但藝術成就卻無法與之相匹敵，其原因在於，後人過分「著力」、「強作」，結果是使詩失去了自然之色。

　　物感說之所以在詩學理論領域得到了長足的發展並最終臻於成熟，除了受古人思維方式的影響外，還有一個很重要的原因，那就是物感說在詩歌創作領域中的大量運用爲其在詩學領域的存在與發展提供了堅實的基礎和現實的土壤。

　　東漢末年，社會動盪，政治黑暗，人們或不敢直抒胸臆，或無法直言心中鬱結的複雜情緒，因而寄情於外物之中，出現了大量的詠物詩，人們或託物言志，或借物詠懷。曹丕的《燕歌行》由秋風霜露、雀鵲南翔而聯想到漂泊在外的遊子，從而寄託了自己羈旅行役之愁思。他還直接以《感物賦》爲題做了一首賦，在前面並附了序云：

　　　　喪亂以來，天下城郭丘虛，惟從太僕君宅尚在。南征荊州，還
　　過鄉里，舍焉。乃種諸蔗於中廳，涉夏歷秋，先盛後衰，悟興廢之
　　無常，慨然詠歎，乃作斯賦。

他還在《柳賦序》中說：

　　　　昔建安五年，上與袁紹戰於官渡，時余始植斯柳。自彼迄今，
　　十有五載矣，感物傷懷，乃作斯賦。

曹丕的弟弟曹植作了著名的《幽思賦》：

　　　　倚高臺之曲隅，處幽僻之閒深；望翔雲之悠悠，羌朗霽而夕陰。
　　顧秋華而零落，感歲暮而傷心。觀躍魚於南沼，聆鳴鶴於北林。攡
　　素箏而慷慨，揚大雅之哀吟。仰清風以歎息，寄余思於悲弦。信有
　　心而在遠，重登高以臨川。何余心之煩錯，寧翰墨之能傳。

這三篇賦，共同的特點都是「感物傷懷」，抒發了物是人非之感。

古代詩人常常認爲四時的變遷與人的情感變化之間存在著一種對應關

〔註125〕〔清〕王士禛，師友詩傳錄〔C〕，見：胡經之主編，中國古典文藝學叢編：
　　　　（一），北京：北京大學出版社，2001，49。

係，因此，中國古代出現了大量的傷春、悲秋之類的作品。其中杜甫的《登高》就是其中的名篇：

> 風急天高猿嘯哀，渚清沙白鳥飛回。
>
> 無邊落木瀟瀟下，不盡長江滾滾來。
>
> 萬里悲秋常做客，百年多病獨登臺。
>
> 艱難苦恨繁霜鬢，潦倒新停濁酒杯。

詩人登高遠眺，秋風瑟瑟，野獸哀鳴，落葉紛飛，江水滔滔，這與作者當時潦倒困頓、孤獨多病的生活境況相照應，因此詩人在登高之時，頓生悲秋之感。

綜上所述，中國古代詩學形成了比較成熟的物感論，強調人與自然之間的聯繫，物我相通。在中國古人看來，人和自然之間，沒有絕對的主體，也沒有絕對的客體，主體和客體合二爲一。自然往往被浸染了人的色彩，人的身心也常常與自然萬物相應和。

第三節　對關聯性思維影響下的中國古代詩學話語方式的反思

關聯性思維對中國古代詩學形成了深遠的影響，比如中國古代重要的詩學範疇「滋味」、「風骨」、「神韻」、「神思」、「情采」等都是以己度物，以主觀感受或人體來指稱文學，都是關聯性思維的產物。在這種思維的影響之下，中國古代詩學話語方式具有諸多優點。同時，它也給中國古代詩學話語方式帶來了一定的侷限性。

在第一節談及關聯性思維的「美學性」時，筆者提出，關聯性思維是一種詩性思維，它具有意象性和整體性。也就是說，它具有象思維和整體思維所具有的優點和侷限。關於這部分內容，本節不再贅述。

一、關聯性思維影響下的詩學話語方式的優點

（一）以小見大，見微知著

中國古代關聯性思維的突出特徵有兩點：一是認爲宇宙萬物都具有同構性，它們之間可以相互感應或類推；二是事物之間相互關聯，互相滲透、互相影響。

　　由於認為萬事萬物之間存在著普遍的聯繫，所以人們可以借助已知推未知，以所見推不見，以近推遠，以今推古。類推的依據即事物之間的內在聯繫。「而君人者不下廟堂之上，而知四海之外者，因物以識物，因人以知人也。故積力之所舉，則無不勝也；眾智之所為，則無不成也。」〔註 126〕（《淮南子·主術訓》）「因物以識物，因人以知人」就是常見的類推方式。

　　《周易》是關聯性思維的產物。它將圖像和文字有機結合，將自然物象與社會生活各個方面相結合，將天道、地道、人道相結合。「觀乎天文以察時變；觀乎人文以化成天下。」〔註 127〕「夫《易》彰往而察來，而微顯闡幽，開而當名，辨物正言，斷辭則備矣。其稱名也小，其取類也大。其旨遠，其辭文，其言曲而中，其事肆而隱。因貳以濟民行，以明失得之報。」〔註 128〕《周易》之所以能彰顯過去，預見未來，是因為它以具體而微的事物來類比說明普遍深奧的道理，達到以小見大、見微知著的效果。

　　類比方法的基本點是對事物進行分類，按類別來考察事物，使事物由無序走向有序，並由此及彼、見微知著地揭示事物的特徵。它化複雜為簡單，化理性為感性，把人與物相類比，溝通了心物之間的界限。《淮南子》中所說的：「嘗一臠肉，知一鑊之味；懸羽與炭，而知燥濕之氣；以小明大。見一葉落，而知歲之將暮；睹瓶中之冰，而知天下之寒；以近論遠。」〔註 129〕（《淮南子·說山訓》）「見象牙乃知其大於牛，見虎尾乃知其大於狸，一節見而百節知也。」〔註 130〕（《淮南子·說林訓》）這些都是對關聯性思維類比方法特徵的論述。

　　因此清代詩學家沈德潛說：「事難顯陳，理難言罄，每託物連類以形之。鬱情慾舒，天機隨觸，每借物興懷以抒之。」〔註 131〕（《說詩晬語》）「託物連類」的方法類似於中國古代詩學的比興。孔穎達在《毛詩正義》中解釋「興」說：「興者，起也，取譬引類，起發己心，詩文諸舉草木鳥獸以見己意者，皆興辭也。」〔註 132〕劉勰在《文心雕龍·比興》中論「比興」時說：「觀夫興之

〔註 126〕劉文典，淮南鴻烈集解〔M〕，北京：中華書局，1989，278。
〔註 127〕周振甫，周易譯注〔M〕，北京：中華書局，2012，107。
〔註 128〕周振甫，周易譯注〔M〕，北京：中華書局，2012，346～347。
〔註 129〕劉文典，淮南鴻烈集解〔M〕，北京：中華書局，1989，550。
〔註 130〕劉文典，淮南鴻烈集解〔M〕，北京：中華書局，1989，572。
〔註 131〕〔清〕沈德潛，原詩·一瓢詩話·說詩晬語〔M〕，北京：人民出版社，1979，186。
〔註 132〕〔唐〕孔穎達，毛詩正義〔M〕，影印阮刻十三經注疏本，北京：中華書局，1980，271。

託喻,婉而成章,稱名也小,取類也大。關雎有別,故后妃方德;尸鳩貞一,故夫人象義。義取其貞,無疑於夷禽;德貴其別,不嫌於鷙鳥;明而未融,故發注而後見也。」〔註133〕皎然在《詩式》中論「比興」時也說:「取象曰比,取義曰興,義即象下之意。凡禽魚、草木、人物、名數,萬象之中義類同者,盡入比興。」〔註134〕也就是說,自然界的萬事萬物從共同的意義出發,都可以以類相聯,用來說詩人「己意」。在「興」中,物物之間,物我之間的界限消失,萬物連類,物我連類。「其文約,其辭微,其稱文小,而其指極大,舉類邇,而見義遠。」(《史記・屈原賈生列傳》)司馬遷評價屈原文學成就的這句話,也可以用來說明關聯性思維影響之下的中國古代詩學話語方式的特徵。

中國古代的關聯性思維使人們在思考問題時,往往由此及彼,「此」和「彼」之間的關聯不是一種邏輯關係,而是一種非必然性的相似性、相近性或相關性,因此中國古代的詩學史中鮮有以綱目爲理論框架的理論著述,劉勰的《文心雕龍》、葉燮的《原詩》等少有的幾部是例外。劉勰在《序志》篇中說明了《文心雕龍》的綱目特點:

> 蓋《文心》之作也,本乎道,師乎聖,體乎經,酌乎緯,變乎
> 騷,文之樞紐,亦云極矣。若乃論文敘筆,則囿別區分,原始以表
> 末,釋名以章義,選文以定篇,敷理以舉統:上篇以上,綱領明矣。
> 至於剖情析采,籠圈條貫;摛神性,圖風勢,苞會通,閱聲字……
> 下篇以下,毛目顯矣。〔註135〕

由此可見,《文心雕龍》中的綱目不是一種線型的邏輯推演,而是一種面型的網路系統。如中國古代詩學中的「言——象——意」系統,網路上的點與點之間不是一種邏輯的推演關係,而是靠相似性或相關性連綴而成。

中國古代的詩歌創作也大多具有關聯性思維的特徵。比如上節所提到的杜甫的名詩《登高》就具有顯著的關聯性思維的特徵。本詩寫於西元 767 年深秋,此時詩人流落到夔州,此詩爲登高有感而作。無論是深秋還是登高,都是極易引發作者悲情之時。作者主要選取了哀鳴的猿、徘徊的鳥、凋零的樹、滾滾東流的長江這四個意象。這四種事物並沒有必然的聯繫,而詩人卻

〔註133〕周振甫,文心雕龍今譯〔M〕,北京:中華書局,1986,326。

〔註134〕〔唐〕皎然,詩式〔C〕,見:〔清〕何文煥輯,歷代詩話:上冊,北京:中華書局,1981,30。

〔註135〕周振甫,文心雕龍今譯〔M〕,北京:中華書局,1986,456。

把它們組合在一起，遠近結合，高低相間，共同營造了一幅哀傷凄苦的畫面，形成了「萬里悲秋」的意境，渲染了作者內心的悲憤、傷痛。

再如馬致遠的《天淨沙・秋思》，被稱為「秋思之祖」。全曲沒有動詞、連詞，幾乎全由物象構成。這些物象之間沒有必然的關聯，也沒有一個明顯的邏輯順序。作者以自己的情思為主線，把零散的事物串聯起來，在毫無關聯的事物之間建立了聯繫，把它們納入自己的思維框架之中。

中國古代詩學中的很多概念，包括像「道」、「象」、「意」等重要的範疇，其意義都無法落到實處。因為在中國詩學的原點性著作中，沒有關於這些概念內涵和外延的確定性的界定。但人們提起這些概念時，並沒有生僻之感，而是常常感到熟悉而親切。因為人們在內心已經為這些範疇建立了縱橫交錯、普遍聯繫的生動而又豐富的意蘊空間。

可以說，西方詩學系統是由一條條線構成的，中國古代詩學系統則是由一張張網連綴而成的，而編織這些網的就是關聯性思維。關聯性思維使得中國古代詩學具有了以小見大、見微知著的話語特徵。

（二）詩學範疇的衍生性

中國古人認為萬事萬物之間都具有一種天然的聯繫，類比推理成為一種普遍採用的認知方式。比如《周易》有「《易》有大極，是生兩儀。兩儀生四象。四象生八卦」〔註 136〕之說，老子有「道生一，一生二，二生三，三生萬物」〔註137〕（《老子》四十二章）之說。中國古代哲學的類推思想決定了詩學範疇的衍生性。這主要表現為三個方面：

第一，詩學範疇常常由自然範疇或哲學範疇衍生而來。

「氣本象形字，其本訓為雲氣。雲氣噓吸出入，雖無定型，但論其本義，並非絕對抽象的名詞。其後一再引申，以指天地之元氣。經指吐納之氣息，以形容流動之氣象，於是漸由具體而進入抽象。由是再引申，以指個人之氣稟，以指修養之氣質，以指環境之氣習，於是復由述自然現象者一變而論及人事，成為理論上的術語。此後再進一步以指行文之氣勢，於是始為文學批評上的術語。」〔註138〕以「氣」為核心詞的詩學範疇有「氣格」、「氣象」、「氣勢」等，這些詞本來是用來描述自然物的，後來經由類比，轉用到詩學批評中來。

〔註136〕周振甫，周易譯注〔M〕，北京：中華書局，2012，324。
〔註137〕老子〔M〕，饒尚寬譯注，北京：中華書局，2006，105。
〔註138〕郭紹虞，郭紹虞說文論〔M〕，上海：上海古籍出版社，2000，32。

　　「風」的本義是空氣流動所形成的一種自然現象，它無色無味，卻無處不在、無孔不入。古人通過類比推衍把它運用到詩學之中，用來指詩歌的政治教化作用。《詩大序》言：「風，風也，教也。」〔註139〕以風的本義爲基礎，後來還推衍出「風化」、「風騷」、「風骨」、「風采」、「風氣」、「風味」等術語。

　　「文」在早期與「紋」同義，指的是自然物身上的記號或花紋。後來運用到文化領域，引申出「文化」、「文明」、「文筆」、「文氣」、「文雅」等詞，實現了意義所指由物到文的轉換。

　　衍生的範疇往往是原始範疇意義的新發現，但不可否認，也是一種意義的增殖和變異。

　　第二，範疇的意義具有衍生性和豐富性。

　　中國古代詩學範疇具有很強的概括性，往往內涵和外延都非常深厚。許多範疇的意義都不是固定不變的，具有較強的流動性和衍生性。

　　中國古代的很多詞，在詞性上都是多變的，使用的語境不同，詞性也不同，從而使同一個範疇衍生出不同的意義。比如「味」這個範疇，在詞性上看，有名詞「味道」之意，同時也有動詞「品味」之意，詞性的不同使得「味」這一範疇本身就具有雙重意義。

　　此外，中國古代詩學概念或範疇之間常常相互關聯、相互滲透、互相融合、貫通互證。有些概念之間有時候可以互釋，比如「比」和「興」、「趣」與「味」、「韻」和「味」、「神」和「韻」、「志」和「情」等。這並不意味著，前後兩個範疇的意義相同。它們有不同的形成過程，也有不同的內涵，在批評實踐中的用法也不同。但是，它們在實際應用中，又常常混雜在一起，互通互用，不進行細緻的區分。這使得這些範疇的涵義顯示出一種開放性和流動性。而且有時候，兩個不同的範疇可以組合到一起，形成既不同於此，又不同於彼的涵義。如「象」和「意」組合成「意象」，「意」與「境」組合成「意境」，「體」與「性」組合成「體性」，「興」與「趣」組合成「興趣」，「氣」與「韻」組合成「氣韻」，「韻」與「味」組合成「韻味」，等等。此類的概念在中國古代詩學中舉不勝舉。在這些合成詞中，兩個範疇之間互相滲透、相互融合，有時候組合詞的涵義是兩個範疇的涵義之和。而在更多的情況下，是取兩個概念的部分涵義。還有少數情況下，二者的涵義都拋棄掉，形成一個全新的概念。

〔註139〕〔漢〕毛詩序〔C〕，見：郭紹虞主編，中國歷代文論選：第一冊，上海：上海古籍出版社，1979，63。

中國古代詩學中的「虛實」範疇的意義就具有很強的衍生性，它跟「形神」、「情景」、「隱秀」、「疏密」、「濃淡」等概念相互交叉、相互融合、密切相聯。因此黨聖元先生說：「傳統文論概念範疇之間往往相互滲透、相互溝通，因而在理論視域方面體現出交融互攝、旁通統貫、相浹相洽的特點。」〔註140〕

第三，以一個核心範疇為中心詞，衍生出一個概念群。

中國古代詩學範疇之間常常具有一種推衍性，常常以一個核心範疇為中心，逐漸推衍出一大群意義相通，可以相互解釋、互相滲透的概念群。這種衍生性範疇的出現就來自於中國古人的類推思維。

以「味」為中心要素，衍生出「滋味」、「趣味」、「韻味」、「神味」、「興味」、「餘味」、「意味」、「品味」、「體味」、「逸味」、「玩味」、「遺味」等範疇。

「風」與「骨」連用形成「風骨」，以「骨」為核心範疇，又衍生出「骨氣」、「氣骨」、「骨力」、「骨體」等範疇。

以「象」為核心範疇，衍生出「興象」、「意象」、「虛象」、「象外之象」等範疇。

以「氣」為核心範疇，衍生出「文氣」、「氣韻」、「生氣」、「氣格」、「氣勢」、「氣骨」、「氣象」、「氣味」、「神氣」等範疇。

以「境」為核心範疇，衍生出「情境」、「物境」、「意境」等範疇。

以「格」為核心範疇，衍生出「氣格」、「體格」、「格力」、「格致」、「格韻」等範疇。

在概念群中，各概念之間雖不相同，但彼此關聯，自由組合，又可能衍生出其他一些新的範疇。

二、關聯性思維影響下的詩學話語方式的侷限性

（一）類比方法的侷限性

類比既不同於歸納，也不同於演繹。歸納是從個別到一般，演繹是從一般到個別，而類比則是從個別到個別，從具體到具體。類比的結果缺少必然性。人們常常用一種事物解釋另一種事物，用一種現象解釋另一種現象，這種簡單比附使得人們不注重對一種事物或現象進行深入的研究。阿恩海姆在談及類比方法時說：「這種用某一種特定的具體事物去代替另一種具體事物的象徵主義解釋，向來都是極其隨便的，而且從來就沒有得到過證明。」〔註141〕

〔註140〕黨聖元，中國古代文論的範疇和體系〔J〕，文學評論，1997（1）：19。
〔註141〕魯道夫·阿恩海姆，藝術與視知覺〔M〕，成都：四川人民出版社，2004，634。

　　同時由於類比的構成不是遵循嚴格的邏輯學意義上的「類」，使得類比遵循的原則不是必然性，而是可然性或或然性，而且常常從直觀經驗出發進行推演，因此帶有極強的隨意性。推論的結果常常是不可靠的，甚至是荒誕不經的。古人認爲，只要掌握了同類中某一事物的某些特徵和屬性，就可以推導整類事物的所有特徵和屬性。荀子說：「疏觀萬物而知其情，參稽治亂而通其度，經緯天地而材官萬物，制割大理，而宇宙理矣。」〔註142〕（《荀子・解蔽》）「故以人度人，以情度情，以類度類。」〔註143〕（《荀子・非相》）這種方法固然是認識事物的捷徑。但由於同類的事物只是具有某種相近性、相似性或相關性，而不是完全等同的。也就是說，以類度類只能揭示出事物某一方面的特徵，而不能認識事物的所有特徵。因此，以一知萬，見微知著，具有某種程度的武斷性。

　　「類比推理前提不蘊涵結論，推理的根據不夠充分。類比推理所依據的是兩個事物的一部分屬性相同，進而推知另外屬性也相同，這樣，前提不能蘊涵結論，推理的根據不夠充分，不能保證結論必然正確。」〔註144〕因此，中國古代的關聯性思維具有隨意類推的特徵，有時缺乏科學性與合理性。比如，中國古代的五行理論及其事物之間相生相剋的關係學說，都是感性直觀的產物，缺乏堅實的實踐依據和理論基礎，有時候與科學相悖。又如，中醫將五臟與五行聯繫起來，形成一一對應的關係，並闡述其相生相剋的關係，某些觀點在現代科學的語境下看起來比較荒謬。再如，《易經》利用類比的方法，把世界上萬事萬物歸入八卦之中，把各種現象納入六十四卦的體系之中；中國古代盛行的陰陽五行觀念把萬事萬物劃分爲陰陽兩種，並納入五行之中。萬事萬物的差別被消融，事物的界限變得模糊，概念變得可有可無。這嚴重影響了人對事物的深入研究。而且，陰陽五行觀念本身是人的一種猜測，或者是古人的一種自圓其說，無法用科學手段來確證，因此就造成結論的隨意性和不可靠性。

　　這也是西方詬病中國古代文化的原因之一。西方人認爲，中國古代文化充滿了神秘主義的因素，往往是一種主觀的猜測和想像，具有不可考證性。法國人類學家列維・布留爾曾說：

〔註142〕荀子〔M〕，安小蘭譯注，北京：中華書局，2007，223。
〔註143〕荀子〔M〕，安小蘭譯注，北京：中華書局，2007，45。
〔註144〕孫仁生，任書來，林新年，普通邏輯原理〔M〕，大連：大連理工大學出版社，1997，227。

　　中國的科學就是這種發展停滯的一個怵目驚心的例子。它產生
了天文學、物理學、化學、生理學、病理學、治療學以及諸如此類
的浩如煙海的百科全書。但在我們看來，所有這一切只不過是扯淡。
怎麼可以在許多世紀中付出這樣多的勤勞和機智而其結果卻完全等
於零呢？這是由於許多原因造成的，但無疑主要的是由於這些所謂
的科學中的每一種都是奠基在僵化的概念上，而這些概念從來沒有
受到過經驗的檢驗，它們差不多只是包含著一些帶上神秘的前關聯
的模糊的未經實際證實的概念。這些概念多具有的抽象的和一般的
形式可以容許一種表面上合邏輯的分析與綜合的雙重過程，而這個
永遠是空洞的自足的過程可以沒完沒了地繼續下去。〔註145〕

由此可見，類比本是認識事物的方法之一，只適用於特定的範圍。一旦把這
種方法泛化，難免會帶來流弊，牽強附會的現象比比皆是。董仲舒把五行理
論應用於包括人世在內的方方面面，事物之間任意比附，最終走向了神秘主
義。他提出「人副於天」，把人自身與自然現象、社會現象等都等同起來，為
其「天人感應」神學思想服務，從而得出「君權神授」的觀點。這種推理方
法顯然是荒謬的。正如姜廣輝先生所說：「應該承認，人們有時會通過風馬牛
不相及的東西所表現出的相似性、相關性，發現隱藏在其中的深刻規律。但
是，如把類比推理當作思維的基本方法，就難免得出許多似是而非、牽強附
會的結論。」〔註146〕

　　類比方法的普遍運用為讀者理解中國古代詩學帶來了一定的障礙。中國
古代詩學中的很多術語在西方文論或者現當代中國文論中很難找到一個意義
相同的術語來代替。這是因為，中國古代詩學的很多術語的涵義是不明確的，
它們大多是通過一系列物象經由類比關係而確立的。另外，中國詩學在行文
過程中普遍採用以類比為基礎的比興手法，也給理解帶來了困難。鍾嶸在中
國古代詩學史上首次看到專用比興的弊端，他在《詩品序》中指出：「若專用
比興，患在意深，意深則詞躓。」〔註147〕用這句話來說明中國古代詩學表述
中的類比也是恰當的。

〔註145〕〔法〕列維·布留爾，原始思維〔M〕，丁由譯，北京：商務印書館，1981，
　　　　447。
〔註146〕姜廣輝，理學與中國文化〔M〕，上海：上海人民出版社，1994，398。
〔註147〕周振甫，詩品譯注〔M〕，北京：中華書局，1998，19。

（二）普遍聯繫觀的侷限性

中國古人認爲，任何事物都是過程性的事件，而且這些事物與其他事物之間存在著不可分割的關聯，事物之間互相滲透、互相作用、互相依賴，事物的特徵也不是完全由事物本身決定的，它受其他事物的滲入作用的影響。這也是中國古人在大多數情況下拒絕爲事物下定義的原因之一。因爲，任何定義都具有一定的終結性和封閉性，否定了事物的過程性、流動性和事物之間的相關性、互滲性。因此，古人在審視一系列事物時，往往關注其中的聯繫，把其看成一個有機整體，而忽視事物之間的矛盾與對立。即使看到矛盾與對立，中國古人的處理方式也很特別，往往不是正視矛盾，而是千方百計消解矛盾。比如，儒家用「禮法」來消解人與人之間的矛盾，道家用「混沌」來消解矛盾，佛家則用「坐忘」來消解矛盾。

我們承認，任何事物都不是孤立存在的，都與環境或周圍其他事物發生這樣或那樣的聯繫，但是一種事物之所以成爲它自身最根本上還是由它自身的本質決定的。一事物與其他事物的關聯性也是由事物本身決定的。因此，我們還是應該從事物本身出發來界定它，而不是依靠外在的因素來界定它。一盆花之所以能成爲這盆花，最根本的原因在於它自身：它的根、葉、花、果與其他植物不同，而不是由於它周圍的土壤和空氣決定的。花的成長離不開適宜的土壤和空氣，但土壤和空氣永遠都不可能改變花的品種。

中國古人認爲，天與人、物與我、我與他人等萬事萬物之間總存在著一種無法割斷的關聯；物是人眼中之物，人是物中之人，人和物之間有一種密切的關聯。在他們看來，絕對的客觀存在是不存在的。因此，中國古代詩學沒有建立起純粹的客觀知識論和純客觀的思考方式與言說方式，具有一種隨意性和零散性。這顯然不利於詩學作爲一種理論形態的系統發展。

另外，中國古人過分依賴關聯。在他們看來，離開了關聯，似乎就失去了依託。所以爲了尋找安全感，他們爲自己綁了一道又一道的枷鎖。比如，古人認爲情感的表達與聲調、韻律相關。因此，古詩尤其是格律詩有著嚴格的音節、聲調、韻律、對仗方面的要求，有時候看起來甚至顯得刻板僵硬。這是中國古代格律詩在現代幾乎消亡的原因所在。

比如，對仗是中國古代詩歌常用的一種手法。律詩要求詩歌的第二聯和第三聯必須對仗。對仗要求兩個句子字數相等，詞性相對，平仄相間，表達相似、相關或相反的意義。它作爲一種固定的模式，在給中國古代詩歌帶來

美感的同時，也產生了一定的消極作用。對仗句就是把本來沒有關聯或者沒有必然關係的詞語相對排列，強加了一一對應的關係。比如杜甫的絕句「兩隻黃鸝鳴翠柳，一行白鷺上青天」，兩組句子之間的關聯不是絕對的、不可變更的，這裡的「一行」可以換成「一群」、「幾雙」等，這裡的「白鷺」也可以換成「雄鷹」、「燕雀」等。對仗要求字數、詞性、字音、意義都達到協調，這是很難做到的，難免會出現就音而害義，或就字而害義的情況，這就是中國古代詩詞中常見的「硬對」。這與詩歌既表現一定的韻律美，也要表達意蘊美相牴牾。因此，古人常常有「佳句每難佳對」的感歎。

古詩對對仗的形式追求束縛了詩人運思的靈活度，使得情思的表達方式千篇一律，都被限制在一個統一的模型之中。這有悖於藝術創作的多樣性、豐富性、自由性的原則。雖然，在格律的規定之下，中國古代出現了很多膾炙人口的詩歌，但同時，我們也要看到，格律對詩歌創作的束縛也是顯而易見的。詩人致力於對仗工整，難免會對情思形成約束，這就好比為健碩的駿馬套上一根韁繩，無疑會限制馬奔跑的激情和速度。因此，有很多詩人，衝破對仗的限制。李白的《夜泊牛渚懷古》就是其中一例。如果按照律詩對對仗的嚴格要求，頷聯和頸聯必須對仗的話，也許李白在詩歌中很難做到意象與情思的跳躍，從而使詩的層次減少，變化減少，難以達到我們今天所看到的飄逸空靈的程度了。

同時，對仗要求以類比或者對比的方式鋪陳句子，極易造成辭藻堆砌和意義重複的弊病。有時一句話可以表達清晰的東西，硬要湊成一對，顯得累贅多餘，削弱了新鮮感，減少了表達的力度，沖淡了內容，分散了讀者的審美注意。讀者也跟著詩人「原地踏步走」，不免感到疲憊而無趣。五四時期，學者們提倡作詩拋棄對仗、突破格律也就成了情理之中的事了。

第五章　對中國古代思維方式影響下的詩學話語方式的反思

中國古代詩學話語方式常常是多種思維方式共同作用的結果，以上論述只是出於行文的方便。本章將打破各種思維方式的界限，綜合把握古代思維方式影響下的詩學話語方式的總體特徵，客觀地分析中國古代詩學思維方式及話語方式的詩性特徵與侷限性，以期爲中國當代文論的建設提供理論資源。

第一節　中國古代詩學話語方式的詩性特徵

一、以少總多，以簡馭繁

不論是象思維以象譬喻的言說方式，整體思維的「一言以蔽之」的言說方式，還是關聯性思維的取象類比的言說方式，都不重視對事物進行分條縷析式的詳細說明，都表明古人對簡約這種話語風格的崇尚。

中國古代在表達上一向追求言簡意賅，比如《論語》、《莊子》、《春秋》等都用高度精練的語言來表達精深的思想或觀念。先賢們常用名言警句式的雋語拋出自己的觀點，不注重思想形成過程的論證。在《論語》中，孔子以智者的身份出現，或直接拋出觀點，或針對學生的提問給予簡潔的回答，沒有嚴密的邏輯論證，學生也不會質疑他的觀點。如「思無邪」（《論語・爲政》）、「樂而不淫，哀而不傷」〔註 1〕（《論語・八佾》），「辭達而已矣」〔註 2〕（《論語・衛靈

〔註 1〕楊伯峻，論語譯注〔M〕，北京：中華書局，2012，42。
〔註 2〕楊伯峻，論語譯注〔M〕，北京：中華書局，2012，239。

公》）等詩學觀點，都是以這樣的方式表達出來的。關於詩歌的功用，孔子概括爲四個字：興、觀、群、怨。四個動詞羅列起來，顯得一目了然。但短短的四個字，西方人可能要用千言萬語也無法說盡。在評論《詩經》時，孔子說：「一言以蔽之，曰，思無邪」〔註3〕（《論語・爲政》），把中國第一部詩歌總集，收有305篇詩歌的《詩經》的特徵歸結爲三個字：「思無邪」，可謂一言窮理，舉重若輕，以少總多，以簡馭繁。這成爲中國古代詩學言說方式的重要特徵之一。

　　中國古代詩歌就是一種濃縮性的語言，卻意蘊豐富，情感飽滿，能感天動地。「漢詩的一個較西詩更重視的詩歌藝術特點就是簡潔凝練。」〔註4〕中國古代詩學家在理論上也一向崇尚簡約的話語風格，主張「以少總多」、「以一畢萬」。一向被今人贊爲「體大慮周」的《文心雕龍》，也不過三萬多字，相當於今天篇幅較長的一篇文章。但我們看《文心雕龍》的結構框架，幾乎覆蓋了詩學理論的方方面面，而且看行文，也可謂蘊藉無窮。「以少總多」可能是劉勰的一個自覺的追求，《文心雕龍》中的一些語句可以證明這一點：「簡言以達旨」〔註5〕（《文心雕龍・徵聖》），「一言窮理」，「以少總多，情貌無遺」〔註6〕（《文心雕龍・物色》），「振本而末從，知一而萬畢矣」〔註7〕（《文心雕龍・章句》），「文場筆宛，有術有門。務先大體，鑒必窮源。乘一總萬，舉要治繁。」〔註8〕（《文心雕龍・總術》）

　　劉勰還在《文心雕龍・熔裁》裏批評陸機「綴辭猶繁」：

　　　　至如士衡才優，而綴辭猶繁；士龍思劣，而雅好清省。及雲之論機，亟恨其多，而稱清新相接，不以爲病，蓋崇友于耳。夫美錦製衣，修短有度，雖翫其采，不倍領袖，巧猶難繁，況在乎拙？而《文賦》以爲榛楛勿剪，庸音足曲，其識非不鑒，乃情苦芟繁也。

　　　　〔註9〕

　　中國古代詩學家尚簡，因此，很多人的詩學著作都以「概」、「精」、「要」、「總」等表示簡潔的詞來命名。清代著名文論家劉熙載在《藝概・敘》中解

〔註3〕楊伯峻，論語譯注〔M〕，北京：中華書局，2012，15。

〔註4〕鄭敏，詩歌與哲學是近鄰：結構—解構詩論〔M〕，北京：北京大學出版社，1999，347。

〔註5〕周振甫，文心雕龍今譯〔M〕，北京：中華書局，1986，20。

〔註6〕周振甫，文心雕龍今譯〔M〕，北京：中華書局，1986，415。

〔註7〕周振甫，文心雕龍今譯〔M〕，北京：中華書局，1986，308。

〔註8〕周振甫，文心雕龍今譯〔M〕，北京：中華書局，1986，390。

〔註9〕周振甫，文心雕龍今譯〔M〕，北京：中華書局，1986，297。

釋其書爲何冠名爲「概」時說：

> 藝者，道之形也。學者兼通六藝，尚矣！次則文章名類，各舉一端，莫不爲藝，即莫不當根極於道。顧或謂藝之條緒蕃繁，言藝者非至詳不足以備道。雖然，欲極其詳，詳有極乎？若舉此以概乎彼，舉少以概乎多，亦何必殫竭無餘，始足以明指要乎！是故余平昔言藝，好言其概，今復於存者輯之，以名其名也。莊子取「概乎皆嘗有聞」，太史公歎「文辭不少概見」，「聞」、「見」皆以「概」爲言，非限於一曲也。蓋得其大意，則小缺爲無傷，且觸類引申，安知顯缺者非即隱備者哉！抑聞之《大戴記》曰：「通道必簡。」「概」之云者，知爲簡而已矣。〔註10〕

劉熙載借莊子、司馬遷的例子來說明自己「舉此以概乎彼，舉少以概乎多」的尚簡的追求。從論述本身，我們也能感受到，詩學家對「約言」、「概說」的鍾愛。

中國古代詩學在表述上也常常追求言簡意賅。中國古代詩學從先秦時的對話體開始就奠定了簡約的傳統，兩漢時的賦體、南北朝時期的駢體、唐代的論詩詩，以至於宋代的詩話、詞話，無不簡約精練。

中國古代詩學家很少對術語、概念、範疇或思想進行條分縷析，常常把觀點濃縮爲三言兩語，甚至一句話、一個詞、一個字。

曹丕《典論·論文》將奏議、書論、銘誄、詩賦四科八類文體的特徵分別概括爲「雅」、「理」、「實」、「麗」四個字。

陸機《文賦》中說：「詩緣情而綺靡，賦體物而瀏亮。碑披文以相質，誄纏綿而悽愴。銘博約而溫潤，箴頓挫而清壯。頌優游以彬蔚，論精微而朗暢。奏平徹以閒雅，說煒曄而譎誑。」〔註11〕分別用十個五字的並列性片語來描述十種文體的藝術特徵。

劉勰在《文心雕龍·定式》中說：「章表奏議，則準的乎典雅；賦頌歌詩，則羽儀乎清麗；符檄書移，則楷式於明斷；史論序注，則師範於核要；箴銘碑誄，則體制於宏深；連珠七辭，則從事於巧豔。」〔註12〕把文章分爲六大

〔註10〕〔清〕劉熙載，藝概〔M〕，上海：上海古籍出版社，1978，1。

〔註11〕〔晉〕陸機，文賦〔C〕，見：郭紹虞主編，中國歷代文論選：第一冊，上海：上海古籍出版社，1979，171。

〔註12〕周振甫，文心雕龍今譯〔M〕，北京：中華書局，1986，280。

類，分別用「典雅」、「清麗」、「明斷」、「核要」、「宏深」、「巧豔」六個詞來概括每一類文章的總體藝術特徵。

此外，關於作品的風格體貌，論者也眾多，而詩僧皎然卻在《詩式》中用十九個字將其概括為十九體，每個字都蘊含著豐富的內涵。

文體本來就是整體性的範疇，是對某一類詩文的整體性的概括。而詩學家在論述某一種文體的藝術特質時，卻常常抓住其最本質的特徵，一針見血，簡約精練地把握住其藝術特質。

在分析具體作家的創作或作品時，詩學家也常常從整體出發，用「一言以蔽之」的方式精妙地傳達出作家或作品的藝術精髓。古人在簡約的話語中，常常包含豐富的內涵，達到用語少卻一針見血的效果。嵇康、阮籍同被列入魏晉「竹林七賢」，二者的創作既有共同點，也有差別，展開論述，頗為複雜。但劉勰在《文心雕龍・明詩》中卻用「嵇志清峻，阮旨遙深」〔註13〕八個字來說明二者的根本差異。「清峻」和「遙深」兩個詞準確地概括了二者的人格魅力與作品風貌的整體特徵。

李白和杜甫作為中國古代詩歌的兩個高峰，其創作風格、藝術旨趣各異，論述二者差異的文章可謂汗牛充棟，但嚴羽卻一語中的：「子美不能為太白之飄逸，太白不能為子美之沉鬱。」〔註14〕（《滄浪詩話・詩評》）用「飄逸」和「沉鬱」來分別概括李白和杜甫的創作特色，可謂是「以一言抵萬言」，指出了二者創作風格和藝術旨趣的本質區別。

而且，在中國古代詩學中，還有很多以一字論詩或論文的例子。比如蘇軾在評論孟郊和賈島的創作時，用了「郊寒島瘦」一詞，分別用「寒」和「瘦」兩個字概括二者創作的特點。清代劉熙載用「飛」字來概括文章生氣灌注的藝術特徵：「文之神妙，莫過於能飛。莊子之言鵬曰：『怒而飛』，今觀其文，無端而來，無端而去，殆得『飛』之機者。」〔註15〕王國維在評價蘇軾和辛棄疾兩大詞人的創作時說：「東坡之詞曠，稼軒之詞豪。」〔註16〕著一「曠」字，一「豪」字，精妙地指出了二者詞的差別所在。

〔註13〕周振甫，文心雕龍今譯〔M〕，北京：中華書局，1986，60。

〔註14〕〔宋〕嚴羽，滄浪詩話〔M〕，普慧，孫尚勇，楊遇青評注，北京：中華書局，2014，119。

〔註15〕〔清〕劉熙載，藝概〔M〕，上海：上海古籍出版社，1978，8。

〔註16〕王國維，人間詞話〔M〕，彭玉平評注，北京：中華書局，2014，116。

　　古人不僅能將某種文體的特徵、某個作家的創作、某篇作品的藝術風格濃縮於隻言片語之中，而且還能用一句、一詞，甚至一字來評價某一個歷史時期文學的整體風貌。比如「建安風骨」、「盛唐氣象」等都抓住了一個時代最本質的特徵，以至於後世文人言建安時期的文學必論「風骨」，談盛唐時期的文學必言「氣象」。不談「風骨」和「氣象」，似乎就脫離了建安時期和盛唐時代文學的軌道。

　　唐代與宋代是中國古代文學最發達的兩個時期，唐詩、宋詞也常常被看作是中國古代文學的代名詞。關於兩個時代文學的差異，論者甚多。而嚴羽的《滄浪詩話》卻用「本朝人尚理而病於意興；唐人尚意興而理在其中。」〔註17〕一句話道明二者差異。後人再論二者的差異時，似乎都沒有跳出嚴羽所概括的「理」和「意興」的圈子。

　　中西方很多學者都看到了中國古代詩學尚簡的藝術特點。葉維廉曾說：「中國傳統的批評是屬於『點、悟』式的批評，以不破壞詩的『機心』為理想，在結構上，用『言簡而意繁』及『點到而止』去激起讀者意識中詩的活動，使詩的意境重現，是一種近乎詩的結構。」〔註18〕美國漢學家李又安教授拿中國古代詩學的這一特點與西方做比較：「西方的意象主義、形式主義和象徵派等均可在中國找到他們的同行。但最引人注目的不同之處在於，中國批評家的讀者知道批評家心中所想，因而批評家用幾個詞就可以啟迪讀者。精闢簡練的評論，任意的判斷，採用最為模糊、神秘、綺麗語言的詩學表述，是這一深奧領域中常見的。而被自己文化中那些冗長的、喋喋不休、焦慮的批評家所寵壞的西方讀者，對此更是不知所云。」〔註19〕

二、言近旨遠，含蓄蘊藉

　　法國漢學家于連認為「迂迴」是中國人揭示意義的一種言說方式，迂迴是為了進入。「語言不是揭示『道』，它注定要掩蓋『道』（在此，這種掩蓋遠不是有意的，而是一種先天的缺陷），它以其原則本身使我們錯過了真實。話語的策略因此更加微妙地活動，而一種為繞過困難而對迂迴方式的要求變得

〔註17〕〔宋〕嚴羽，滄浪詩話〔M〕，普慧，孫尚勇，楊遇青評注，北京：中華書局，2014，105。

〔註18〕〔美〕葉維廉，中國詩學〔M〕，北京：三聯書店，2006，8。

〔註19〕王曉路，體系的差異——西方漢學界的中國古代文論研究述評〔J〕，文藝理論研究，2000（1）：42。

更加急迫，這一切都因爲在中國古代後期（特別是在名家的影響下），語言批評已經相當深入。」〔註20〕「在希臘，話語有一個對象，人們努力以非命令的方式最大可能地貼近它；至於在中國則要求語『緩』，言由於僅僅從容過而更加『微妙』。而這個『從容』很重要：因其迷糊的特徵而進行內在的活動。」〔註21〕且不論他的觀點是否正確，他至少揭示了一個眞理：中國古人的論說方式常常不是直指的，而是「迂迴」的，即不是直露的，而是含蓄的。這也是中國古代詩學一種常見的表達方式。中國古代象思維所帶來的象喻批評，整體思維帶來的有機生命整體論，關聯性思維帶來的比興、以生命體論詩、通感批評等都是一種迂迴的、含蓄的言說方式。

　　在中國古代「微言間出」、「迂迴曲說」是一種普遍的現象。中國人一向不選擇清晰明瞭地說，而是含蓄地說。不直接回答弟子的問題或評判弟子的觀點，而是用曲折委婉的方式來啓發弟子去悟，是孔子常用的表達方式。道家認爲眞理是不可言說的，或者不可用語言直接言說，運用寓言或比喻的方式來暗示眞理是他們常採取的言說策略，《莊子》「以謬悠之說，荒唐之言，無端崖之辭」〔註22〕來表達應有之意。佛家推崇「拈花微笑」，不立文字、以心傳心，「不在文字，不離文字」（元好問《陶然集詩序》）。這些都表明中國古人對含蓄言說方式的推崇。

　　「含蓄」也常常是中國古代詩學家的理論追求。劉勰在《神思》篇中說：「意翻空而易奇，言徵實而難巧也。」〔註23〕這裡的「翻空」，即留有空白，非「實」，也即「含蓄」之意。劉勰的含蓄思想，突出地體現在他對「隱秀」的認識上。「文之英蕤，有秀有隱。隱也者，文外之重旨者也；秀也者，篇中之獨拔者也。」〔註24〕劉勰還這樣解釋「隱」：「隱以複義爲工」，「隱之爲體，義生文外，秘響旁通，伏采潛發」。〔註25〕從這些語句的字裏行間，我們可以看出「隱」是指文學作品中蘊含的多重意義。而且這多重意義要委婉曲折、含而不露。這就要求作者在作文時，不僅要表達文辭表面的意思，還要暗示

〔註20〕 〔法〕弗朗索瓦・于連，迂迴與進入〔M〕，杜小眞譯，北京：三聯書店，1998，319。
〔註21〕 〔法〕弗朗索瓦・于連，迂迴與進入〔M〕，杜小眞譯，北京：三聯書店，1998，383。
〔註22〕 曹礎基，莊子淺注〔M〕，北京：中華書局，2014，597。
〔註23〕 周振甫，文心雕龍今譯〔M〕，北京：中華書局，1986，250。
〔註24〕 周振甫，文心雕龍今譯〔M〕，北京：中華書局，1986，357。
〔註25〕 周振甫，文心雕龍今譯〔M〕，北京：中華書局，1986，357。

文辭之外的意思。同時要求讀者在閱讀文學作品時，不僅要看文辭字面的意思，更重要地是去揣摩、聯想和玩味文辭之外的意義。對於「秀」，劉勰的解釋是「秀以卓絕為巧」、「狀溢目前」，是「篇中之獨拔者」。〔註26〕「秀」即作品所塑造的獨特、生動、可感的藝術形象，它能為文章增彩，賦予其以靈氣，使作品具有引人入勝的美感。

「隱」使作品具有文外之意，達到意在言外的效果；「秀」使作品生動、形象、可感。「隱」、「秀」結合，即是通過有限的文辭來塑造形象，暗示無限的意義，以達到「辭約旨豐」的藝術效果。因此說，「隱秀」突出表現了劉勰對「含蓄」藝術境界的追求。

鍾嶸把「含蓄」作為評價文學作品藝術水準高低的標準，他批評了賦這種文體：「若專用賦體，患在意浮，意浮則文散，嬉成流移，文無止泊，有蕪漫之累矣。」〔註27〕賦一味注重語言的鋪陳，意蘊顯露在文字表面，因而顯得虛浮、蕪漫，給人一種缺少深度之感。

司空圖《二十四詩品》單列「含蓄」一品：「不著一字，盡得風流，語不涉難，已不堪憂。是有真宰，與之沉浮，如淥滿酒，花時返秋。悠悠空塵，忽忽海漚，淺深聚散，萬取一收。」〔註28〕

南宋嚴羽在《滄浪詩話‧詩法》中提出：「語忌直，意忌淺，脈忌露，味忌短」〔註29〕。

明代謝榛提出：「詩有可解，不可解，不必解，若水月鏡花，勿泥其跡可也。」〔註30〕

清沈德潛在《施覺庵考功詩序》中云：「詩之為道也，以微言通諷諭，大要援此譬彼，優游婉順，無放情竭論，而人徘徊自得於言意之餘。」〔註31〕

葉燮《原詩》中也說：「詩之致處，妙在含蓄無垠，思致微渺，其寄託在

〔註26〕周振甫，文心雕龍今譯〔M〕，北京：中華書局，1986，357。

〔註27〕周振甫，詩品譯注〔M〕，北京：中華書局，1998，19。

〔註28〕〔唐〕司空圖，詩品〔C〕，見：郭紹虞主編，中國歷代文論選：第二冊，上海：上海古籍出版社，1979，205。

〔註29〕〔宋〕嚴羽，滄浪詩話〔M〕，普慧，孫尚勇，楊遇青評注，北京：中華書局，2014，89。

〔註30〕〔明〕謝榛，四溟詩話〔C〕，見：丁福保輯，歷代詩話續編：下冊，北京：中華書局，1983，1143。

〔註31〕〔清〕沈德潛，施覺庵考功詩序〔C〕，見：王運熙，顧易生主編，中國文學批評通史：清代卷，上海：上海古籍出版社，1996，439。

可言不可言之間，其指歸在可解不可解之會，言在此而意在彼，泯端倪而離形象，絕議論而窮思維，引人入溟漠恍惚之境，所以爲至也。」〔註32〕

這些論述充分說明了中國古代詩學家對含蓄這種風格的推崇。這種理論推崇從根本上來自於詩歌創作實踐和詩學批評實踐。正如錢鍾書先生所言：

> 和西洋詩相形之下，中國舊詩大體上顯得情感不奔放，說話不嘮叨，嗓門兒不提得那麼高，力氣不使得那麼狠，顏色不著得那麼濃。在中國詩裏算是「浪漫」的，和西洋詩相形之下，仍然是「古典」的；在中國詩裏算是痛快的，比起西洋詩，仍然不失爲含蓄的。我們以爲詞華夠鮮豔了，看慣紛紅駭綠的他們還欣賞它的素淡；我們以爲「直恁響喉嚨」了，聽慣大聲高唱的他們只覺得是低言軟語。
> 〔註33〕

「含蓄」是中國古代詩歌創作的一個追求。如杜甫的詩句「碧瓦初寒外」，「初寒」到底是何種感覺，瓦片不能感知冷暖，爲何說它在「初寒外」，詩人都沒有說明。葉燮在評論這句詩時說：「覺此五字情景，恍如天造地設，呈於象，感於目，會於心」，「意中之言，而口不能言，口能言之，而意又不可解，劃然示我以默會想像之表，竟若有內有外，有寒有初寒，特借碧瓦一實相發之」。〔註34〕（《原詩》）

又如劉禹錫的《白頭城》寫道：「山圍故國周遭在，潮大空城寂寞回。淮水東邊舊時月，夜深還過女牆來。」沈德潛對此評論說：「只寫山水明月，而六代繁華，俱歸烏有，令人於言外思之。」〔註35〕

再如張繼《楓橋夜泊》寫道：「月落烏啼霜滿天，江楓漁火對愁眠。姑蘇城外寒山寺，夜半鐘聲到客船。」沈德潛對此評價說：「本詩喧鬧闐之處，只聞鐘聲，荒涼寥寂可知。即以點帶面，以少總多，而藝術意蘊盡出。」〔註36〕

言近旨遠、含蓄蘊藉的詩歌總讓人津津樂道，而那些語言直白、感情直露的詩歌則容易被人忘卻。比如蘇軾的詩《穎洲初別事由》：「近別不改容，

〔註32〕〔清〕葉燮，原詩〔C〕，見：郭紹虞主編，中國歷代文論選：第三冊，上海：上海古籍出版社，1979，351。

〔註33〕錢鍾書，中國詩與中國畫〔C〕，見：張燕瑾，趙敏俐主編，20世紀中國文學研究論文選：通論卷，北京：社會科學文獻出版社，2010，367。

〔註34〕〔清〕葉燮，原詩〔M〕，北京：人民文學出版社，1979，30。

〔註35〕〔清〕沈德潛，唐詩別裁〔M〕，上海：上海古籍出版社，1988，669。

〔註36〕〔清〕沈德潛，唐詩別裁〔M〕，上海：上海古籍出版社，1988，670。

遠別涕沾胸。咫尺不相見，實與千里同。人生無別離，誰知恩愛重。」感情可謂眞摯、濃烈，令人動容，但卻很少被人們提及，這是因爲它過於直白、眞切，缺少回味的餘地與韻味。

　　含蓄也是中國詩學所追求的表達境界。象喻批評以象寓理含蓄式的表達，整體思維「一言以蔽之」簡約式的表達，關聯性思維的生命化批評、通感批評都具有一種天然的含蓄性。之前三章已經談及，此處不再贅述。在此僅舉三例，來進一步說明中國古代詩學話語的含蓄性：

　　第一例：唐代詩僧皎然在評價謝靈運詩歌時，寫下這樣一段話：

　　　　曩者嘗與諸公論康樂爲文，直於情性，尚於作用，不顧辭采，而風流自然。彼清景當中，天地秋色，詩之量也；慶雲從風，舒卷萬狀，詩之變也。不然，何以得其格高，其氣正，其體貞，其貌古，其詞深，其才婉，其德宏，其調逸，其聲諧哉？〔註37〕

這段話顯然是給予謝靈運極高的評價，我們不去評判其內容的合理性，但就其言說方式而言，可謂精妙至極。這段話先概括了謝靈運詩歌的特徵：「直於情性，尚於作用，不顧辭采，而風流自然」。用了四個片語，表現了謝靈運詩歌表達眞情實感、獨具匠心、不追求華美辭藻、生動自然的藝術風格。這四個片語，都是概括性的，尤其是最後一個，我們無法說出它確切的涵義，但卻能明顯地感受到這種藝術風格的特徵。接著，皎然沒有去具體分析這種藝術風格的特徵，而是營造出一種情景：「清景當中」，「天地秋色」，「慶雲從風」，「舒卷萬狀」，讓讀者在這種情景中切實體驗謝靈運詩歌給人的主觀感受。這種言說方式，介於明確與模糊之間，靠讀者根據欣賞經驗來填補空白。說者並不明確說出自己要表達的意思，而是激發讀者的審美經驗。

　　第二例：被後人評價爲「體大慮周」、體系相對比較完備的《文心雕龍》採用駢文的形式，由四六句式的語句連綴而成，而且，在行文中廣泛採用了比興、擬人、暗示等言說方式，彰顯了中國古代詩學含蓄蘊藉、言簡意豐的話語特徵。《文心雕龍》全文共三萬七千多字，而研究它的著作與文章卻連篇累牘、汗牛充棟，發展成「龍學」，其含蓄程度可見一斑。

　　第三例：司空圖的《二十四詩品》中有一品爲「纖穠」。「纖穠」這個詞本身就是含蓄的，很難用一個詞或一句話來概括。且看司空圖如何來說明它：

〔註37〕〔唐〕皎然，詩式〔C〕，見：〔清〕何文煥輯，歷代詩話：上冊，北京：中華書局，1981，30。

采采流水，蓬蓬遠春。窈窕深谷，時見美人。碧桃滿樹，風日
水濱。柳陰路曲，流鶯比鄰。乘之愈往，識之愈真。如將不盡，與
古為新。〔註38〕

司空圖用短短的 48 個字，描繪了一幅美人踏春圖：暮春時節，風和日麗，鶯飛草長，柳樹成蔭，在潺潺流水旁，幽幽深谷邊，忽見一位窈窕美女。「纖穠」即是對此情此景中美人姿態的概括，也是對一種詩歌風格形象的描述。但其具體指什麼，作者並沒有言明，它依然是含蓄的。

中國古代詩歌和詩學話語的含蓄性決定了其多義性。西漢大儒生董仲舒在《春秋繁露·精華》中說：「《詩》無達詁，《易》無達占，《春秋》無達辭。」〔註39〕對於《詩》《易》《春秋》，沒有統一的窮盡其意義的看法。後人把其發展為「詩無達詁」，成為一種普遍的闡釋原則。

含蓄性雖缺乏精確性、清晰性和指向性，但卻具有超強的生成性，能有利於表達複雜的思想或情感，增強了語言的表現力，調動了讀者的想像與聯想，讓他們自己去體味文字之外的意蘊與趣味。含蓄蘊藉的表達方式使得中國古代詩學具有「象外之象」、「味外之旨」、「韻外之致」，達到「言有盡而意無窮」的藝術效果，給人一種曲折蜿蜒和寓意深遠之感。

三、隨心馳騁，散點遊目

（一）隨心馳騁——主體性、體驗性

無論是象思維、整體思維，還是關聯性思維，都具有濃厚的主體性、體驗性。在它們的共同影響之下，中國古代詩學往往不借助概念，不力求探究確定無疑的知識。它不是為了揭示一個確定的定義或真理，而是向多種聲音和意義敞開。它所捍衛的不是死的定義或概念，而是主體的創造性和體悟。

《毛詩序》談詩歌時說：「詩者，志之所之也，在心為志，發言為詩，情動於中而形於言，言之不足，故嗟歎之，嗟歎之不足，故永歌之，永歌之不足，不知手之舞之，足之蹈之也。」〔註40〕其中沒有理性的分析和思辨，而是一種情緒的表達，語言自然流淌，一氣呵成，讀起來暢快淋漓。

〔註38〕〔唐〕司空圖，詩品〔C〕，見：郭紹虞主編，中國歷代文論選：第二冊，上海：上海古籍出版社，1979，203。
〔註39〕蘇輿，春秋繁露義證〔M〕，北京：中華書局，1992，94～95。
〔註40〕〔漢〕毛詩序〔C〕，見：郭紹虞主編，中國歷代文論選：第一冊，上海：上海古籍出版社，1979，63。

　　中國古代詩學不求對詩學現象的精確認知，而是關注生命、關注心靈，以象的方式把握詩學現象，引導讀者以直觀和感悟的方式去體悟審美對象。劉勰之所以把自己的文學理論巨著以「文心」命名，是因為，在他看來，「文」的哲學也是一種「心」的哲學，文學與文學家的心靈相通，與文學家的心理、情感、個性相關。詩學理論也是如此，詩學也要與「心」相通，詩學研究要觸及詩學家的靈魂，發掘詩學之中蘊含的民族精神。

　　中國古代大多數文人把詩歌當成是情感宣洩的出口，或者安放身心的靈魂棲息之所。詩歌創作和詩歌研究成為一種審美的生活方式。詩歌創作和詩歌研究常常無視功利，無關宏旨。在中國古代詩學發展史中，我們很難找到那種純理論的鴻篇巨製。詩學作品總是針對具體的詩歌作品和詩人，為抒發內心感受之作。

　　詩話集中體現了中國古代詩學的這一特點。詩話多為偶感和點評。歐陽修的《六一詩話》是中國文學史上第一部詩話，被稱為「詩話之祖」。歐陽修在書的扉頁自題：「居士退居汝陽，而集以資閒談也。」〔註41〕說明自己研究詩歌，只是「閒談」而已。以隨筆漫談的方式來品評詩歌，奠定了後世詩話體的閒散的論說風格。在詩話的序跋中，作者一般要描述自己悠然自得的品詩、言詩的心境。同時，在宋代文士之中流行以賦詩、品詩、談詩為主題的活動，詩話中常常記錄這些活動。這種談詩方式既隨意輕鬆，又充滿情趣，在語言上，不追求專業、理性的分析，而是充斥著白話和口語。有些詩話甚至記錄了很多詩壇的趣聞軼事，詩話的內容可以說無所不包。正如郭紹虞所說：「可以資閒談，涉諧謔。可以考故實講出處，可以黨同伐異，標榜攻擊，也可以穿鑿附會，牽強索解；可雜以神怪夢幻，也可專講格律句法；鉅細精粗，無所不包。」〔註42〕

　　宋代現存的比較完整的詩話有四十多部，大多為文人們晚年之作，或是他們功成名就之後的自得之作，或是仕途失意的百無聊賴之作。文學成了他們情感的寄託，在詩文品評中，常常借他人之酒杯，澆自己心中之塊壘，這就是所謂的發憤之作。這些作品往往能顯露作者的真性情和真才情，成為中國詩論中的精華。

〔註41〕〔宋〕歐陽修，司馬光：六一詩話・溫公續詩話〔M〕，北京：中華書局，2014，1。
〔註42〕郭紹虞，中國文學批評史〔M〕，天津：百花文藝出版社，1999，331。

在中國古代的詩話、詞話中，南宋嚴羽的《滄浪詩話》的藝術成就最高。其後的詩話、詞話大多承襲了《滄浪詩話》「以禪喻詩」、「以禪論詩」的話語方式。這使得詩話、詞話不注重對鑒賞對象進行細緻的分析和系統的論證，而是以直覺體驗和感悟的方式來品味詩歌，並通過形象化的語言將體驗和感悟傳達出來。

詩話、詞話這種詩學形式短小精悍、靈活多變、隨意自然，可以用來為作品作注，也可以用來評述和分析作品，還可以傳達對作品鑒賞的體悟。它成為中國詩學的一種傳統，影響了中國古代詩學的話語方式和存在方式。莊子自稱自己的文章為「無端涯之辭」，中國古代詩學也有這種話語傾向，從言說內容，到言說方式，都是沒有邊界的。

（二）散點遊目──隨意性、流動性

「散點遊目」是中國古代詩學的話語特徵之一，它也是由中國傳統的象思維、整體思維和關聯性思維決定的。象思維之「象」往往就是一個散在的視點，整體思維也是由一個個點凝聚而成，關聯性思維是以相似性或相關性為紐帶，把一個又一個散在點連綴起來。

中國古代詩歌常常景由人取，景隨人移，以移動的視點，打破固定的視域。中國古代詩學也是如此，不重客觀，而更重內心。詩學家的思維常常隨心馳騁，飄忽不定。

《論語》沒有明顯的綱目結構，沒有一個確定的中心，常常是一個篇章一個中心，篇章與篇章之間沒有必然的聯繫。即使在同一篇章中，也往往不是圍繞一個中心而談，而是隨心所欲，內容跨度比較大。從論語二十篇的題目也能看出來：學而、為政、八佾、里仁、公冶長、雍也、述而、泰伯、子罕、鄉黨、先進、顏淵、子路、憲問、衛靈公、季氏、陽貨、微子、子張、堯曰。各自所談的內容不同，前後沒有明顯的關聯。全篇沒有一個固定的焦點，視點不斷變化。涉及詩學的篇目，也不集中。有的篇目論及詩歌的社會功用，有的篇目論及詩的批評標準，有的篇目論及詩的內容與形式的關係。這些內容集中到一起，很難找到一個核心，而是一種隨意的討論。無論是所談論的話題還是觀點，都是多視點的。而且在談論詩學問題時，不僅僅侷限於詩學問題本身，而是把詩學問題與倫理道德聯繫起來。

中國古代的很多詩學著作，也大多具有散點遊目的特點。曹丕的《典論·

論文》的內容既包含作家論（文氣論），也有作品論（文體論、文學價值論），還有批評論，這些內容的構成並沒有一個邏輯結構來串聯，而是作者隨心所欲，心之所至，筆之所至。

陸機的《文賦》談及了作家的才行、創作激情、想像力，作品的內容與形式的關係、風格特徵，文章的地位等內容，散點遊目，隨心馳騁。

即使像《文心雕龍》這樣「體大慮周」的鴻篇巨製也不能徹底擺脫散點遊目的特徵。比如，談「神思」，作者並沒有侷限於談藝術想像，還談及文思的遲緩、文章的修改等跟「神思」關聯不大的內容，作者的思路不完全受所談主題的束縛，而是從所談內容髮散開去，表現出極大的靈活性。

即使在評論某一具體的審美範疇時，中國古代詩學家也很少將思維固定在一個理論框架中，而是圍繞著審美範疇，散點遊目，馳騁想像。比如「興」這個範疇。其意義發展大致經過以下幾個階段：（一）最早見於孔子的「興於詩」與「詩可以興」，是就詩歌的價值功能而言的。（二）到了《毛詩序》，則把「興」作爲「六藝」之一。此時，「興」在表示詩的功能價值之外，還具有「託事於物」的修辭功能。（三）摯虞在《文章流別論》中提出：「興者，有感之辭也。」〔註43〕這裡的「興」具有了一種新的涵義：觸物起情。劉勰繼承並發展了這層涵義，他在《文心雕龍・比興》中說：「『興』者，起也。」「起情故『興』體以立」。〔註44〕《文心雕龍・物色》還從創作中心物關係的角度來詮釋「興」。這裡的「興」除了具有「比興」中的「興」的修辭作用外，還具有指稱創作過程中主體審美感受的功能。「四序紛回，而入興貴閒」、「情往似贈，興來如答」〔註45〕之中的「興」都具有這種功能。（四）之後，鍾嶸將「興」的涵義進一步擴大，他在《詩品序》中說：「文已盡而意有餘，興也」〔註46〕，「興」在這裡指的是藝術作品的審美內涵或閱讀接受效果。（五）除了以上四種主要涵義外，「興」還常常指創作主體的胸襟、情懷等。總之，「興」是中國古代詩學中具有多方面、多層次涵義的一個範疇。同時，「興」範疇具有極強的衍生性，以之爲核心詞，還衍生出「興象」、「興味」、「興趣」、「感興」、「興寄」、「興會」等術語。它與不同的詞相結合，可能在基本遵循其本

〔註43〕〔晉〕摯虞，文章流別論〔C〕，見：郭紹虞主編，中國歷代文論選：第一冊，上海：上海古籍出版社，1979，190。
〔註44〕周振甫，文心雕龍今譯〔M〕，北京：中華書局，1986，324。
〔註45〕周振甫，文心雕龍今譯〔M〕，北京：中華書局，1986，417。
〔註46〕周振甫，詩品譯注〔M〕，北京：中華書局，1998，19。

義的同時，也會被賦予新的內涵。從上述分析可見，「興」的涵義豐富、多變，其意義的演變也具有「隨心馳騁」的特點。

有學者認為，中國古代詩學是沒有體系的。他們的理由是「中國古代沒有產生一部真正成體系的文學理論著作」〔註 47〕，中國古代詩學思想多散見於書信、序跋、詩文評點中，沒有一部從體系學的角度去建構的詩學著作。但也有學者認為，「從單個中國古代美學家、文學批評家的論著中，我們很難找到像西方那樣明顯的理論體系。然而，一旦我們把中國古代美學、文學理論作一整體觀照，則發現一些重要觀念通過歷代文論家的不斷傳承和發展，其概念的內涵不斷得到完善，從而形成了隱形的、潛在的體系。」〔註 48〕

詩話、詞話有時候看似零散、不成體系，但其中卻不乏妙語連珠、真知灼見，而且其中也有很多結構相對嚴整之作，如鍾嶸的《詩品》、嚴羽的《滄浪詩話》、王國維的《人間詞話》等。

鍾嶸的《詩品》先在「序」中提出「滋味說」這一理論綱領，即品評方法，然後它以此為依據對 100 多位五言詩人進行品第分類，並一一進行品鑒；嚴羽的《滄浪詩話》先在「詩辨」中提出「論詩如論禪」的理論綱領，然後以此作為理論基礎分別論及詩體、詩法、詩評和考證；《人間詞話》前九則，提出「境界說」這一理論綱領，其後的部分，都是以「境界說」為理論依據進行的具體批評。

正如詩學的話語方式可以多種多樣一樣，詩學的體系也可以是多種多樣的。中國古代詩學沒有形成與西方相對應的範疇系統，在體系上也不及西方詩學嚴密，但是它有自己獨特的術語和體系。樂黛雲先生認為：「這一體系以天人相通，與自然冥合為最高境界，以研究語言所構成而又超出於語言本身的意象空間，以及構成這種空間的不同途徑和人們對於這種空間的領悟為核心；這一體系的表達，則以融合詩人對詩意的了然於心，詩論家對詩的本質冥想，以及哲人對『超然絕象』的『天地之心』的體驗為特點。」〔註 49〕而且，體系也不是評判一個學科價值的基本標準，宗白華的《美學散步》是在

〔註 47〕蔣寅，關於中國古代文章學理論體系——從《文心雕龍》談起〔J〕，文學遺產，1986（6）：1。

〔註 48〕劉紹瑾，自然：中國古代一個潛在的文學理論體系〔J〕，文藝研究，2001（2）：30。

〔註 49〕樂黛雲，獨角獸與龍：在尋求中西文化普遍性中的誤讀〔M〕，北京：北京大學出版社，1995，7。

思想的「散步」中所產生的一些隨感，並無體系可言，但這並不妨礙這部著作成爲成就宗白華成爲美學大師的扛鼎之作。

我們不能苛求中國古人像西方人那樣去思考和言說，正如我們不能要求西方人像中國古人那樣思考和言說一樣。我們承認，中國古代詩學缺少體系，但我們不能說中國古代詩學缺少思想；中國古代詩學缺少知性邏輯，但並不缺少詩性體驗。我們應該用多元文化的視角來反思中國文化和西方文化，任何所謂的「放之四海而皆準」的絕對正確的標準是不存在的。

四、以詩論詩，詩論合一

本標題的第三個「詩」指的是詩歌，即本文緒論中所講的狹義「詩學」之「詩」，而「論」則指「詩學」之「學」，即關於詩歌的各種理論。爲了符合一般的表達習慣，本標題變換了一下語序，按照正常的語序來說應該是「論詩合一」，即詩學理論與詩歌本身是同質的。換句話說，詩學理論同詩歌一樣也具有詩性。

西方主張「分科治學」，即不同的學科有不同的話語規則。在這種思想之下，文學與文學批評分屬於兩種不同的文體，文學批評是論文，而文學則是語言的藝術，二者不能雜糅。但是在中國古代，文學常常與文學批評雜糅在一起，詩與詩學雜糅在一起。文論常常是文學，詩學也常常是詩。讀中國古代詩學論著，不像是讀枯燥的理論之作，倒像是讀一篇篇文質兼備的散文或詩。

中國古代詩學的詩性特徵最突出地表現在詩學的文體形態上。「文體是指一定的話語秩序所形成的文本體式，它折射出作家、批評家獨特的精神結構、體驗方式、思維方式和其他社會歷史、文化精神。」〔註50〕在童慶炳看來，「文體」包含三個層次的內容：體裁、語體和風格。按照嚴格的文體理論，詩學的文體形態應該與詩迥異。在體裁上，詩學應該是學術性文體，而詩是文學性文體；在語體上，詩學的語體應該是客觀的、精確的語言，而詩的語體應該是形象的、模糊的語言；從風格上看，詩學的風格應該是理性的、邏輯嚴密的，而詩應該是感性的、靈動的。但從中國古代詩學的實際情況來看，詩學往往與詩是同質的，詩學作品常常也是詩。第三個層次，即詩學的風格，在前文已有詳細的論述。這裡主要從詩學的體裁和詩學的語體（即語言風格）兩個方面來討論一下中國古代詩學的詩性。

〔註50〕童慶炳，文體與文體的創造〔M〕，昆明：雲南人民出版社，1997，1。

（一）中國古代詩學體裁的詩性

先秦時期，沒有獨立的詩學作品，但詩學思想卻極其豐富。這些思想寄生於經、史、子、集等各種文體的著作之中。如《尚書》和《詩經》屬於「經」，《論語》《孟子》《莊子》和《荀子》等屬於「子」。如果按照現代文史哲的分類方法，《詩經》為文學，《尚書》為史學，諸子之書則屬於哲學。

先秦時代的詩學思想大多散見於非批評文體之中，李建中先生把先秦時期這種批評文體稱為「寄生體」。比如《孟子》是一部對話體著作，七篇中，篇篇都有詩歌批評的內容。如在《萬章上》中，他提出「以意逆志」之說；在《萬章下》中，他提出「知人論世」之說。而且這兩種觀點的提出，不是針對文學批評而言的，前者是在討論舜的忠孝時提出的，後者是在談及士人交友的層次問題上提出的。

兩漢最有代表性的詩學文體是書信體和序跋體，如《報任少卿書》《太史公自序》《毛詩序》《兩都賦序》《楚辭章句序》等。兩漢時期以詩學為主題的「序」主要有兩類：一類是作者自序，是作者在作品完成後對寫作動機和自己生平際遇的一種說明。如《太史公自序》，司馬遷在其中記敘了自己的家世與坎坷遭遇，記敘了老太史公對自己的期望以及自己因李陵事件受折磨和屈辱的歷程，在一種悲劇性的氛圍中，提出「發憤著書」之說。另一類是詩文評點，如王逸的《楚辭章句》的總序和分序，《詩》的大序和小序。這類著作語言簡潔明快，繼承了先秦時期語錄體的文風。這種詩學樣式為後世詩話的言說方式與文本樣式奠定了基礎。

在中國古代詩學史上，不乏以書信體來闡發自己的文學主張或觀點之作。如司馬遷的《報任少卿書》，它更像一篇抒情散文，字字含悲，聲聲含淚，情真意切，在文學化的敘述中提出「發憤著書說」。

書信體和序跋體都不是典型的議論型文體，而是散文，具有濃厚的詩性。二者都屬於文學文體。兩漢詩學的這種文體特徵深深影響了後世詩學文體的選擇。

曹丕的《典論·論文》雖然以「論」命名，但從體裁特徵上看，其實就是一篇散文；陸機的《文賦》用「賦」的形式，極富文辭，極盡鋪陳；劉勰的《文心雕龍》是一篇文筆優美的駢文；司空圖的《二十四詩品》就是二十四首四言詩；而詩話、詞話、曲話都是一篇篇隨筆。賦、駢文、詩、隨筆等一般為文學文體，即廣義的詩。像李清照的《詞論》那樣規範的論文樣式的

詩學著作在中國古代很少見。

中國古代詩學的以詩論詩、詩論合一的特徵在論詩詩中表現得更爲典型。論詩詩顧名思義就是討論詩歌的詩。從體裁上看，它本身就是詩；而從內容上看，它的主題是討論詩歌，屬於典型的詩學作品範疇。因此說，論詩詩是以詩論詩、詩論合一，集詩學作品和詩歌作品於一身。

論詩詩作爲一種獨立的詩學批評文體最早起源於杜甫的《戲爲六絕句》。《戲爲六絕句》作爲一組詩，其篇幅不大，所涉及的詩學問題也不是非常多，但是從詩學發展史來看，這組詩歌卻開創了以詩論詩的先例，打破了過去以文論詩的批評傳統。這對後世的詩學造成了深遠的影響，其後的韓愈、白居易等也都傚仿杜甫，以詩歌的形式來表達自己對詩的評價和詩學觀點。

論詩詩發展到南宋和元朝，形成了一大高潮，其中貢獻最大的是戴復古和元好問。戴復古首次以「論詩」爲題，寫成《論詩十絕》，論詩詩由此走向更加自覺的境界：「文章隨世作低昂，變盡風騷到晚唐。舉世吟哦推李杜，時人不知有陳黃。」「飄零憂國杜陵老，感寓傷時陳子昂。近日不聞秋鶴唳，亂蟬無數噪斜陽。」都表達了作者深刻的詩學思想：弘揚《詩經》、《離騷》以來的有感而發、面向現實、針砭時弊的創作傳統，批判當時詩壇創作的擬古之風和形式主義之風。其缺點是在這十首詩中，詩學思想比較零散，沒有形成系統，沒有形成一以貫之的詩學觀點，顯得比較散漫、隨意。

金代的元好問克服了戴復古論詩詩的缺點，以清晰的思路、辯證的觀點將論詩詩推向一個新的高度。他寫了論詩絕句《論詩三十首》，在這三十首詩歌中，有一以貫之的詩學觀點，即崇尚眞情實感，反對矯揉造作。如他評論陶淵明的詩「一語天然萬古新，豪華落盡見眞淳」（其四），讚揚《敕勒歌》：「穹廬一曲本天然」（其七），分別用「心畫心聲總失眞」（其六）、「精純全失義山眞」（其二十八）批評潘岳、黃庭堅。有一以貫之的詩學思想貫穿其中是元好問論詩詩廣泛流傳和受人讚揚的原因所在。

在元好問之後，論詩詩取得了長足的發展。郭紹虞等人搜集了中國古代的論詩絕句，編成《萬首論詩絕句》，足見中國古代論詩詩的發達。

論詩詩言簡意賅，把豐富的含義濃縮在精微的隻言片語之中。它不僅以詩的形式，還以詩的語言、詩的豪情、詩的韻律來論。比如元好問《論詩絕句》：「縱橫詩筆見高情，何物能澆塊壘平。老阮不狂誰會得，出門一笑大

江橫。」阮籍詩歌的意境與韻味躍然紙上。

可以說，中國古代詩學從文體上看是「文備眾體」：既有形式靈活、形散神不散的「散文體」（如序跋、書信等），也有文質優美的賦體、駢體，敘事性濃厚的筆記體（如詩話、詞話），還有以詩論詩、富有詩意和情趣的詩歌體。詩學家根據自己的專長，選擇自己擅長的文體進行創作。而且這些文體大多屬於文學文體，富有詩性。因此可以說，中國古代詩學在體裁上充分顯示了以詩論詩，詩論合一的詩性特徵。

（二）中國古代詩學語體的詩性

「聲情並至之謂詩，而情至者每直道不出，故旁引曲喻，反覆流連，而隱隱言外，令人尋味而得。此風人之旨，所以妙極千古也。」〔註51〕批評家也無疑會受到這種詩歌創作傳統的影響，在論詩時，極力迴避枯燥乏味的說理，而採用生動形象的意象、優美靈動的整體意境或巧妙曲折的比興等來描述自己的審美感受。人們在鑑賞古代詩歌時，往往用「詩中有畫」來形容詩歌形象、優美的審美特徵。殊不知，不少詩學思想的論述也可以用「論中有詩」、「論中有畫」來形容。劉勰的《文心雕龍》用優美、富有詩意的駢文寫成。司空圖的《二十四詩品》本身就是二十四首四言詩，注重情、景、人的交融，寫景繪聲繪色，抒情自然流暢，寫人呼之欲出，達到寫景、抒情、敘事的完美統一。

中國古代模糊了詩人與詩學家的界限，同時也模糊了詩與詩學的界限。把中國古代稱之為「詩的國度」絕非溢美之詞。

中國古代詩學在語體風格（語言風格）上也有美文化的特徵。這種美文化的特徵首先由中國古代詩學著作的文體特徵決定的。劉勰選擇用駢文來寫《文心雕龍》也就選擇了用「麗辭」來展示他的詩學思想。劉勰很清楚地知道駢偶文的文體特徵：「造化賦形，支體必雙，神理用焉，事不孤立。夫心生文辭，運裁百慮，高下相須，自然成對。」〔註52〕由此可見，駢文是一種最能體現形式美和詩意美的文體。劉勰選擇了這種文體，也就選擇了一種最具文學性的華麗、富有文采的語言風格。當然，劉勰用自己的創作實踐證明了自己對這種文體風格的堅守。如《文心雕龍·神思》中說：

〔註51〕田同之，西圃詩說〔C〕，見郭紹虞編選，清詩話續編：上冊，上海：上海古籍出版社，1983，750。
〔註52〕周振甫，文心雕龍今譯〔M〕，北京：中華書局，1986，317。

古人云：「形在江海之上，心存魏闕之下。」神思之謂也。文
之思也，其神遠矣。故寂然凝慮，思接千載；悄焉動容，視通萬里；
吟詠之間，吐納珠玉之聲；眉睫之前，卷舒風雲之色；其思理之致
乎？故思理爲妙，神與物遊。〔註53〕

單看這段文字，可謂是一篇典型的文辭優美的散文。此外，他在《風骨》篇
中說：「若風骨乏采，則鷙集翰林，采乏風骨，則雉竄文囿」〔註54〕。在《物
色》篇中說：「一葉且或迎意，蟲聲有足引心，況清風與明月同夜，白日與春
林共朝哉！」〔註55〕這些闡明文學思想或觀念的語言同時也是一段段美文。

　　自魯迅先生以來，中國現當代很多學者都把《文心雕龍》與亞里斯多德
的《詩學》相提並論。在邏輯性和體系性上，《文心雕龍》遠在《詩學》之下；
但在文學性上，《文心雕龍》卻遠遠超過《詩學》。

　　《文心雕龍》以駢文寫成，富有排偶駢儷之美，而司空圖的《二十四詩
品》則既有駢文的駢儷之美，也兼有詩歌的含蓄之美。其對二十四種詩歌風
格的探討，其實就是二十四首意境優美的詩歌。在其中，他將二十四種詩歌
風格具象化、形象化，以具象化和形象化的意境去啓迪人們切身體會和領悟
二十四種藝術風格的審美特徵，化抽象爲具象，化概念爲意象。例如用「猶
之惠風，荏苒在衣」〔註56〕來描繪「沖淡」一品。在這裡，司空圖化用了陶
淵明詩歌中的「風之在衣」〔註57〕的意象。這種化用，既形象地寫出了「沖
淡」一品自然、飄忽之美，又讓人聯想到陶淵明的創作。「沖淡」是對陶淵明
作品風格最恰當的概括，因而，用陶淵明的詩來解釋「沖淡」也是再貼切不
過的了。這種詩意化、文學性的言說，比純理論的論述和純思辨的言說，更
能傳達出「沖淡」之味、「沖淡」之神、「沖淡」之妙。

　　含蓄蘊藉本是中國古代詩歌創作所追求的一種語言風格，而中國古代的
詩學家們卻把它當作文學批評的一種追求，創造出像《二十四詩品》這樣優
美、含蓄、蘊藉的詩學作品。在此之前，鍾嶸的《詩品》已經顯示出意象化
批評的傾向。在「品第語」中，抽象性、概念化、概括性的語言很少，而占

〔註53〕周振甫，文心雕龍今譯〔M〕，北京：中華書局，1986，248。
〔註54〕周振甫，文心雕龍今譯〔M〕，北京：中華書局，1986，266。
〔註55〕周振甫，文心雕龍今譯〔M〕，北京：中華書局，1986，414。
〔註56〕〔唐〕司空圖，詩品〔C〕，見：郭紹虞主編，中國歷代文論選：第二冊，上
　　　　海：上海古籍出版社，1979，203。
〔註57〕見陶淵明《歸去來辭》：「舟遙遙以輕颺，風飄飄而吹衣。」

主體的卻是形象生動的譬喻、令人回味無窮的比興、趣味盎然的詩壇軼事，如詩如畫的語言更是俯拾皆是。如評謝靈運的詩「譬猶青松之拔灌木，白玉之映塵沙」〔註58〕，評范雲、丘遲的詩「范詩清便宛轉，如流風回雪。丘詩點綴映媚，似落花依草。」〔註59〕

中國古代詩學從本質上而言是「文學的」或「詩的」，而非「理論的」。中國古代詩學家以詩的方式思維，以詩的方式言說，最終形成了中國古代詩學的詩性特徵。

社會發展到現代，各學科的界限變得分明，文學與文學理論截然分開，文學批評文本的文學性逐步消失了，文學批評變成了一種純理性的學科。各種文學批評文章都遵循著統一的科學性的規範，變成了一種格式化的文本。在文學批評作品中，我們常常看不到主觀性的感悟，看不到詩性，看不到生命。在這種背景之下，回望中國古代詩學這片詩性綠洲頗具現實意義。

第二節　中國古代詩學話語方式的侷限性

詩性的話語方式無疑增加了詩學作品的詩性和美感，是中國古代詩學的優長，同時也是中國古代詩學的侷限性所在。中國古代詩性的思維方式及話語方式常常伴生著如下幾點缺憾或不足：

一、簡單化

正如英國著名的美學家貝爾所言：「簡化對整個藝術來說都是不可缺少的。沒有簡化，藝術不可能存在，……而只有簡化才能把有意味的東西從大量無意味的東西中提取出來。」〔註60〕中國古代優秀的詩歌大多以簡潔凝練的語言營造了含蓄蘊藉的詩歌意境，帶給人無限的遐想，給人留下回味的空間和多種理解的可能。而詩學作為對詩歌創作和批評的理論總結，過分的簡約則缺少明晰性、體系化，給讀者的閱讀帶來極大的困難。

中國古代詩學家繼承了詩歌簡潔凝練的話語特徵，在給人留下回味空間和多種理解可能的同時也破壞了詩學思想本身的豐富性和複雜性。比如，漢

〔註58〕周振甫，詩品譯注〔M〕，北京：中華書局，1998，49。
〔註59〕周振甫，詩品譯注〔M〕，北京：中華書局，1998，74。
〔註60〕〔英〕克萊夫‧貝爾，藝術〔M〕，北京：中國文聯出版公司，1984，149～150。

代揚雄在談詩人之賦和辭人之賦的差別時說：「詩人之賦麗以則，辭人之賦麗以淫。」〔註61〕短短的十四個字包含了豐富的內涵：一是「詩人之賦」與「辭人之賦」的異同；二是「詩人之賦」與「辭人之賦」藝術水準的高低。揚雄分別用「麗以則」和「麗以淫」兩個詞來概括二者的異同：相同點是「麗」，不同點是「則」和「淫」。「則」是「規範有度」之意，而「淫」則是「超出了限度」之意。由此可見，用兩個詞，既概括了二者的異同，也指出藝術水準的高低（「詩人之賦」高於「辭人之賦」）。但結合賦這種文體的特徵，我們會發現，揚雄的話看似合理，但價值卻不大。因為賦這種文體的主要特點是重辭藻、重鋪陳，「麗」必然是賦的共同的特徵，他以「麗」來概括「詩人之賦」與「辭人之賦」的共同點沒有任何創見；用「則」和「淫」來概括二者的差別顯得過於籠統、模糊，沒有說清楚，什麼是「則」，什麼是「淫」，二者的界線何在。沒有闡述清楚這些，幾乎等於什麼都沒有說，沒有給後人留下任何有價值的東西。

其實，話語方式不僅僅是一種文體形式，它直接影響甚至決定了話語的內容。在簡潔凝練的形式之中，很難包藏豐富而深刻的詩學思想，很難為詩學家提供廣闊深厚的論辯空間，其最終難免會削弱詩學思想本身的豐富性和複雜性，破壞詩歌的內涵與詩意。孔子在評論《詩經》時說：「一言以蔽之，曰，思無邪。」〔註62〕（《論語·為政》）把中國第一部詩歌總集，收有 305 篇詩歌的《詩經》的特徵歸結為三個字：思無邪，可謂是簡潔到了極致。但這三個字只能勉強用來概括《詩經》的總體思想傾向，而對《詩經》豐富的藝術成就卻隻字不提。而且，「無邪」的標準是什麼，孔子也沒有闡明。這種評價削弱了《詩經》內涵的豐富性和複雜性，無視《詩經》的藝術性。

後世詩學繼承了孔子所開啟的「一言以蔽之」的評價方式。陸機在《文賦》中說：「詩緣情而綺靡，賦體物而瀏亮。碑披文以相質，誄纏綿而悽愴。銘博約而溫潤，箴頓挫而清壯。頌優游以彬蔚，論精微而朗暢。奏平徹以閒雅，說煒曄而譎誑。」〔註63〕分別用十個五字的並列性片語來描述十種文體的藝術特徵，看起來言簡意賅，但仔細揣摩，卻發現過於武斷。比如，「詩緣

〔註61〕〔漢〕揚雄·法言·吾子〔C〕，見：郭紹虞主編，中國歷代文論選：第一冊，上海：上海古籍出版社，1979，91。
〔註62〕楊伯峻，論語譯注〔M〕，北京：中華書局，2012，15。
〔註63〕〔晉〕陸機，文賦〔C〕，見：郭紹虞主編，中國歷代文論選：第一冊，上海：上海古籍出版社，1979，171。

情而綺靡」，用「綺靡」二字來概括詩的藝術特徵，其實詩歌不光是富有文采之作，也有很多通俗易懂之作，比如樂府詩、元稹和白居易的詩歌，就連大詩人杜甫也寫過像《賣炭翁》那樣通俗的詩歌。因而，用「綺靡」一詞來概括詩歌的總體特徵，過於武斷，忽視了詩歌創作的複雜性和多樣性。再如，王國維在評價蘇軾和辛棄疾兩大詞人的創作時說：「東坡之詞曠，稼軒之詞豪。」〔註 64〕分別用「曠」和「豪」來概括蘇軾和辛棄疾二者詞的差別，但對於何為「曠」，何為「豪」，卻沒有做任何說明。讀者看過這個評價後，依然無法把握二者的區別。

此外，「一言以蔽之」式的批評方式還有兩大短處：一是造成批評的模糊性，比較含糊，易生誤解；二是這種批評方式對讀者要求過高，要求讀者具有同詩學家一樣的知識積澱和詩學修養。

我們過去的古代詩學研究往往糾纏於一些詞語的確切內涵，常常絞盡腦汁地為其下一個「一言以蔽之」的定義，這種研究顯然是選錯了言說策略。我們在研究中國古代詩學時，不要試圖用「一言以蔽之」的下定義的方式去「說清楚」那些本來就無法用一兩句話說清楚的概念或觀點。因為，這些概念或觀點要麼本身就是模糊不清的，要麼其意蘊具有豐富性和複雜性。古往今來，這麼多學者都無法言明，我們更無法用現代漢語以概念的方式準確界定或言明。比如「風骨」、「興趣」、「氣韻」等詞都具有豐富的意蘊，它們的意旨是確定的，但我們卻不可以用下定義的方式來準確傳達出來。否則，過分簡化的言說方式同樣會破壞中國古代詩學思想本身的豐富性和複雜性，削弱其內涵與詩意。

二、模糊性

中國古代詩學常常給人一種深奧幽微、變幻莫測、玄而又玄之感。很多概念與範疇沒有明確的定義，沒有確定的內涵與外延，概念本身就給人一種朦朧、模糊，只可意會、不可言傳之感，借助這些概念來說明的思想和觀念自然也就具有模糊、朦朧的色彩了。近代以來，很多學者都意識到這一點，錢鍾書先生在談中國古代文論時說：「缺陷在於寬泛籠統，粗略含混，不能『證偽』，難以釐定，以致注釋之學在中國得以疊床架屋般發展，而且長盛不衰。」〔註65〕郭紹虞先生也有言：「研究文學批評史者，首先的難題，就要辨析這些

〔註64〕王國維，人間詞話〔M〕，彭玉平評注，北京：中華書局，2014，116。
〔註65〕錢鍾書，錢鍾書論學文選〔M〕：第一卷，廣州：花城出版社，1990，206。

抽象名詞的義界，不使它模糊，亦不使它混淆。」〔註66〕

中國古代詩學話語的模糊性是由詩學的思維方式造成的。

首先，受象思維的影響，中國古代詩學具有意象性特徵，再加上大多數概念、範疇、思想來自於文學創作或批評實踐活動之中，這使得中國古代詩學的很多概念、範疇、思想具有很強的直觀性。詩學家對其很少進行理論的界定和說明，即使有界定和說明，也常常是描述性或比喻性的，對概念、範疇的內涵和外延缺少嚴格的定義。因而，使得中國古代詩學的很多概念、範疇具有模糊性和隨意性的特徵。

其次，受整體思維的影響，中國古代詩學家常常用「一言以蔽之」的方式或者用整體觀照的方式來解釋中國古代詩學的概念、範疇或思想，常常缺少論證的過程和細緻的分析，這使得很多概念、範疇或思想的內涵不明，邊緣不清。

再次，受關聯性思維的影響，中國古代詩學家常常不關注概念與範疇的本質，而更加注重概念與範疇之間的關係。從關係的角度出發固然可以從另一個角度宏觀把握概念與範疇的特徵，能夠揭示出概念與範疇的某些僅靠孤立考察很難把握的本質，但僅僅從關係出發來考察事物，只是對事物外部特徵的一種認識，很難切入到事物的本質內涵。這使得中國古代詩學的某些概念與範疇在某種程度上缺乏深度。

由於以上種種原因，中國古代詩學範疇具有模糊性的特徵。其主要表現為：範疇的內涵與外延不確定或者不清晰，內涵往往具有豐富性，而同時外延又具有廣闊性，使得範疇的意義難以把握；範疇常常具有具象性、朦朧性和多義性，不符合一般的「非此即彼」的邏輯原則，常常是「亦此亦彼」。

比如「神韻」這一範疇，最初用於人物品評，指人的一種放浪不羈，不拘泥於常規的風度與氣質。梁武帝《贈蕭子顯詔》稱其為人「神韻峻舉」，後來用於繪畫品評之中。南齊謝赫在《古畫品錄》中提出「六法」之說，其中第一條就是「氣韻生動」。在繪畫品評中，神韻的意思主要是畫面傳神，不求形似。詩論中的「神韻」是從畫論中移用過來的。陸時雍在《詩鏡總論》中說：「詩之佳，拂拂如風，洋洋如水，一往神韻，行乎其間。」〔註67〕這裡的

〔註66〕郭紹虞：照隅室古典文學論集〔M〕：上編，上海：上海古籍出版社，2009，46。

〔註67〕〔明〕陸時雍，詩鏡總論〔C〕，見：丁福保輯，歷代詩話續編：下冊，北京：中華書局，1983，1403。

「神韻」指的是詩歌意在言外的藝術特徵。

清代王士禎提出「神韻」說，專以「神韻」論詩。王士禎雖以「神韻」論詩，但並沒有說明「神韻」的確切涵義。讀者只能從他字裏行間揣摩「神韻」的涵義。有人認為，「神韻」類似於司空圖所說的「象外之象」、「韻外之韻」，也有人認為「神韻」類似於嚴羽所說的「羚羊掛角，無跡可求」、「不著一字，盡得風流」；還有人認為，「神韻」就是藝術作品所具有的含蓄、淡遠，富有韻味的審美特徵。這些都不是對「神韻」的準確界定。由此而見，「神韻」本身就具有模糊性。

中國古代詩學中的很多範疇，如「氣」、「味」、「興」、「風骨」、「意象」、「意境」等，都同「神韻」一樣具有模糊性。同一個概念，在不同的語境下，涵義常常有所差別，有時甚至相差甚遠，不可通約。

由此可見，中國古代詩學範疇常具有模糊性，借助這些概念來說明的思想和觀念自然也就具有模糊、朦朧的色彩了。我們常常會引用司空圖的「不著一字，盡得風流」來說明中國古代詩歌含蓄蘊藉的特徵，但至於這「風流」到底指什麼，我們有時候也無法說得清楚。皎然《詩式》中云：「但見性情，不睹文字，蓋詣道之極也。」〔註68〕如何才能在「不睹文字」的情況下「見性情」，這就有賴於讀者的想像力。

中國古代詩學有悠久的歷史和豐富的內涵，本應是世界文論建設中不可或缺的一部分，但由於中國古代詩學範疇的含蓄性和模糊性，用漢語來界定尚且存在著諸多的分歧，將其翻譯成貼切、準確的外語更是難上加難。即使把它們翻譯出來，外國人也很難理解。這使得中國古代詩學很難走向世界，融入世界文論建設的潮流之中。以「氣」這一範疇為例，它在不同的語境中常常具有不同的意義，甚至其指稱對象和理論指向各異。針對創作而言，它常常指詩人的氣質、秉性、情懷等；針對作品而言，它則是指作品中所蘊含的一種生命力。再如「風骨」、「神韻」等範疇，用漢語都很難用「一言以蔽之」的方式來定義，翻譯成外文更是「難於上青天」了，甚至根本找不到完全對應的詞彙來解釋。這給中西方詩學比較帶來了極大的困難。這大概是中西詩學比較的集大成者大多為華裔學者（如劉若愚、葉嘉瑩等）的原因了。中國人只能對中國古代詩學孤芳自賞，很難把它推向世界。

〔註68〕〔唐〕皎然，詩式〔C〕，見：〔清〕何文煥輯，歷代詩話：上冊，北京：中華書局，1981，31。

　　此外，中國古代詩學話語的模糊性使得中國古代詩學常常具有不可還原性，缺乏操作性和借鑒性。詩學中的很多術語、概念、範疇和思想，缺乏明確清晰的界定。在歷史的發展過程中，不斷被加進新的意義，一部分意義也被蒸發，使得術語、概念、範疇的外延越來越大，而內涵反而越來越小。有些詩學範疇看起來具有普遍的適用性，似乎能解釋很多詩學現象，能解決詩歌創作和詩歌批評中的諸多的理論問題。但一進入操作層面，又好像什麼都解釋不了，更談不上解決理論問題了。

　　例如嚴羽的《滄浪詩話》中的那段千古名言：「盛唐諸人惟在興趣，羚羊掛角，無跡可求。故其妙處，透徹玲瓏，不可湊泊，如空中之音，相中之色，水中之月，鏡中之象，言有盡而意無窮。」〔註69〕這段話用了富有詩意、韻律優美的句子向讀者展示了「興趣」這一範疇，令人拍案叫絕、回味無窮。但是仔細推敲，何謂「興趣」？其「妙處」何在？這些問題猶如「空中之音，相中之色，水中之月，鏡中之象」，是「無跡可求」的。要想理解以上兩個問題，首要的條件是要有跟嚴羽相同的佛學知識積澱、虛靜空靈的心境，以及較高的詩學修養。否則，是很難理解其中真意的。這對中國古代詩學的研究者而言都存在著理解的障礙，對於中國古代詩學的門外漢或初學者，抑或是外國學者而言，更是難上加難了。

　　因此，我們在讀中國古代詩學作品時，常常被富有靈性和詩性的話語所打動，但是卻感覺難以用它來解釋詩歌作品或詩學現象，更不用說用它來解釋當下的文學作品和文學現象，指導當下的文學創作了。

三、主觀性

　　詩學顯然不能等同於詩本身。但中國古代的詩學作品卻深深地打上了詩的烙印，詩學作品常常與詩是同質的。比如，古人在詩歌批評中，往往以感性體驗的方式對作品進行體悟，然後用直抒胸臆的方式將自己在審美過程中的喜怒哀樂等複雜的感情表達出來。因此，常常用「妙」、「佳」等模糊性的詞彙來表達對作品的審美感受，這顯然不具備理論價值。如司空圖的《二十四詩品》是典型的詩論，但它由二十四首四言詩構成，是典型的論詩詩。這些詩無疑具有重要的審美價值，但卻抹煞了詩論與詩的界線，具有詩的含蓄

〔註69〕〔宋〕嚴羽，滄浪詩話〔M〕，普慧，孫尚勇，楊遇青評注，北京：中華書局，2014，23。

性，使得作者的觀點看起來比較模糊甚至有時候顯得主觀隨意，削弱了詩論的理論化特點，降低了詩論的理論指導意義。

《文心雕龍‧神思》是劉勰著重用筆重點闡述的一部分，但通觀全篇，也沒有給「神思」下一個確切的定義。在開篇用「形在江海之上，心存魏闕之下」來概括「神思」，說它是「神思之謂也」〔註70〕。從形式上看，類似於下定義。但從內容上看，這是一種描繪性和體驗性的語言，缺少精確性和客觀性。之後，又這樣說明「神思」：「故寂然凝慮，思接千載；悄焉動容，視通萬里；吟詠之間，吐納珠玉之聲；眉睫之前，卷舒風雲之色；其思理之致乎？」〔註71〕「登山則情滿於山，觀海則意溢於海，我才之多少，將與風雲而並驅矣。」〔註72〕這些語言都是一種直覺式、感悟式、主觀性的話語方式，是一種形象性的文學描寫，而不是一種邏輯分析和理性概括。劉勰可能也意識到這種描述方式的不足，因此，在結語時說：「伊摯不能言鼎，輪扁不能語斤，其微矣乎！」〔註73〕

如上文所述，姚鼐在論述陽剛與陰柔兩種不同的藝術風格時，沒有用理論概括的方式，而是以比喻和象徵的方式進行形象化的描述：陽剛之美「如霆，如電，如長風之出谷，如崇山峻崖，如決大川，如奔騏驥。」陰柔之美「如升初日，如清風，如雲，如霞，如煙，如幽林曲澗，如淪，如漾，如珠玉之輝，如鴻鵠之鳴而入寥廓。」〔註74〕

在此雖然姚鼐準確地把握了兩種藝術風格的本質特徵，但這種把握畢竟是一種主觀感受的直觀表達，最終依然沒有向讀者解釋出兩種藝術風格的本質特徵。

中國古代詩學中充斥著眾多的直覺性、經驗性的範疇或命題，如神思、興趣、性靈、興、味、言外之意、象外之象、韻外之致、味外、風骨、意象、意境，等等，這些範疇或命題因直覺性和經驗性而缺少普遍的定義。而且中國古代詩學中的很多範疇都是象喻性的。比如，司空圖用「具備萬物，橫絕太空。荒荒油雲，寥寥長風」〔註75〕來說明「雄渾」這種藝術風格，用「采

〔註70〕周振甫，文心雕龍今譯〔M〕，北京：中華書局，1986，248。
〔註71〕周振甫，文心雕龍今譯〔M〕，北京：中華書局，1986，248。
〔註72〕周振甫，文心雕龍今譯〔M〕，北京：中華書局，1986，250。
〔註73〕周振甫，文心雕龍今譯〔M〕，北京：中華書局，1986，253。
〔註74〕〔清〕姚鼐，覆魯絜非書〔C〕，見：郭紹虞主編，中國歷代，文論選：第三
　　　冊，上海：上海古籍出版社，1979，510。
〔註75〕〔唐〕司空圖，詩品〔C〕，見：郭紹虞主編，中國歷代文論選：第二冊，上
　　　海：上海古籍出版社，1979，203。

采流水，蓬蓬遠春。窈窕深谷，時見美人」〔註76〕來說明「纖穠」這種藝術風格，後人很難用概括性的話語去說明這兩種藝術風格的本質特徵，使得這種表達因個人化而缺乏普遍的意義。《二十四詩品》從內容上看，並沒有對後世形成深遠的影響，原因就在於此。

儘管詩學作品作為對詩的理論闡釋可以採取多種表達形式，而且以詩的形式來論詩的確能表達出其他形式所無法表達的審美意蘊。但判斷詩學作品價值大小的標準從根本上說不是其言說形式審美性的高低，而是要看它是否能解釋詩和詩學現象以及其對後世詩歌創作和詩歌批評指導意義的大小。一種詩學作品，無論它的表達再富有詩性，一旦它無法有效地解釋詩或詩學現象，對後世的詩歌創作和詩歌批評少有指導意義，這個詩學作品就是失敗的。

而且，詩歌作品和詩學作品所追求的旨趣不同。詩歌的重心在於詩性，即作品如何能富有詩意地表達出作者所要表達的情志，意境優美、含蓄蘊藉常常是其所追求的境界；詩學作品則不然，詩學作品的重心在於解釋的有效性和借鑒意義。將詩學作品寫成詩的形式，先不論其是否具有解釋的有效性和借鑒意義，單就其給讀者帶來的閱讀障礙而言無疑會妨礙這兩個目標的達成。因此，像《二十四詩品》這樣跟詩同質的詩學作品雖然得到很多後人的青睞，但它們對詩歌創作和詩歌批評所帶來的影響卻遠遠小於《文心雕龍》、《原詩》這樣體系性和理論性鮮明的詩學著作。

另外，中國古代詩學作品與詩歌不僅在文體形態上相似，而且在本質上也是相通的。中國古代很多詩學家其論述的重心不是評價和解析詩學現象或提出自己的詩歌創作和詩歌批評的理論主張，而是抒情言志，這與詩歌創作實踐是一致的。因此，中國古代的詩學作品帶有鮮明的感情色彩和獨特的個性特徵。強烈的情感和獨特的個性是詩歌的生命和靈魂，是一首詩創作成敗及藝術性高低的關鍵所在。對於詩學作品而言，則不是這樣。詩學作品注重論述的規範及客觀公正。在某種程度上，它排斥個人化的情緒和好惡。但中國古代詩學家論詩時卻常常從個人情緒或好惡出發，使得其觀點帶有明顯的主觀色彩，甚至有失客觀、公正。春秋時期的賦詩引詩和司空圖以個人好惡論詩就是這方面兩個典型例子。

春秋時期的賦詩引詩不是一種單純的引用行為，而是一種創作行為。「賦

〔註76〕〔唐〕司空圖，詩品〔C〕，見：郭紹虞主編，中國歷代文論選：第二冊，上　　　　海：上海古籍出版社，1979，203。

詩引詩確立了一種引申聯想、譬喻類比式的理解方式。賦詩引詩要求在詩句和用詩者的主觀情志之間建立起某種聯繫，這種聯繫的方式通常是取其某種相似性而帶有譬喻類比的性質，建立這種聯繫的關鍵又訴諸人們的引申聯想能力。」〔註 77〕賦詩引詩是運用詩的隱喻功能，這種隱喻卻往往不是詩歌本身固有的，而是賦詩者主觀附加的，是對詩的一種誤讀。但奇怪的是，中國古代文人卻集體認同這種誤讀。這也能看出中國古代詩學家對主觀性、隨意性的論詩方式的一種普遍認同。

司空圖以「味」論詩，追求韻味，重視「象外之象」、「景外之景」、「韻外之旨」，而且他對詩歌風格的描述無論從藝術風格，還是從藝術觀點上來看都具有深刻的意義。同時，司空圖的詩學實踐也具有很大的侷限性。司空圖生活在晚唐，當時社會動亂，仕途受挫的他選擇了隱居生活。在隱居期間，他並沒有受到物質方面的困擾，過著衣食無憂的生活。而且，他很享受這種隱居生活，不關心政局，在長期的隱居之中形成了高雅的生活追求和恬淡的心態。司空圖具有較高的詩學修養，比較推崇「雅」的藝術風格，強調詩歌的「高格」。從他的《二十四詩品》中我們也能體會到他的這種藝術追求。他推崇「雅」，自然會排斥「俗」。他所宣導的「象外之象」、「景外之景」、「韻外之旨」，只有「雅人」才能做到，也只有「雅人」才能欣賞。

無論從他的《二十四詩品》還是其他的詩歌評論之作中，都能看出他這種主觀傾向。在《與王駕評詩書》、《與李生論詩書》等文中，他評價了唐代的部分詩人。李白和杜甫在唐代受人景仰，在司空圖之前，韓愈有「李杜文章在，光焰萬丈長」(《調張籍》)的評價。司空圖雖然也對李白和杜甫給予了好評，但這種好評只是一種輕描淡寫，缺少真誠和深度。這主要出於他主觀的好惡。

李白的詩歌是盛唐精神的最好詮釋。其中表現了對現實的關注，對建功立業的強烈渴望，也表現了對現實的批判。他的詩作中包含著奔放的情感，這與司空圖恬淡的性格格格不入。

杜甫的詩歌也具有濃厚的批判現實的精神，同時，杜甫的詩歌根植於民間，其中有很多俗語、俚語，這與司空圖追求「雅」的藝術旨趣也不相容。

司空圖最欣賞的是王維和韋應物。這是因為，他欣賞王維與韋應物詩歌的寧靜閒適、清麗淡遠的風格。

〔註77〕尚學鋒，過常寶，郭英德，中國古典文學接受史〔M〕，濟南：山東教育出版社，2000，23。

孟浩然、李賀、李商隱的詩歌都具有很高的藝術成就，但司空圖對他們卻隻字不提。這是因爲，孟浩然雖然和王維一樣同屬於田園詩人，但他的詩歌中常常表現對仕途的嚮往以及對懷才不遇的不滿；李賀、李商隱的詩歌都具有強烈的感情色彩。他們的詩歌都與司空圖恬淡、閒適、雅致的藝術追求不相合。

司空圖最爲貶抑的詩人要數新樂府派的代表人物元稹和白居易。他認爲，「元、白力勍而氣孱，乃都市豪估耳」〔註78〕，即元、白才氣很足，但氣調卑下。元白的詩歌貼近現實，雅不足，而俗有餘，這與司空圖對「雅」的偏好南轅北轍。

由此可見，司空圖論詩時常常出於個人的好惡，他的觀點難免顯得主觀，有失客觀公正，因而，對後世的啓發或借鑒意義不大。

四、非體系性

黑格爾曾說：「哲學若沒有體系，就不能成爲科學。」〔註79〕因此，西方人無論在研究哲學時，還是研究美學，抑或研究詩學時，都很關注體系的構建。我們在西方的詩學著作中，不難發現其哲學基礎和理論體系。中國古人則相反，中國古人重感性，重體驗，很少具有理論體系構建的自覺性。這也是中國古代鮮有體系完備的詩學著作的原因所在。

體系是由一系列的命題以及概念或範疇按照一定的邏輯秩序構成的一種解釋事物的思維秩序，是人們認識事物的一種框架。受思維方式以及先秦時期《論語》、《孟子》等語錄體著作的影響，中國古代詩學充滿了直覺式、斷點式的論述，常常不借助系統的論證，而僅憑直覺，在一兩個論點之後就提出結論，呈現出非體系化、散漫化特徵。

郭紹虞在《中國歷代文論選》（共四冊，上海古籍出版社，1979 年）的先秦部分中選了八家，有的是文學作品，有的則是史書或子書。先秦文論還沒有形成獨立的體系，常常在談別的話題時觸及到文學。比如《論語》中關於詩學思想的部分主要有兩種論說形式：「因事及詩」和「因詩及事」。隨意闡發成了先秦詩學的一種論說形式，這就奠定了古代詩學片段性、隨意性的論說特徵。

〔註78〕〔唐〕司空圖，與王駕評詩書〔C〕，見：郭紹虞主編，中國歷代文論選：第二冊，上海：上海古籍出版社，1979，217。
〔註79〕〔德〕黑格爾，小邏輯〔M〕，賀麟譯，北京：商務印書館，1980，56。

在中國古代詩學史上，《文心雕龍》是最具體系的一部著作，結構嚴謹，系統完備，其中包括 49 篇專題論文，1 篇序志，共 50 篇。書中明確提出著作的綱領：原道、徵聖、宗經，以及核心理念：「蓋文心之作，本乎道，師乎聖，體乎經，酌乎緯，變乎騷」，並指出本書的論述方法：「原始以表末，釋名以章義，選文以定篇，敷義以舉統。」〔註 80〕在書中，劉勰系統地總結了中國文學發展的軌跡，對各種文體的發展演變及藝術特徵進行了考察，並對各種文學現象、思潮和流派進行了客觀的評價。在體系化方面，《文心雕龍》是中國古代詩學的最高峰，可以與西方的一些論著相提並論。同時，它是中國唯一的，前無古人，後無來者。我們不禁感歎，為什麼在其後，沒有出現一部跟它一樣邏輯嚴整、體大慮周的詩學著作？雖然其後有些詩學著作，如葉燮的《原詩》也表現出體系化的特徵，但是卻無法與之相比。由此可見，《文心雕龍》在中國古代詩學史上只有一個特例，沒有成為一種傳統。甚至在其後，非但沒有出現體系化、思辨性的詩學專著，反而隨感性、片段式、語錄式的詩話、詞話風起雲湧。

在中國古代，相對於詩歌的數量，體系完整、邏輯嚴謹、論述嚴密的詩學理論著作的確是少之又少。鍾嶸的《詩品》、司空圖的《二十四詩品》、嚴羽的《滄浪詩話》等雖然是詩學專著，但在體系的構建上都不甚完備，都是整體性和片段性相結合。大多數詩話、詞話，都是斷點式的，前後並不連貫。讓人感到輕鬆、明快的同時，略顯散漫、零散，讀者從中只能感受到作者的審美取向，卻很難追索作者系統的詩學思想。嚴羽的《滄浪詩話》集中體現了這一特徵。作為一部詩學作品，不是圍繞著詩學的中心範疇展開論述，而是展示自己對具體詩歌的直覺經驗，展示個人的體驗、感悟。

此外，中國更多的詩學思想散見於片段、對話、序跋、書信等之中，即興而作，往往零散、隨意，更談不上體系化了。中國古代詩學中還有一種評點形式，在閱讀詩文中，有所感悟，於是就在原文圈點旁批。這種方式只求表達自己的一時之見，也談不上系統性。因此，朱光潛先生在《詩論·抗戰版序》中說：「中國向來只有詩話而無詩學，劉彥和的《文心雕龍》條理雖縝密，所談的不限於詩。詩話大半是偶感隨筆，信手拈來，片言中肯，簡練親切，是其所長；但是它的短處是零亂瑣碎，不成系統，有時偏重主觀，有時

〔註80〕周振甫，文心雕龍今譯〔M〕，北京：中華書局，1986，456。

過信傳統，缺乏科學的精神和方法。」〔註81〕

　　美國著名王國維研究專家李又安教授把中國古代文學批評稱之為「『閉路式』的批評世界」〔註82〕，其意思是說，中國古代文學批評常常停留在表達感性體驗的層面，而很少對概念或術語進行明晰、精確的界定，很少對思想或觀點等進行深入細緻的剖析。大多數西方學者甚至很多中國學者都認為中國古代文論無體系。「中國古代文論有自己的一套術語系統與思想系統，可它並沒有以嚴密的邏輯系統表現出來，就是說，古代文論沒有現成的理論體系。」〔註83〕

　　當代學者張法認為中國美學是「有美無學的美學」〔註84〕，中國古人習慣於隨心所欲地談論他們對藝術的看法，沒有出現象黑格爾《美學》以及泰納的《藝術哲學》這樣的體系化的美學理論專著。李澤厚先生也說：「中國沒有成套的美學理論，都是兩句話、三句話的評論，所謂詩話詞話等等，但這一、兩句話常常能把握住藝術中很本質的東西。」〔註85〕

　　以現代學科建設和學術規範的眼光看，詩學作為對詩歌創作和詩歌批評的理論總結，應該由一系列的範疇、概念、命題構成，其中範疇、概念、命題應該連綴成系統的理論話語體系，範疇、概念的內涵和外延應該是明確的，命題應該是邏輯嚴密的。西方詩學就是遵循這樣的話語規則而構建的。中國古代詩學卻罕有內涵與外延明確的概念、範疇以及邏輯嚴密的命題。範疇、概念、命題的表達往往是瑣碎的、鬆散的、隨感式、經驗式的，缺少西方條分縷析式的話語表達方式。中國古代詩學家在表達對範疇、概念、命題的認識時，往往摻雜了過多的主觀性的感受與體驗，所以常常給人一種模糊、難以捉摸、只可意會不可言傳之感。中國古人用文學創作的方式來書寫詩學，使得中國古代詩學話語更像「詩」，而少了些許「學」的色彩。

　　中國古代詩學的這種非體系性、散漫化的特徵無疑具有濃厚的藝術性。讀中國古代詩學作品，不像是讀學術方面的論文，倒像是讀一篇篇文質優美、形象生動的文學作品。但同時不可否認的是，這種非體系性、散漫化的特徵

〔註81〕朱光潛，詩論〔M〕，北京：三聯書店，1984，76。
〔註82〕王曉路，體系的差異——西方漢學界的中國古代文論研究述評〔J〕，文藝理論研究，2000（1）：40。
〔註83〕祁志樣，中國古代文學原理〔M〕，上海：學林出版社，1993，2。
〔註84〕張法，中西美學與文化精神〔M〕，北京：北京大學出版社，1994，6。
〔註85〕李澤厚，中國思想史雜談〔J〕，復旦學報，1985（5）：37。

使得中國古代詩學沒有形成系統的邏輯結構，後來的研究者很難對感性材料
進行整理、分類、歸納，很難形成完備的理論形態。這顯然不利於中國古代
詩學現代價值的實現。

　　中國近代以來，也不乏一些學者嘗試著把零散的、經驗式、隨感式的古
代詩學提升爲具有邏輯性、嚴密性、體系化的理論體系，這無疑是一種善意
的嘗試。但這種嘗試卻在客觀上破壞了中國古代詩學的本來面貌，使得其變
得不倫不類，落入尷尬的境地。

第三節　中國古代文論與當代文論建設

　　以詩學爲典型形態的中國古代文論蘊含著古人的智慧和心血，是中華民
族寶貴的精神財富。但古代文論的大多數概念、範疇和思想在解釋中國當代
文學方面已經失效，至少顯得不合時宜，因此，不可能以古代文論爲藍本建
立起中國當代文論。但中國古代文論的詩性精神卻是貫穿於中國文論的一條
線，我們在借鑒中國古代文論建設當代文論的過程中，不是要借用中國古代
文論的概念、範疇、思想，而是要有一種「不用之用」的心態，深入探尋其
內在精神，重新審視其在當代的價值，從而實現中國古代文論在當代文論建
設中的價值。

一、古代文論的現代轉換問題

　　近代以來，中國在與西方的競爭中全面失敗，中國知識分子在反思失敗
的原因時，把失敗的矛頭直指中國傳統文化，批判中國古代文化的封閉、落
後成爲學者們尋找文化救贖的手段。國人把中國傳統文化完全妖魔化，其批
判的激烈程度大大超過西方人。中國古代文化大有被送進博物館之勢，同時，
建立西化的文化成爲一種趨勢。與之相對應，中國文學界也發生了翻天覆地
的變化。首先是語言文字的變化。在西方小說、戲劇等白話文學的影響下，
中國文人開始尊白話而貶文言。廢除文言，代之以白話，成爲一種普遍的呼
聲。在短短幾年的時間裏，白話徹底取代了文言，幾乎成爲文學作品唯一的
語言樣式。同時，一向被拒之於大雅之堂之外的小說開始佔據文學殿堂的中
心，成爲一種最主要的文學樣式，中國古代最主要的文學樣式詩歌則完全被
邊緣化。中國文學從語言到文學樣式都發生了根本性的改變，中國古代文言

文學命運終結，白話文學開始登上歷史舞臺。

中國古代文論建立於中國古代文言文學的基礎之上，它以文言文作爲表達手段，以抒情詩和散文爲主要的研究對象，以「風骨」、「神韻」、「意象」、「意境」等爲基本範疇，這就注定了中國古代文論在現代中國失去了言說的有效性。而與之相反，中國現當代文學跟西方文學的共同點要遠遠多於其與中國古代文學的共同點，中國現代文論與中國古代文論分道揚鑣，而走上西化之路在很多人眼裏成了情理之中的事情。

毋容置疑，正是由於西方文化的湧入，中國現當代文論才得以建構。中國現當代有影響的文論家無不受西方文論的浸潤。中國現當代文論不僅在範疇的構建和話語內容上廣受西方的影響，而且在思維方式和話語方式的選擇上也深刻地打上了西方的烙印。但中國現代文論畢竟是中國文化體系的一部分，全面西化顯然對一種文化形態而言是不正常的，以至於有學者提出，中國當代文論因全面西化而患上了「失語症」。古代文論的現代轉換就是中國當代文論家爲這種「失語症」開的藥方。這一命題一提出，就得到了文論界的強烈反響。

1996 年 10 月，文論界在西安召開議題爲「中國古代文論的現代轉換」的會議。這標誌著中國古代文論的現代轉換成爲當代文論界的一個顯性話題。眾多的文論界的名家大腕參會，共同探討如何評價古代文論的現代價值，如何理解古代文論的現代處境，如何實現古代文論的現代轉換以及如何建設有中國特色的當代文論等問題。此後，很多學者圍繞著這些問題撰寫論著，將古代文論的現代轉換這一話題推向高潮。時至今日，中國古代文論的現代轉換這一問題在學術界還沒有形成定論。

後來，質疑古代文論現代轉換的聲音越來越多。質疑者們提出，由於古今文化語境與文學樣式的不同使得古今文論具有「不可通約性」，甚至有人提出「古代文論的現代轉換」本身就是一個僞命題。

筆者認爲，「古代文論的現代轉換」這種表述本身就有問題。究竟何爲「現代轉換」就是一個含混不清的問題：是用現代漢語來表達古代文論，還是用現代的思想來重新闡釋古代文論，亦或是用古代文論思想闡釋現代文學活動，學術界迄今爲止好像還沒有形成統一的說法。

其實，「古代文論的現代轉換」並不是把古代文論的合理成分融入到當下文論建設的唯一途徑。古代文論與現代文論在思維方式、話語方式和知識形

態等方面存在著巨大的差異，它們分屬於兩大知識類型，因而，「古代文論的現代轉換」從根本上來說是無法完全實現的。

那些「古代文論的現代轉換」的認同者們不得不承認，他們所提倡的「現代轉換」是以現代性話語爲根本的，這就具有了把古代文論的話語強行植入現代文論話語系統的嫌疑。這種轉換歸根到底是取消古代文論的詩性特徵，而代之以現代學術話語的邏輯特徵，這無疑是對中國古代文論的一種異化。

筆者認爲，古代文論的現代轉換是不可能完全實現的，其中面臨著重重障礙。這是因爲，古代文論的現代轉換不僅僅是文學理論本身的問題，而更是一個古代與當下的相容問題，首先涉及到古代思維方式與當代思維方式的相容問題。

文學理論的思維方式不同於自然科學的概念思維，不是眞理式的、永恆不變的東西。它隨著思維的變化而變化，最根本的，它隨著文學活動的變化而調整自身。由此可見，文學理論本身沒有自足性，它的自足性來源於思維與文學。如前所述，中國古代文論在思維方式上主要是詩性思維，而現當代文論沿用的則是西方文論的理性思維，中國古代的詩性思維是否能轉換成理性思維，這是一個讓人懷疑的問題。

中國古代文論與當代文論具有不同的思維形態，二者在某種程度上具有極強的不相容性。這種不相容性來源於歷史的斷裂、文化的斷裂、語言的斷裂。我們不能否認的是，當下的思維和中國古人的思維之間已經出現不可塡補的鴻溝，我們不能爲了尊崇古代詩學，而把過去的思維方式強加於當代的文學理論之中。

其次，古代文論的現代轉換很難保留古代文論話語的詩性特徵。詩性言說是由古代文論的語境化知識體系的特徵決定的，它以描摹物象、重視語言的隱喻功能爲突出特徵，旨在傳達詩歌鑒賞與批評中的個性化經驗。這與西方文論強調概念的準確性和命題的普遍性的邏輯性話語方式顯然不同。

邏輯性話語方式與詩性話語方式分別屬於兩種不同的話語體系，二者不可相容，也很難互相轉換。強行把古代文論的詩性言說轉換爲邏輯性言說必定會取消古代文論的詩性。那些「古代文論的現代轉換」的宣導者們往往無視或者忽視這一點。

再次，中國古代文論在知識類型上是語境化知識，它無法脫離個別經驗而存在，常常表現爲經驗式、零散性、隨感性等特徵，不能被轉換爲普遍有

效的用形式規則來統攝的知識體系。無視古代文論的這種特徵，而強行把古代文論改造成表達普遍規律和普適性知識的理論體系，無疑會遮蔽古代文論的語境化特徵。例如，「風骨」、「意境」、「神韻」等審美範疇都具有它們各自使用的語境範圍，不可能作爲普遍性的概念被植入到任意文本之中。其實，「風骨」、「意境」、「神韻」等概念一般只能運用於詩詞的批評中，很難用它們來有效地闡釋小說、戲劇等在當代占主流的文本樣式。即使能用來進行闡釋，也只能闡釋其中的一小部分，無法用它們來對作品進行整體的把握。

此外，中國古代文論與當代文論的研究對象和語言媒介迥異。中國古代文論根植於古代文學，其主要研究對象是詩、詞、散文；而中國當代文論根植於當代文學，其主要研究對象是小說。古代文學的語言媒介一般是古文，而當代文學的語言媒介則爲現代文。二者雖然都稱之爲漢語，但卻是漢語在不同歷史時期的表現形式，無論在句法還是在書寫形式方面都有巨大的差異。文體的差異、語言的差異，構成兩種文學的差異，而文學的差異必然帶來兩種文論的差異。兩種文論存在的巨大差異使得「古代文論的現代轉換」存在著諸多的障礙。

由於以上種種原因，雖然很多人呼籲要對中國古代文論進行現代轉換，但對於如何轉換，卻沒有合理系統的建議，甚至不去嘗試從事具體的「轉換」工作。即使存在著一些轉換的嘗試，也顯得過於理想化和簡單化。這導致了這種轉換變得子虛烏有。時至今日，我們也沒看到有人能從中國古代詩學的母體中創造出一套適合於現代文學的文論話語。

綜上所述，中國古代文論的現代轉換無論在理論上還是實踐上都是一個難以完成的工作，是缺乏可行性、合理性和有效性的一種行爲。因此，可以斷言，中國古代文論的現代轉換是一個僞命題，是當下眾多學人們的一種難以實現的美好願望。這可能正是歷經二十餘年，中國古代文論的現代轉換一直沒有取得實質性進展的真正原因。

二、古代文論對當代文論建設的價值與啓示

（一）古代文論對當代文論建設的價值——「不用之用」

中國古代文論中的許多概念、範疇、命題雖然在現代已經失效，但這並不意味著中國古代文論作爲一種思想體系成了「秦磚漢瓦」，只能留存在博物館中。其中一些具有普遍意義的理論或思想，可能在新的文化語境下被注入

新的意義，或者以新的形式在現代留存下來。也就是說，中國古代文論並非如大多數現代人想像的那樣在現代已經完全死去，一些具有普遍意義，同樣適用於現代的內容得到了進一步的發展，被賦予了新的意義，從而變成中國現代的一種理論形態。其實，中國古代的一些文論命題不僅對中國現當代文學而言是有效的，對於世界文學也是有效的。

中國古代文論雖然在現當代文論話語中被邊緣化了，但卻並沒有完全消亡，而是以某種形式存活在現當代文論之中。當代學者古風在其專著《中國傳統文論話語存活論》（社會科學文獻出版社，2013 年）中充分證明了這一點。在書中，他對中國 20 世紀文論中的話語來源做過統計。統計結果是，中國 20 世紀共引進外國文論話語 533 個，其中常用的有 162 個；中國傳統文論中的 134 個話語還存活在現當代文論話語之中，其中 56 個屬於常用話語。由此可見，西方文論話語成為中國現當代文論的主流話語，但這並不意味著傳統文論在中國現當代已經消亡，而是仍存活在現當代文論之中，我們從現當代文論之中依然能夠看到傳統文論的影子。比如當代學者籃華增運用「意象」、「意境」、「有我之境」、「無我之境」等來評論當代藏族詩人饒階巴桑的詩歌作品；臺灣學者黃維樑用劉勰《文心雕龍》提出的「六觀」──「事義」、「置辭」、「宮商」、「奇正」、「通變」等來評論臺灣當代著名作家白先勇先生的短篇小說《骨灰》。而且，像「意象」、「情景」、「言志」、「傳神」、「神韻」等傳統文論話語至今還活躍在中國現當代文學理論和批評之中。

此外，中國古代文論的詩性傳統在中國現當代文論中並沒有完全斷裂，隨意靈活、有靈性的隨筆式批評在一些現當代文論家的筆下熠熠生輝。如錢鍾書傳承了古代傳統的詩話形式，魯迅傳承了古代詩學的詩性言說方式，周作人在吸收古代詩學養分的基礎上創造了小品文批評，李健吾、王蒙的隨筆式批評、沈從文的印象式批評、餘光中的感性體味式批評也都是學習古代文論詩性的話語方式的結果。

事實證明，「中國古代文論在今天看來，只能作為一種背景的理論模式或研究對象存在，而將其運用於當代文學的批評，則正如兩種編碼系統無法相容一樣，不可在同一界面上操作。」〔註86〕諸如此類的說法無疑是武斷而偏激的。中國傳統文論在當代文論建構中並沒有完全失效，更沒有徹底退場，仍然成為一支不可或缺的力量。它並非是已經逝去的歷史遺跡，而是繼續活

〔註86〕王志耕，「話語重建」與傳統選擇〔J〕，文學評論，1998（4）：88。

在文學的生命之中。它來自於過去，但又存活在現在，終將奔向未來。

　　當然，古為今用、融會古今是一件非常困難的事情。這對中國古代文論的研究者提出了更高的要求，要求研究者博古通今：既有深厚的古代文論的知識基礎，又要有當代文論的理論視野。而且，古為今用對古代文論的話語內容提出了較高的要求，那就是古代文論與當代文論話語的可通約性，以及古代文論話語的當代有效性。在筆者看來，古代文論在當代文論建設中有更為重要的價值，那就是「不用之用」。

　　術語和範疇具有時代性，但思想卻是傳承性的東西，這就是所謂的「範疇已死，思想猶在」。古代詩學的一些術語和範疇在當代可能已經失效，但是它所蘊含的思想卻還有效，這是「不用之用」的第一層含義。

　　「不用之用」的第二層含義，就是不以功利的眼光和現代的視野研究古代文論的概念、範疇與思想，而是還原古代文論的概念、範疇與思想，瞭解它們是什麼，並且何以如此，然後再去探討它們對於當下的意義。古代文論首先成為它自身，我們才能重新估量它的價值與意義，它與現代相融合才有必要。這要求我們必須回到古代文論產生的歷史語境之中，充分理解古人的思想，尤其要弄明白古人思想形成的心理機制，然後才能從中提取具有相對普遍價值的概念、範疇、方法與觀點等。

　　我們在研究態度上應該「以古注古」，而不是「以今注古」。但在研究目的上應該是不僅僅為研究古代而研究古代，要以古鑒今。我們承認，文化不是僵死的東西，它隨著時代的發展而發展。中國古代文論存在的語境在當下已經不復存在，任何形式的還原性闡釋從根本上而言都只是一種理想而已。可以說，任何對古代理論的闡釋都是現代視域的一種闡釋。但我們應儘量在尊重古人原意的前提之下，對中國文化做出新的並不違背其初衷的闡釋，不能出於現實需要，歪曲古人的思想。

　　此外，我們可以從古人那裡學習對現在有益的東西，但不能一味拘泥於古人，固步自封，不能總依靠孔子、老子、莊子等已經作古的人來樹立我們的民族自信心和自豪感。西方文論始終沒有徹底擺脫柏拉圖和亞里斯多德，甚至從某種意義上說，是不斷回到柏拉圖和亞里斯多德，但每一次繼承的同時都會伴隨著理論的創新與進步。再如，西方詩學的理論傳統是悲劇精神，它建立在亞里斯多德關於悲劇的理論總結的基礎之上。但西方詩學卻並沒有侷限於亞里斯多德的觀點之中，而是在繼承的基礎上按照時代的需要和文學

發展的實際需要對其進行了發展和改造，最終拓寬了悲劇理論的藝術空間，詩學也因此獲得了長足的、廣闊的、多元的發展。西方詩學的發展如此，我們又有何理由固守傳統而不思創新呢？

（二）古代文論對當代文論建設的啟示

第一，文論應植根於文學實踐。

中國傳統文論的可貴之處就在於其立足於文學創作實踐，直面文學，來源於作者對審美對象有感而發的心理狀態，這使得文學創作和文學批評二者緊密結合，文學、作者、讀者融洽無間。

先秦文論缺少專門的文論著作，出現的文論範疇也很少，這與當時文學創作還沒有成為一種自覺的行為有關。戰國後期楚騷文學的興起，漢代五言詩的趨於成熟，七言詩的開始出現，濃墨重彩、極盡鋪陳之能事的漢賦的興盛，為魏晉時代「文學自覺的時代」的到來奠定了堅實的基礎。創作實踐的繁榮帶來了文學理論的繁榮，曹丕的「文氣說」，陸機的「緣情說」，劉勰提出的「神思」、「體性」、「風骨」、「隱秀」、「通變」，鍾嶸的「滋味說」等都是對當時文學創作或閱讀實踐的一種理論總結。試想，如果沒有風格迥異的楚辭、漢賦、「三曹七子」的文學創作，僅僅靠哲學的「氣」的啟發，曹丕是無論如何也不能提出「文氣說」的。如果沒有如此炫目的文學作品，沒有對大量富有文采的文學作品的賞玩，陸機何嘗會提出「詩緣情而綺靡，賦體物而瀏亮」之論？劉勰何嘗會有「風骨」、「情采」、「隱秀」、「神思」之謂？鍾嶸何嘗會寫出《詩品》，並提出「滋味說」？中國古代文論史上其他具有重要地位的觀點，如司空圖的韻味說、嚴羽的妙悟說、王士禎的神韻說，無不來源於對具體文學作品的審美鑒賞和感悟。

「夫綴文者情動而辭發，觀文者披文以入情，沿波討源，雖幽必顯。」〔註87〕在劉勰看來，文學批評應圍繞著作品本身進行，這使得文學批評和文學一樣都具有源頭活水，文學批評的文體樣式跟文學作品本身一樣豐富。

司空圖的《二十四詩品》總結了二十四種詩歌風格，每種風格都建立在他對具體作品分析的基礎之上。

宋代嚴羽提倡「以禪喻詩」，崇尚含蓄蘊藉、令人回味無窮的詩風，這建立在他對歷代詩歌深刻的認識的基礎之上。與他同時代的文人戴復古在《視

〔註87〕周振甫，文心雕龍今譯〔M〕，北京：中華書局，1986，439。

二嚴》一詩中說:「羽也天資高,不肯事科舉。風雅與騷賦,歷歷在肺腑。」對歷代詩歌了然於胸,才使他漸入「悟境」,提出「妙悟」之說。這種說法與江西詩派提倡的「以才學入詩、以議論入詩」相左。嚴羽在提出「妙悟說」之前,也曾批判過江西詩派的這種創作及理論傾向。可以說,「妙悟說」是基於他對當時文學實踐的不滿而提出的。

　　中國古代文論家一直保持著一個傳統:在探討理論問題時,從來都不脫離具體的文學作品或文學活動。中國文論史上的詩話、詞話、評點之作,更是以具體作品為對象有感而發的產物。中國古代大多數文論範疇都與文學活動相聯,或是對創作實踐或批評實踐的理論總結,或是對創作實踐或批評實踐的理性反思。總之,中國古代文論深深根植於文學實踐的土壤之上。很多當代學者都談論過古代文論的這一特點,羅宗強先生在研究宋代文學思想史時曾說:「文學思想史的研究,離開文學創作實際是無法進行的。」〔註88〕

　　先有創作實踐,後有理論總結,這本是非常簡單易明的道理,卻被很多當代文論的研究者所忽視。到底原因何在?讓人費解,發人深思。

　　中國當代文論存在的主要問題是理論脫離實際,理論不能解釋文學現象,更不能回答和解決文學創作和批評中急需解決的問題:如目前文學創作中普遍存在的缺乏深刻的思想的問題,文學不能反映人民真實的生存狀態和心理訴求的問題,偉大的作品匱乏的問題,作家如何應對市場化潮流的問題,作家如何應對網路文學的衝擊的問題,面對電視、電影等強大的視覺媒體,文學該走向何處的問題,面對讀圖時代的到來,如何吸引更多的人來閱讀文學作品的問題,等等。文學理論應建立在以文學創作和文學批評為主的文學活動的根基之上,但當代的文學理論卻脫離了其根基,理論脫離實際,不關心文學活動實踐中存在的問題。朱立元先生對此提出了尖銳的批評,他認為:「中國當代文論的問題或危機不在話語系統內部,不在所謂『失語』,而在同文藝發展現實語境的某些疏離或脫節,即在某種程度上與文藝發展現實不相適應。」〔註89〕

　　文學理論應根植於文學活動本身,具有一種針對性。文學理論是關於「文學」的理論,而不是哲學理論、政治理論、心理學理論等其他理論形態。文

〔註88〕羅宗強,宋代文學思想史〔M〕,北京:中華書局,1995,5。

〔註89〕朱立元,走自己的路——對於邁向21世紀的中國文論建設問題的思考〔J〕,文學評論,2000(3):7。

學理論可以探討哲學問題、社會問題、心理問題，但探討的問題必須是文學活動中存在的問題，探討的中介必須是文學本身。同時，文學研究還要有當下性，與當下的文學實踐相聯，在一定程度上能指導文學實踐。「每個時代的各種文學理論都是在特定的文學經驗上產生的，是對既有文學經驗的解釋和抽象概括（鼓吹和呼喚新文學的文本，都是宣言而不是理論）。當新的文學類型和文學經驗產生，現有文學理論喪失解釋能力時，它的變革時期就到來了。」〔註90〕

　　縱觀當下的文學批評，常常遠離文學作品，遠離當下文學創作的實際，毫無根據地扔出一個又一個新名詞，沒有根基的理論難免顯得乾癟、空洞、苦澀。而且文論研究者多在高校，出於評職等現實因素的需要，學者們不得不忙於套用新理論來解釋中國的問題，學術研究成了「理論＋文本」的模式化的東西。研究者們常常無視理論與文本的恰切性，只要能勉強套上便萬事大吉。這可能是中國學術成果多，而真正深入探討得少的另一個原因。

　　第二，文論應富有詩性。

　　文學理論雖然是一種理論形態，需要一定的理論做支撐，但它畢竟是「文學」的理論。文學與哲學、歷史、政治等的不同之處就在於文學具有審美性或詩性。因而以文學為對象的文學批評應該在某種程度上尊重並保留文學的詩性，否則，文學批評將被異化為其他的理論形態。文學批評不完全排斥理性，但不能用純粹的理性來統攝它。純粹的理性分析只會將生動形象、富有美感和韻味的文學異化為生硬的概念，使文學失去了最為寶貴的審美情趣。中國傳統文論的話語方式為我們重建當代文學批評的文學性和審美性提供了有益的啟示。

　　中國傳統文論話語不僅保持了文學自身的詩性，而且拓寬了審美鑒賞的空間。中國古人認為文學作品的最高境界是「文已盡而意有餘」，中國文論作品何嘗不以此作為最高境界呢？中國文論同中國文學一樣，都在極力營造廣闊的審美空間。中國古代文論家們，常常不把對審美客體的複雜的體悟歸結為一種客觀的結論，而是將其幻化為一種審美的意境，從而給讀者留下很多未定點和空白，這有利於激發讀者的審美想像，易於跟作者之間形成審美共鳴。

　　20 世紀後半期以來，學者們大多質疑傳統文論的有效性，把眼光投向西

〔註90〕蔣寅，如何面對古典詩學的遺產〔J〕，粵海風，2002（1）：9。

方文論，傳統文論幾乎被西化的潮流淹沒。很多文論家從思維方式到話語方式，都步西方後塵，極力追求文學研究的理性、邏輯性、系統性，完全拋棄了傳統文論的感性和詩性。中國當代文學批評，往往在具體的文本分析或者文學現象分析之前先拋出一個客觀的結論，這先入爲主的結論往往會淹沒讀者的主觀感受，從而窄化了文學研究的空間。當下的文學批評不妨適當借鑒古代文論詩性的批評方法，使讀者在閱讀中不僅能夠陶冶審美情趣，同時還能實現審美的再造。

而且，在西方，對理性邏各斯中心主義持懷疑態度的學者大有人在，西方的理性大廈開始搖搖欲墜。哲學領域出現了詩化運動，海德格爾追求的「在大地上詩意地棲居」，胡塞爾的現象學，以及各種激進的解構思潮，這些理論的共同點是推崇直覺思維，希望喚起人們對生命感性的重視和尊重。這些都從另一個方面說明了中國傳統文論詩性話語方式的可貴和價值。

文學是一種審美的意識形態，文學活動無論是創作活動還是批評活動都是一種形象化和情感化的審美活動，而文論應該是審美的再創造，而不是拋棄審美的理論構建。只有保持文學審美性的文論才是真正意義上的文學理論。可悲的是，中國當代文論的形象性和詩性越來越淡薄，而抽象性與理性越來越強，文論變得晦澀難懂。2010 年，周景雷先生在《文藝研究》上發表了一篇題爲《一個文學的「李約瑟問題」——我們爲什麼缺少或遺忘文學性》的論文，對當下文學創作和文學批評缺少或遺忘文學性發出了詰問，呼籲文學創作和文學批評恢覆文學性，即詩性。

因此，在中國當代文論建設的過程中，我們應當適當借鑒中國古代文論的詩性言說方式，化生硬爲生動，化枯燥爲靈動，爲當代文論的發展注入源頭活水，讓當代文論煥發盎然的生機與詩意。

事實已經證明，完全套用西方的文學理論是不能完全解釋中國文學的實際問題的，總給人隔山觀虎、隔靴搔癢之感。但是完全套用中國古代的文學理論，也如同讓枯樹生花、時光倒流，同樣是不合理的。其實中西方的審美經驗對中國當代文論建設而言都是寶貴的資源，我們要變盲從爲吸收精華爲我所用。在吸取中西文論精華時，要聯繫具體的文學實踐，發揮創造精神和批判意識，植根於文學活動，形成與文學實踐活動相適應的理論體系。文論家要麼立足於創作實踐，要麼立足於批評實踐，只有這樣，才能構築原創性的理論成果。我們應該向一些西方的文論家，比如巴赫金、羅蘭·巴特、德

里達等學習，他們的思想和理論都植根於批評的實踐之中，都具有原創性。

筆者的建議是，在當代文論建設的過程中，我們要丟掉急功近利的心態，不要非古代即西方，非要吸收一些理論或者製造一些理論。我們要從頭開始，拋棄頭腦中的一切先入爲主的「成見」，從文學實踐活動研究入手，重新審視我們民族的文化心態和審美心理，以建設適應當下文學的原創性文論。即使是吸收、借鑒，也要依據文學實踐活動的需要對其進行取捨、改造。不要爲了理論而理論，要爲了實踐而理論。這樣的理論才眞正適合我們並且滿足實踐的需要，才是有價值的理論。

無論是中國古代文論，還是西方文論，都經歷了幾千年的發展歷程，都有著深厚的文化積澱和文學積澱。與此相比，我們的現當代文論才走過短短的百年的歷程，我們不能苛求在剛起步時就建立起完備的理論。不經歷漫長的積累與反思的過程，即使建立起所謂的理論體系，也只能是一個怪胎。學術界要多研究一些具體的問題，少一些浮躁，少一些功利。唯有如此，我們才可能在未來建立起眞正屬於我們自己，讓我們驕傲的新文論。

結　語

　　中國古代詩學是一座蘊藏豐富的文化寶藏，形成了豐富而獨特的詩學概念、範疇及思想。每一個詩學概念、範疇及思想都有其發展的軌跡，在不同的時代、不同的語境中都可能生發出新的意義，有些甚至經歷了上千年的傳承與嬗變。中國古代詩學何以發生？何以呈現出此種面貌？在這些多變的詩學話語背後，是否存在著一些相對穩定的、普遍性的規律？帶著這幾個問題，筆者閱讀了大量的中國古代詩學作品，發現在豐富、獨特的詩學話語背後，存在著同樣炫目但更為穩定的詩學話語方式。在探尋中國古代詩學話語方式的過程中，筆者不斷追索這些話語方式形成的原因，最終發現中國古代詩學的話語方式與中國古代的思維方式之間有著一種密不可分的聯繫。於是，試著從思維方式入手，深入探討詩學的話語方式，從而解決中國古代詩學如何說和為何如此說的問題，借用《文心雕龍・序志》篇的話說，就是要「振葉以尋根，觀瀾而索源」。

　　一個民族的思維方式不是憑空產生的，而是根源於一個民族的文化土壤之中。而且，一個民族的思維方式不是一蹴而就、一成不變的，而是在歷史文化中演進。中國古代文化從主流上講，以道家和儒家文化為主線。這兩股思想觀念對中國傳統文化的發展影響最大，其他文化的影響相對而言，比較有限。綜合兩種文化的思維方式，其共同特點為：以「象」作為認識世界的起點，以具象的方式認識世界、表達真理；從整體性出發，以整體觀審視世界、描述世界；從普遍聯繫的觀點出發，以類比的方法認識事物，把握世界。這些共同特點概而言之就是象思維、整體思維、關聯性思維。如果把中國古代文化比喻成一張通過各種思維方式連綴而成的網的話，象思維是這個網的

一個個結點，它統攝著整個中國文化，是中國文化的核心所在；整體思維是這個網的邊界，它把整個中國文化納入到一個統一的系統之中，這個系統中的任何一部分都不能脫離整體而獨立存在；關聯性思維則是這個網上的一條條線，經由它，文化中的各個組成部分密切相聯。

詩學的思維方式來自於民族的思維方式，是民族思維方式在詩學中的體現。它是詩學精神意蘊的源頭，也是中國古代詩學的靈魂所在。在中國古代，詩學的思維方式與民族的思維方式是同質的。象思維、整體思維和關聯性思維既是中華民族，也是中國古代詩學的三大思維方式。但在中國古代詩學的原點著作中，並不存在這些概念。這些概念都是後人提出的，而且並不是針對中國古代詩學而言的，尤其是關聯性思維雖然是針對中國的，但卻是在中西文化的比較中提出的。如何在中國古代詩學的語境中界定這些概念的內涵和表現形式是本課題研究的一大難題。

為了解決這一難題，筆者將中國古代詩學研究置於中國傳統文化哲學研究的大背景下，從源頭出發，順著古人走過的足跡，去體悟他們的思想，追索他們思想發生的路徑，盡可能地接近古人的思想，理解和還原我們民族的思維方式與詩學的話語方式。因此，本書在論述每種思維方式對詩學話語方式的影響時，都首先考察了這種思維方式的文化根源。同時，語言是文化和思維的產物，也是文化和思維最重要的載體，因而在具體論述中國古代詩學的思維方式與話語方式之前，首先探討了語言對中國古代思維方式與詩學的影響。

將詩學研究置於中國傳統文化哲學研究的大背景下，有利於認識中國古代詩學產生的源頭，瞭解詩學話語內容產生和詩學話語方式形成的歷史必然性，從而更深刻地認識中國古代詩學的本質特徵。但詩學並不等於文化哲學，不能在文化哲學與詩學之間劃等號。與一般的文化哲學相比，詩學具有獨特的審美特徵。在研究過程中，筆者既注意了二者之間的內在聯繫和會通點，同時又釐清了它們的不同之處，側重探討了中國古代思維方式影響下的詩學話語方式的詩性特徵。通過研究提出，中國古代詩學的話語方式不僅僅是一種語言現象，這種方式本身就是一種有意味的形式，其背後蘊藏著深厚的文化內涵和中國古代詩學最本質的特徵。

研究過去的目的不應僅僅是揭示真相，還原歷史，更不應是對自己的文化孤芳自賞、盲目自大，借歷史來增加民族自豪感，而是要面向當下，解決

當下文化發展中存在的問題。對於中國古代詩學研究而言，就是要解決如何評估中國古代詩學在當下的價值，如何汲取古代詩學的營養建設當代文論，如何才能改變中國當代文論全面「西化」的傾向等問題。這些問題也是本課題研究所面臨的第二大難題和最重要的意義所在。為了突破這些難題，實現研究意義的最大化，筆者在深入探討中國古代思維方式影響下的詩學話語方式的特徵的基礎上，對中國古代詩學話語方式進行了反思，客觀分析了其優點和侷限性，並對中國古代詩學和西方詩學進行了比較，指出二者在思維方式、話語方式以及知識形態等方面存在的差異，提出以詩學為典型形態的中國古代文論對當代文論建設的價值與啟示。

從中國古代思維方式出發系統地研究詩學的話語方式，可資借鑒的資料很少。而且，中國古代詩學內容豐富而龐雜，充滿了內傾性、直覺性、妙悟性和片段性，如何用現代漢語對其進行準確闡釋，如何在豐富而龐雜的詩學內容中探尋出其中相對普遍性的東西，這些對於筆者而言都是一種挑戰。筆者在研究中奉行「力避浮言，不發空論」的治學原則，深入研讀中國古代文化和詩學的經典之作，儘量用古人的思維方式和話語方式來還原和表述古人的思想。在行文中，描述性的話語很多，而理性分析的話語較少。感性有餘，理性相對不足是中國古代詩學的思維方式和話語方式的特徵，也是本文的薄弱之處。

在沒有真正動筆之前，筆者就清醒地意識到自己的研究難以達到預期的目的，在研究過程中，力不從心之感也時時在心中縈繞，有時候甚至有蚍蜉撼大樹、舉步維艱的絕望，但還是選擇沿著這條路繼續走下去。不妨借用海明威的冰山理論來形容中國古代詩學研究：中國古代詩學是一座深不可測的冰山，我們所能看到的只是溢出水面的八分之一，而八分之七的部分隱藏於水面之下。筆者不求能描繪出水面下的全部，只要能描繪出水面下的一角，足矣。由於本人學識所限，在許多方面都未能做更為深入的探討，有待於日後繼續思考、填補。

本書力圖在借鑒古代先賢和現當代眾多學者的研究成果的基礎上，對中國古代詩學的思維方式和話語方式做出自己的解釋。和先人的思想相比，可能略顯膚淺和幼稚，但這其中灌注了筆者對中國傳統文化的熱愛以及激發其當代價值的渴望，希望能為中國古代詩學研究以及當代文論建設提供點滴啟示。

參考文獻

一、著作

1. 周振甫，周易譯注〔M〕，北京：中華書局，2012。
2. 老子〔M〕，饒尚寬譯注，北京：中華書局，2006。
3. 楊伯峻，論語譯注〔M〕，北京：中華書局，2012。
4. 楊樹達，論語疏注〔M〕，南昌：江西人民出版社，2007。
5. 〔梁〕皇侃，論語義疏〔M〕，北京：中華書局，1980。
6. 曹礎基，莊子淺注〔M〕，北京：中華書局，2014。
7. 孟子〔M〕，萬麗華，藍旭譯注，北京：中華書局，2006。
8. 荀子〔M〕，安小蘭譯注，北京：中華書局，2007。
9. 《韓非子》校注組，韓非子校注〔M〕，南京：江蘇人民出版社，1982。
10. 大學·中庸〔M〕，王國軒譯注，北京：中華書局，2006。
11. 孫希旦，禮記集解〔M〕，沈嘯寰，王星賢點校，北京：中華書局，1989。
12. 國語〔M〕，上海師範大學古籍整理組校點，上海：上海古籍出版社，1978。
13. 〔漢〕王充，論衡〔M〕，上海：上海人民出版社，1974。
14. 〔漢〕董仲舒，春秋繁露〔M〕，濟南：山東友誼出版社，2000。
15. 蘇輿，春秋繁露義證〔M〕，北京：中華書局，1992。
16. 〔清〕洪亮吉，春秋左傳詁〔M〕，李謝民點校，北京：中華書局，1987。
17. 黎翔鳳，管子校注〔M〕，北京：中華書局，1986。
18. 劉文典，淮南鴻烈集解〔M〕，馮逸，華喬點校，北京：中華書局，1989。
19. 黃暉，論衡校釋〔M〕，北京：中華書局，1990。
20. 〔清〕段玉裁，説文解字注〔M〕，上海：上海古籍出版社，1981。

21. 樓宇烈，王弼集校注〔M〕，北京：中華書局，1999。

22. 〔魏〕王弼，周易正義〔M〕，〔晉〕韓康伯注，〔唐〕孔穎達疏，上海：上海古籍出版社，1997。

23. 〔北齊〕顏之推，顏氏家訓〔M〕，趙曦明注，盧文弨補注，北京：中華書局，1985。

24. 周振甫，文心雕龍今譯〔M〕，北京：中華書局，1986。

25. 牟世金，文心雕龍研究〔M〕，北京：人民文學出版社，1995。

26. 曹旭，詩品集注〔M〕，上海：上海古籍出版社，1994。

27. 〔唐〕張懷瓘，書斷〔M〕，上海：上海古籍出版社，1987。

28. 〔唐〕歐陽詢，藝文類聚〔M〕，上海：上海古籍出版社，1999。

29. 王利器，文鏡秘府論校注〔M〕，北京：中國社會科學出版社，1983。

30. 張伯偉，全唐五代詩格匯考〔M〕，南京：江蘇古籍出版社，2002，

31. 〔宋〕夏撰，尚書詳解〔M〕，北京：中華書局，1985。

32. 〔宋〕魏慶之，詩人玉屑〔M〕，上海：上海古籍出版社，1978。

33. 〔宋〕歐陽修，司馬光：六一詩話・溫公續詩話〔M〕，北京：中華書局，2014。

34. 〔宋〕朱熹，四書章句集注〔M〕，上海：上海古籍出版社，2002。

35. 〔宋〕嚴羽，滄浪詩話〔M〕，普慧，孫尚勇，楊遇青評注，北京：中華書局，2014。

36. 〔宋〕惠洪，朱牟，吳沆・冷齋夜話・風月堂詩話・環溪詩話〔M〕，北京：中華書局，1988，

37. 〔宋〕歐陽修，姜夔，王若虛・六一詩話・白石詩說・滹南詩話〔M〕・郭紹虞編・北京：人民文學出版社，1962。

38. 〔宋〕蘇軾，蘇軾文集〔M〕，北京：中華書局，1986。

39. 〔宋〕王正德，餘師錄〔M〕，北京：中華書局，1985。

40. 〔宋〕姜夔，白石詩說〔M〕，鄭文校點，北京：人民文學出版社，1983。

41. 〔明〕胡應麟，詩藪〔M〕，上海：上海古籍出版社，1979。

42. 〔明〕王廷相，王廷相集〔M〕，北京：中華書局，1989。

43. 〔清〕沈德潛，原詩・一瓢詩話・說詩晬語〔M〕，北京：人民出版社，1979。

44. 〔清〕沈德潛，唐詩別裁〔M〕，上海：上海古籍出版社，1988。

45. 〔清〕姚鼐，惜抱軒文集〔M〕，劉季高標校，上海：上海古籍出版社，1992。

46. 〔清〕況周頤，蕙風詞話〔M〕，北京：人民文學出版社，1960。

47. 〔清〕劉熙載，藝概〔M〕，上海：上海古籍出版社，1978。

48. 〔清〕葉燮，原詩〔M〕，北京：人民文學出版社，1979。

49. 〔清〕黃宗羲，黃梨洲文集〔M〕，陳乃乾編，北京：中華書局，1959。

50. 〔清〕王夫之·薑齋詩話箋注〔M〕，北京：人民文學出版社，1981。

51. 〔清〕何文煥，歷代詩話〔C〕，北京：中華書局，1981。

52. 丁福保，歷代詩話續編〔C〕，北京：中華書局，1983。

53. 王國維，人間詞話〔M〕，彭玉平評注，北京：中華書局，2014。

54. 郭紹虞，中國歷代文論選〔C〕，上海：上海古籍出版社，1979。

55. 郭紹虞，清詩話續編〔C〕·上海：上海古籍出版社，1983。

56. 胡經之，中國古典文藝學叢編〔C〕，北京：北京大學出版社，2001。

57. 蕭華榮，中國詩學思想史〔M〕，上海：華東師範大學出版社，1996。

58. 羅根澤，中國文學批評史〔M〕，上海·上海書店出版社，2003。

59. 郭紹虞，中國文學批評史〔M〕，天津：百花文藝出版社，2008。

60. 張伯偉，中國古代文學批評方法研究〔M〕，北京：中華書局，2002。

61. 王運熙，顧易生，中國文學批評通史〔M〕，上海：上海古籍出版社，1996。

62. 陳良運，中國詩學批評史〔M〕，南昌：江西人民出版社，2007。

63. 中國古代文藝理論研究〔C〕，上海：上海古籍出版社，1992，

64. 蒲震元，中國藝術境界論〔M〕，北京：北京大學出版社，1999。

65. 王岳川，文化話語與意義蹤跡〔M〕，成都：四川人民出版社，1997。

66. 葉維廉，中國詩學〔M〕，北京：三聯書店，1992。

67. 張少康，中國古代文學創作論〔M〕，北京：北京大學出版社，1983。

68. 童慶炳，文藝理論教程〔M〕，北京：高等教育出版社，1998。

69. 錢鍾書，管錐篇〔M〕，北京：中華書局，1979。

70. 郭紹虞，郭紹虞說文論〔M〕，上海：上海古籍出版社，2000。

71. 陳植鍔，詩歌意象論——微觀詩史初探〔M〕，北京：中國社會科學出版社，1990。

72. 李壯鷹，李青春，中國古代文論教程〔M〕，北京：高等教育出版社，2007。

73. 羅宗強，宋代文學思想史〔M〕，北京：中華書局，1995。

74. 李建中，古代文論的詩性空間〔M〕·武漢：湖北人民出版社，2005。

75. 宗白華，宗白華全集〔M〕，合肥：安徽教育出版社，1995。

76. 樂黛雲，陳躍紅，王宇根等，比較文學原理新編〔M〕，北京：北京大

學出版社，1998。

77. 鄭敏，詩歌與哲學是近鄰——結構—解構詩論〔M〕，北京：北京大學出版社，1999。

78. 胡曉明，中國詩學之精神〔M〕，南昌：江西人民出版社，2002。

79. 霍松林，古代文論名篇詳注〔M〕，上海：上海古籍出版社 1986。

80. 季羨林，季羨林文集〔M〕，南昌：江西教育出版社，1996。

81. 葉舒憲，詩經的文化闡釋〔M〕，武漢：湖北人民出版社，1997。

82. 周振甫，文論漫筆〔M〕，北京：光明日報出版社，1984。

83. 周振甫，中國修辭史〔M〕，北京：商務印書館，1991。

84. 朱光潛，詩論〔M〕，北京：三聯書店，1984。

85. 白寅·心靈化批評——中國古代文學批評的思維特徵〔M〕，北京：中國社會科學出版社，2005。

86. 田子馥，中國詩學思維〔M〕，北京：人民出版社，2010。

87. 曹順慶，中西比較詩學〔M〕，北京：北京出版社，1988。

88. 徐中玉，郭豫適，古代文學理論研究〔M〕，上海：華東師範大學出版社，2001。

89. 鄧偉龍，中國古代詩學的空間問題研究〔M〕，北京：中國社會科學出版社，1989。

90. 李健，比興思維研究——對中國古代一種藝術思維的美學考察〔M〕，合肥：安徽教育出版社，2000。

91. 章士釗，邏輯指要〔M〕，上海：三聯書店，1961。

92. 張岱年，成中英，中國思維偏向〔M〕，北京：中國社會科學出版社，1991。

93. 成中英，論中西哲學精神〔M〕，上海：東方出版中心，1991。

94. 吾淳，中國思維形態〔M〕，上海：上海人民出版社，1998。

95. 陳新夏，鄭維川，張保生，思維學引論〔M〕，長沙：湖南人民出版社，1988。

96. 林語堂，中國人〔M〕，上海：學林出版社，1994。

97. 王樹人，喻柏林，傳統智慧再發現〔M〕，北京：作家出版社，1996。

98. 韓林德，境生象外——華夏審美與藝術特徵考察〔M〕，北京：三聯書店，1995。

99. 祈志祥，中國美學通史〔M〕，北京：人民出版社，2008。

100. 朱良志，中國藝術的生命精神〔M〕，合肥：安徽教育出版社，1995。

101. 葉維廉，尋求跨中西文化的共同規律〔M〕，北京：北京大學出版社，1986。

102. 徐復觀，中國藝術精神〔M〕，上海：華東師範大學出版社，2001。

103. 姜耕玉，藝術辯證法〔M〕，南京：江蘇教育出版社，2002。

104. 宮哲兵，晚周辯證法史研究〔M〕，上海：上海古籍出版社，1988。

105. 朱立元，美的感悟〔M〕，上海：華東師範大學出版社，2005。

106. 姜廣輝，理學與中國文化〔M〕，上海：上海人民出版社，1994。

107. 馮友蘭，中國哲學史〔M〕，上海：華東師範大學出版社，2000。

108. 李澤厚，劉綱紀，中國美學史〔M〕，北京：中國社會科學出版社，1984。

109. 樂黛雲，獨角獸與龍：在尋求中西文化普遍性中的誤讀〔M〕，北京：北京大學出版社，1995。

110. 童慶炳，文體與文體的創造〔M〕，昆明：雲南人民出版社，1997。

111. 張法，中西美學與文化精神〔M〕，北京：北京大學出版社，1994。

112. 馮友蘭，三松堂學術文集〔M〕，北京：北京大學出版社，1984。

113. 劉綱紀，《周易》美學〔M〕，武漢：武漢大學出版社，2006。

114. 張乾元，象外之意——周易意象學與中國書畫美學〔M〕，北京：中國書店，2006。

115. 艾蘭，中國古代思維模式與陰陽五行說探源〔C〕·南京：江蘇古籍出版社，1998。

116. 蕭漢明，傳統哲學的魅力〔M〕，北京：中華書局，2008。

117. 徐行言，中西文化比較〔M〕，北京：北京大學出版社，2004。

118. 辜鴻銘，中國人的精神〔M〕，海口：海南出版社，1996。

119. 王寧，中國文化概論〔M〕，長沙：湖南師範大學出版社，2004。

120. 賴力行，中國古代文論史〔M〕，長沙：嶽麓書社，2000。

121. 於民，春秋前審美觀念的發展〔M〕，北京：中華書局，1984。

122. 施昌東，先秦諸子美學思想述評〔M〕，北京：中華書局，1979。

123. 葉朗，中國美學史大綱〔M〕，上海：上海人民出版社，1985。

124. 朱恩彬等，中國古代文藝心理學〔M〕，濟南：山東文藝出版社，1997。

125. 何九盈，胡雙定，張猛主編，中國漢字文化大觀〔C〕，北京：北京大學出版社，1995。

126. 何九盈，漢字文化學〔M〕，瀋陽：遼寧人民出版社，2000。

127. 葛兆光，漢字的魔方——中國古典詩歌語言學劄記〔M〕，上海：復旦大學出版社，2008。

128. 王力，中國語法理論〔M〕，濟南：山東教育出版社，1984，

129. 魯樞元，超越語言——文學言語學芻議〔M〕，北京：中國社會科學出版

社，1990。

130. 顧嘉祖，陸升，語言與文化〔M〕，上海：上海外語教育出版社，1990。

131. 〔古希臘〕柏拉圖，文藝對話集〔M〕，朱光潛譯，合肥：安徽教育出版社，2007。

132. 〔古希臘〕亞里斯多德，〔古羅馬〕賀拉斯，詩學·詩藝〔M〕，羅念生譯，北京：人民文學出版社，1962。

133. 〔德〕黑格爾，美學〔M〕，朱光潛譯，北京：商務印書館，1979。

134. 〔德〕黑格爾，小邏輯〔M〕，賀麟譯，北京：商務印書館，1980。

135. 〔美〕郝大維，安樂哲，期望中國〔M〕，施忠連等譯，上海：學林出版社，2005。

136. 〔美〕安樂哲，自我的圓成：中西互鏡下的古典儒學與道家〔M〕，彭國翔編譯，石家莊：河北人民出版社，2006。

137. 〔美〕安樂哲，和而不同：中西哲學的會通〔M〕，北京：北京大學出版社，2009。

138. 〔美〕安樂哲，郝大維，漢哲學思維的文化探源〔M〕，施忠連等譯，南京：江蘇人民出版社，1999。

139. 〔美〕韋勒克，沃倫，文學理論〔M〕，北京：三聯書店，1984。

140. 〔英〕拉曼·塞爾登，文學批評理論——從柏拉圖到現在〔C〕，劉象愚，陳永國等譯，北京：北京大學出版社，2000。

141. 〔日〕中村元，比較思想論〔M〕，吳震譯，杭州：浙江人民出版社，1987。

142. 〔美〕愛德華·薩丕爾，語言論〔M〕，陸卓元譯，北京：商務印書館，1964。

143. 〔瑞士〕索緒爾，普通語言學教程〔M〕，高名凱譯，北京：商務印書館，1980。

144. 〔意〕克羅齊，美學原理〔M〕，朱光潛譯，北京：外國文學出版社，1983。

145. 〔法〕弗朗索瓦·于連，迂迴與進入〔M〕，杜小眞譯，北京：三聯書店，1998，

146. 〔意〕維柯，新科學〔M〕，朱光潛譯，北京：人民文學出版社，1986。

147. 〔美〕魯道夫·阿恩海姆，藝術與視知覺〔M〕，成都：四川人民出版社，2004。

148. 〔法〕列維·布留爾，原始思維〔M〕，丁由譯，北京：商務印書館，1981。

149. 〔法〕列維－施特勞斯，野性的思維〔M〕，李幼蒸譯，北京：商務印書館，1987。

150. 〔德〕恩斯特·凱西爾，神話思維〔M〕，黃龍保，周振選譯·北京：中國社會科學出版社，1992。

151. 〔英〕克萊夫‧貝爾，藝術〔M〕，北京：中國文聯出版公司，1984。

152. 〔德〕海德格爾，海德格爾詩學文集〔M〕，成窮，余虹，作虹譯，武漢：華中師範大學出版社，1992。

153. 〔德〕卡爾‧曼海姆，卡爾‧曼海姆精粹〔M〕，徐彬譯，南京：南京大學出版社，2005。

二、論文

1. 胡子，母語，人類對世界的原始命名〔J〕，詩探索，1996（3）：49～56。

2. 盛寧，道與邏各斯的對話〔J〕，讀書，1993（11）：118～123。

3. 朱立元，走自己的路——對於邁向 21 世紀的中國文論建設問題的思考〔J〕，文學評論，2000（3）：5～14。

4. 蔣寅，如何面對古典詩學的遺產〔J〕，粵海風，2002（1）：8～11。

5. 張善文，黃壽祺，「觀物取象」是藝術思維的濫觴——讀《周易》筍記〔J〕，福建師範大學學報（哲學社會科學版），1981（1）：85～93。

6. 葉舒憲，言意之間——從語言觀看中西文化〔J〕，陝西師範大學學報，1992（3）：33～40。

7. 葉朗，再說意境〔J〕，文藝研究，1999（3）：107～110。

8. 楊義，中國詩學的文化特質和基本特徵〔J〕，東南學術，2003（1）：5～20。

9. 林桂榛，近代「形而上」與「形而下」的分離〔J〕，周易研究，2005（2）：28。

10. 魯洪生，從賦、比、興產生的時代背景看其本義〔J〕，中國社會科學，1993（3）：213～223。

11. 楊雨，白寅，中國傳統文學批評中的體悟型思維〔J〕，學術界，2006（3）：73～77。

12. 黨聖元，中國古代文論的範疇和體系〔J〕，文學評論，1997（1）：15～25。

13. 王曉路，體系的差異——西方漢學界的中國古代文論研究述評〔J〕，文藝理論研究，2000（1）：40～47。

14. 李澤厚，中國思想史雜談〔J〕，復旦學報，1985（5）：31～39。

15. 王志耕，「話語重建」與傳統選擇〔J〕，文學評論，1998（4）：85～96。

16. 黨聖元，中國古代文論研究範疇方法論管見〔J〕，文藝研究，1996（2）：4～11。

17. 蔣寅，關於中國古代文章學理論體系——從《文心雕龍》談起〔J〕，文學遺產，1986（6）：1～9。

18. 劉紹瑾，自然：中國古代一個潛在的文學理論體系〔J〕，文藝研究，2001（2）：30～37。

19. 趙奎英，從漢語的空間化看中西詩歌空間形式的同異〔J〕，山東師範大學學報（人文社科版），2005（5）：26～31，

20. 張德厚，西方文藝理論因果關係思維模式芻議〔J〕，吉林大學社會科學學報，2004（1）：103～108。

21. 覃德清，詩性思維理論與中國詩學精神特質〔J〕，廣西民族學院學報（哲學社會科學版），1997（4）：55～59。

22. 羅宗強，鄧國光，近百年中國古代文論之研究〔J〕，文學評論，1997（2）：10～23。

23. 汪德華，英漢思維方式對其語言、文字的影響〔J〕，外語與外語教學，2003（3）：34～36。

24. 高星海，中西方思維方式之差異〔J〕，學習與探索，2004（6）：86～87。

25. 楊守森，缺失與重建——論 20 世紀中國的文學批評〔J〕，中國社會科學，2000（3）：157～169。

26. 李青春，向古人學習言說的方式——以中國古代文論研究爲例〔J〕，北方論叢，2009（3）：46～52。

27. 姚文放，中國古典美學的思維方式及其現代意義（上）〔J〕，求是學刊，2001（1）：70～75。

28. 姚文放中，國古典美學的思維方式及其現代意義（下）〔J〕，求是學刊，2001（2）：75～79。

29. 姚文放，交互性與文學傳統〔J〕，學習與探索，2002（2）：97～102。

30. 黃志傑，比較文學中的思維模式和文化差異〔J〕·宜賓學院學報，2005（4）：84～85。

31. 侯小紅，從五行的觀點看安樂哲、郝大維比較哲學研究〔J〕，宜賓學院學報，2010（10）：26～29。

32. 董希文，杜捷，梁亮等，傳統思維方式與文藝經驗批評方法的形成〔J〕，牡丹江教育學院學報，2008（6）：11～12。

33. 田辰山，中國的互繫性思維：通變〔J〕，文史哲，2002（4）：10～18。

34. 朱志凱，《周易》系統論方法思想發微〔J〕，復旦學報（社會科學版），1991（4）：58～65。

35. 王樹人，「象思維」視野下的「易道」〔J〕，周易研究，2004（6）：51～57。

36. 李憲堂，中國傳統文化思維框架論綱〔J〕，青島師範學院學報，2003（3）：51～57。

37. 胡吉星，白晶玉，中國當代文論的「失根」與古代文論的現代轉換〔J〕，名作欣賞，2007，（12）：132～134。

38. 江曉紅，試論關聯理論的語用推理〔J〕，肇慶學院學報，2003（5）：43～47。

39. 陳仲庚，由「詩思」而「詩化」──兼論中國文化的內在特質〔J〕，零陵學院學報，1999（2）：38～43。

40. 安樂哲：《老子》與關聯性的宇宙論──一種詮釋性的語脈〔J〕，求實學刊，2003（2）：5～12。

41. 竇衛霖，東西方思維差異研究評介──兼評尼斯貝特《思維的地域性：東西方思維差異及其原因》〔J〕，北京大學學報（哲學社會科學版），2005（4）：131～136。